思想者的声音

在西外听讲座之2018

韩伟 主编
董佳 庞晨光 副主编

中国社会科学出版社

图书在版编目(CIP)数据

思想者的声音：在西外听讲座之2018／韩伟主编．—北京：中国社会科学出版社，2020.6
ISBN 978-7-5203-6676-2

Ⅰ.①思… Ⅱ.①韩… Ⅲ.①世界文学—文学研究—文集 Ⅳ.①I106-53

中国版本图书馆 CIP 数据核字（2020）第 103432 号

出 版 人	赵剑英
责任编辑	韩国茹
责任校对	张爱华
责任印制	张雪娇

出　　版	中国社会科学出版社
社　　址	北京鼓楼西大街甲158号
邮　　编	100720
网　　址	http://www.csspw.cn
发 行 部	010-84083685
门 市 部	010-84029450
经　　销	新华书店及其他书店
印　　刷	北京君升印刷有限公司
装　　订	廊坊市广阳区广增装订厂
版　　次	2020年6月第1版
印　　次	2020年6月第1次印刷
开　　本	660×960　1/16
印　　张	27
插　　页	2
字　　数	375千字
定　　价	159.00元

凡购买中国社会科学出版社图书，如有质量问题请与本社营销中心联系调换
电话：010-84083683
版权所有　侵权必究

西安外国语大学
中国语言文学学科建设丛书编委会

主　　任：白　黎　王军哲
执行主任：党争胜　姜亚军　李雪茹　吴耀武
主　　编：韩　伟
副 主 编：董　佳　庞晨光

目 录

人类文化共同体与中国文化复兴论 …………… 金惠敏（1）
反思与重构：马克思主义文论的意义生成 …………… 韩伟（19）
简论青年恩格斯思想视域中的白尔尼因素 …………… 张永清（35）
叙述分层与主体分化
　　——论一种小说叙述传统及其现代意义 …………… 邓艮（65）
路遥小说的道德空间 …………………………… 王鹏程（79）
人工智能科幻叙事与未来想象 ………………… 王峰（103）
电影、集体记忆与"二战"的历史书写
　　——从《五月的四天》看民族国家文化立场问题 …… 陈阳（123）
当代作家的世界性怀旧 ………………………… 张晓琴（145）
丝绸之路艺术的概念、时空和"单位" ………… 程金城（161）
论艺术中的"准不可能"世界 ………………… 赵毅衡（179）
汉语因果复句的原型表达 ……………………… 董佳（197）
归位·蓄势·创新
　　——论新世纪的中国散文创作 …………… 王兆胜（215）
转型期与需要表达的时代 ……………………… 黄灯（243）
"大闹"："热闹"的内在结构与文化编码 ……… 李永平（253）
"白尔尼—海涅论争"及其当代意义 …………… 张永清（275）
法国的毛主义运动：五月风暴及其后 ………… 蒋洪生（301）

延川话"肥尾"与西安话微韵非组字读音的形成
　　——兼论近代汉语"寨卫"一说的来源 …………… 张崇（331）
传统诗文评中的文章"体制"论 ………………………… 党圣元（363）
孙作云抗战时期神话研究的心路探寻 …………… 苏永前（389）
"度日"与"做人":《伤逝》的兄弟隐喻与
　　人生观分歧 ……………………………………… 张洁宇（405）

人类文化共同体与中国文化复兴论

金惠敏

时间：2018.03.16

地点：E126 会议室

主讲人简介：金惠敏，中国社会科学院文学研究所理论室主任、研究员、博士生导师、学术委员、学位委员，陕西师范大学曲江学者特聘教授，英国国际权威期刊 Theory, Culture & Society（London：Sage）编委，美国学术期刊 Journal of East – West Thought（Los Angeles）编委，北美国际东西方研究学会副会长，奥地利克拉根福大学传媒研究系客座教授。主编《差异》学术丛刊（河南大学出版社 2003 年起）。曾任中国社会科学院中外人文思想研究中心执行主任（1998—2007），上海外国语大学 211 讲座教授（2009—2012），河南大学黄河学者（2004—2006）、省（政府）特聘教授（2006—2011）。主要研究领域为当代文化理论。

摘要：本文发掘、分析和批判了当前学界文化自信阐释和研究中无意识地潜藏着的"中国文化复兴论"，它自鸦片战争以来时起时伏，但从未绝迹，甚至有时以发布宣言的形式形成一次次高潮。本文认为，"文化自信"不是文化复古主义，"中华民族伟大复兴"不等于单一的中国文化之复兴。中国文化复兴论或特殊论是旧时代的后殖民思维，进入以"一带一路"建设为标志的新时代，我们需要放下中国文化复兴论，阐扬特殊性或差异性的话语性之交往性维度，致力于人类文化共同体的建构。

关键词：文化自信；人类命运共同体；中国文化复兴论；人类文化共同体；全球对话主义

本文发表信息：金惠敏：《人类文化共同体与中国文化复兴论》，《人文杂志》2019 年第 2 期。

本文与已发表论文有细微区别。

我有位朋友，在某专业杂志社任主编，上级要求他每年必须发表一定数量的批判错误思潮的文章，此事很让他头疼，因为在目前法制意识已经很强的情况下，批判别人很可能会招惹官司，作者和杂志社都不会跟你善罢甘休，而其他学术行政方面（如同行评议制度）的顾虑就更是不必提了，抬头不见低头见的，谁敢贸然得罪同行?! 吾爱真理，吾更爱同仁/关系！当然那些掌握着生杀予夺大权的学界权贵是可以放言无忌的，不过这些人通常又不屑于坐下来好好写篇文章。这次第，怎一个愁字了得呀！他特来向我求救，老朋友的事嘛，自然责无旁贷。我告诉他最近写了长篇大论，成色甚足，是批评季羡林先生河东河西论的，此论已呈思潮状，且显然是错误的，故非常切合所命主题。我话音还未落，他脑袋就左右摇晃起来："河东河西论怎么是对文化自信的错误理解呢?! 那恰恰是国人文化自信的表现啊！老兄，别糊弄俺了！"他是做国学的，三言两语跟他也说不清楚，我只是暗自感到悲哀，连朋友这样才学识均属一流的当代大儒都不知道什么是真正的文化自信，更遑论他人了！但另一方面，原先对自己研究文化自信的文章可能沦为老生常谈的担忧则烟消云散，理论使命感瞬间爆棚，自己的研究想来还真心是有社会价值滴！言之不谬也：没有绝对的创新，所谓创新不过是不断地校正流行偏见。理论首先要面对当代说话。

或有读者怀疑我在编故事、做文章，为赋新诗强说愁，那么我现在就冒着开罪学界同行、权威的风险，举一些有案可稽、白纸黑字的例子，看看是不是对文化自信的模糊认识或糊涂认识俯拾即是、数不胜数。

一　中国文化复兴论：若干行迹之考辨

贵州有家新创刊的杂志叫《孔学堂》，以弘扬中华传统优秀文化为己任，最近邀请国学名家郭齐勇先生主持"文化自信"专刊。郭先生正确地认为，文化自信必须建立在文化自觉的基础之上，而"所谓'文化自觉'，是对这一文化的方方面面、来龙去脉、内涵与特色有深切的了解，能够以健康的心态与理性的精神，如实分析其历史作用、利弊得失与未来发展的契机、潜能或困境"①。这也就是说，对于我们自身的文化传统也需要一分为二，去其糟粕、取其精华，进行创新性转换和创造性发展。郭先生明确指出："当下，中国文化的复兴已成大势，又有人不加分析地歌颂传统文化，陷入一种'文化自恋'情结，好像凡是国学、传统的都是好的。三十年来，笔者提倡弘扬优秀传统文化，一再两面批判、两面出击：一是批判'全盘西化'思潮，二是批判自恋情结，批判各种形式的伪国学。"②郭先生态度端正，周吴郑王，无懈可击，既要抵制全盘西化，也要反对文化复古主义，等等。不过细细读过来，发现这态度是明面上的，其不经意间还是流露出潜意识中对文化复古主义的认同：这就是他将其作为一个事实而接受下来的"中国文化的复兴已成大势"。在他，"复兴"或"复古"都是可以的，但要有所拣选，有所放弃，而不能是照单全收。在此，他未能意识到他本人措辞上的逻辑矛盾。

发表在同期专刊的叶小文先生的文章更是多次直接使用"文艺复兴"一语，借此作者一方面是批判世界范围内西方特色资本主义的"后文艺复兴时代"，其逻辑是国强必霸、赢者通吃，而寄希望于在此之后掀起一场否定之否定的新的"文艺复兴"运动，其特点是"厚德载物"，力挽"财之日进而德之日损，物之日厚而德之日薄"的文化颓势，若用现代语言说，就是阻遏市场经济所引发的道德滑坡。他坚信，"市场经济无德"③。借"文艺复兴"一语，叶先生的再一层意思是指中华文化将在这场世界范围内的文艺复兴运动中发挥重要作用："中华

---

① 郭齐勇：《主持人语》，《孔学堂》2017年第4期（"文化自信"专刊）。
② 郭齐勇：《论文化自信》，《孔学堂》2017年第4期（"文化自信"专刊）。
③ 叶小文：《文化自信与民族复兴》，《孔学堂》2017年第4期（"文化自信"专刊）。

优秀传统文化，可以为中华民族伟大复兴注入活力、动力。而迎接一场世界性的、并不逊色于历史上文艺复兴的、新时代的'文艺复兴'，中国可以有所作为。"① 叶先生这里还是表现得谦虚了，他真实的意思是中国可以在新的文艺复兴运动中发挥主导作用：他很享受汤因比对中国文明拯救人类免于万劫不复的厚望。② 对于叶先生的如上论断我们有些许疑惑：第一，当代世界是否开始出现一个新的"文艺复兴"？其根据何在？第二，市场经济与伦理道德是否水火不容？叶先生这些对当代世界图景的臆想和对市场经济的道德审判本文不感兴趣。本文关心的是，当前中国存在其所谓的"文艺复兴"吗？叶先生援引胡适的话来回答这个问题："缓慢地、平静地、然而明白无误地，中国的文艺复兴正在变成一种现实。这一复兴的结晶看起来似乎使人觉得带着西方色彩。但剥开它的表层，你就可以发现，构成这个结晶的材料，在本质上正是那个饱经风雨侵蚀而可以看得更为明白透彻的中国根柢——正是那个因为接触世界的科学、民主、文明而复活起来的人文主义和理性主义的中国。"③ 叶先生评论说："胡适近百年前就曾作此判断，现在看来是确实的。"④ 这个"中国的文艺复兴"，无论胡适的本意在此是什么，但在叶先生的借用中，显然说的就是中国的文化复兴。

学界其实早有共识，胡适压根儿就不是一个复古主义者，尽管有人喊他"中国文艺复兴之父"。大约即便说他是全盘西化论者，也不能算诬枉之词，因为例如这里他剥开的那个中国文化之"根柢"（人文主义和理性主义）不过是对中国文化的西方阐释罢了，这阐释甚至也可以说与中国文化了无关系，涉嫌强制阐释。胡适当不陌生，西方人关于文

---

① 叶小文：《文化自信与民族复兴》，《孔学堂》2017 年第 4 期（"文化自信"专刊）。
② 同上。
③ 同上。引文根据胡适英文原文（《胡适全集》第 37 卷，安徽教育出版社 2003 年版，第 18 页），略有改动。
④ 同上。

艺复兴特点的经典性说法即"人和世界的发现"(法国历史学家儒勒·米什莱语),而文艺复兴巨人们所发现的"人和世界"也就是他所谓的作为"中国根柢"的人文主义和理性主义。以西解中,所得乃西。拿西方的"人文主义"和"理性主义"来穿附中国的人文、科学思想,吾不知其谬以千里万里可度量乎?① 对于胡适意义上的"中国的文艺复兴"是否可归结为中国传统文化本身之复兴,作为"旧派"的梁漱溟的回答是否定的:"有人以五四而来的新文化运动为中国的文艺复兴;其实这新运动只是西洋化在中国的兴起,怎能算得中国的文艺复兴?"②他坚持,"新派差不多就是倡导西洋化的",而"旧派差不多就是反对这种提倡的"。③ 当然,假使有人如胡适硬要说五四新文化运动就是中国传统文化之复兴,对此我们也不必十分较真儿,而是可以宽容地以为,他们只是在中国旧文化中找出了与西方新文化虽神离而貌合的那些部分。给中国事物(文化)取个西方称谓,有便于中西方交流的好处,但对此一定要谨慎:可以共名者,物之粗也!

与胡适或有不同,叶先生是真心地期盼"中国文化复兴"。如果说他使用的术语是"文艺复兴",在措辞上还只是委婉地表达了其"中国文化复兴"之意涵,这也许无关宏旨,那么同专辑中的其他一些作者则是径直使用了"文化复兴""中华文化的伟大复兴""中国传统文化的复兴""传统文化的复兴"这些术语的。在他们,"复兴"俨然不是有待确证的论题,而是不言而喻的既定现实,以之为立论的基础。

岂止是《孔学堂》"文化自信"专刊在不加深思地使用即默认中国

---

① 胡适在其以英语写就的《中国人的思想》一文中指出:"古典中国的智识遗产,共有三个方面:人文主义,理性主义,以及自由的精神。"[胡适:《中国人的思想》,欧阳哲生、刘红中编,载胡适《中国的文艺复兴》(英汉对照),外语教学与研究出版社2001年版,第378页]文中对中国古代思想的这种勾勒以及相关举证具有非常浓重的以西解中色彩,好处自然是便于和西人沟通,彰显共同点,但另一方面于中国文化之真面目亦多所模糊焉。

② 梁漱溟:《东西文化及其哲学》(1921年),《梁漱溟全集》第一卷,山东人民出版社2005年版,第539页。

③ 同上书,第531页。

文化复兴论！不少老一辈学者如张岱年先生亦未能幸免。众所周知，张岱年先生在 1930 年代开始就以其"文化综合创新论"而卓然区别于"全盘西化论"和"儒学复兴论"，堪称一贯旗帜鲜明、立场坚定，然而我们发现，他有时即使在同一篇文章之内，甚至同一段话之内，也是既"创新"又"复兴"什么的，浑然不觉其违和之处。同一篇文章的情况例如《中国文化的改造与复兴》（1991 年）一文，其中他开宗明义即说，"二十一世纪将是中国文化复兴的世纪"①，而其实际的意思则是随后所表述的："我们现在创建社会主义的新中国文化，其任务之一是对于中国传统与西方文化进行分析选择，然后将古今中外的一切有价值的文化成就综合起来。分析综合的过程包含改造与提高，而不是简单的缀集。这是一项创造性的艰巨工程。"② 同一段话的情况例如《世界文化与中国文化》（1933 年）一文："中国旧文化的改造，同时就是新文化的创成，也可以说是中国文化的复兴。要使中国文化得到发展，必须对现在的社会进行批判。虽应认识旧文化中的优秀成分加以发扬，却绝不可受传统思想的拘束而不勇于创新。"③ 如同郭齐勇和叶小文两位先生，理性地论述时显得尽善尽美、伟大光荣且正确，而一不留神便滑入复古主义的嫌疑。耄耋之年的张岱年先生后来在提到《世界文化与中国文化》这篇少作时仍是一字不差地重复了他认为是其中最为核心的一句话，这对他也算是 60 余年不刊之论了："中国旧文化的改造，同时就是新文化的创成，也可以说是中国文化的复兴。"④ 显然，他大约是终身都未能意识到"创新"与"复兴"之间不相协调的关系的。

这里想顺便探究一下：若是采纳张岱年先生所提倡的综合创新论，

---

① 张岱年：《中国文化的改造与复兴》，《南京社会科学》1991 年第 5 期。
② 同上。
③ 张岱年：《世界文化与中国文化》（1933 年），《张岱年全集》第一卷，河北人民出版社 1996 年版，第 156 页。
④ 张岱年：《耄年忆往——张岱年自述》，山西人民出版社 1997 年版，第 19 页。

是否就能够成功避开全盘西化论和儒学复兴论之各执一端而独上高楼、望尽天涯路呢？这在别人也许是有可能的，但在张岱年先生的理论布局内我们则没有看到这样的希望。于史有载，1934年，国民党政府提倡"尊孔读经"，并发动了一场以"礼义廉耻"为核心内容的所谓"新生活运动"，全国性的复古浪潮遂再攀新高。在蒋介石国民党的授意下，萨孟武、何炳松等十位教授于1935年1月10日发表《中国本位的文化建设宣言》，又称"一十宣言"。当然，其主旨无非是为国民党的专制统治服务。① 张岱年先生坦承他并不了解这一宣言的政治背景，他从其综合创新的文化理论出发②，撰写了一篇为之辩护和申述的文章，其中他提出："如欲中国民族将来在世界文化史上仍占一地位，那只有创造新的文化，或建设所谓中国本位文化。"③ 封建专制与文化复古论的关系不在我们讨论的范围，我们想指出的是：张岱年先生所欲进行的综合创新，如果像文中所示的，预先便假定了其不能变易的"本位文化"，其创新因而也将只能是对旧有文化的修修补补，与其所声称不可同日而语的"中学为体，西学为用"终不过天涯咫尺、若比邻了：为有海内存知己！还是理论对手之间要比吾等局外人更为敏感一些。例如，作为对当时各地报章杂志关于"中国本位文化"和"全盘西化"论争的一个回应，西化论者胡适在其名文《充分世界化与全盘西化》之中便一针见血地指出："抗拒西化在今日已成过去，没有人主张了。但所谓'选择折中'的议论，看去非常有理，其实骨子里只是一种变相的保守

---

① 参见陈哲夫等《中国现代思想史》（山东人民出版社2002年版，第516—517页）以及冯友兰《中国现代哲学史》（广东人民出版社1999年版，第131—136页）。
② 张岱年表示："当时我不了解'中国本位文化建设'的提倡者有政治背景，而是专读关于文化的理论问题。"（张岱年：《耄年忆往——张岱年自述》，山西人民出版社1997年版，第19页）
③ 张岱年：《关于中国本位的文化建设》（1935年3月18日），《张岱年全集》第一卷，河北人民出版社1996年版，第230页。

论。所以我主张全盘的西化,一心一意的走上世界化的路。"① 胡适此文的重心在辩白,将其"全盘西化"辩解为"充分世界化",语含昭雪之恳请和期盼,且中国本位文化论亦非其主要论难对象,故行文如和风细雨、润物无声;而在另一篇文章里,当其直面其论敌即复古主义的中国本位文化论时,他则转而义正词严、棱角分明,乃至火药味十足了,大失其平素温文尔雅之绅士风度:

> "中国本位的文化建设"正是"中学为体,西学为用"的最新式的化装出现。说话是全变了,精神还是那位《劝学篇》的作者(即张之洞——引注)的精神。"根据中国本位",不正是"中学为体"吗?"采取批评态度,吸取其所当吸收",不正是"西学为用"吗?②

文章结尾处,对于复古论者除了继续其点穴式打击之外,更平添一层知识上的鄙夷,——此处要记起胡适是留美博士:"总之,在我们还只仅仅接受了这个世界文化的一点皮毛的时候,侈谈'创造'固是大言不惭,妄谈折中也是适足为顽固的势力添一种时髦的烟幕弹。"③ 什么创造、创新或创成?!资格都没有!"门儿"都没有!看来任他复古论者翻出什么新花样都难逃胡博士的火眼金睛。我们注意到,胡适在两文中都没有提到张岱年先生的文化综合创新论,但其对折中论的抨击也是完全适用于后者的。张岱年先生的综合创新论毫无疑问就是一种折中论。这在他为"中国本位文化"做界说时暴露无遗:"中国本位文化建

---

① 胡适:《充分世界化与全盘西化》(1935年6月23日),《胡适全集》第4卷,安徽教育出版社2003年版,第584—585页。
② 胡适:《试评所谓"中国本位的文化建设"》(1935年3月31日),《胡适全集》第4卷,安徽教育出版社2003年版,第578页。
③ 同上书,第583页。

设，是一方面不要使中国文化完全为西洋文化所克服而归于消亡，要使中国文化仍保持其特色的文化；同时另一方面，又要使中国文化与世界文化相适应，使中国文化变成新的，而成为新的世界文化之一部分。"①他为这样的中国文化本位观起了一个好听的名字，叫"对理"性，他说这是对西文"Dialectic"（即"辩证"）音译兼顾的理想翻译。② 可以读出，在对中国本位文化论的解释和辩护中，张岱年先生一方面是将其中所包藏的折中论与他本人的综合创新论做了无缝对接，另一方面也保全、保鲜了胡适所指认的保守论。在政治上张岱年先生与萨、孟等人固然不同，然而在逻辑论证上，在文化取向上，他们实则并无多大区别。一句话，张岱年先生的文化综合创新论，一如萨、孟等人的中国文化本位论，既是折中的，也是保守的。张岱年先生以为"所谓中国本位文化建设的主张，更显明的说，其实可以说是'文化创造主义'。不因袭，亦不抄袭，而要从新创造"，这愿望无疑是美好的，其动机也是进步的，但若想顺利实现这一美好的、进步的文化愿景，我以为，那只能是首先放下其本位观，超越中西文化二元对立思维，将"本位"既不保留给中国（传统）文化，亦不虚席于西方文化，而是以"现实文化"和"当代文化"为"本位"，将中西文化作为中国当代现实文化实践的话语性资源。在实践面前，一切话语资源都没有资格妄称"本位"，它们都是服从于"本位"的。必须承认，唯有实践才配称"本位"。若是错置了"本位"，将中国文化尊奉为神圣不可侵犯的"本位"，例如在张岱年先生，未及创新便先已决定"要使中国文化仍保持其特色的文化"，那么无论如何"综合创新"都将不过是综合守旧罢了。同样，若是以西方文化为"本位"，那结果便是综合西化了，其间中国文化即使不被西化掉，也至多是作为西方文化的点缀。而实际上，作为话语资源

---

① 张岱年：《关于中国本位的文化建设》（1935年3月18日），《张岱年全集》第一卷，河北人民出版社1996年版，第229—230页。

② 同上书，第229页。

的中西文化都不能实现自身的完美克隆。要建设一种新文化，我们不可以本末倒置。我们已经知道，实践是本，文化资源是末：无问西东。"西学"不是"本"／"体"，"中学"亦非"本"／"体"，它们都是"本"／"体"之所"用"。我们在面对中西文化话语资源时，诚然是需要辩证法（"对理"）的思维和态度，但我们更需要的是唯物主义的恒基和定力，否则就成了唯中主义（"因袭"）或唯西主义（"抄袭"）的书袋子和书呆子，声言"创新"而实则流于克隆。

扯得远了，赶紧返回，我们接着讲述《孔学堂》及其背后的故事！

《孔学堂》绝对不是中国文化复兴论的策源地，严格地说此说始终伴随着鸦片战争以来中国在政治、军事、经济上的失败、抵抗、崛起这整个历史过程，不过 1990 年代以来，随着中国的世界影响力的不断增强而日益成为一个颇受追捧的命题。梁启超的"文艺复兴"概念指清代二百余年的思想学术。胡适的时间跨度更其久长，是指唐宋以来直至五四时期所有的文化革新运动和思潮，几等于"新潮"或"创造""创新"之谓。现代新儒家则直以复兴中国文化暨儒学文化为己任，如梁漱溟、贺麟、张君劢、钱穆、牟宗三等人，他们信心满满地宣称："世界未来文化就是中国文化的复兴，有似希腊文化在近世的复兴那样。"[①] 进入 21 世纪更有名人云集、阵容豪华的《中华文化宣言》（李伯淳执笔，2001 年），它公告全球："二十一世纪是中华文化复兴的时代！"

中国文化复兴论可谓源远流长，众声喧哗，不一而足，而我们这里却只是以《孔学堂》和她的几位作者为例，再随手捎带上张岱年老前辈，或许有人会为其鸣冤叫屈，因为这样的事例实在太多了，何以单单要跟他们这几位杠着过不去呢？！我要为自己辩护的是，也恰恰是因为这随手一抓就是一大把对"中国文化复兴论"存在问题之习焉不察，

[①] 梁漱溟：《东西文化及其哲学》（1921 年），《梁漱溟全集》第一卷，山东人民出版社 2005 年版，第 525 页。

之人云亦云，之以讹传讹，所以才有必要在这里大张旗鼓地揭露其问题之所在。显然，问题已经很严重了！但在本文所许可的篇幅内，我们所能做的也仅仅是指出其主要错误之所在，顾不得史之梳理以及更复杂的论之辨析。姑且算是一个研究提纲吧！唯抛砖引玉耳！

二　中国文化复兴论不等于文化自信

什么是"复兴"？所谓"复兴"在西方"文艺复兴"的意义上是古希腊罗马文化的复活，在中文语境是指再次兴盛，而若是考虑到"兴"与"亡"之时常对举，那么西语之复活的意思也是蕴含于其中的。好了，简单说，复兴就是复活。那么，问题就来了。首先，过去的或曰古典的中华文化能够复活吗？如果说中华传统文化是指经典文本以及蕴含于其间的思想的话，这样的文化根本就不能复活，它只能被活的当代人活学活用于活的当下。在此，活着的是当代人，活着的是当代人对经典的当前使用，而非经典自身。在古今之间，从不改变的中心乃今人的生活实践和生产实践。这也就是说，经典依附于活人而复活，如果说它有生命的话，那也仅仅是寄存性的、寄生性的、依附性的；且更为关键的是，凡使用均是挪用、借用、选用，都不是如其本然的使用。既然说经典在使用中被拆解，难道被拆解的零部件还能以复活称之吗？西方的"文艺复兴"不是对古希腊罗马文化的复活，而是资本主义需要借此以为自身开辟道路，因而其所谓"复活"不过是一比喻性的说法，不必较真！过去是无法出现于当前的，其出现之多寡取决于当前之需要。固然可以说一切历史都是当代史，但这也只是说，一切历史都将被当代化，从而也不再是原先的历史（遗产）。使用一个不恰当的比喻，死人的器官被移植到活人的身体时，难道我们能够说死人复活了吗？！再或者说，人被老虎吃掉，滋养了老虎，有谁能说人在老虎中复活了呢？！那是佛经"以身饲虎"的故事，但此故事也只是说小王子投身到

13

天界去了,而未说其在人间复活。

历史复活论是一种唯心主义的说法,它把历史想象为某些宗教中的灵童转世,或者,就像在黑格尔那里,历史不过是绝对概念的演绎,概念之外无世界。① 在这样的意义上,则根本就不存在什么复活问题,而只有那永不寂灭者(如神灵和概念)不断地变换其外观形式而已。要之,复活论总是难以逃避被理解为整体复活的嫌疑,而历史是绝对不可能整体复活的。历史不是同一物之轮回,而是同一物在时间之流中不断更新自身,也就是不断地生成,不断地成为非同一物。

第二,习近平在十九大报告以及此前的一系列讲话中,说到"文化自信",都确定无疑地是指对于中国特色社会主义文化的自信,而非指"中华优秀传统文化"。当然,中国特色社会主义文化"源自于中华民族五千多年文明历史所孕育的中华优秀传统文化"②,但这也只是说,中华优秀传统文化是中国特色社会主义文化的一个来源,而当其汇流于中国特色社会主义文化这一崭新的文化大江大河之时,它必然要接受后者的剪裁、调适、改造、整合,因而也必然不再是过去的中华优秀传统文化本身。任何文化都是实践及其需要的产物,中国特色社会主义文化亦不例外,它"植根于中国特色社会主义伟大实践"③,因而也必须反映中国特色社会主义实践之内在需求。作为其中一个来源、一个构件的中华优秀传统文化,同样也应该接受中国特色社会主义实践的取予,即是说接受"立足当代中国现实,结合当今时代条件"④ 的"创造性转

---

① 在黑格尔,概念既是世界的起点,亦是其终点,概念之外无世界,如谢林所指出的:"概念就是一切,而且它的运动是一个普遍的、绝对的行为。……真正的造物主乃是概念。有概念,也就有了造物主,除了概念之外,人们不需要任何别的造物主。"(谢林:《近代哲学史》,先刚译,北京大学出版社 2016 年版,第 152 页)

② 习近平:《决胜全面建成小康社会 夺取新时代中国特色社会主义伟大胜利——在中国共产党第十九次全国代表大会上的报告》,人民出版社 2017 年版,第 41 页。

③ 同上。

④ 同上。

化、创新性发展"①。中国特色社会主义文化不是中华传统文化的原样复活，而是"不忘本来、吸收外来"②的，"面向现代化、面向世界、面向未来的，民族的科学的大众的社会主义文化"③。毋庸置疑，中国特色社会主义文化是一种崭新的文化形态，断非中国文化复兴论者所想象的一种古老文化的复活或再生。

第三，"中华民族伟大复兴"不等于"中华文化伟大复兴"。原因很简单，中华民族是伟大的实践主体，而中华文化则是这一实践主体所需要的多个文化资源之一。尽管中华优秀传统文化是中国特色社会主义文化一个最重要的资源，甚至可能在中国文化未来特色的形成过程中发挥首要的或决定性的作用，但它仍然是"之一"而非"唯一"，需要与其他文化资源相互作用，而共同服务于中国特色社会主义实践。

中华民族伟大复兴不是民族主义性质的复兴，不是对世界霸权的追逐，不是新帝国主义，我们的目标是构建人类命运共同体，是为解决当代世界问题乃至人类问题提供中国方案、中国智慧。与此相应，在文化上，我们不追求文化帝国主义，即以中国文化统一世界，我们的目标是创造人类文化共同体，这就是在共同利益中或利益链接中创造文化的"和而不同"或"在异之同"（common in difference，斯图亚特·霍尔语），即各种差异之间的相互认知、应和、表接（articulation）和包容。如果我们自甘、自得于自身的特殊性，以特殊性为至美，并以此拒绝与外部世界的交往、协调，我们就是自绝于世界，更何谈在全球治理中发挥积极作用？！如此，文化特殊论大可以休矣！

文化是如此重要："没有高度的文化自信，没有文化的繁荣昌盛，

---

① 习近平：《决胜全面建成小康社会　夺取新时代中国特色社会主义伟大胜利——在中国共产党第十九次全国代表大会上的报告》，人民出版社 2017 年版，第 41 页。
② 同上书，第 23 页。
③ 同上书，第 41 页。

就没有中华民族伟大复兴。"① 而要建立高度的文化自信,不断铸造中华文化的新辉煌,首先应当从变革文化观念开始,即将文化特殊性置于文化的共在场域之中,将文化差异既作为本体的存在,更作为话语性的因而交往性的存在。诚然,在旧时代,在半殖民地时期的旧中国语境中,我们以特殊性或差异性相号召,以救亡、保全自我文化,具有可以理解的某种历史合理性,但进入新时代,进入"一带一路"建设即中国特色的全球话语的新时代,我们就必须与时俱进地丢弃一直以来的文化民族主义思维,如中国文化复兴论所意谓的,即从褊狭的"各美其美"阔步进入阔大的"美人之美,美美与共,天下大同"的世界主义新境界。不用说,这一世界主义是对话的世界主义,是全球对话主义。

第四,中国文化复兴论本质上是自我中心主义。无论其为自恋型、自卑型或自大型,其共同特点都是阻断自我与他者的联系。自恋型、自卑型是龟缩于自我,自大型则是自我膨胀,在他们的世界里均无他者的位置。然而,从哲学上看,纵使将自我提升到孤绝的程度,那也不过是对他者的一种特殊形式的容纳:切割总是意味着另一种连接。甚至,自我愈是坚意与他者划清界限,其与他者的关系便愈是牢不可分;它们处在共现之中,彼此都得到了更加清晰的呈现。自我位于他者的另一极,二者共处于一种差异和比较的意识之中。除非将自我从自我意识中彻底清除出去,否则他者总是一再浮现。但没有对象的意识是不可想象的。情况总是,只要想到、说到自我,他者(对象)便一道被钩沉。毫不费解,切割是另一种形式的连接。一如诗人张枣所体验到的,"只要想起一生中后悔的事,梅花便落了下来"。在这一意义上,自性、特色等

---

① 习近平:《决胜全面建成小康社会 夺取新时代中国特色社会主义伟大胜利——在中国共产党第十九次全国代表大会上的报告》,人民出版社 2017 年版,第 41 页。此处的两个"文化"均指中国特色社会主义文化,而非一般意义上的文化。因此可以认为,助力"中华民族伟大复兴"的是中国特色社会主义文化,而非作为其来源的某个单一文化如中国文化或其他文化。

都是津渡性的，都将通向与他性、陌异的对话性链接。

自我与他者并非只是在意识中共现，其关系并非纯粹意识性的，仅仅在意识中发生联结，而且也是实践性的。当自我意识到他者的存在，他者就构成了其参照物，他会参照他者来变革自身，以使自身更加强大。他在实践层面咀嚼他者、消化他者，将他者变成自我的一个有机部分。在今日中国的社会身体中不是随便就可以看见他者的元素吗?！不，我们经常是看不见我们的社会身体之内何者为本来、何者为外来。原先意义上的自我与他者及其区隔已不复存在。我们意识到世界的存在，我们也将行动于世界。自我无法孤绝于世界。

别了，中国文化复兴论，你属于旧时代！新时代需要新思维，即超越了中西二元对立思维、画地（自我）为牢的全球对话主义。自此以后，我们不要再轻言中国文化复兴什么的，或者，本体论的中国文化特殊性什么的，那太后殖民了，太狭隘、太小我了，那不是强者的文化自信，今日中国的眼光是拥抱整个世界！是为解决世界问题乃至人类问题提供中国智慧和"中国方案"！

反思与重构：马克思主义文论的意义生成

韩伟

时间：2018.04.13

地点：E126会议室

主讲人简介：韩伟，男，汉族，陕西子洲县人。2005年6月毕业于兰州大学文学院，获博士学位，专业为中国现当代文学（含民族文学）。同年9月到西北师范大学文学院任教，2011年7月评为教授，2012年7月被聘为博士生导师。曾任西北师范大学文学院副院长、教授、博士生导师，文艺学学科带头人，甘肃省省级精品课程"美学"主持人。2007年10月，到中国社会科学院文学研究所博士后流动站师从著名学者张炯先生工作学习，2010年11月出站。在站期间，获得第43批博士后基金一等资助项目，获得第二批博士后特别资助项目。现为西安外国语大学中国语言文学学院院长、教授、博士生导师。

摘要：马克思主义文论研究应该从观念和方法上有所改变，这样才能适应新形势新语境下的马克思主义文论研究，才能有效避免"以西解中"的"单向格义"。为此必须回到马克思，真正将马克思主义文论与中国当代文学的现实状况关联起来，以一种思想的方式思考"西马"文论的"单向格义"问题，以理论自觉的方式回视马克思主义文论的重构与生成问题。马克思主义文论应该成为直面中国问题、解决中国文学问题的理论，这也是马克思主义文论原创性研究的题中之义。

关键词：反思；重构；马克思主义文论；意义生成

基金项目：本文系陕西省第二批人文英才支持计划项目、陕西百人计划和陕西省社会科学基金项目（立项号：2017J040）阶段性成果。

本文发表信息：韩伟：《反思与重构：马克思主义文论的意义生成》，《陕西师范大学学报》（哲学社会科学版）2018年第5期。

本文与已发表论文有细微区别。

毋庸置疑，新时期以来的马克思主义文论研究取得了丰硕的成果，尤其是新世纪以来的马克思主义文论，更接地气，更有问题意识，往往能够在新形势和新语境下聚焦问题，生成有价值有意义的问题域。但是随着中国社会改革和发展的深度展开，尤其是"一带一路"的提出，更是要求中国的马克思主义研究要遵循自身的发展逻辑，当然中国当代的马克思主义文论研究也应如此，要结合中外马克思主义文论研究的成果，推动马克思主义文论的原创性研究。这种研究姿态和方式本身就是马克思主义的体现，诚如习近平总书记所言："我们的哲学社会科学有没有中国特色，归根到底要看有没有主体性、原创性。跟在别人后面亦步亦趋，不仅难以形成中国特色哲学社会科学，而且解决不了我国的实际问题。"[1] 中国马克思主义文论的发展需要反思中国马克思主义理论发展的实践，也只有在这种具体化的实践努力中，才能凸显成就和发现问题，才能从历史发展的反思中获得中国马克思主义文论自身发展的问题和理论逻辑。

一 回到马克思：寻找一种真正的可能性对话

中国当代马克思主义文论研究者应该确立一种马克思主义文论研究的新观念，即马克思主义文论的生成有其自身的发展逻辑，我们的研究应该遵循和重视这种逻辑。我们应该强调马克思主义文论的具体化研究，只有在这种具体化的研究中才能真正回到社会历史场域，才能建构起历史的视域，才能真正将马克思主义文论与中国当代文学的现实状况

---

[1] 习近平：《在哲学社会科学工作座谈会上的讲话》，《光明日报》2016年5月19日第1版。

关联起来。但是我们思考和研究这些问题的前置性条件是"回到马克思"。"回到马克思"实际上就是对马克思文本原像和思想原像的回溯。对马克思经典文本的考证、解读、分析和再阐释，其目的是思想，可以说，思想原像是一切研究范式的最终指向。我们"回到马克思"本质上就是要坚持马克思的立场、方法、思维方式、价值观念和理论旨趣。而对于马克思思想原像的哲学追问，"其实一个问题就是所有问题，无论从哪个角度去追问，都只有把马克思哲学的独特性和革命性揭示出来，才能澄明马克思哲学内在的历史原像，否则就是仅仅在外在的意义上描述马克思的思想外观"①。这也是马克思主义文论发展的内在诉求。"在经济全球化的背景下，马列文论面临着新的问题与挑战。如何继续发挥马列文论的指导作用，分析和解决现实问题，如何正视当代马列文论研究中存在的'瓶颈'问题，是我们必须关注和急于解决的现实问题。"② 这些问题的有效解决，既能推动中国当代文学和文学理论的发展，同时也可以为马克思主义的中国化提供经验支持。

"回到马克思"就是回到马克思思想的功能原点。作为一种学术现象和理论欲求，"回到马克思"就是回到马克思思想自身的嬗变、马克思与马克思主义的区别与联系、马克思思想的恩格斯化等一些具体的路径上来。这种回归实际上就是在目的诉求和终极结果之间的学术间距中寻找有价值有意义的研究论域，从而生成新的研究论题。早在1921年，李达就发表了《马克思还原》一文，这可能是最早探索"真马克思"原初理念的文章了。事实上，西方学者也在"回到马克思"的道路上不断发掘和探索，譬如卢卡奇和阿尔都塞。在当代中国，对"回到马克思"既有推崇，也有否定。持否定意见者往往担心"回到马克思"只是回到了具体的文献文本，而忽视了马克思主义的"当代性"品格。

---

① 王庆丰：《马克思哲学的思想原像》，《学习与探索》2012年第2期。
② 韩伟：《当代马列文论研究的"瓶颈"问题》，《甘肃社会科学》2013年第3期。

这种担忧有一定的道理。这就要求我们马克思主义研究者要有时代感，要有当代意识，让马克思主义在历史和现实的烛照中熠熠生辉。所以，我们认为，中国当代马克思主义文论研究要走融通和相互参照相互解释的道路。马克思主义在具体的中国历史进程中的确指导了中国社会主义革命实践，也的确生成了中国马克思主义。但随着中国社会的进一步发展，尤其是新世纪以来的中国社会，无论是社会结构，还是生产生活实践都发生了深刻的变化。面对新媒体新语境的现实世界，中国的马克思主义、马克思主义文论研究也要正视这种现实。这才是实事求是的科学研究精神。

　　转变观念，回到马克思，寻找一种真正的可能性对话。回到马克思，有着正本清源的意味。这种"回到"是一种话语策略，是一种为了实现当代马克思主义阐释的原创性努力。"回到"也意味着是一种"对话"。在今天，我们要想完全客观地回到马克思原初语境是不可能的，这也不是历史主义的态度。"回到"实际上只是一种面向当下、面向事实本身的回到。我们所说的"回到"，是指研究者从自己的历史视域出发，通过与文本视域的融合而建构起来的一种"效果历史意识"。这就是一种"对话"，一种潜在的"对话"。其中实际上包含两个视域，一个是研究者的当代视域，另一个是马克思主义的视域。前者是构成研究"旨趣"和"前见"的东西，是马克思主义文论当代阐释的理论前提。后者是马克思主义的思想视野，是有效进入马克思主义对话情境的通道，马克思主义文论研究离不开这种思想视野、历史语境和对话情境。中国当代马克思主义文论的这种"对话"，至少应该包含这么三个方面的意思：一是中国当代马克思主义文论与中国当代文学现实的"对话"；二是中国当代的马克思主义文论研究者同马克思主义哲学的"对话"；三是马克思同他同时代的思想家文艺理论家的"对话"。这种"对话""恰当的方法必须是在一种视域的交互流动中实现相互交融，在这种交融中，我们不仅要建构出马克思文本的思想语境，同时也要对我们自己的'前见'与'旨趣'

进行修正。很显然，这是一个复杂的、无限的过程"[①]。在这个过程中，我们试图摆脱"影响的焦虑"，解构固化了的马克思，消除所谓研究"前见"或"旨趣"，重构马克思主义文论理论思考语境。

  本文所强调的转变观念，就是回到真正的马克思，避免对马克思的强制阐释。事实上，我们要做到这一点，至少要做好下面的工作，即进行马克思主义哲学、马克思主义文艺理论文本的语境建构。马克思主义是开放的学说，是不断生成的学说。我们应该在当代语境中激活马克思主义历史文献。这个文献既包括影响马克思主义生成的文献，也包括马克思同时代思想家群体的文献，还包括马克思之后的西方学者如何理解和阐释马克思主义的文献，当然也包括马克思主义中国化的历史文献。这些文献资料共同为重塑真正的马克思主义提供了文献支持。克罗齐曾言："如果我们把自己限制在真历史的范围以内，限制在我们思想活动所真正加以思索的历史的范围以内，我们就容易看出，这种历史和最亲历的及最当代的历史是完全等同的。"[②] 历史和当下的现实生活存在着内在的关联性，这种关联性的张力赋予了历史鲜活的意义。国外对马克思主义的研究基本从三个层面来展开。一是以文献确证和考据研究的方式对马恩元典文献作以原初性展现，这种展现为研究者提供了丰富的客观的文献资料。二是对马克思主义经典文献富有思想性和生命力的解释，这种解释既有历史的回应，又有现实的观照。三是马克思主义的跨学科征用，这种征用拓展了马克思主义的疆域，丰富了马克思主义研究的整体图景。本文强调重视马克思主义文献的当代激活，就是为了回到阅读马克思的语境。马克思主义的实践批判理论强调人在实践中的主体性地位，强调历史与现实的语境性。马克思主义的实践观是其辩证思想的体现，

---

  ① 仰海峰：《"回到马克思"：一种可能性的对话》，《南京大学学报》（哲学·人文科学·社会科学版）2001年第2期。
  ② ［意］贝奈戴托·克罗齐：《历史学的理论和实际》，傅任敢译，商务印书馆1982年版，第3页。

而霍克海默对笛卡儿实用理论的批判和卢卡奇对康德的观念理论的批判在某种程度上曲解了马克思主义的批判本质。霍克海默所说的"批判理论的'批判性'表现在两个方面,一是历史性,二是情境性"①,就是最好的诠释。这就要求我们重新认识马克思主义的实践批判理论。作为主体的人,在实践中实现着"自然的人化"与"人化的自然",从而确立了人的实践主体性地位。人在这种主体性的确证过程中澄明地显身敞开,构入对象又使对象构入自己。这就是说"马克思主义批判理论的实践主体地位规定着马克思主义的理论批判既是历史性的又是语境性的"②。

然而,今天的现实语境和马克思主义的历史情境与思想语境发生了很大的变化。面对这种变化,我们不得不思考这些最为基本的问题。在今天,我们为什么还需要阅读马克思?我们以何种方式来阅读马克思?马克思究竟有哪些思想值得我们阅读?伽达默尔、德里达、阿尔都塞、柯尔施、阿伦特、卡佛等西方学者的马克思阅读和研究,是不是马克思主义的有机组成部分?我们的马克思主义研究能不能绕开这些文献资料?这些问题的聚焦要求我们转变观念,厘清问题,建构起中国当代马克思主义文论研究的理论逻辑。还有,新时期以来的马克思主义文论研究,对时代重要问题的关注与回答之缺失问题。譬如,习近平《在中国文联十大、中国作协九大开幕式上的讲话》《在文艺工作座谈会上的讲话》两篇指导性文件的理论阐释不够及时,不够深入;对两个《讲话》中所涉及的时代重要命题未能及时地进行理论解析和深化等,值得我们反思。

二 "西马"文论:"以西解中"的"单向格义"抑或影响的焦虑

在今天,西方马克思主义文论已经成为中国当代马克思主义文论理

---

① 陈学明等:《二十世纪西方马克思主义哲学》,人民出版社 2012 年版,第 169 页。
② 高楠:《建构中国马克思主义文学理论的批判理性》,《文学评论》2017 年第 4 期。

论建设的重要参考资源。问题是我们研究者如何理清"西马"文论理论来源，以及哪些资源是我们需要的，是能够真正有效促进中国当代马克思主义文论的建设的。有的学者担心"西马"文论片面化的影响，这种影响"不仅在相当的程度上混淆了马克思主义文学理论同'西方马克思主义'文学理论的本质区别，而且大有以'西马'文论取代中国化马克思主义文论，以'西马化'取代'中国化'的趋势"[①]。固然西方马克思主义文论是在西方现代社会的土壤上生长出来的，是西方现代性话语涵融马克思主义的理论实践。西方马克思主义生成的哲学基础和其承载的价值功能与中国的马克思主义是有着根本区别的。中国的马克思主义文论研究不能无视这种区别的存在。同时，我们也要明白，西方马克思主义的理论生成是西方知识谱系和马克思主义话语的某种"理论对接"，有着明显的西方学院话语的"移植"色彩。西方马克思主义是基于两个方面的批判性反思建构起来的，一是对资本主义的批判，二是对"僵化"的马克思主义的批判。这两种反思路径创造出了形形色色的西方马克思主义，譬如"新马克思主义""基督教的马克思主义""存在主义的马克思主义""结构主义的马克思主义""弗洛伊德主义的马克思主义"等。这些主义普遍缺乏具有历史感的科学认识，凸显出来的往往是学说代表性人物的个人学术主张或者学术风格。诚如马克思恩格斯在《德意志意识形态》中所言："青年黑格尔派玄想家们尽管满口讲的都是所谓'震撼世界的'词句，却是最大的保守派。如果说，他们之中最年轻的人宣称只为反对'词句'而斗争，那就确切地表达了他们的活动。"[②] 马克思所讥讽的这种"词语对词语的斗争"在西方新马克思主义和后马克思主义中都有明显的体现。同时我们也应该看到，尽管西方马克思主义流派众多，但关注的一些基本问题、基本

[①] 董学文：《文学理论研究的"西马化"倾向》，《湖南社会科学》2001年第1期。
[②] 马克思、恩格斯：《德意志意识形态》，《马克思恩格斯选集》第一卷，人民出版社1995年版，第66页。

内容，以及理论原点等方面还是一致的。譬如，重视对马克思早期思想的研究和解读，重视对历史辩证法的研究，重视对意识形态问题的研究，重视对社会历史理论的研究，重视对物化和异化问题的研究，重视对实践问题的研究等。西方马克思主义所关注的这些问题域，"虽然也有一些属于'西马'理论的独特探讨，但就其主观的理论诉求而言，也没有反马克思主义的主观意图，而顶多算是对马克思主义文艺理论的一种丰富和补充"①。

面对"西马"文论资源，我们不能简单地用"西马"文论的概念、范式来对接中国文学理论和文学现实。对"西马"资源运用不好，就会出现"影响的焦虑"，就会出现"以西解中"的"单向格义"。这里所谓的"格义"指的是以固有的、大家熟知的文学理论经典中的概念解释尚未普及或者接受的外来文学理论的基本概念的一种权宜之计。而"单向格义"说明双方之间的关系不是互动的、共融共生的，而是一种被动行为。这就要求我们研究者不得不思考"西马"文论资源的"援西入中"模式问题。我们应该积极主动地接受，还是消极被动地接纳？这两种不同的态度会产生不同的效果。笔者以为，我们可以主动接受和吸纳"西马"文论中的一些有益资源，把它当作发展中国马克思主义文论的学术"参照"。我们聚焦中国马克思主义文论自身的问题，进行正面和积极的"援西入中"。如果我们消极被动地接纳"西马"文论，就会逐渐地把中国马克思主义文论变成"西马"文论的"中国注脚"。正确的做法应该是把"西马"文论看成是马克思主义文论的一个有机组成部分。这就让我们的马克思主义文论研究获得了全球性视野，并在"援西入中"中不断走向"援中入西"，从而实现人类思想的彼此互动、共生共成。

---

① 丁国旗：《译介与反思——"西马"研究在中国的命运》，《文艺理论与批评》2013年第1期。

马克思主义文论的发展离不开三个方面的自觉，即文献基础、西学素养和国际视野。强调文献基础，就是重视客观事实和史料价值。卢卡奇就明确表示要坚守兰克治史原则，要回到作为历史事实中的马克思，让史料本身说话。阿尔都塞更为激越，强调要"按马克思的思想而思想"，要读德文原版的《资本论》。这些主张的目的就是要激活马克思主义原典文本，从而重建具有开放性、前瞻性、当代性和生成性的马克思主义思想。西学素养是能够真正进入马克思思想堂奥的必备基础。马克思主义思想是在西方社会历史文化语境中生成的，具有鲜明的历史性和复杂性。马克思的思想具有明显的跨学科性，是不同学科构成的意义整体。西学素养对于我们理解马克思思想中的"显性理论"和"隐性观点"之间存在的学术间距有着很大的帮助，有助于我们打开马克思思想"潜在性存在"的意义空间，也有助于我们廓清"马克思的马克思主义"和"马克思之后的马克思主义"之迷雾。国际视野的自觉，有助于我们从更为阔大的历史时空中来观照和研究马克思主义思想，让那些被遮蔽和消融了的马克思主义思想得以"澄明地显身敞开"，将那些破碎的马克思熔铸成整体的马克思，从而构建起丰富的多维的马克思。这三个方面的理论自觉，是当代马克思主义文论发展的前提性基础。

中国马克思主义文论的发展之路不应当是"去西马文论化"，而应该积极主动地在"西马"文论资源中获得学术智慧，甚至可以与整个西方人文学科进行深度互动。这种互动往往能有效激活研究思维和研究范式，从而走出"史料堆砌、缺乏观点"的窠臼。我们对"西马"文论往往采取两种极端的方式，要么全盘接受，极力推崇；要么坚决抵制，全面否定。这两种都不应该是学术研究的态度。事实上，只有在与"西马"文论深度交融的过程中，才能形成中国马克思主义文论的"主体性"，才能建构起一种真正的富有特性的观念结构、话语形式和价值系统。只有以作为"他者"的"西马"文论为参照，进行沟通和互动，才能获得"自我意识"和"问题意识"。我们的"西马"文论学习和研究，往往呈现出明显的"反向格义"特征，即研究者自觉地以"西马"文论的概念和术语来研究、诠释中国本土的文学和文学理论。当然，这里所体现出的"反向格义"，既可能是广义上的，也可能是狭义上的。广义上的"反向格义"可以泛指任何自觉地借用"西马"文论解释、分析、阐释和研究中国文学及文学理论的做法。狭义上的"反向格义"则专指以"西马"文论某些具体的现成的概念、术语来对应着解释中国马克思主义文论的概念、范畴和思想。无论是"单向格义"，还是"反向格义"，都不是马克思主义的真义。

不难看出，"以西解中"的"单向格义"不仅对建设马克思主义文论无所裨益，而且理论的"移植"也带来了"理论循环"的难题。"马克思主义文艺理论的创造不是来自从理论到理论的'建构'，而是源自对已有一切人类文艺成果的批判，从批判中析取概念、范畴，借以总结规律，并为新形态的文艺实践可能性提供话语支持。"[①] 马克思主义所强调的"实践性"是马克思主义文论发展和创新的动力源泉，也为"西马"文论和中国马克思主义文论的融通架起了桥梁。

三　理论的自觉：马克思主义文论与思想的同构

马克思主义文论的理论建构离不开马克思主义哲学，尤其是马克思主义哲学的三大主题，即理性形而上学的终结和哲学的历史实现、以资本逻辑为核心的批判分析方法、走向自由历史的理论指向。这些命题是马克思主义文论的理论原点，可以说马克思主义理论意义的拓展和生成，都是围绕着这三大主题展开的。这三大主题既是对传统思想的深层

[①] 赵文：《走出理论循环，找回现实感——浅议"西马"文论难题性与马克思主义文论的实践品格》，《文艺理论与批评》2016年第3期。

透视，又是对资本主义历史批判的反省，同时也是剖析时代、社会与思想的理论基础。在今天，我们阅读和研究马克思主义文论，更需要激活马克思主义文论中最富有生命力的东西，也正是这些内容才能让马克思主义文论在历史和哲学的同构中获得新生。马克思主义是思维的科学，提供给我们的是理解哲学和历史的方法。这种思维给我们打开了一个开放的反思空间，从这个层面上说，马克思主义文论不是封闭的，而是开放的、生成的。正如卢卡奇所言："正统马克思主义并不意味着无批判地接受马克思研究的成果。它不是对这个或那个论点的'信仰'，也不是对某种'圣'书的注解。恰恰相反，马克思主义问题中的正统仅仅指方法。它是这样一种科学的信念，即辩证的马克思主义是正确的研究方法，这种方法只能按其创始人奠定的方向发展、深化。"① 这就是说马克思主义只是提供了思考问题的方法和平台，而如何按照马克思主义的思考方式在这个平台上推进马克思主义文论研究，是我们马克思主义文论当代阐释的根本问题。

在这方面，西方马克思主义学者值得我们借鉴和学习。比如，阿尔都塞的《保卫马克思》。他面对20世纪60年代思想领域的热点问题"两个马克思"的争论，以对马克思主义研究方法的再反思为思考前提，提出了"问题式""症候式""认识论断裂"等概念，从而形成了自己的马克思主义研究思路。还有，"阿尔都塞批判了黑格尔辩证法中的简单本质理论，反对将马克思主义的思想解释为一种简单的经济决定论，认为在这种解释中，马克思与黑格尔哲学的区别无法显现出来"②。阿伦特不是马克思主义者，但她特别分析了马克思思想中的三个重要理论命题，即劳动创造了人本身、暴力是每一个孕育着新社会的旧社会的助产婆、支配他者的人不能获得自由。在此，阿伦特以海德格尔式的立

---

① [匈]卢卡奇:《历史与阶级意识》，杜章智译，商务印书馆1992年版，第47—48页。
② 仰海峰:《阿尔都塞多元决定理论的后马克思主义解读》,《东岳论丛》2008年第2期。

场阐释马克思主义哲学,值得我们借鉴。德里达在"历史的终结"日之际,出版了《马克思的幽灵——债务国家、哀悼活动和新国际》。这既是对马克思的致敬,也表达了他对马克思主义学说的信心。德里达以自己的解构精神对马克思哲学进行了解构,并且将马克思的批判精神同他的形而上学批判作了理论上的对接。他说,我们"不能没有马克思,没有马克思,没有对马克思的记忆,没有马克思的遗产,也就没有将来:无论如何得有某个马克思,得有他的才华,至少有他的某种精神。因为这将是我们的假设或更确切地说是我们的偏见:有诸多个马克思的精神,也必须有诸多个马克思的精神"[1]。在这里,"马克思的幽灵"的多义性就潜在地成为我们阐释德里达解构思想和马克思批判理论之间深层关系的基础。德里达对马克思主义哲学的解构式改造,其主要关注点表现在三个方面,即马克思对资本的幽灵逻辑的批判、马克思哲学中的本体论形而上学、马克思主义哲学中的共产主义。其中,德里达对本体论形而上学进行了改造,并将共产主义表征为对未来的承诺和责任。萨特的《存在主义与马克思主义》主要表达了两个问题:一是"异化"的物质力量及这种力量对人的生存的影响,二是个体的创造性实践所带来的个人的自由与发展。这是研究者对萨特关注比较多的地方。但是,笔者以为,萨特在《辩证理性批判》中所提出的"惰性实践"更具有学术张力。萨特以惰性实践为核心来揭示物的指令体系,以及这一体系对个体生存的决定性影响。西方哲学学者视角独特,其关注的点和层面给我们马克思主义研究带来很多启发。我们的马克思主义文论研究,也应该从中剥离或者抽象出一些具象的东西,成为新的学术生长点。

事实上,我国一些马克思主义文论研究者也体现了这样一种理论自觉,以中国的方式来研究"西马"关注的一些问题,并且研究的较为

---

[1] [法]雅克·德里达:《马克思的幽灵——债务国家、哀悼活动和新国际》,何一译,中国人民大学出版社1999年版,第21页。

深入，亦有着创新性见解。譬如，张永清对马克思主义批评理论的前史形态研究，以扎实的文献为基础，对马克思恩格斯1833—1844年的批评理论作了知识考古学式的分析和阐释，试图引导研究者们回到马克思主义批评理论的基点，从思想史发生发展的角度重新认识和研究马克思主义批评理论。张文认为："马克思恩格斯在1833年至1844年8月时期的文学创作和评论活动，不仅构成了马克思主义批评理论的'前史形态'，而且还是其他五种批评形态的基础。国外相关研究经历了萌芽与胚胎、形成和发展、反思和深化三大阶段；国内相关研究经历了'苏联化'和'西马化'两大阶段。学界对马克思的相关研究主要存在梅林式的'狭义化'与维赛尔式的'扩大化'两种倾向，对恩格斯的相关研究主要存在卢卡奇等的'有意拔高'与德梅兹等的'无端贬损'两种倾向。我们必须结合历史与现实两种语境加强对该问题的整体性研究。"[①] 张永清对前期马克思恩格斯文艺批评理论的研究，既是一种典型的重新回到文本，但又不囿于文本。他的"前史形态"研究，是在整个马克思主义思想史的宏大视野中进行的，是时代语境和历史语境融通后的意义激活。

在今天，我们研究马克思主义文论，往往从自我出发，缺乏对原始文献的阅读，而是想当然地进行学术研究，发表学术言论。正如阿尔都塞所言："这是整个当代思想史中最大的丑闻：每个人都谈论马克思，人文社会科学中的所有人几乎都在说自己多少是个马克思主义者。但是谁曾经不怕麻烦地去仔细阅读过马克思、理解他的创新性并接受他的理论结果了呢？"[②] 中国当代的马克思主义文论研究缺乏的就是"马克思主义"的主体自觉。这也是马克思主义文论原创性研究难以推进的问

---

① 张永清：《马克思主义批评理论的前史形态——试论马克思恩格斯1833—1844年的批评理论》，《中国人民大学学报》2016年第3期。

② ［法］路易·阿尔都塞：《黑格尔的幽灵：政治哲学论文集Ⅰ》，唐正东、吴静译，南京大学出版社2005年版，第348页。

题症结所在。这就促使我们重新思考"马克思主义问题性与理论创新"问题,从而切实有效地推进马克思主义文论研究的学术创新。诚如谭好哲所言:"'马克思主义问题性'涉及到与方法论相关的解释维度,与历史性相关的时代维度,以及与理想性相关的价值维度。只有在'马克思主义问题性'的寻找、研讨与确立、坚守中,才能切实有效地推进马克思主义文艺理论研究的学术发展和思想创新。"[1] 这里所说的"马克思主义问题性"是詹明信的解释:"我说的不是马克思主义本身,而是马克思主义所致力探讨和解决的问题。"[2]

总之,在今天我们研究马克思主义文论,既要看到它的历史性、生成性,又要看到它的当代性、实践性,这些质素共同构成了马克思主义文论不断创新的学术张力和学术活力。我们强调"回到马克思",就是本体性意义上的理论自觉、文化自觉和方法论自觉,这对于当代马克思主义文论研究范式图谱的形成、话语体系的构建有着重要的意义。

---

[1] 谭好哲:《马克思主义问题性与文艺理论创新》,《文学评论》2013年第5期,第19页。
[2] [美]詹明信:《晚期资本主义的文化逻辑》,张旭东编,陈清侨等译,生活·读书·新知三联书店1997年版,第2页。

简论青年恩格斯思想视域中的白尔尼因素

张永清

时间：2018.04.19

地点：E126 会议室

主讲人简介：张永清，男，山西平陆人，文学博士，博士生导师。曾先后在山西师范大学、武汉大学、西北大学、复旦大学、南京大学学习。现任中国人民大学文学院副院长，兼任中国中外文艺理论学会副秘书长、人大复印资料《文艺理论》主编。

摘要：1839 年 4 月—1842 年 10 月间，白尔尼的自由思想、人格理想等对青年恩格斯产生了极为独特的影响。这种影响主要体现在青年恩格斯对白尔尼与青年德意志、白尔尼与黑格尔/青年黑格尔派以及白尔尼与政治自由主义/共和主义三大问题的相关阐释中。青年恩格斯的思想呈现出从文学政治到哲学政治再到社会政治这样一个嬗变过程。自 1842 年 11 月始，青年恩格斯对社会主义、共产主义思想的接受意味着他的思想发生了"巨变"，尽管白尔尼的思想从此淡出了青年恩格斯的视域，但白尔尼的性格特质对此后的恩格斯仍发生着某种程度的影响力。

关键词：青年德意志；青年黑格尔派；文学政治；哲学政治；社会政治；政治自由主义

基金项目：本文系教育部人文社会科学规划项目"马克思恩格斯（1844 年 8 月 28 日之前）的批评理论"（14YJA751036）阶段性成果。

本文发表信息：张永清：《论青年恩格斯思想视域中的白尔尼因素》，《复旦学报》（社会科学版）2018 年第 4 期。

本文与已发表论文有细微区别。

一　问题的缘起

路德维希·白尔尼（1786—1837）[①] 及其著作在青年恩格斯的文学活动、哲学活动、政治追求以及人格理想的形成等方面究竟起到了怎样的作用，发挥了何种影响力？我们通过对相关文献的"穷尽"式整理与反复"细读"后认为，[②] 青年恩格斯确实并无白尔尼其人其作的专

[①] 考虑到多数读者对白尔尼其人其作比较陌生，本文在论及青年恩格斯与白尔尼的思想关系之前，有必要对其基本情况作简要介绍。此种介绍是以青年恩格斯如何选择、吸纳、评判白尔尼的相关思想为基本依据，而不是对白尔尼其人其作相关文献进行客观全面的梳理与概括。白尔尼于1786年出生在法兰克福一个犹太商人家庭。大学初攻读医学专业，后转到政治和法律专业学习，1808年获得哲学博士学位。毕业后，白尔尼在法兰克福警察局从事签发护照等工作（1808—1813）的同时，以激昂的爱国主义热情在报刊发文，呼吁民众奋起抵抗法军的占领与入侵。白尔尼在1818—1822年间自办了几乎是他一人撰稿的《天平》杂志（副标题是"市民生活、科学和艺术"），内容涵盖政治、戏剧和文学等领域。白尔尼1830年前所撰写的大量具有鲜明政治倾向与现实关怀的戏剧评论为其赢得了批评家、政论家的声誉。法国七月革命后，白尔尼流亡巴黎，1837年病逝于巴黎，其间所写的《巴黎来信》在当时的德意志产生了广泛影响。白尔尼的主要论著有《戏剧丛谈》（1829年汉堡版），《巴黎记述1822—1823年》（1829年汉堡版），《巴黎来信》（六卷本，1832年汉堡版），《吞食法国人的人门采尔》（四卷本，1837年巴黎版）等。

[②] 考虑到白尔尼对青年恩格斯的影响主要发生在不来梅和柏林时期，本文主要围绕青年恩格斯1839年4月—1842年10月间有关白尔尼的书信、论文、诗歌等方面的内容来展开讨论。他有关白尔尼的论述总计17篇（封/首），其中，不来梅时期14篇（封/首）中，柏林时期3篇。具体情况如下：不来梅时期，7封书信分别写于1839年的4月8—9日、5月24日—6月15日、6月15日、7月30日、10月8日、10月29日、11月13—20日，这些书信是写给其中学同学格雷培兄弟的（在现留存下来的19封信中，1838年2封，1839年15封，1840年和1841年各1封）；6篇论文，1839年2篇（《德国民间故事书》《卡尔·倍克》），1840年3篇（《普拉滕》《时代的倒退特征》《现代文学生活》），1841年1篇（《恩斯特·莫里茨·阿恩特》）；诗歌1首（1840年，《傍晚》）。柏林时期，论文3篇：刊发于1842年的《北德意志自由主义和南德意志自由主义》《时文评注》以及《评亚历山大·荣克的〈德国现代文学讲义〉》。这些统计数据是笔者根据《马克思恩格斯全集》中文第2版第2卷、第3卷和第47卷提供的最新相关文献，并依照青年恩格斯写作的先后时间整理而成。

此外，无论从数量还是从篇幅看，在此后的1843—1895年长达五十余年的历史中，恩格斯仅有6次提及白尔尼其人其作，它们表明：白尔尼其人其作尽管不再是恩格斯重点关注与思考的对象，但其相关影响还程度不一地存在着。具体情况如下：（1）1843年11月的《大路上社会改革的进展》一文只是提及了白尔尼（《马克思恩格斯全集》第3卷，人民出版社2002年版，第476页）。（2）1846年的《反克利盖通告》（与马克思合著）一文指（转下页）

论，有关白尔尼的相关论述仅散见于其他的书信、诗歌和论文之中，但这并不意味着白尔尼在青年恩格斯的精神生活中可有可无，并不意味着白尔尼对其思想的多方面影响可以忽略不计。恰恰相反，白尔尼及其论著对青年恩格斯在马克思主义批评理论"前史时期"[①]的思想发展过程中曾起过十分独特的作用，发挥着他人"无可替代"的影响力，它们几乎贯穿在青年恩格斯的文学活动、哲学活动、政治理想等各个环节之中。不过，从研究领域看，多数研究者侧重于青年恩格斯的宗教、政治、哲学思想等方面，对其文学活动的探究十分不够；从思想关系看，多数研究者习惯于把重心放在施特劳斯、黑格尔、费尔巴哈、卢格等人的影响上，对白尔尼的影响采取了有意或无意的"无视"态度，进而导致了相关研究的"付诸阙如"。有鉴于此，本文着重考察青年恩格斯对白尔尼及其著作的相关阅读、认识与评价等，尽力揭示白尔尼在文学、哲学、政治等方面对青年恩格斯思想演变所产生的重要影响。

众所周知，继法国大革命之后，欧洲在1815—1848年的三十多年间又发生了三次大的革命浪潮：西班牙、意大利和希腊的1820—1824年革命，法国、比利时、波兰等的1830—1834年革命，以及仅有英国、俄国等少数几国未被波及的1848年革命。其中，1830年的法国七月革命既标志着西欧资产阶级势力对封建贵族势力的最后胜利，同时

（接上页）出，德国共产主义者已经远远抛开了白尔尼。(3) 1847年的《诗歌和散文中的德国社会主义》一文提及门采尔和白尔尼是从政治观点看歌德（以上分别见《马克思恩格斯全集》第4卷，人民出版社1958年版，第8、257、275页）。(4) 在写于1873年底1874年初的《关于德国的札记》一文中提及白尔尼和海涅精通文学和政论（《马克思恩格斯全集》第45卷，人民出版社1985年版，第172页）。(5) 在写于1881—1882年的《法兰克史》（生前未发表）中，以白尔尼为例谈及德语和法语的发音区别（《马克思恩格斯全集》第19卷，人民出版社1963年版，第598页）。(6) 在1890年的《论反犹太人主义》一文中，以海涅、白尔尼、马克思、拉萨尔、伯恩斯坦等为例，恩格斯表明自己的立场：情愿做一个犹太人而不愿做一个所谓的"贵族老爷"（《马克思恩格斯全集》第22卷，人民出版社1963年版，第60页）。

① 关于"前史时期"的划分依据及相关解释，详见拙文《马克思主义批评理论的前史形态——试论马克思恩格斯1833—1844年的批评理论》，《中国人民大学学报》2016年第3期，本文不再赘述。

也标志着工人阶级开始作为一支独立的、自觉的政治力量登上了历史舞台。[①] 对依然四分五裂的德意志而言，其民族意识、民族情感、爱国主义精神被1806年的耶拿惨败、柏林的被占领以及1813年的莱比锡大捷等重大事件所唤醒、所激发，涌现出了一批反法军占领和入侵的政治抒情诗，比如，阿恩特（1769—1860）的《时代精神》、吕克特（1788—1866）的《顶盔带甲的十四行诗》、克尔纳（1791—1813）的《琴与剑》等。但是，解放战争后，德意志各邦的专制统治者不仅未兑现曾经承诺于人民的自由和民主，反而进一步强化了对社会的政治控制与思想禁锢等。正如勃兰兑斯所论："在1813年把敌人驱逐出国土的那种民族感情里，包含有两种完全不同的成分：一种是历史的、回顾过去的倾向，它不久就发展成为浪漫主义；另一种是自由思想的、进步的倾向，它发展成为自由主义。"[②] 换言之，政治浪漫主义其实是一种保守的、维护荣克贵族专制统治的反动社会思潮，而政治自由主义则是激进的、寻求建立资产阶级民主共和制的进步社会思潮。从某种意义上讲，1815—1830年（神圣同盟的建立与解体时期）成为德意志进步力量最为"苦闷"的历史时期。也正是在这一时期，老年歌德被奉为文学神话，老年黑格尔的哲学被奉为国家哲学，1819年的"卡尔斯巴德协议"的实施则进一步加剧了对自由主义的全面压制，这使得公开谈论政治、社会问题不再成为可能，只能把探究的范围限定在文学、艺术、美学等领域。因此，开新时代先河的"新文学"既不同于在题材和形式上依然仿效古希腊的德国古典文学，也不同于在题材和形式上仍旧仿效中世纪的德国浪漫主义文学，这两种"旧文学"或沉浸在美轮美奂的希腊艺术王国中，或陶醉于中世纪田

[①] ［英］艾瑞克·霍布斯鲍姆：《革命的年代：1789—1848》，王章辉等译，中央编译出版社2014年版，第129页。

[②] ［丹麦］勃兰兑斯：《十九世纪文学主流》第六分册《青年德意志》，高中甫译，人民文学出版社1997年版，第14页。

园牧歌式的宗法社会里，它们无一例外地脱离现实，远离人民，与新时代精神背道而驰，这种"新文学"怀着对自由的憧憬，对民主的渴望，主动"置身"于现实的大地，深度"介入"时代的政治洪流，通过诗歌、戏剧、散文等艺术形式来抒发对各种社会倒退征兆的不满，对令人窒息的社会现状进行控诉和批判，如沙米索（1781—1838）的《黄金时代》《轮唱曲》、普拉滕（1796—1835）的《柏林国民歌》等。无独有偶，在1830年法国七月革命的鼓舞下，以卡尔·斐迪南·谷兹科（1811—1878）、鲁道夫·文巴尔克（1802—1872）等为代表的"青年德意志"（又名"青年文学"）应运而生。① 如果说1815—1830年间的"新文学"已不再是古典的、浪漫的而是现实的、现代的，那么"青年德意志"就更加鲜明地体现出了这种现实性、现代性，进而形成了与古典风格、浪漫风格迥然有别的"现代风格"。此外，如果说"青年德意志"是1830—1840年代文学上的反对派运动，那么1838年左右出现的"青年黑格尔派"则构成了这一时期哲学上的反对派运动。就文学领域而言，白尔尼和海涅（1797—1856）不仅是1830年前文学反对派运动最杰出的代表，而且还被尊为"青年德意志"的先驱者。尤为重要的是，白尔尼在当时不仅被视为"新德意志文学的第一个开路者"，而且还被视为"德国自由的捍卫者"，② 以及"普鲁士自由主义第三次

---

① "青年德意志"这个名称首次出现在文巴尔克1834年问世的《美学运动》一书的扉页上："谨以此书献给青年德意志，而不是老年德意志。""青年德意志""是指所有德国青少年，他们在艺术、宗教、国家和社会中等方面已经和传统决裂，并想通过文学的途径来满足他们对改革的渴望"（转引自［丹麦］勃兰兑斯《十九世纪文学主流》第六分册《青年德意志》，高中甫译，人民文学出版社1997年版，第232页）。此外，乔纳森·斯珀伯认为，"青年"这个词自1830年法国七月革命后进入了欧洲的政治词典，它代表着时代的转型；政治上的激进主义与支持这种理念的个人摆脱了对1789年法国大革命时代的怀念，着眼未来，期盼改变；代表这种转型的一个先驱式例子就是秘密社团"青年意大利"，在德国本土则是文学运动"青年德意志"，详见［美］乔纳森·斯珀伯《卡尔·马克思：一个19世纪的人》，邓峰译，中信出版社2014年版，第40页。

② 详见［丹麦］勃兰兑斯《十九世纪文学主流》第六分册《青年德意志》，高中甫译，人民文学出版社1997年版，第29—31页。

复兴的先知",等等。① 简言之,白尔尼除剧作家、文学批评家的身份外,还集自由主义者、民族主义者、民主主义者、共和主义者等多种身份于一身,他的个人声望在1830年代的德意志达到了其人生的"顶点",他成为德意志这一特殊历史阶段的社会符码与精神象征。

如果仔细阅读青年恩格斯在1839年4月—1842年10月三年半间有关白尔尼的7封书信、9篇论文和1首诗歌,我们就不难发现:青年恩格斯起初是在书信里之后才在论文和诗歌中论及白尔尼其人其作,这些相关论述主要围绕"青年德意志"、黑格尔/青年黑格尔派、自由主义/共和主义这三大问题域来展开。简言之,白尔尼对青年恩格斯的影响主要体现在文学、哲学和政治三大领域:从文学维度看,青年恩格斯把白尔尼和"青年德意志"两者相"勾连";从哲学维度看,青年恩格斯把白尔尼和黑格尔以及青年黑格尔派相关联;从社会政治维度看,青年恩格斯把白尔尼和政治自由主义、共和主义相联系。为了便于清晰勾勒青年恩格斯自身思想的发展态势及其"转变"过程,本文在具体论述这三大问题域的过程中将严格按照它们在青年恩格斯思想视域中呈现的时间先后来逐步展开。

二 白尔尼与"青年德意志"

由相关文献可知,青年恩格斯在不来梅时不仅心悦诚服地"归附"了"青年德意志",不仅把白尔尼"奉若神明",而且还自觉地把两者相"勾连"。不过,由于白尔尼与"青年德意志"的关系这个问题只是

---

① 在莱文看来,青年恩格斯代表了18世纪末至19世纪初德国历史的循环观。其基本模式是自由改革时代的三位一体:第一个时期是弗里德里希大帝时代;第二个时期是自由战争时代;而第三个时期则接受了1830年法国革命的洗礼。改革的前两个周期以君主专制政体的恢复而告终,而青年恩格斯希望这并不能证明1830年后的复兴同样如此。可悲的是,第三次复兴也因保守主义的反动而破灭。详见[美]莱文《不同的路径:马克思主义与恩格斯主义中的黑格尔》,藏峰宇译,北京师范大学出版社2009年版,第135—136页。

青年恩格斯与"青年德意志"诸多关系中的核心内容之一,[①] 由于青年恩格斯起初只把两者的关系"框定"在文学领域,他对相关问题的阐发也就以文学的话语方式来展开。它们集中体现在以下三个方面。

首先,青年恩格斯在对1830年前后德国文学状况进行整体描述的过程中,在指出白尔尼与"青年德意志"各自重要性的同时,他还有意识地强调前者对后者的先驱者和引领者的作用。比如,青年恩格斯在1839年4月8—9日的信中首次宣布自己是一个心悦诚服、彻头彻尾的"青年德意志",首次把海涅和白尔尼与"青年德意志"两者密切关联起来:"1830年以前我们有些什么呢?有泰奥多尔·赫尔及其伙伴维利巴尔德·亚历克西斯,老歌德和老蒂克,这就是全部。七月革命犹如晴天霹雳一般爆发了,它是解放战争以来人民意志最卓越的表现。歌德死了,蒂克日益衰老,赫尔暮气沉沉,沃尔弗冈·门采尔继续写他的拙劣的评论。可是,文学中已呈现出一派新气象。诗人中名列前茅的是格律恩和莱瑙,吕凯特的创作有了新的起色,伊默曼的声望在提高,普拉滕也一样,但这还不是全部情况。海涅和白尔尼早在七月革命以前就已经形成自己独立的风格,但是到现在才赢得声望,善于利用各族人民的文学和生活的新一代就是依靠了他们,谷兹科一马当先。"[②]在青年恩格斯看来,七月革命后的德国文坛尽管存在着士瓦本派、马尔托派和柏林

[①] 青年恩格斯的文学思想包括以下四个主要内容:与以歌德、席勒为代表的"古典文学"的关系,与德国后期浪漫主义文学的关系,与德国民间文学的关系,与"青年德意志"的关系等。仅就青年恩格斯与"青年德意志"的关系而言,它们就可大致分为接触、接受、疏离、决裂、批判五个主要阶段,它们关涉到诸如青年恩格斯本人在何种意义上属于"青年德意志",青年恩格斯如何看待海涅与"青年德意志"的关系,尤其是他如何看待白尔尼与海涅之间的相关论争,以及青年恩格斯对谷兹科、文巴尔克等"青年德意志"作家的相关评论前后变化的动因等,这些问题还需要专文作进一步的深入探讨。此外,根据[德]古斯达夫·梅尔在其《恩格斯传》(郭大力译,生活·读书·新知三联书店2012年版,第14页)中的相关研究及推断:青年恩格斯在《德意志电讯》上发表了他的第一篇政论文《伍珀河谷来信》(刊载于1839年3—4月的49/50/51/52/57/59号上,该杂志由谷兹科于1837年在汉堡创办),并与谷兹科建立联系。换言之,青年恩格斯起初是通过谷兹科才得以了解白尔尼其人其作。

[②] 《马克思恩格斯全集》第47卷,人民出版社2004年版,第134页。

派等诸多文学团体，但它们都属于逆时代潮流而动的消极流派，只有"青年德意志"才属于真正体现了"时代观念"的积极流派，只有后者在以文学的方式表征人民争取政治解放、宗教解放、犹太人的解放以及主张妇女权利等自由主义的思想，"所有这些本世纪的观念使我夜不能寐，当我站在邮政局前，望着普鲁士国徽时，就浑身都充满自由的精神；每当我拿起一份杂志阅读时，就感受到自由的进步。这些观念正在渗入我的诗篇，并且嘲弄那些头戴僧帽、身穿银鼠皮裘的蒙昧主义者"[①]。

再比如，青年恩格斯在1839年4月29日前—30日的信中强调自己是主动"归附"而非被动"屈从"于"青年德意志"："我的精神倾向于'青年德意志'，这并不会损害自由，因为这一个作家群体与浪漫派和蛊惑性的学派等等不同，它不是闭关自守的团体；相反，他们想要而且竭力使我们本世纪的观念——犹太人和奴隶的解放，普遍的立宪制以及其他的好思想——为德国人民所掌握。因为这些思想同我的精神倾向没有分歧，我何必要脱离他们呢？要知道问题不在于如你所说的要屈从于某一倾向，而在于要归附于某一倾向……"[②] 青年恩格斯在1839年7月30日的信中更是把"青年德意志"奉为"现代德国文学的女王"，再度强调谷兹科、蒙特、文巴尔克、博伊尔曼等"青年德意志"作家是白尔尼思想精神的薪火传承者。[③]

其次，青年恩格斯对白尔尼的"退尔性格论"和"青年德意志"作家卡尔·倍克（1817—1879）的"白尔尼论"进行"正反"两方面的比较后认为，真正的文学应塑造旨在改变现实、坚毅果敢的当代英雄。进而言之，真正的文学批评家在理解、塑造人物及其性格等方面既要具备敏锐的洞察力又要具备与众不同的判断力，对人物性格的分析既要从情

[①] 《马克思恩格斯全集》第47卷，人民出版社2004年版，第139页。
[②] 同上书，第170页。
[③] 同上书，第198页。

节本身出发更要从时代和现实的需要着眼，这些真知灼见主要体现在1839年5月24日—6月15日、7月30日的书信以及同年12月的《卡尔·倍克》一文中。青年恩格斯指出，当伊默曼的《卡尔德尼奥》、瓦尔德的《灯塔》等作品刚刚问世，当批评界对这些作品的评价还处于茫然且犹豫不决之时，"白尔尼看见并洞察了一切，包括贯穿于情节之中的最内在的东西。最出色的是他的那些评论，评席勒的《退尔》——这是一篇与通行的观点相反而20多年来未被驳倒的文章，恰恰因为它是不可辩驳。……白尔尼在各方面都显出是一个伟人，因为他引起了一场后果未可预料的争端，而且就是这两卷书已足以保证白尔尼能同莱辛并驾齐驱……"[①] "如果你能驳倒白尔尼论述席勒的《退尔》的文章，我就把我翻译雪莱的作品所能得到的稿酬全都给你。"[②] 一般认为，席勒在其最后也是最完美的剧作《威廉·退尔》（1804）中把瑞士民间传说中的人物退尔塑造成了德意志民族反专制争自由的时代英雄，"大胆而无畏"不仅被席勒刻画为而且也被民众视为主人公最主要的性格特征，更何况这一崇高形象也确曾在1806—1813年的民族解放战争时期有力地激发了德意志民族的斗争意志与热情。但是，白尔尼并未像多数论者那样，因为席勒是伟大的自由主义诗人就无条件地讴歌他，因为席勒早期的《强盗》和后期的《威廉·退尔》等剧作的巨大成功而随声附和地对其一味地予以赞美。恰恰相反，白尔尼在《论席勒剧作中关于威廉·退尔的性格》（1818）一文中对席勒及其剧作进行了十分严苛的批判：自由诗人笔下的退尔根本不是无所畏惧、永不妥协的英雄，只不过是一个心胸狭隘、缩手缩脚的德国庸人，充其量是一个伟大的德国市侩，人物性格的本质特征不是反叛而是顺从。[③]

[①] 《马克思恩格斯全集》第47卷，人民出版社2004年版，第177—178页。
[②] 同上书，第200页。
[③] 对此问题的相关分析详见［法］德·斯太尔夫人《德国的文学和艺术》，丁世中译，人民文学出版社1981年版，第156页；［丹麦］勃兰兑斯《十九世纪文学主流》第六分册《青年德意志》，高中甫译，人民文学出版社1997年版，第51页；以及［德］梅林《威廉·退尔》，《论文学》，张玉书等译，人民文学出版社1982年版，第121—122页。

此外，对作为"歌德论战"① 主角之一的白尔尼来说，席勒比歌德伟大以及席勒比歌德更具政治感与使命感等判断并不意味着惟有歌德才会受到无情的拷问，席勒本人也难逃类似的苛责："歌德这个比老鼠还要胆小的人……而席勒呢，他虽然高尚些，但也同样没有勇气……忘却了他本应去救助的人民。这个不幸的国家成了王公们的战利品，这个民族成了被其他民族嘲笑的对象，它没有领袖，没有监护人，没有法律顾问，没有保护者。"②

青年恩格斯之所以叹服、推崇白尔尼二十一年前所作出的相关论断，就在于他从白尔尼对退尔性格的分析以及对歌德、席勒等作家的苛责中读出了其中所流露的现实忧患意识与社会变革激情：处在大变革时代格局中的德国社会迫切需要的不是摇摆不定、胆小怕事、碌碌无为的庸人，而是坚定不移、勇往直前、无所畏惧的民众，与此相应，文学应能塑造出德国现实生活中所缺乏的那种刚毅果敢、乐观进取、不屈不挠的社会英雄，而不是再现那些悲天悯人、逆来顺受、得过且过的德国小市民。也正因如此，青年恩格斯对卡尔·倍克的"白尔尼论"提出了毫不留情的批判："倍克在他的第一篇论白尔尼的习作中向我们展示的形象，是惊人地扭曲了的和失真的；这里奎纳的影响显而易见。且不说白尔尼从来没有说过这样的空话，就连倍克强加于他的那种绝望的悲伤厌世也是他所不了解的。难道这是开朗的白尔尼，一个具有坚强不屈性格的人？——他的爱使人感到温暖，却不把人灼伤，至少是没有把他本人灼伤。不，这不是白尔尼，这只是用海涅式的炫耀卖弄和蒙特式的华丽辞藻拼凑而成的一个现代诗人的模糊理想。……难道白尔尼本身缺乏诗意，还要为他添上这种时髦的悲伤厌世吗？我说它时髦，因为我决不

---

① 考虑到拙文《对恩格斯"美学和历史观点"及其相关问题的再思考》（载《外国文学评论》2016年第4期）对此问题已有较为详细的论述，本文不再赘述。

② 转引自［丹麦］勃兰兑斯《十九世纪文学主流》第六分册《青年德意志》，高中甫译，人民文学出版社1997年版，第60页。

相信这类东西是真正的现代诗歌应有的特征。要知道白尔尼的伟大就在于，他不屑使用蹩脚的华丽辞藻和当今文学流派惯用的词汇。"① "倍克的杂乱无章、捉摸不定的幻想使他不善于形象地塑造人物性格，他让剧中所有的登场人物都用同样的台词。倍克对白尔尼的看法就暴露出他多么不善于理解人物的性格，更不用说去创造性格了……"②

再次，青年恩格斯在研究"青年德意志"的"现代风格"的内涵及其基本特征的过程中又一次把白尔尼与"现代风格"关联起来，刻意突出白尔尼在其中无可替代的地位与作用。由前述可知，既然"青年德意志"的文学理想旨在呈现时代精神或现代观念，自然就不能以古典风格或浪漫风格而应创造出与现代观念相契合的话语方式即"现代风格"来表征。比如，他在1839年10月8日的信中尽管列举了莱辛、歌德、保尔、海涅、文巴尔克、谷兹科、奎纳等十位与此问题相关的作家，但特别突出了白尔尼的意义："我正在专心研究现代风格，这无疑是整个修辞学的理想。海涅的作品，特别是奎纳和谷兹科的作品就是这种风格的典范。而文巴尔克则是这种风格的大师。以前的修辞学家中对他特别有影响的是莱辛、歌德、让·保尔，而以白尔尼为最。啊！白尔尼写作的风格高超绝伦。《吞食法国人的人门采尔》是德国首屈一指的以这种风格写成的作品……现代风格包括了文风的全部优点：言简意赅，一语中的，同长长的、平铺直叙的描写相互交织；朴实无华的语言同闪闪发光的形象和迸发出耀眼火花的妙语相互交织……海涅写得光彩照人，文巴尔克热情明快，谷兹科贴切精准，不时闪现出一缕温暖宜人的阳光，奎纳写得从容生动，但显得有点光明面有余而阴暗面不足。劳伯模仿海涅，现在又模仿歌德，但是方法不对头，因为他模仿的是崇拜歌德的万哈根，而蒙特也模仿万哈根。马格拉夫的写作还是过于一般

---

① 《马克思恩格斯全集》第2卷，人民出版社2005年版，第97—98页。
② 同上书，第101页。

化，虽然使出了浑身解数，但效果不明显。而倍克的散文还没有脱离习作阶段。——如果把让·保尔的华丽同白尔尼的精确结合起来，那就构成了现代风格的基本特点。"①

尽管抒情诗、悲剧等也能表达出"青年德意志"作家们所心仪的现代风格，但散文无疑是他们更为推崇的文学体裁。从写作实绩看，究竟是海涅还是白尔尼的作品才是德国散文中的翘楚？显然，与文巴尔克、蒙特等的观点相左，青年恩格斯坚定地站在了白尔尼一边，这可以从他1839年10月29日的信中再度得到确证："特别希望你能弄到白尔尼的《吞食法国人的人门采尔》。这部作品，无论是风格还是思想的威力和丰富性，无疑都是现有德国散文中的佼佼者。这是一部出色的作品，谁不了解它，谁就不能想像我们的语言蕴藏着怎样的力量。"②

此外，青年恩格斯在《现代文学生活》（1840）一文中不仅明确指出白尔尼是这种现代风格辩证互渗的最早呈现者，还进一步指明"现代风格"所经历的这种辩证互渗过程其实体现了某种历史必然性而非偶然性，"德国的风格经历了一个辩证的相互渗透的过程；从我们的散文的素朴直率中产生了理智的语言，这种语言的顶峰就是歌德的有如大理石那样优雅精妙的风格；还产生了幻想和激情的语言，让·保尔向我们展示了这种语言的华美。白尔尼身上最早表现出各种风格的相互渗透……我不赞同维尔的看法，维尔总是硬说现代风格具有偶然性。我认为它是一种有机的、符合历史规律的发展"③。不过，青年恩格斯同时也指出了白尔尼对"青年德意志"成员的思想影响存在着程度不一的情况这一事实，比如，谷兹科和文巴尔克心仪于白尔尼，而奎纳和蒙特则钟情于黑格尔，"谷兹科从一开始就表现出对'现代摩西'白尔尼的狂热，这种推崇备至的感情直到今天还保留在他的心中。而蒙特则却躲

---

① 《马克思恩格斯全集》第47卷，人民出版社2004年版，第207—208页。
② 同上书，第218页。
③ 《马克思恩格斯全集》第2卷，人民出版社2005年版，第128页。

在黑格尔体系这棵大树所投射下的安全的阴影里，长期以来就表现出大多数黑格尔分子所特有的傲慢"①。

不难看出，青年恩格斯起初的确是以"青年德意志"的立场来审视白尔尼及其论著的，但这并不意味着他的这种文学立场、文学观念是一成不变的。随着社会现实的变化，青年恩格斯自身的思想也在发生着相应变化，他转而从作为黑格尔主义者以及青年黑格尔派的新立场来重新阐释白尔尼及其论著的思想价值与现实意义，由此完成了从文学青年到哲学青年的身份转变、从文学立场到哲学立场的视角切换。基于这种转变和转换，青年恩格斯"自然而然"地把白尔尼与黑格尔以及青年黑格尔派的思想相"关联"。从时间维度看，此种"转变"大体发生在1839年4—11月间，完成于1840年1月—1842年7月间；从空间地理看，此种"转变"发生在不来梅，主要完成于柏林。在接下来的这一部分，我们对这一论题作粗略论述。

三　白尔尼与黑格尔/青年黑格尔派

当青年恩格斯不再把白尔尼视为剧作家、评论家而是把其视为政论家乃至思想家时，当青年恩格斯不再从文学而是从哲学方面来探究现实社会问题时，他对白尔尼论著的审视眼光自然就由文学政治转向了哲学政治。简言之，哲学青年恩格斯开始重点探究白尔尼思想在哲学层面的社会效应。我们主要从两个维度对此问题进行追问：其一，青年恩格斯是如何接受黑格尔本人思想的，以及作为黑格尔主义者的青年恩格斯又如何看待白尔尼与黑格尔两者思想之间的关系；其二，作为"青年黑格尔派"的青年恩格斯是如何看待白尔尼与"青年黑格尔派"两者思想之间关系的。

---

① 《马克思恩格斯全集》第47卷，人民出版社2004年版，第133页。

第一维度的问题其实包括了两方面的内容：一方面是青年恩格斯对黑格尔思想的接受，另一方面是作为黑格尔主义者的青年恩格斯如何看待白尔尼与黑格尔之间的思想关系。从现有的文献资料看，青年恩格斯在1839年4月24日前—5月1日这一时期就开始着手研究哲学和批判神学：由最初阅读各种具有不同思想倾向的宗教和哲学书刊（其中有施特劳斯的《耶稣传》、卢格创办的《哈雷年鉴》、亨格斯坦堡编辑的《福音派教会报》以及克·梅尔克林的《现代虔诚主义述评》等）而对自己"伍珀河谷的信仰"产生了怀疑，再到直接阅读黑格尔的《历史哲学》等，逐步接受了黑格尔的思想进而成长为黑格尔主义者。

具体而言，青年恩格斯在摆脱原有的虔诚主义的宗教禁锢、走向黑格尔的过程中，施特劳斯的《耶稣传》等无疑起着十分重要的"催化"作用。下述三封信的相关内容就可清晰勾勒出青年恩格斯的思想变化轨迹：他在1839年10月8日的信中写道："威廉，威廉，威廉啊！终于有了你的消息！小伙子，你现在就听我说：我目前是一个热心的施特劳斯派了。你们只管来吧，现在我有了武器，有了盾牌和盔甲，现在我有把握了；你们只管来吧，别看你们有神学，我会把你们打得不知该往哪儿逃。真的，威廉，大局已定；我是施特劳斯派，我是个可怜的诗人，在天才的大卫·弗里德里希·施特劳斯的羽翼下藏身。……永别了，宗教信仰！……要是你能驳倒施特劳斯，那好吧，我将再度成为虔诚主义者。"[①] 他在1839年11月13—20日的信中继续写道："我正处于要成为黑格尔主义者的时刻。我能否成为黑格尔主义者，当然还不知道，但施特劳斯帮助我了解了黑格尔的思想，因而这对我来说是完全可信的。何况他的（黑格尔的）历史哲学本来就写出了我的心里话。请务必搞到施特劳斯的《评述和批判》……打算边喝潘趣酒边钻研黑格尔。"[②]

---

① 《马克思恩格斯全集》第47卷，人民出版社2004年版，第205页。
② 同上书，第224—226页。

青年恩格斯在1840年1月21日的信中明确宣布："通过施特劳斯，我现在走上了通向黑格尔主义的大道。我当然不会成为像欣里克斯等人那样顽固的黑格尔主义者，但是我应当汲取这个博大精深的体系中的主要内容……我正在钻研黑格尔的《历史哲学》，一部巨著；这本书我每晚必读，它的宏伟思想完全把我吸引住了。"① 因此可见，1840年1月21日是个极其重要的转折点：青年恩格斯由"青年德意志""蜕变"为黑格尔主义者。问题在于，此种"蜕变"是否意味着他从此只"服膺"黑格尔，白尔尼从此就会被"遗忘"？在青年恩格斯看来，白尔尼与黑格尔两人的思想并非彼此对立而是互补、互渗的关系，它们可以在青年恩格斯1840年1月之后写就的三篇论文中得到无可置疑的确证。②

《时代的倒退征兆》(1840) 一文既是青年恩格斯阅读谷兹科、施特劳斯的相关著作尤其是黑格尔的《历史哲学》一书的首篇思想收获，同时也是他首篇阐释历史哲学的文章。值得注意的是，尽管青年恩格斯此时的主要身份是黑格尔主义者，但其"青年德意志"评论家的身份尚未完全"祛除"，他在第一次提出白尔尼和黑格尔思想"互渗"的同时，依然认定"青年德意志"作家在这一互渗过程中起到了某种前提性作用："蒙特是第一个——用他自己的话来说——把黑格尔范畴引进文学的人。奎纳一如既往，追随其后……我们也可以期待科学和生活、哲学和现代倾向、白尔尼和黑格尔的相互渗透，——所谓'青年德意志'的一部分人早已为我们所期待的相互渗透做了前期工作。"③

如果说1840年的青年恩格斯还兼具"青年德意志"成员与黑格尔主义者双重身份，在某种程度上还以文学与哲学的双重视角来把握白尔

---

① 《马克思恩格斯全集》第47卷，人民出版社2004年版，第228—230页。
② 考虑到青年恩格斯在论述过程中往往把白尔尼与黑格尔本人以及青年黑格尔派紧密地关联在一起，为了避免行文的重复，本文在具体论证过程中就把第一维度的第二方面内容与第二维度的内容放在一起来讨论。
③ 《马克思恩格斯全集》第2卷，人民出版社2005年版，第110页。

尼、黑格尔、"青年德意志"三者之间的思想关系，那么他在 1841 年年初之后就彻底走出了"青年德意志"而成为坚定的青年黑格尔派，进而以纯粹的哲学视角来审视白尔尼与黑格尔以及青年黑格尔派之间的思想关系。此种转变主要体现在《恩斯特·莫里茨·阿恩特》（1841）一文中。该文不仅再次着重论述了白尔尼与黑格尔思想之间的互渗性，还首次明确把白尔尼视为青年黑格尔派的思想先驱。"这两个人生前几乎素不相识，而且在他们死后人们方才认识到他们是相辅相成的。他们就是白尔尼和黑格尔……白尔尼才是主张政治实践的人，而且他完全实现了这个使命，这就是他的历史地位……白尔尼理解欧洲各民族的地位及其使命的方式不是思辨的方式。白尔尼第一个真实地阐发了德国同法国的相互关系，从而他对思想作出的贡献比黑格尔主义者更大，后者当时正在默诵黑格尔的《全书》，以为这样做就是对这个世纪作出了足够的贡献……同白尔尼并驾齐驱而又针锋相对的是黑格尔——一个思想家，他把自己已经完成的体系献给了国家……我们时代的任务就在于完成黑格尔思想和白尔尼思想的相互渗透。在青年黑格尔派中已经有不少白尔尼的思想，所以白尔尼可以在《哈雷年鉴》的不少文章上毫不犹豫地签署自己的名字。但是，思想和行动相结合，一方面还没有被充分地意识到，另一方面还没有深入到国民之中。在某些方面，白尔尼仍然被看做是黑格尔的直接对立面；正如不应当按照黑格尔体系的纯理论来谈论他对现代的实际意义（不是他对永恒的哲学意义）一样，对待白尔尼，也不应当泛泛地批评他的无法否认的片面性和狂妄。"①

此种转变也突出体现在《伊默曼的〈回忆录〉》（1841）一文中。作为"青年黑格尔派"的青年恩格斯在该文中已能够对"老年黑格尔派"作出有的放矢的思想批判："我们有新的哲学作为检验年轻人的试金石……你们不必为此而成为老年黑格尔派，到处抛出'自在'和

---

① 《马克思恩格斯全集》第 2 卷，人民出版社 2005 年版，第 271—274 页。

'自为'、'整体性'和'模糊性'等术语，但是也不要害怕开动脑筋，因为只有这样的热情才是真正的热情，它像苍鹰一样，不怕思辨的乌云和抽象顶峰的稀薄空气，朝着真理的太阳飞去。就这个意义来说，年轻人已经从黑格尔学校毕业了，一些从体系的干壳中脱落的种子在年轻人心中茁壮地发芽了。……而这就是对现代赋予最大的信任，相信现代的命运不取决于畏惧斗争的瞻前顾后，不取决于老年人习以为常的平庸迟钝，而是取决于年轻人崇高奔放的热情。因此，只要我们还年轻、还富有火热的力量，就让我们为自由而斗争吧；谁知道当暮年悄悄来临时，我们还能不能进行这样的斗争！"①

另一个不争的事实是，在施特劳斯、鲍威尔、费尔巴哈、卢格等"青年黑格尔派"的影响下，青年恩格斯不仅写作了《谢林论黑格尔》（1841）、《谢林和启示》（1842）以及《横遭威逼但又奇迹般地得救的圣经，或信仰的胜利》（1842）等系列论著，而且还加入了"自由人团体"、争做"自由人"："在我们成为自由人之前，把我们所珍爱的一切，我们所喜爱的一切，我们视为神圣崇高的一切都奉献给这只正在自焚的凤凰吧！"②

值得注意的是，到了1842年7月，哲学青年恩格斯已完全否认文学青年恩格斯此前所坚持的白尔尼与"青年德意志"的关联性，第三次强调白尔尼与黑格尔、青年黑格尔派思想之间的互补与互渗性。这些观点十分鲜明地体现在他的《评亚历山大·荣克的〈德国现代文学讲义〉》（1842）一文中："青年德意志已经成为过去，青年黑格尔派出现了；施特劳斯、费尔巴哈、鲍威尔、《年鉴》引起了普遍的重视，原则之间的斗争如火如荼，这是一场你死我活的斗争，基督教已岌岌可危，政治运动遍及一切方面……"③这时的青年恩格斯认为，荣克在新的时

---

① 《马克思恩格斯全集》第2卷，人民出版社2005年版，第305页。
② 同上书，第393—394页。
③ 同上书，第446页。

代格局中还坚持把"青年德意志"与黑格尔以及青年黑格尔派"杂糅"在一起,尤其是还坚持把"青年德意志"与白尔尼"裹挟"在一起,这恰恰说明荣克是"德国最糊涂的作家"。"请荣克先生不要把黑格尔和青年德意志派混在一起,因为后者的实质恰恰是主观任性、奇异和怪想,而'现代个体'不过是黑格尔分子的别名而已……白尔尼对青年德意志的影响并不很大,蒙特和奎纳就说白尔尼是疯子,劳伯认为他过于倾向民主,太极端;他只是对谷兹科和文巴尔克还有比较长久的影响。特别是谷兹科在很多方面都受益于白尔尼……如果没有白尔尼的直接和间接的影响,从黑格尔学派中产生出来的自由派的形成会更加困难。现在的问题只在廓清黑格尔和白尔尼之间被淹没的思想道路,而且这并不困难。这两个人之间的距离比表面上所看到的要近一些。白尔尼的爽直和健康观点是黑格尔在理论上至少已指出的那些东西的实践方面。"[①] M. 克莱因在《青年恩格斯的思想发展》(1970)一文中对这一显著"改变"作了十分恰切的概括:"应该认为恩格斯的哲学世界观立场在青年黑格尔派的圈子里是特殊而独立的;它的特点在于,它自觉地把黑格尔哲学中合理的和革命的成分同路德维希·白尔尼文学创作中革命的政治倾向结合到一个统一的世界观之中。同时,恩格斯既否定黑格尔哲学中(特别是宗教和政治方面)的一切保守性,又否定白尔尼古板的禁欲主义、他的某些反文化的倾向以及他的片面性……1842年夏,恩格斯在青年黑格尔派的理论性机关刊物《德国科学和艺术年鉴》上所发表的《评亚历山大·荣克的〈德国现代文学讲义〉》一文中最后一次谈到'黑格尔与白尔尼'这一题目。还在这篇文章写成之前,恩格斯就不止一次地高度评价过白尔尼在当时政治斗争中的作用。在论荣克的文章中,他已不再把'年轻德国'的活动家谷兹科夫和文巴尔克,而是把'哲学自由派'即青年黑格尔派称为《巴黎来信》作者白尔尼

---

① 《马克思恩格斯全集》第 2 卷,人民出版社 2005 年版,第 448—450 页。

的真正儿子了。"① 需要强调的是，青年恩格斯认为白尔尼与黑格尔两人的思想之间存在互渗性等深刻洞见，得到了当代西方学者诸如英国的麦克莱伦、美国的莱文等的高度认同与评价。

四 白尔尼与政治自由主义/共和主义

腓特烈·威廉四世（1795—1861）于1840年6月的继位标志着普鲁士社会进入了一个新的历史阶段。渴望社会变革的自由主义群体由最初对其的热切期待转变为极度失望。一方面，《普鲁士书报检查令》（1841）的颁布以及《德国年鉴》《莱茵报》（1843）等的被查封意味着新国王不仅无意于社会改革，反而进一步加强了社会控制；另一方面，海尔维格《一个生者的诗》（1841）、费尔巴哈《基督教的本质》（1841）、雅各比《一个东普鲁士人的四个问答》（1842）等的问世昭示着社会变革的时代洪流势不可当，表明了普鲁士社会矛盾在日趋激化，社会冲突在日益加剧。面对如此境况，自由主义群体不再以文学、哲学等间接形式来表达其政治诉求，转而直接诉诸社会政治，正如麦克莱伦所言："直到1840年之后，社会问题才成为德国国内的一个突出问题。"② 青年恩格斯在新的时代精神驱策下，开始从德意志民族的未来、普鲁士国家的未来这一高度来审视白尔尼及其论著的社会意义与现实价值。因此，正是普鲁士国内一些重大政治、社会事件的发生促使青年恩格斯不再从哲学政治而是从社会政治的维度进一步审视白尔尼及其论著的意义，正是"青年德意志"的文学政治与黑格尔/青年黑格尔派的哲

---

① 中文节译为《恩格斯在青年黑格尔哲学运动中的立场（1840—1842）》，载沈真编《马克思恩格斯早期哲学思想研究》（马克思主义史研究资料译丛），中国社会科学出版社1982年版，第521页。

② ［英］戴维·麦克莱伦：《青年黑格尔派与马克思》，夏威仪等译，商务印书馆1982年版，第37页。

学政治所体现出来的自由精神与政治理想无不在白尔尼的相关论著中得到了最为突出的表现，才使得青年恩格斯随着自身思想的发展不断阐释白尔尼思想的新意之所在。一言以蔽之，促使青年恩格斯从文学问题、哲学问题转向社会现实问题的内在动因是其对自由的渴望与追寻，而人的自由与解放犹如一根红线始终贯穿在青年恩格斯的"多变"思想中。白尔尼所推崇的自由思想其实是资产阶级的政治自由主义、共和主义，这些思想起初以文学、宗教的方式来呈现，之后再以哲学、社会思潮等方式呈现出来，它们在宗教方面主要体现为以理性基督教反对盲信盲从的虔信主义，在政治方面则主要是反对普鲁士容克地主的封建专制，争取资产阶级的君主立宪制、共和制。我们在这一部分主要从以下三个方面对其作扼要论述。

恩格斯自中学时代起就接受了自由、民主等进步思想，它们十分鲜明地体现在《我看到远方闪耀着光芒》《海盗的故事》等文学习作中。无论在不来梅还是在柏林期间，青年恩格斯运用书信、诗歌、政论等不同文体形式继续抒发对以卢梭、拿破仑等为代表的自由理想的向往之意。比如，《咏印刷术的发明》（1839年1—3月）这首诗写道：

> "人是自由的！"
> 这欢呼声出自人的理性，
> 暴君的怒吼不可能把它压倒，
> 它震撼四方，响遏行云。
> 啊，自由，自由！
> 你这甜蜜的字眼一旦响起，
> 我就心潮起伏，豪情满腔，
> 我的心浸透了你的精神，
> 你那神圣的激情充满我的胸膛，
> 我的心展开火焰般的翅膀，

扶摇直上，在云间翱翔。①

在科尔纽看来，青年恩格斯的首篇政论文《伍珀河谷来信》（1839年1—3月初）不仅延续了《咏印刷术的发明》等对自由的讴歌，而且还表明他已完全站在了自由民主主义的立场上。②再比如，《德意志的七月的日子》（1839年7月27日）这首诗作清楚表明了青年恩格斯反普鲁士封建专制、为自由民主而斗争的坚定政治立场：

如今风暴自法兰西刮来，掀起人民大众汹涌的怒涛，
你们的宝座像小舟在风雨中飘摇，你们的权杖即将失掉。
恩斯特－奥古斯特，我把愤怒的目光首先指向你，
你这暴君竟胆大包天践踏法律，你听，暴风雨开始咆哮！
你说，人民那锐利的目光在逼视你，刀剑即将出鞘。③

不单如此，青年恩格斯还通过对拿破仑等众多人物的刻画来多方面表达他对"自由"的渴望这一主题。比如，诗歌《圣赫拿勒岛》（1840）把拿破仑视为自由的实现者而进行追忆；游记《齐格弗里特的故乡》（1840）把传说中的齐格弗里特塑造成为朝气蓬勃的"德国青年的代表"，号召青年一代"要走出去，跨入自由的天地，冲破谨小慎微的束缚，为夺取生活的桂冠，为有所作为而奋斗"；在《漫游伦巴第》（1841）中把历史人物乌尔里希·冯·胡登视作"为自由思想而斗争"的战士；在书评《伊默曼的〈回忆录〉》（1841）中呼吁德国青年要

---

① 《马克思恩格斯全集》第2卷，人民出版社2005年版，第36页。恩格斯在1839年6月15日致同学信的结尾再度引用了卢梭的论断："人生而自由，他就是自由的。"
② ［法］奥古斯特·科尔纽：《马克思恩格斯传》（1），刘丕坤、王以铸、杨静远译，生活·读书·新知三联书店1963年版，第218页。
③ 《马克思恩格斯全集》第47卷，人民出版社2004年版，第196页。

"为自由而斗争";"成为自由人"则构成了《谢林和启示》(1841)等哲学论著的核心主题之一①;对鲍威尔兄弟、卢格、科本、马克思、恩格斯等12个"自由人"群像的塑造无疑是叙事长诗《横遭威逼但又奇迹般地得救的圣经,或信仰的胜利》(1842)的重要内容之一。

如果说以上所引文献只能表明青年恩格斯对卢梭、拿破仑、雪莱等的讴歌以及对普鲁士现实的批判仅仅是对作为理念、作为理想的自由的希冀与憧憬,那么他对作为"自由的旗帜"的白尔尼的礼赞则是从德意志社会生活实践的维度来着眼。换言之,如果前者体现了自由的理想性以及在他国的现实性,那么后者则体现了自由在德国的现实迫切性、社会实践性。比如,青年恩格斯在1839年5月24日—6月15日的信中断定:"白尔尼是个为自由和权利而斗争的伟大战士。"② 再比如,他在《傍晚》(1840)这首诗中把白尔尼奉为"自由的旗帜",并以麻雀与夜莺等比喻来表达自己以白尔尼为榜样为自由而奋斗的革命意志。以下是节选的部分诗歌:

> 我也是自由歌手中的一员,
> 白尔尼就像那株橡树一样,
> 一旦压迫者给德国紧紧地套上镣铐,
> 我就会一跃而登上橡树的枝条。
> 勇敢的鸟儿翱翔在自由的云霄,
> 是的,我就是它们中间的一只小鸟,
> 即使只当一只麻雀,我也绝不计较,
> 我宁肯在它们中间当一只麻雀
> 也不愿做一只夜莺在笼中鸣叫,

---

① 《马克思恩格斯全集》第2卷,人民出版社2005年版,第259、305、315、393页。
② 《马克思恩格斯全集》第47卷,人民出版社2004年版,第177—178页。

用自己的歌声为王公大人效劳。①

尤为重要的是，青年恩格斯十分自觉地以白尔尼的政治自由主义立场为理论基础来表达自己对当时普鲁士社会有关自由主义与民族主义、世界主义以及自由主义与德国的统一等问题的严肃思考。它们主要体现在以下三篇文章中。

在《恩斯特·莫里茨·阿恩特》（1841）一文中，青年恩格斯严厉批判了德意志狂与世界主义两种思想倾向，完全认同白尔尼所主张的"中间道路"。他认为，德意志狂其实是一种仇法主义，它所体现的是一种狭隘的爱国主义与民族主义立场："它的整个世界观在哲学上是站不住脚的，因为按照这种观点，整个世界就是为德国人创造的……这种片面性把德国人变成以色列选民，而无视一切不是在德国土生土长的、具有世界历史意义的无数幼芽。特别是针对法国人，——法国人的入侵被击退了，而他们在国外称霸的基础在于他们总是比一切其他民族都更容易掌握欧洲的文化形式即掌握文明，——破坏圣像崇拜的运动的满腔怒火大部分都是针对法国人的。革命的伟大而永恒的成果被讥讽为'法国式的花招'，甚至被讥讽为'法国式的诈骗'。谁也没有想过这个宏伟的人民事业同1813年人民的崛起有相近之处。拿破仑带来的一切，即犹太人的解放、陪审法庭、健全的民法代替罗马法典的烦琐条文——所有这一切都仅仅由于倡导者个人而遭到谴责。仇视法国已经成了义务，任何一种超越这种思想的观点，都被诅咒为非德意志的思想。"②与德意志狂的思想主张相反，以南德自由主义为代表的世界主义则否定民族差别，主张取消民族差别，它所体现的是一种空泛的人类主义、博爱主义立场："德意志狂的这个对立面就是南德意志等级会议的世界主

---

① 《马克思恩格斯全集》第2卷，人民出版社2005年版，第161—162页。
② 同上书，第269—270页。

义的自由主义。这种世界主义的自由主义否认民族差别，致力于缔造一个伟大的、自由的、联合的人类。它同宗教唯理论是一致的，并且同出一源，即上一世纪的博爱主义，而德意志狂则最后导致神学上的正统主义，几乎它所有的信徒（阿恩特、斯特芬斯、门采尔）都逐渐走向这样的归宿。世界主义自由思想的片面性常常被它的对手揭露——当然这种揭露也有其片面性，因此，我才有可能扼要地谈谈这个倾向。"①

在《北德意志自由主义和南德意志自由主义》（1842）一文中，青年恩格斯一方面对此前文章中所涉核心论题作了进一步发挥，另一方面对白尔尼与北德和南德自由主义的关系作了更为深入的思考。在他看来，只有以白尔尼等为代表的北德自由主义才为德意志民族指明了未来方向、前进道路："当时只有一个人似熊熊烈火迸发出自己格外炽热的生命力，他的作用超过全体南德意志人的总和，——我指的是白尔尼。他以刚毅的性格战胜了南德意志人的不彻底性，在他身上这种片面性通过内心斗争已经完全自行克服了。他的理论是从实践中奋斗出来的并证明是实践的一朵奇葩。他就这样坚定地采取了北德意志自由主义的立场，成了北德意志自由主义的先驱和先知……它不是发源于巴黎，而是诞生在德国的心脏；它是近代的德国哲学。正因为如此，北德自由主义派的特点是坚决彻底、要求明确，手段与目的密切吻合。这一切正是南德自由主义派别所一直不可企及的。正因为如此，北德意志自由主义的主张是民族意愿的必然产物，因而它本身就具有民族性，它希望看到德国在国内外都同样受到尊重，而不陷入可笑的进退两难的地步：应当先做自由主义者然后做德国人呢，还是先做德国人然后做自由主义者……最终胜利必定属于北德意志自由主义。"②与

---

① 《马克思恩格斯全集》第 2 卷，人民出版社 2005 年版，第 271 页。
② 同上书，第 422 页。

白尔尼"在当时的官方报刊中不仅被看作是狂热的激进分子，还被视为祖国的诋毁者"①的一般立场相反，青年恩格斯认定白尔尼既是世界主义者又是民族主义者。

不仅如此，在《评亚历山大·荣克的〈德国现代文学讲义〉》(1842)一文中，青年恩格斯认为荣克严重低估了白尔尼对德意志社会变革的重大意义，认为白尔尼的伟大不在于文学方面，而"在于他无形中影响了德意志民族。这个民族把他的作品当作圣典保存起来，并在1832—1840年代的艰苦年代，当《巴黎来信》作者的真正儿子还未以新的、深谋远虑的自由派的面貌出现以前，从这些作品中汲取了力量，得到了支持……他不知道，白尔尼作为一个人物，是德国历史上独一无二的现象；他不知道，白尔尼是德国自由的旗手，是德国当代惟一的男子汉；他不了解反抗4000万德意志人和宣布理念王国意味着什么；他不能理解，白尔尼是新时代的施洗者约翰……"②仅从恩格斯连用七个"不"来表达荣克对白尔尼思想误读的不满这一点就足以看出他对白尔尼的钦佩之情。

五　结语

无可否认，在影响青年恩格斯思想的形成、发展过程中，白尔尼既不是唯一的一个甚或不是最重要的一个，但他确实是最为独特的一个。这种独特性深深地吸引着、影响着青年恩格斯，它们主要体现在以下三个方面。

首先，身份认同。白尔尼剧作家、评论家的"身份政治"为文学青年恩格斯树立了可以效仿的榜样。众所周知，当时的批评家们诸如门

---

① ［丹麦］勃兰兑斯：《十九世纪文学主流》第六分册《青年德意志》，高中甫译，人民文学出版社1997年版，第199页。

② 《马克思恩格斯全集》第2卷，人民出版社2005年版，第450—451页。

采尔、海涅以及后世的勃兰兑斯、韦勒克等与白尔尼一样，都极为认同这样一个判断：以歌德为代表的艺术时代已让位于以青年德意志等为代表的政治时代。换言之，"为艺术而艺术"的文学观念遭到了摒弃，为人生而艺术的文学观念得到广泛认同，这一时期的文学创作、文学评论都力图体现某种政治立场、某一社会改革诉求。青年恩格斯不仅在观念上予以认同而且还努力将其付诸实践，比如他自己在《德国民间故事书》（1839年11月）一文中就首开以政治标准来评判文学的先河。从批评观念看，白尔尼的文学政治话语呈现出思想的深刻与诗意的匮乏这样一种奇异的"结合"，此种话语方式也深深地影响了青年恩格斯，他在《普拉滕》（1840年2月）一文中这样写道："他的思想也日益接近白尔尼……凡是抱着这些期望拿到这本书的人，在感到书中缺少诗的芳香的同时，却会由于在崇高性格的土壤上成长起来的那许多有巨大影响的高尚思想，以及在序文中恰如其分地表达的'伟大的热情'，而得到充分的补偿。"①换言之，文学如果在"政治的时代"做不到思想的崇高与形式的优美这两者的完美融合，那么政治优先既是现实对文学的必然要求，同时也是文学在急剧变化的现实生活中的必然抉择。

其次，思想认同。此时的青年恩格斯基本认同白尔尼所持有的政治观、国家观。当时的德意志存在着形形色色的自由主义，比如，白尔尼认为解放战争之后的德意志应当是一个资产阶级的民主共和制国家，而同为自由主义者的阿恩特、普拉滕等却主张建立一个君主制国家，但又未表明其是立宪君主制还是专制君主制；白尔尼认为一个统一的、强大的、自由的德意志应该是一个走向工业主义的资产阶级社会，但阿恩特们却主张回归传统，继续维系一个世袭罔替的封建社会。青年恩格斯对白尔尼的政治观、国家观的认同再清楚不过地表明了他对自由、民主、共和等进步思想的珍视与坚守。

---

① 《马克思恩格斯全集》第2卷，人民出版社2005年版，第104—105页。

再次，人格认同。在自由与奴役、民主与独裁、共和与专制的时代抗争中，在"调和"民族主义与世界主义的现实斗争中，白尔尼身上所展现出的疾恶如仇、表里如一、坚忍不拔、刚毅果敢等性格特质十分符合青年恩格斯的人格理想，这种理想人格对青年恩格斯是一种感召、一种激励、一种鞭策。比如，在其笔下，白尔尼性格的坚定性与海涅性格的摇摆性形成了鲜明对比，白尔尼的"坚强不屈"与青年德意志的劳伯等的"临阵变节"形成了巨大反差。因此，青年恩格斯从白尔尼其人其作中感受到的不仅仅是他那犀利的眼光、深刻的思想、燃烧的激情，还有他那坚毅的性格、高昂的斗志、永不妥协的斗争精神。白尔尼既是那个时代的精神象征，又是青年恩格斯心仪的人格典范。

最后，还应特别指出的是，尽管英法社会主义思想于1842年初就开始在德意志传播开来，但在这年的十月之前，青年恩格斯所持的依然是白尔尼等为代表的资产阶级的政治自由主义、激进民主主义立场。如果说政治自由主义、自由民主主义是白尔尼思想的终点，那么它们无疑构成了青年恩格斯思想的起点。1842年11月即青年恩格斯在赴英国途中绕道科伦拜访马克思、赫斯后，尤其是在与后者"长谈"后进一步促使他走向了共产主义，如此"巨变"在赫斯的回忆中有着生动的描写。[①] 至此，白尔尼等的资产阶级政治自由主义、激进民主主义、共和主义理想逐渐淡出了青年恩格斯的思想视域，而社会主义、共产主义则成为恩格斯终生矢志奋斗的宏图伟业。

---

① ［英］戴维·麦克莱伦：《青年黑格尔派与马克思》，夏威仪等译，商务印书馆1982年版，第155—156页。

叙述分层与主体分化

——论一种小说叙述传统及其现代意义

邓艮

时间：2018.04.28

地点：E126 会议室

主讲人简介：邓艮，男，1975 年生，土家族，湖北省恩施土家族苗族自治州利川市人。2008 年毕业于四川大学中国现当代文学专业，获文学博士学位。现为西安外国语大学中国语言文学学院副教授，硕士生导师。为本科生开设中国现代文学史、中国新诗经典导读、中国现代文学批评史等课程，为硕士生开设学术规范与论文写作、海外中国现代文学研究、中国现当代文学研究的问题与前沿等课程。研究方向：海外中国现代文学研究、新诗研究、小说研究。

摘要：叙述分层在中外叙事文学中都有呈现，足够支撑起一种小说叙述传统。学术界目前对叙述分层的表现形式探讨较多，但对分层原因和意义尤其是它与现代主体分化的关系研究相对较少。叙述分层意味着虚构叙述中人物、叙述者、隐含作者等多重主体意见的分歧，这种主体分化呼应着现代文明语境中人的主体性的破碎，因而越到现代，小说越讲究叙述分层，其叙述艺术也越纷繁迷离。分层的深层现代意义在于：对异质文化碰撞中"自我"之谜的揭示，借叙述归还主体一个明确的自我，从而实现文学治疗；在政治、伦理、道德等敏感问题的叙述中实现对责任的规避，平衡或舒缓政治伦理与艺术之间的冲突和紧张；用元小说式的组织故事的方式消弭真实与虚构的界限，打破人与世界的单一关系，揭示人类存在的不确定性和现代人性的幽奥精微。

关键词：叙述分层；主体分化；自我

本文发表信息：邓艮、乔琦：《叙述分层与主体分化——论一种小说叙述传统及其现代意义》，《东岳论丛》2018 年第 12 期。

本文与已发表论文有一定区别。

从古希腊《荷马史诗》、阿拉伯民间故事集《天方夜谭》、印度故事集《五卷书》、清代《豆棚闲话》《红楼梦》，到现代小说如博尔赫斯《交叉小径的花园》、黑塞《荒原狼》、莱辛《幸存者回忆录》、门罗《孩子的游戏》、麦克尤恩《赎罪》、石黑一雄《被掩埋的巨人》、谭恩美《接骨师之女》、阎连科《炸裂志》、莫言《蛙》等，小说的叙述分层可以说已足够支撑起一种小说叙述传统。而且越到现代，小说的叙述分层现象越普遍。目前学术界对叙述分层的具体表现形式探讨较多，但对分层的原因和意义尤其是它与现代主体分化的关系研究相对较少。论文在参阅中外学者相关论述的基础上，尝试从言说空间的拓展、自我之谜的揭示和人与世界之关系建构三个层面，揭示叙述分层这一小说叙述传统及其现代意义。

一　叙述分层及其形式结构

在现代小说中，随着显身叙述者和限制性人物视角越来越多地在叙述中被巧妙使用，小说人物、叙述者、隐含作者等主体之间呈现出越来越多的分歧。比如黑塞的《荒原狼》，开篇"出版者序"的部分，在显身叙述者和次要人物视角构成的叙述方位当中，推出的是一位神秘主角，以不合群的狂傲为特征。主体部分"哈里·哈勒尔自传"则在显身叙述者和主要人物视角构成的叙述方位中展开，"我"是一个患有痛风和精神分裂症的病人，极度痛苦和孤独，甚至想以自杀获得解脱。从整部小说倒推回来，隐含作者似乎想给我们一个碎片化的世界，在反启蒙精神和反二元对立之后，归还世界它本应拥有的经验性和当下性。显而易见，《荒原狼》不是一个统一的整体，就像"灵魂从来不是统一的"[①]，这种

[①] ［德］赫尔曼·黑塞：《荒原狼》，赵登荣、倪诚恩译，上海译文出版社2010年版，第60页。

不统一，确切地说文本中因冲突对抗和不确定性而形成的张力究竟源自哪里呢？笔者以为，除了上面提到的基本的叙述声音、叙述视角以及由此组合而成的叙述方位带来的影响，更要注意叙述结构的非平面化对文本深层意蕴的激发。"出版者序""哈里·哈勒尔自传"以及该小说中嵌套的一篇文章"论荒原狼——为狂人而作"等，这些叙述在空间化的时间中，错落有致地架构起立体结构，使我们可以直接感觉到叙述层次的区隔。

关于叙述层次问题，国外学者如普林斯的《叙述学词典》中至少有以下词条指向叙述层次的区隔：转叙（metalepsis）、嵌入式叙述（embedded narrative）、套层结构（mise en abyme）、框架式叙述（frame narrative）、元故事叙述（metadiegetic narrative）等。热奈特、内勒斯等叙述学家分别以不同的术语论述叙述层次问题，但都没有清楚地给出不同叙述层次之间的生成关系。国内学者赵毅衡明确提出"叙述分层"[①]，并指出叙述分层如何成为可能："当被叙述者转述出来的人物语言讲出一个故事，从而自成一个叙述文本时，就出现叙述中的叙述，叙述就出现分层。此时，一层叙述中的人物变成另一层叙述的叙述者，也就是一个层次向另一个层次提供叙述者。"[②] 仍以《荒原狼》为例来说清这一问题。"出版者序"为第一层叙述，也是最高层次叙述，通过显身叙述者兼次要人物"我"引出神秘人物"哈里"；而"哈里"在第二层叙述中成为主要人物兼显身叙述者，在"普通人/狂人"的二元对立格局中质疑第一层叙述带给我们的"狂人"印象；"哈里·哈勒尔自传"中嵌套的"论荒原狼——为狂人而作"的文章构成第三层叙述，以清醒的理性反驳前面两层叙述中共有的非此即彼逻辑——狼性和人性、欲望和精神、圣人和浪子等任何一组二元对立都只是人类灵魂的一小部分，

[①] 赵毅衡：《广义叙述学》，四川大学出版社2013年版，第262页。
[②] 赵毅衡：《苦恼的叙述者》，北京十月文艺出版社1994年版，第117页。

人的内在精神世界多元而复杂。《荒原狼》解构了歌德的"浮士德难题"中所包含的启蒙精神，最终以充满狂欢意味的"魔剧院"揭示出生活流当中主体性的萎缩。小说文本中隐含的戏剧性翻转之所以能够被解读出来，显然与"叙述分层"理念的引入有重要关系，正是在"分层"思路层层剥茧式的推进中，多种共存的思路和意蕴才得以浮现。

20世纪以降，小说形式技巧花样翻新，如若不注意叙述形式，只把小说当作整一的故事来读，就可能会读不通或者捕捉不到文本意图。叙述分层对平面化阅读挑战最大，各层次叙述的区分不只是把故事分装在不同的容器里，形式本身往往有其非同寻常的意义。多丽丝·莱辛、爱丽丝·门罗、伊恩·麦克尤恩等都在小说中对叙述分层作了精彩演绎。莱辛的《幸存者回忆录》通过叙述分层这个形式框架，自然而然地跨入未来世界。"当我再度发现自己站在家里的客厅，一支香烟已燃烧过半时，留给我的是对一个许诺的坚信，无论以后在我自己的生活中和那些隐藏的房间里，情况变得多么艰难，这种坚信都不会离开我。"[①]这个句子标示出回顾讲述即将开始，在此之前的叙述讲到过去的某个时代，特别细致地描绘了客厅的一面墙，没有门没有窗，再普通不过的一面墙，即使写到"我"穿过这面墙去看墙后面的世界也显得极为平常。《幸存者回忆录》被称作幻想小说，当然也只有在认识它这种文本的基础上才有可能理解小说中那个混沌的时代。叙述时间永远指向过去，未来小说也一样，只不过以时间参照系的方式显示叙述的事件发生在叙述行为之前，小说第一部分恰好构成第一层叙述，解释"回忆录"是如何产生的，实际上这里的第一层叙述也是超叙述层。借助叙述分层，《幸存者回忆录》提供了一种现实主义和未来小说结合的范例，以现实的笔法写虚幻，扰乱过去、现在和未来的线性时间铺展，逼真的危机感

---

① [英]多丽丝·莱辛：《幸存者回忆录》，朱子仪译，南海出版公司2009年版，第16页。

迎面而来：幻想世界中的灾难也可能随时爆发在现实世界中！

虽然叙述分层到了现代才较多出现，但也并非现代小说所独创。事实上，古代叙述文学中早已存在这种形式结构，并呈现出三种发展脉络。第一种，古希腊史诗《伊利昂纪》对阿喀琉斯铠甲上的图案进行的详细叙述，已经显示出"故事中套故事"的分层雏形。印度史诗《摩诃婆罗多》在俱卢族和般度族的主故事之外有大量插话，如"蛇祭缘起""金翅鸟救母""沙恭达罗""罗摩传"等都作为独立故事而存在，这种模式发展到后来就是"故事中套故事"的叙述结构；莎士比亚《哈姆莱特》中的"戏中戏"也属于这一模式。博尔赫斯《交叉小径的花园》里谍战和侦探的故事嵌套着迷宫的故事，在极其紧张的情节中凸显了网状的时间迷宫，"时间是永远交叉着的，直到无可数计的将来。在其中的一个交叉里，我是您的敌人"[①]。

第二种，《奥德修纪》中，奥德修斯在特洛伊战争结束之后历尽艰辛漂泊海上的故事是他自己讲述的，这种模式在后世文学中延续下来，形成"隐身叙述者"+"显身叙述者"或"显身叙述者a"+"显身叙述者b"的层次组合，在讲述个体人生经历的小说中比较多见。比如肖洛霍夫的《一个人的遭遇》，两层叙述都由显身叙述者讲述，第一层叙述是"显身叙述者a+次要人物视角"，"我"在叶蓝卡河的渡口碰到一个极度悲痛忧郁的男人，他对"我"讲述了他在卫国战争中的遭遇。第一层叙述中提到的人物成了第二层叙述中的叙述者，形成新的叙述方位——"显身叙述者b+主要人物视角"，经历过战争痛苦的"我"讲述自己的经历更有信服力。

第三种，印度故事文学《五卷书》、阿拉伯民间故事集《一千零一夜》，均是在开头有个引子，引出后面的主要故事，此即为后世总结的

---

① [阿根廷]博尔赫斯：《博尔赫斯短篇小说集》，王央乐译，上海译文出版社1983年版，第82页。

"框架结构"。薄伽丘的《十日谈》、乔叟的《坎特伯雷故事集》、果戈理的《狄康卡近乡夜话》等小说都是框架式叙述分层。柏拉图的文艺对话集《会饮篇》大致也属此类,在层层转述中所谓真实早已无据可考,而这一叙述形式与永恒的、无始无终的、不生不灭的、无得亦无失的爱与美的本质存在完美契合。

叙述分层从古至今在世界各国文学中都有发展,目前至少可以总结出上面提到的三种发展脉络,足以称之为一种小说叙述传统。而现代小说在形式上的发展,充分显示了分层传统强大的生命力和创造力。不管分层形式如何千变万化,究其根本,乃出于复杂化的现代世界中主体的不统一。下面将围绕主体问题讨论叙述分层的深层意义。

二 叙述主体权力分化与言说空间的拓展

西方文论的"作者中心论""文本中心论"和"读者中心论"中,最传统的"作者中心论"影响可谓深远。1969年福柯在题为"作者是什么"的演讲中激烈驳斥作者中心,他指出:"我们很容易设想这样一个文化,在那里,话语可以无需任何作者而流通",谁是真正的作者并不重要,另外一些问题更值得期待:"这种话语有哪些存在模态?它从哪里来?它如何流通?它受谁控制?针对各种可能的主体将作出怎样的安排?谁能实现主体这些各不相同的功能?"[①] 的确,意义难以统一于单一的作者主体,一旦进入叙述,主体必然发生分化,人物主体和叙述者主体之间的权力互夺在一定程度上决定着文本的形式风格。小说中的不同转述语很能说明主体之间权力的此消彼长:间接引语中叙述者主体强度最大,传统现实主义小说多通过间接引语的方式转述人物的话;而

---

① [法]福柯:《什么是作者》,载[美]唐纳德·普雷齐奥西主编《艺术史的艺术:批评读本》,上海人民出版社2016年版,第307页。

直接自由式的转述语当中人物主体强度最大，意识流小说的重要形式特征就是直接自由式转述语的大量使用。实际上，转述语足够长就会形成叙述分层；分层伴随主体权力的分解而产生，高层次叙述向低层次叙述提供叙述者，也正是高层次叙述者主体对人物主体让渡权力，赋予人物话语权，使其成为另一个具有言说能力的叙述主体。

尽管我们知道虚构叙述中作者在任何情况下都不能等同于叙述者，但现实中也不乏作者为叙述者承担责任的例子，帕斯捷尔纳克、扎米亚京、布尔加科夫、索尔仁尼琴、昆德拉等都曾因其创作而受到威胁。叙述者和作者容易被混淆是个比较普遍的现象，韦恩·布思在2005年发表的《隐含作者的复活：为何要操心？》一文中重申设立"隐含作者"这一概念的原因，其中之一就是"对学生们混淆第一人称叙述者和作者感到忧虑"[①]。叙述者只有与作者拉开距离，叙述才自由，尤其在处理尖锐的政治、道德、伦理等直指人性深渊的问题时更需要淡化作者意识和现实指涉。那么如何以相对平和自然甚或充满诗性的方式言说人们难以直视的恶的世界？叙述分层在很大程度上提供了言说的可能性，分层越多，权力分化越多，承担责任的叙述主体也就越多，曲折迂回中形成的虚构世界及活跃其中的人、事自有一套解释其存在的逻辑，而不会过多附着于作者。

爱丽丝·门罗的短篇小说《孩子的游戏》写一个人类学研究者的三重回忆，环环相扣，最后道出一个惊人秘密。三重回忆对应着叙述的三个层次：第一层叙述展现"我"从童年到老去的生活图景，涉及"我"（马琳）、沙琳和维尔娜的关系，叙述者显得冷静而充满理性。第二层叙述中"我"回忆童年时代的一次露营，也即小说的核心事件，回顾讲述之叙述者"我"借助经验之"我"的视角，以十几岁孩童的

---

① ［美］韦恩·C.布思：《隐含作者的复活：为何要操心？》，申丹译，《江西社会科学》2007年第5期。

经验来还原露营，整个过程似乎只笼罩着小女孩之间单纯又善感的情绪，成功避开了第一层叙述中"我"的清醒审视。第三层叙述中"我"讲维尔娜的故事，叙述者是第二层叙述中的孩童，讲述的是七八岁间"我"对维尔娜的各种不喜欢。叙述分层使得回忆中无法直面的东西得以隐藏，"我"和沙琳溺死维尔娜的事情如孩子的游戏一样普通，"我想我们并没有罪恶感，也没有为我们的邪恶得意洋洋。感受得更多的是，我们仿佛正在做神召唤我们去做的事儿，仿佛这是我们这辈子当中，让我们之所以成为自己的一个最高点，一个巅峰"①。第二层叙述和第三层叙述分别通过对"夏令营/特殊营"和"正常班级/特别班级"的强调，刻画出维尔娜的异常，因而成为被嘲笑、排斥乃至仇视的对象。第一层叙述中"我"出版过一本题为《偶像和白痴》的书，研究具有不同文化背景的人们"对精神或身体异常的人"的态度。《孩子的游戏》中三个层次的叙述者都尽量淡化"罪"，而"赎罪"意识很清晰，沙琳选择找神父忏悔，而"我"（马琳）专门研究维尔娜所代表的那类人，主动选择把自己的一生都浸泡在露营事件中，从来不曾得到解脱。《孩子的游戏》优秀之处就在于它写了人性中可怕的恶，却让人在不觉其恶当中感受到灵魂的震动，从而引发现代人的深度反思。

通过叙述分层，在叙述中分化主体权力来智慧地揭示世界中的暴力冲突或人性中的阴暗面，这样的小说佳作还有石黑一雄的《被掩埋的巨人》、麦克尤恩的《在切瑟尔海滩上》、莫言的《蛙》等。甚至电影中也不乏这样的作品，比如维伦纽瓦执导的《焦土之城》，在不断切换的叙述层次间隐藏着宗教冲突和母子乱伦的主题。综合上面的分析可以看到，叙述分层为不方便言说之物提供了被言说的空间，使文学艺术的表现领域得以向纵深拓展，同时对伦理和美学的冲突起到缓解作用。

---

① ［加］爱丽丝·门罗：《幸福过了头》，张小意译，译林出版社2013年版，第257页。

三 叙述分层对自我之谜的揭示

叙述分层和叙述主体分化本质上都对应着现代文明语境中，人的主体性的破碎，外在身份与内在自我难以统一，自我成为一个难解之谜。身份认同危机、自我焦虑、文化冲突等问题大量渗透于现代小说中，玛格丽特·杜拉斯的《情人》、卡勒德·胡塞尼的《追风筝的人》、石黑一雄的《长日留痕》、谭恩美的《接骨师之女》等小说都包裹着对自我的追问与探询。

《接骨师之女》出自华裔美籍作家之手，在异质文化碰撞的大背景中凸显三代女性的生命历程，其间充满自我的不确定性。第三代女性露丝是个写手，鬼写手（ghost writer），代人写书在某种意义上对自我是一种摧残，因为在写作中不得不放弃自己的自我而代之以他者的灵魂，这恰好是露丝多种身份虚弱的一个隐喻。露丝的婚姻家庭生活构成主叙述层的主要内容，叙述声音由隐身叙述者提供，而具有叙述能力的人物并没有像小说中经常处理的那样同时兼作叙述者，叙述形式进一步强化第三代女性因身份虚弱而无力支撑起自我。第二代女性茹灵在记忆衰退之前写出的文稿构成小说的次叙述层，"显身叙述者＋主要人物（茹灵）视角"展示出一个灵巧、执拗、悲伤又坚忍的女儿，完全不同于主叙述层当中露丝注视下的乖僻、神经质的母亲形象。叙述分层同时分化了人物主体，身世飘摇的茹灵显得更加难以捉摸，多重身份冲突之后究竟有着怎样的一个自我？没有鬼魂和毒咒的美国非但没能减少茹灵的痛苦，反而加剧了她的自我溃灭，不通英文导致她甚至无法和女儿沟通，异国语言和异质文化的异域注定不能成为她的安全港。第一代女性宝姨，因新婚当天的惨剧而失声，同时失去的还有她真实的过往以及茹灵的身世。次叙述层因叙述者自限而无法叙述茹灵的身世，本可以由宝姨留下的厚厚一卷字纸来弥补，但茹灵拒绝接收这一重要信息，宝姨的母亲身份再次被悬置。内心千疮百孔的宝姨缺失的不止一种身份,然而她执着于单一身份——母亲身份,因此当她误以为茹灵获知了字纸中的真相而未对亲生母亲表现出丝毫认同之时,便彻底放弃了生。

在主叙述层和次叙述层之外,《接骨师之女》的尾声形成另一个叙述层,鬼写手露丝提笔创作自己的故事,"写给她的外婆,她自己,还有那个将成为自己母亲的小女孩"①,似乎前面两个叙述层讲述的就是露丝所写的。尾声部分可以看作整部小说的超叙述层,以叙述主体分化的形式制造出叙述者现实化、具体化的假象,"如果自我叙述能看出过去的谎言的真相,从而起到一种治疗作用的话,那也只能以牺牲这种叙事的自我意识为代价才能做到,因为它得以以可靠叙述的面貌出现,以便与被叙述内容的不可靠性保持距离"②。写作者身份的强化拯救了露丝,获得叙述权力和确立自我胶着在一起。

人物通过叙述分层获得叙述主体权,分化了的言说主体凝视分裂的被言说主体,可以说是自我探寻类小说绝妙的叙述形式。

四 叙述分层对人与世界之关系的建构

虚构叙述中被书写的世界不只作为对象而存在,那些富有想象力的作品往往会搭建起另一种可能世界,行走于其间的人和他的世界享有一套迥异于实在世界中默认的逻辑。但丁的《神曲》在框架式分层叙述中描绘了地狱、炼狱和天堂的图景,正是在可能世界和实在世界的完美对接中,宗教与世俗、理想与现实、人性与神性等各种冲突以狂欢化的喜剧形式被表现出来。拉伯雷的《巨人传》、塞万提斯的《堂吉诃德》、福克纳的《喧哗与骚动》、马尔克斯的《百年孤独》等都属于这种类

---

① [美]谭恩美:《接骨师之女》,张坤译,上海译文出版社2010年版,第334页。
② [英]马克·柯里:《后现代叙事理论》,宁一中译,北京大学出版社2003年版,第130页。

型。宗教存在主义哲学家马丁·布伯在《我与你》当中提到"我—它"和"我—你"两种人与世界的关系，前者把世界对象化，主体与世界处于对立之中；后者将主体和世界放置在对话关系中，在布伯看来，"世界只可作为观念'栖居'于我，恰如我只可作为物栖居于它。正因为如此，它并不在我之内，正如我不在它之中。世界与我相互包容。这种思之矛盾内在于'它'之境况，消失于'你'之境界，因为'你'使我走出世界，以便我能与世界联接沟通"[①]。布伯所称颂的主体与世界的相互包容，只能在"我—你"这种充满诗性的相遇关系之中实现，堂吉诃德在他的可能世界中把想象当作解释世界的方式，荒诞而不滑稽，散发出无限的激情和理想的光芒。

正像《堂吉诃德》所展示的那样，人面对的不是唯一、绝对的世界，多层次虚构叙述中既有实在世界的影子，也有与之平行的充满骑士色彩的可能世界，人与世界在不确定性之中相遇，存在充满无限生机而并非重复陈旧的套路。诚如昆德拉所言："假如说哲学与科学真的忘记了人的存在，那么，相比之下尤其明显的是，多亏有塞万提斯，一种伟大的欧洲艺术从而形成，这正是对被遗忘了的存在进行探究。"[②] 文艺复兴时期拉伯雷、塞万提斯、莎士比亚等都对存在作出过精彩叙述，往前追溯，雅典时期的悲剧《俄狄浦斯王》已开始质询"我是谁"的问题，荷马时期的《奥德修纪》开了以人物回顾讲述的方式写个体漂泊的先河。但直到《堂吉诃德》，虚构叙述才以精致的分层形式把叙述文学从模仿现实的传统中拉回来，阿拉伯人西德、摩尔人翻译者和变身为小说人物的塞万提斯，共同为堂吉诃德提供了一个奇幻世界。延续下来，麦克尤恩的《赎罪》通过对两重世界的书写道出一个残忍的真相：罪之不可逆转，赎罪行为无法完成，就如同小说中写到的破碎的花瓶无

[①] ［德］马丁·布伯：《我与你》，陈维刚译，生活·读书·新知三联书店 2002 年版，第 81 页。

[②] ［捷克］米兰·昆德拉：《小说的艺术》，董强译，上海译文出版社 2004 年版，第 5 页。

法复原。

《赎罪》主叙述层讲述布里奥尼从童年到老年的经历，次叙述层讲到布里奥尼向姐姐和托比道歉，"恐怖伊恩"在小说最后的超叙述层告诉我们次叙述层是布里奥尼写的小说，实际上罗比和塞西莉娅早已丧生，赎罪不可能实现。《赎罪》叙述出来的虚构世界又包含两个世界，一个是类现实世界，一个是虚构世界，人物在叙述中的虚构世界进行赎罪以弥补无法在叙述中的类现实世界赎罪的缺憾。跨越4个世纪，《赎罪》和《堂吉诃德》的分层模式都以元小说的叙述形式为基础，消弭真实与虚构的界限，世界的多种可能性被书写出来。元小说形式与叙述分层的结合，使分层在打破单一的人与世界的关系的同时，切实显示出存在的不确定性和人性的复杂微妙。

综上论述，叙述中的分层意识伴随着人对自身认识的需要而产生，叙述者想要叙述自己就必须把自己变成叙述中的一个人物，上一层叙述中的人物又可以成为下一层叙述的叙述者，叙述层次不断分化的过程也就是人物不断获得叙述权力继而彰显主体意识的过程。叙述分层的原理并不难解，但从古代史诗延续到现代小说的漫长过程中，分层的具体形式越来越复杂，这同样对应着现代人的主体性破碎以及人对世界认识的分裂。叙述分层以看得见的形式容纳了不可见的抽象观念，并层层撩起主体的神秘面纱；作为一个重要的小说叙述传统，还有着丰富而又广阔的阐释与探寻空间。

路遥小说的道德空间

王鹏程

时间：2018.05.18

地点：E126 会议室

主讲人简介：王鹏程，男，1979 年生于陕西永寿，清华大学中文系毕业，文学博士，南京大学中国新文学研究中心博士后。现为西北大学文学院教授、博士生导师。学术兼职有中国现代文学馆特邀研究员、中国当代文学研究会理事等。在《光明日报》《文学评论》等刊物发表论文七十余篇。主持国家社科基金、教育部社科基金数项。

摘要：路遥是文学上的道德主义者。他以虔诚的道德热情、诚挚的生活关怀、深沉的苦难思考，以及史诗式的写作追求，形成了朗润和畅而又浩荡澎湃的艺术世界。在路遥的小说中，传统道德与现代生活、理性与情感之间的矛盾和冲突，成为其"痛苦而富于激情"的叙事主题。在道德观念上，路遥是德性论者。路遥小说的道德观念，是古典的前现代社会的德性论伦理学。从"道德空间"的角度研究路遥小说，对路遥文学的价值和意义的开掘有着一定启示意义。

关键词：路遥小说；道德理想国；道德书写；道德空间

本文发表信息：王鹏程、唐明星：《路遥小说的道德空间》，《西北大学学报》（哲学社会科学版）2016 年第 5 期

本文与已发表与论文有一定区别。

路遥以审美的形式参与社会生活，以"城乡交叉地带"为叙事中心，聚焦在"平凡的世界"中奋斗者的生活，将过去、现在和未来整体性地贯穿起来，给予"奋斗者"和"孤独者"以巨大的道德感化和精神慰藉，表现出强烈的时代精神、深沉的历史意识和巨大的精神能

量。他的代表作《平凡的世界》汇聚了其所有的道德热情和道德理想，成为众多读者极为欢迎的道德"训诫书"和精神"圣经"，在当代文坛形成了"畅销"而又"长销"的文学景观。同时，《平凡的世界》"落伍"的现实主义叙事、松散的艺术构架、道德感的"肥大增生"等问题，遭到了学院派和文学史的冷落。近年来，由于某种需要，其又被高度赞誉。因此，如何阐释其"阅读"与"评价"的两极现象，尤其是如何定位《平凡的世界》的道德书写，阐释其道德空间，成为路遥研究中至为关键的问题。

一

在路遥的小说中，传统道德与现代生活、理性与情感之间的矛盾和冲突，成为其"痛苦而富于激情"的叙事主题。用路遥的话来说，即是"当历史要求我们拔腿走向新生活的彼岸时，我们对生活过的'老土地'是珍惜地告别还是无情地斩断呢？"在这一社会转型过程中，我们"将付出巨大的代价，其中就包含着我们将不得不抛弃许多我们曾珍视的东西"[①]。面对现代生活与传统道德的巨大冲突，路遥无法割断同道德传统、乡土伦理的联系，其道德理想的德性论选择，无意识地流露出对传统道德的眷顾，同时也体现出明显的现代性道德焦虑。他聚焦城乡交叉地带，通过青年奋斗者在人生十字路口的两难选择，表现乡村生活与现代生活的互渗和冲突，展现了传统道德与现代生活的纠结碰撞和尖锐冲突，形成了以道德书写为中心，以人情美和人性善为道德尺度，以道德完善为叙事母题，以道德理想国的审美重建为旨归的叙事特征。

路遥在小说创作伊始就体现出以道德为尺度、以道德完善为旨归的

---

① 路遥：《早晨从中午开始》，北京十月文艺出版社2013年版，第61页。

叙事特征。从道德美学的角度来看,"在本源的生命活动中,审美的活动必然要求符合道德的意愿,道德的意愿往往必须满足审美者的生命意志"①。在路遥的小说里,作为人类生命本源的道德活动和审美活动做到了内在的统一。他也是当代少数几个能将道德活动和审美活动做到内在统一的小说家之一。不过,这种道德的审美化在他小说里的表现并不是一成不变的,而是表现出极大的不稳定性和不均衡性。在他早期的作品中,我们可以看到时代变化在道德领域引起的冲突变化,这种变化以传统的德性论为价值天平,体现出界限清晰、黑白分明的道德判断。如《惊心动魄的一幕》中的马延雄,在史无前例的动乱岁月里,面对复杂的形势和艰难的个人处境,能够处危不惊、临危不乱,表现出一位县委书记的魄力和共产党员的正气。小说过多停留在外部氛围的渲染上,没有深入开掘人物的内心世界,形象简单而又粗糙,道德世界也显得政治化和理念化。《姐姐》中的"姐姐"生于农村,却爱上了城里的洋学生高立民。后来生活变化,高立民抛弃了这个淳朴善良的乡下姑娘。故事没有跳出"痴心女子负心郎"的传统观念,体现出城市与乡村的道德冲突和精神差距,但作者并没有深入开掘下去。《你怎么也想不到》中的郑小芳,大学毕业后摆脱了城市生活的诱惑,抛弃热恋的爱人,毅然回到童年梦想的毛乌素沙漠,去实现自己的理想,进行崇高的贡献和创造。这种无私而又崇高的精神世界,体现出对时代精神的高度认同和简单诠释,没有提供出时代精神所规定的更多的东西。《黄叶在秋风中飘落》的卢若琴,一个乡村学校的女教师,有着纯洁美好的心灵。她不能忍受同事被妻子折磨,不能忍受当文教局长的哥哥卢若华觊觎挖走同事的妻子。出于母性和同情,姑娘家的她不顾闲言碎语,照顾同事高广厚,把他的孩子当作自己的孩子。面对哥哥卢若华的辩护,她镇静地

---

① 李咏吟:《审美与道德的本源》,上海人民出版社2006年版,第1页。

说:"是的,你没违法。但不道德!"① "道德"或"不道德",可以说是路遥人物塑造的中心和衡量的唯一标尺。他前期小说中的马延雄、马建强、吴亚玲、郑小芳、卢若琴、高广厚等,虽然都称不上高度饱满的"原型人物",但由于"突出了内在精神的核心是道德的内化——平凡的人物因此获取了不同凡响的精神境界和闪光的性格"②,散发出迷人的道德诗意和人性光辉。在《人生》中,路遥呈现出复杂的道德态度,道德书写到达了其前所未有、后所未至的境地,传统道德和现代生活的冲突得到了圆融而集中的表现。一方面,高加林追求属于自己的生活,要实现自己的价值,甚至表现出膨胀的野心和坚决的个人主义——"我联合国都想去。"③ 在现代社会中,这无可非议。另一方面,他的选择要以抛弃巧珍和传统道德为代价,无疑会受到道德的批判和良心的谴责。在这种两难的人生选择和道德取舍中,高加林无论如何选择,都无法解开现代生活和传统道德的纽结,无法获得鱼与熊掌兼得的圆满人生。因而,小说的道德世界具有前期小说所不曾拥有的复杂性和矛盾性,呈现出涵咏不尽的美学蕴藉。高加林选择离开土地,我们看到了城市生活和现代文明对农村青年难以阻遏的诱惑,同时也看到了传统道德伦理的脆弱。但在最后,生活却同高加林开了个玩笑,现代生活和浪漫爱情离他而去,他只得回到他嫌弃并千方百计想要离开的乡土世界。德顺爷对他进行了严肃的道德训诫:"就是这山、这水,这土地,一代一代养活了我们。没有这土地,世界上就什么也不会有!是的,不会有!只要咱们爱劳动,一切都还会好起来的。"④ 从中我们可以看到乡土的包容性,看到传统道德和乡土人情的感染力。高加林所处的环境找不到

---

① 路遥:《黄叶在秋风中飘落》,载《人生》,北京十月文艺出版社2013年版,第202页。
② 胡辉杰:《路遥:德性的坚守及其偏执——以〈平凡的世界〉为中心》,《理论与创作》2004年第2期。
③ 路遥:《人生》,载《人生》,北京十月文艺出版社2013年版,第133页。
④ 同上书,第183页。

第三条出路，他的遭遇，无意之中也表现出现代文明和城市生活的理性和无情，透露出某种怀疑甚至拒斥。

《平凡的世界》所表现的传统道德与现代文明的强烈冲突已经完全和解，传统道德在面对生活苦难、身份认同危机等方面，体现出巨大的道德和精神上的优势。孙少安、孙少平没有了高加林的复杂处境和矛盾选择，个人追求与道德规范之间的关系再不是剑拔弩张的，而是体现出和谐的统一。他们在一次次道德磨砺和苦难考验面前，不断趋于完善和完美，最终如虔诚的宗教徒一样，甘愿为理想道德和理想生活受苦受罪，成为通体透明的真善美的化身。在路遥看来，他们这些普通劳动者的身上蕴含着中华民族的传统美德，有一种生生不息的韧性、朴实和淳朴，这是我们这个民族得以延续的最为宝贵的精神资源。他们身上，"表现了我们这个国家、这个民族的一种传统美德，一种生活中的牺牲精神"，并且坚信"不管社会前进到怎样的地步，这种东西对我们永远是宝贵的"。[①] 孙少安虽然也有自己的人生理想，但在传统道德担当的影响下，他还是义无反顾地辍学回家，和父亲担起了家庭的重担。在历史和生活的双重重轭下，他表现出崇高的道德诗意。孙少平也体现出道德方面的光辉。无论是对落难的郝红梅的搭救，还是在打工时对遭遇凌辱的小女孩的同情和帮助，都散发出人情美与人性美的光辉。这不禁使我们想起《战争与和平》里的彼埃尔公爵。经过战争的洗礼之后，他浑身散发出伟大的人性光辉。娜塔莎当着玛丽小姐的面这样夸赞他："他变得干净、整齐、有生气了；好像从浴室里出来的一样，你明白我的意思吗？——好像精神上洗过澡一样。"[②]《平凡的世界》可谓是"中国的道德浴室"，一代代青年都渴望在这间浴室里清洗自己的道德污秽

[①] 路遥：《关于〈人生〉的对话》，载《早晨从中午开始》，北京十月文艺出版社2013年版，第149页。

[②] ［俄］列夫·托尔斯泰：《战争与和平》（下），张捷译，译林出版社2011年版，第1246页。

和精神委顿，寻找心灵的安妥，舒展理想的翅膀，磨炼奋斗的意志，书写属于自己的精彩人生。我们可以说，路遥是一位青春歌手，更确切地说，是一位洞察青年心灵的伟大牧师。他完成了关于青春的伟大发现。他之所以被那么多人称道，被那么多人敬仰，也正因为他道德理想国散发出的温暖和诗意。康拉德认为，都德"通过对不幸的明晰洞察，有着对信仰的深刻体悟，并且这种体悟以不可抗拒的魅力深入人心。他告诉人类在遭受饥饿、欲望与暴行的时候不要盲目行动，而应该时刻以最为美好的道德信仰为心灵归属。这也正是艺术所要极力达到的超越目标"①。他"总是用明朗的孩子般纯真的眼睛看待世界，因为他觉得世界本就应该如此明净，不含杂质，就像雨后洗过的澄澈天空。他心中的责任感逼迫着他丝毫不敢倦怠地表达着他的同情、他的愤怒、他的困惑、他的良知。在刻画这些人类情绪的时候，都德都没有遵照逻辑的顺序，他只是善于捕捉心灵的瞬间，把潜意识中流动的心绪加以灵感的阐述。他可以忍受小小的邪恶，也可以对一些不好的小癖好持一种宽容的态度；他绝不能容忍的事情只有一件，那就是铁石心肠"②。路遥亦是如此，他"时刻以最为美好的道德信仰为心灵归属"。以他为开端，开始了一代代青年的新生活。在他之后，也很难有人享受这份荣耀。《平凡的世界》所具有的非凡感染力和震撼力，"来源于一种强烈的对人性的道德关怀，这种关怀进而便为展开深刻的心理分析提供了角度和勇气"③。这种明确而坚定的道德理想和精神指向，是路遥小说最为突出和鲜明的艺术特征，同时也形成了他小说春风化雨般的感染力和同化力。路遥曾说："我们应追求作品要有巨大的回声，这回声应响彻过

---

① [英]康拉德：《阿尔丰斯·都德（1898）》，载氏著《生活笔记》，傅松雪译，凤凰出版传媒集团、江苏教育出版社2006年版，第37页。

② 同上书，第39页。

③ [英] F. R. 利维斯：《伟大的传统》，袁伟译，生活·读书·新知三联书店2002年版，第208页。

去、现在和未来。"① 他在历史、现实和未来之间寻找可以贯通的"永恒",这种"巨大的回声"和"永恒",既是强烈的时代精神,也是深沉的历史感,更是纯净的道德诗意和灿烂的精神光芒。

在路遥具有英雄主义特征的道德意识里,"生命应该是壮观的,就好像云雀一定要搏击长空"②,小说中的人物也大致以这种情结来完成自己的人生。因而,他的小说从某种程度上说,不是来自艺术的结果,而是来源于其性格。对于路遥来说,生活中若不充满激情,便不成其为生活。困境中的坚守、奋斗与激情,严肃而迫切的道德关怀,是路遥小说无法回避而又充满光辉的亮点。孙少安和孙少平等在传统道德的灌溉下,以坚强的意志、不屈的精神,与贫穷、困境、苦难抗争,坚定地维护并确立自己的尊严、价值、理想与意义,在困境和苦难的磨砺中,形成了自尊自立、自强不息的苦难哲学和人生精神。正如孙少平在写给兰香的信里所说的:"首先要自强自立,勇敢地面对我们不熟悉的世界。不要怕苦难!如果能深刻理解苦难,苦难就会给人带来崇高感。亲爱的妹妹,我多么希望你的一生充满欢乐。可是,如果生活需要你忍受痛苦,你一定要咬紧牙关坚持下去。有位了不起的人说过:痛苦难道是白忍受的吗?它应该使我们伟大!"③ 路遥用质朴、诚挚和纯粹作为写作的墨水,总能把日常生活和平凡世界里的琐碎现象拉伸成道德信念和精神信仰的一部分。他也虚构,但更是将生活和盘托出,呈现出最为真实和本质的存在,在众声喧哗中给生存于苦难之中、在困境中挣扎的人们和青年以方向指引和贴心抚慰。他不像托尔斯泰和陀思妥耶夫斯基那样去拷问灵魂,或者揭发人性的暗面;他倾注心力,感受乡村生活的喜怒

---

① 路遥:《答中央广播电视大学问》,载《人生》,北京十月文艺出版社2013年版,第196页。
② [英] 康拉德:《海的故事(1898)》,载氏著《生活笔记》,傅松雪译,凤凰出版传媒集团、江苏教育出版社2006年版,第103页。
③ 路遥:《平凡的世界》(第二部),北京十月文艺出版社2013年版,第360—361页。

哀乐，书写底层群体和青年平凡、充实而又充满温情的生活，发现日常生活中的闪光点，平凡世界里有"金子般心灵"的人们。你可以说他不是杰出的艺术家，但他绝对是伟大的布道者。他总是"把关注普通大众的人生作为自己审美的价值取向，总是于苦难意识与悲剧情节中展现一代农民（特别是青年农民）的奋斗的精神美，而这正是中国当代'城乡交叉地带'曾经拥有和正在拥有的现实"。他通过孙少平热烈赞美自尊自强、积极进取的向上精神："我们出身于贫苦农民的家庭——永远不要鄙薄我们的出身，它给我们带来的好处将一生受用不尽；但是我们一定要从我们出身的局限中解脱出来，从意识上彻底背叛农民的狭隘性，追求更高的生活意义。"① 这种不向挫折低头、勇于奋斗拼搏的精神，是路遥心中的理想人格，也是他对人生和青春意义的真诚诠释。他笔下的人物像广袤沉雄的黄土高原一样，用宽厚坚硬的脊梁承载起了一个民族的繁衍、生存与发展。正如孙少安决定要办砖厂时作者所发的议论："什么是人生？人生就是永不休止的奋斗！只有选定了目标并在奋斗中感到自己的努力没有虚掷，这样的生活才是充实的，精神也会永远年轻！"② 这些奋斗和拼搏不是于连式的不择手段，不是现代社会弱肉强食的丛林法则，也不是狂热的英雄主义，而是一种如沐春风、坚实坦荡、深沉刚毅的"硬汉子精神"——以最为美好的道德信念和坚定的精神信仰为归宿。这正是伟大的艺术所要极力达到的目标。对于熟谙人情世故、麻木世故的成年人而言，《平凡的世界》与现实世界确实隔着一层厚障壁。因为他没有写出世道的阴险、人性的险恶和生活的龌龊。正是对纯洁、善良、美好心灵的呼唤，对理想的坚守和追求，对美好事物和幸福的期待，使他在心灵尚未衰老者之中拥有大量的读者。这正如格拉宁在评价苏联作家格林的中篇小说《红帆》时所言："当岁

---

① 路遥：《平凡的世界》（第二部），北京十月文艺出版社2013年版，第360页。
② 同上书，第350页。

月蒙上灰尘并失去光辉的时刻,我拿起格林的作品,翻开他的任何一页,春天立即破窗而入。一切都变得明亮和光彩。一切又像童年时代那样神秘莫测和令人激动。"① 对路遥产生过影响的纳吉宾则说:"如果成年时代还热爱格林的话,那就是说他已经避免了心灵的衰老。"② 《平凡的世界》无疑也是《红帆》一样的作品。

路遥的道德叙事存在的问题和弊端也十分明显。他的道德化叙事统摄一切,没有深入内化到人物的心灵深处,体现出浅表化、平面化和理念化的特征。这种道德取向正如有的学者所言:"他不去着意开掘平凡世界中深藏在平凡人身上的民族劣根性,而是更多地关注他们身上潜在的传统美德,特别是他们在社会变革中克服自身弱点走向自我觉醒的痛苦历程。"③ 缺乏了道德思考的多维性,就难免出现道德理想化和肤浅化的问题。在道德选择上,路遥也表现出矛盾的态度,不由自主地体现出对传统道德的眷顾和对现代生活的拒斥。一方面,路遥肯定传统道德在维系、保持美好人情、人性方面的作用,对传统道德体现出感情上的依恋;另一方面,他敏锐地感受到了传统道德的价值理性,在现代文明的工具理性和城市生活的物质压迫下失去了存在的基础和空间,不合时宜且不堪一击。在传统道德与现代文明的矛盾和两难中,路遥力图用善良、仁义、同情、包容等传统道德伦理,挽救现代文明冲击下的道德滑坡。这种努力,实际上是希望在现代性的背景中重建德性论的道德理想国,其虽契合现代社会道德的个体选择,却很难建立社会性的道德规则。在谈到《在困难的日子里》时,他曾感叹道:"在当代现实生活中,物质财富增加了,我们常常看到这样一种现象:人们的精神境界和

---

① 转引自章廷桦《格林和他的〈红帆〉》,载格林《红帆》,重庆出版社1985年版,第14页。
② 同上。
③ 周承华:《在现代理性和传统情感之间:论〈平凡的世界〉的审美特征》,《小说评论》1994年第1期。

道德水平却下降了；拜金主义和人与人之间表现出来的冷漠态度，在我们的生活中大量地存在着。"① 可以说，《在困难的日子里》以及《平凡的世界》都充斥着这种道德拯救的诉求，并且取得了空前的成功，我们的心灵也得到了道德净化。但现实中道德的困惑以及生活中的道德困境并不能因此涣然。在进行道德的自我审视和拷问的同时，我们不由自主会超越简单的道德抒情，去考虑具体化的道德语境和深层次的道德规范问题，去思索造成这些苦难的原因，谁对这些苦难负责，忍受这些苦难的必要性，苦难是否一定能够使人成功成材等问题，即苦难的正义性和合法性的问题。这些表面看来虽然超越了路遥的道德叙事，实际上却是路遥道德叙事和苦难书写的内在出发点。只有解决了这些问题，我们对路遥的道德叙事和苦难书写的透视和把握才具有本质性和历史深度。从这些方面来看，路遥表现出道德决定论和精神决定论的认知偏颇，缺乏道德探究和道德反思，存在着将苦难合理化、神圣化和诗意化，将道德简单化、抒情化和理想化的问题。

路遥在小说中写道："我们活在人世间，最为珍贵的珍视的应该是什么？金钱？权利？荣誉？是的，有些东西也并不坏。但是，没有什么东西能比得上温暖的人情更为珍贵——你感受到的生活的真正美好，莫过于这一点了。"② 一方面，他高度认同并礼赞乡村社会的人情人性；另一方面，对于传统道德存在的问题以及乡村社会人情世故的复杂，他也并非视而不见。他通过孙少平在远门舅舅家的遭遇，道出了他对于乡村社会道德伦理的理解。尽管这番议论在整部小说中对传统美德和道德的褒扬中微不足道，但无疑是洞悉其对乡村社会道德伦理认识的一个重要窗口。舅舅和妗子的无情无义，使孙少平"第一次深深地感受到，人和人之间的友爱，并不在于是否亲戚。是的，小时候，我们常常把

---

① 路遥：《这束淡弱的折光——关于〈在困难的日子里〉》，载《早晨从中午开始》，北京十月文艺出版社2013年版，第104页。

② 路遥：《平凡的世界》（第三部），北京十月文艺出版社2013年版，第24页。

'亲戚'这两个字看得多么美好和重要。一旦长大成人，开始独立生活，我们便很快知道，亲戚关系常常是庸俗的；互相设法沾光，沾不上光就翻白眼；甚至你生活中最大困难也常常是亲戚们造成的；生活同样会告诉你，亲戚往往不如朋友对你真诚。见鬼去吧，亲戚！"①路遥童年所遭遇的不幸、乡村社会道德伦理的势利，以及他经历的"文革"对传统道德美好方面的破坏，都使他的道德书写具有一种"补偿"意识，因此他没有对国民劣根性进行挖掘、透视和表现，更多的是积极表现传统道德与乡村伦理中美好温馨、温情脉脉的一面，以此求得心灵上的慰藉。同时，也"由于路遥难以割舍的乡土感情，使他不可能从理性上达到揭示农民意识的高度，巨大深沉的乡土意识笼罩着他整个的精神空间，使他往往从情感上为他的乡土人物抹上了一道浓重而动人的光环，而总是让人觉得缺少了一点冷峻——一种对乡土的冷峻审视"②。路遥常常用强大的道德意念去面对生活中的问题和人生的苦难，他用道德诗意去化解一切问题，用克己利他、仁爱善良去面对他人，用苦难哲学去反观人生和理想。这种道德叙事，与现代社会的个体生活无疑有着契合点，不仅仅是个人道德完善，同时也是现代社会中需要珍视保留的一面。也正因为如此，他小说中的道德诗意才获得了人们的巨大认同和强烈共鸣。但与此同时，他的道德激情遮蔽了现实处境的复杂性，悬置了道德的历史具体性。比如，田润叶和李向前的婚姻，是迫于社会关系的无奈结合，没有任何爱情基础，可谓"不道德"的婚姻。在丈夫遭遇车祸失去双腿之后，同情、怜悯、责任等使得田润叶弥合了爱情的伤痕，传统道德战胜了感情裂痕和个人意识，"不道德"的婚姻散发出道德的诗意。王满银游手好闲、不务正业，兰花忍受着肉体和精神上的双重折磨，但却固执地恪守传统女性的"妇道"，不忍离开他，放弃对自

---

① 路遥：《平凡的世界》（第二部），北京十月文艺出版社2013年版，第143页。
② 赵学勇：《路遥的乡土情结》，《兰州大学学报》（社会科学版）1996年第2期。

己权利和幸福的追求。由此我们可以看到传统道德观念的凄美，以及巨大的文化惰性。一旦偏离了传统道德，他们就会受到惩罚。比如卢若华同高广厚的妻子相恋，拆散了高广厚原本和睦的家庭，遭到了传统道德的强烈谴责。浪漫的杜丽丽同诗人古风铃偶然出轨，在现代爱情和传统道德的煎熬中，杜丽丽同丈夫两人都痛苦不堪。路遥无意识地流露出对传统道德的赞同，体现出价值判断上的偏颇。再如高加林、孙少平在社会转型中表现出的身份危机，作者让他们完善自身的道德并广施善行，简单地用温馨的道德抚慰掩盖了更为复杂的传统道德与现代观念、农村生活与城市文明之间的冲突。传统道德是否能够拯救他们，是否能够摆脱乡村社会固有的落后蒙昧，是否能够使他们完成精神上的现代意义的解放，是值得疑问和反思的。这些路遥显然缺乏思考，由此造成的缺点和不足并没有对小说造成决定性的影响。读者更为看重的是小说中人物珍视亲情、友情、爱情，身处逆境、面对苦难时能够坚守传统道德，坚持道德的自我完善，坚定追求梦想的奋斗精神。

二

在道德观念上，路遥是德性论者。德性，即我们通常所论的道德品质和道德情操。德性论的目标和方法有两个方面："首先是追问和回答人格理想是什么，然后才是以这一人格理想为目标的实现自我完善的方法。一个人实践自我完善的修养方法在自身之所'得'，就是道德品质。"换言之，德性论的基本问题就是应当做一个什么样的人，如何按照一种预设的理想的道德人格，完成个人道德的自我完善和自我实现。其"主张道德评价的对象是一个人的内在的道德品质，而反过来，一个有道德的人，就是具有良好的道德品质和道德情操的人。这听上去似乎是理所当然乃至天经地义的，由于我们的道德传统是乃至于所有的前现代社会的道德传统都是某种德性论的传统，所以我们也许会把道德和德性完全等同起来，把德性论当作是唯一的道德理论"。[①] 在路遥小说里，如何在道德上自我实现和自我完善，如何做一个道德完人是其紧紧围绕的叙事中心。其小说的精神力量也是由此辐射而出。路遥将道德设想为一种自我发现，在他小说写作的初期，就形成了稳定而完善的道德尺度。在他之后的小说叙事中，虽有略微的变化和调整，但他的道德倾向和道德态度一直是清晰稳定的。

从道德形态的形成来看，路遥以中国传统的德性论为底色，俄罗斯文学以及柳青文学的道德经验也是他道德观念形成的资源。尽管这三者的程度和分量无法确定，但它们相互作用、共同塑造了路遥的德性论道德观念。德性论的道德观念诉诸小说叙事的过程中，路遥受到了列夫·托尔斯泰、拉斯普京、艾特玛托夫、恰科夫斯基等俄罗斯作家的很大影响。俄罗斯文学的宗教意识、救世主题、苦难意识、道德态度、叙事方式、人物塑造，以及人道主义精神和人文情怀，都对路遥产生了重要影响。这其中，托尔斯泰的影响要更大一些。托尔斯泰是路遥最喜欢的作家之一，他喜欢托翁的全部作品。在《平凡的世界》的创作准备时期和创作中，他一直在反复研读托尔斯泰的作品。托翁宏大的史诗模式、结构作品的方法、人物的出场和塑造、人物的道德完善，都对路遥起到了极其关键的影响。在长篇随笔《早晨从中午开始》中，他征引了契尔特科夫记录的托翁的一段话："在任何艺术作品中，作者对于生活所持的态度以及在作品中反映作者生活态度的种种描写，对于读者来说是至为重要、极有价值、最有说服力的……艺术作品的完整性不在于构思的统一，不在于对人物的雕琢，以及其他等等，而在于作者本人的明确和坚定的生活态度，这种态度渗透整个作品。有时，作家甚至基本可以对形式不作加工润色，如果他的生活态度在作品中得到明确、鲜明、一

[①] 崔宜明：《道德哲学引论》，上海人民出版社2006年版，第89页。

贯的反映,那么作品的目的就达到了(契尔特科夫笔录,一八九四年)。"① 路遥的小说,也持有"明确和坚定的生活态度"。可以说他继承了托翁的艺术追求,能够返归内心、坚守本性,具有稳定的道德态度和价值判断。在《平凡的世界》里,我们可以清晰地看到托尔斯泰式的道德说教,具有普遍人性的简朴和坚韧地受难的崇高。我们都热爱作为艺术家的托尔斯泰,厌恶他小说中的布道,但我们"很难把艺术家的托尔斯泰和说教者的托尔斯泰简单地一分为二——同样深沉低缓的嗓音,同样坚强有力的肩膀撑起一片景致,以及丰富的思想"②。托尔斯泰的道德说教——"如此温和、暧昧,又远离政治,同时,他的小说艺术如此强大,熠熠生辉,如此富有原创性而具有普世意义,因此后者完全超越了他的布道。归根结底,作为一个思想家,托尔斯泰感兴趣的只是生与死的问题,毕竟,没有哪一个艺术家能够回避这些问题。"③托尔斯泰的小说艺术深植于他的道德感之中,他认为小说是有罪的,艺术是不道德的,"创作的孤独与同人类连接的冲动所构成的激烈的内心冲突,即作为布道者的托尔斯泰和作为艺术家的托尔斯泰之间的冲突,积极的外向者和伟大的内向者之间的冲突"④,一直潜藏在他的灵魂之中。尤其到了晚年,这种斗争愈演愈烈。托尔斯泰认为,个人只有融入上帝悲悯注视的人类之中,才可能获得内心的宁静和幸福,才有可能获得拯救。他超越了简单的道德申诉和判断,关注的是超时间的人类最本质最核心的问题,譬如生与死、罪与罚、爱情与婚姻、忠实与背叛等,具有永恒的价值和意义。路遥没有托尔斯泰这种"积极的外向者和伟大的内向者之间"的斗争和冲突,也不像托翁那样将人们引向宗教或

---

① 路遥:《早晨从中午开始》,北京十月文艺出版社2013年版,第20页。
② [美]纳博科夫:《俄罗斯文学讲稿》,丁俊、王建开译,上海三联书店2015年版,第141页。
③ 同上书,第139页。
④ 同上书,第237页。

者天国。路遥没有也不可能有这样的精神环境和思考深度，他由德性论主导的道德认知，完全扎根在现实的土壤之中，并期望对现代转型中社会的道德滑坡和个人的道德迷惘产生影响。因而，路遥的道德态度中没有"外向者"和"内向者"的冲突。在他的道德世界里，这两者虽可能有小抵牾，但整体上是和谐的、无冲突的。传统道德在现代生活中不但不能抛弃，而且是可以利用凭借的精神资源。因此，在他的小说叙事中，我们可以看到，他没有对传统道德存在的问题以及适用的语境范围作出思考，而是由道德完善主导了一切，压倒了个人意识和美学意识，甚至表现出与时代话语的简单认同。从叙事上看，路遥也没能像托尔斯泰那样，保持作者同人物的适当距离，而是充分地利用全知全能，不断地强行介入，插入解释和判断，以保持历史叙事和道德判断的权威。

在路遥审美道德意识的形成过程中，他的文学教父柳青也对他产生了不可忽略的影响。柳青笔下梁生宝式的高大全的政治英雄，在路遥这里发展为人格完美的道德英雄。孙少平、孙少安是千千万万个农村青年中的一分子，他们在逆境中总是百折不挠地去完成自己的使命，追寻生活与生命的意义。这和柳青笔下承载着意识形态期待的政治英雄梁生宝已截然不同。他们没有了宏大的历史使命，在人生的困境和生活的苦难面前，努力拼搏，认真履行自己的责任和义务，追求真善美，追求道德的完善，追求人性的美好，以自己的行动诠释了平凡世界里的新英雄形象。路遥"将农村一代又一代人生活的悲哀和辛酸，同农村家庭生活、人伦关系的温暖情愫，溶解于人的经济、政治关系中，让严酷的人生氤氲着温馨的人情味"[1]。路遥"在创作中始终要求自己'不失普通劳动者的感觉'，他不是像'民粹派'、'启蒙派'那样'到民众中去'，而是'从民众中来'，他不是为民众'代言'，而是为他们'立言'，他自身的形象经常是他笔下的典型人物形象——浑身沾满黄土但志向高远

---

[1] 李星：《无法回避的选择——从〈人生〉到〈平凡的世界〉》，《花城》1987年第3期。

的'能人'、'精人'合二为一。以'血统农民'的身份塑造出从中国农村底层走出来的个人奋斗的'当代英雄',这是路遥对当代文学的独特贡献"[1]。正因为这一点,路遥与千千万万在"城乡交叉地带"以及在困境中奋斗拼搏的青年们,产生了灵魂与精神的沟通和共振,并赢得了他们永远的尊敬和爱戴。柳青笔下的梁生宝,在今天看来虚假刻板,不过是政治正确的传声筒罢了。路遥则将这种虚假的乐观主义转化为坚定的道德信条,并散发出迷人的魅力。但他们又有相同之处,那就是无论是梁生宝,还是孙少安、孙少平,他们在出场时道德世界已经基本定型,现实环境的影响以及生活的磨砺,只不过是为了论证或者完善预设的道德律条。由于思想深度和精神资源的限制,路遥没有其他可以凭借的精神资源,因而在他看来,个人的奋斗、接受苦难以及道德完善是最为理想和可靠的救赎通道。

小说艺术的道德伦理书写,源于人性自身以及人类社会的要求。倘若作者感觉到道德伦理是一种压力,就等于抛弃了本应承担的道德责任。约翰·罗斯金说:"艺术只有以道德完善为目的时才是在自己相宜的位置上。艺术的任务——是关爱地教诲人。假如艺术不是帮助人们揭示真理,而只是提供愉悦的消遣,那么它就是可耻的事业,而非崇高的事业了。"[2]但是路遥的这种目的论道德观念,作为个体的道德追求被设定了,个体的任务就是发现什么是值得追求的并正确地执行。一旦知道了什么是正确的,个体就不会做错事或者坏事。但我们要反思的是,难道意识形态和社会观念对人的道德意识没有影响吗?当意识形态的道德观念与个体普遍的、正确的道德追求冲突甚至相反时,个体的道德如何实现?意识形态会不会导致不道德的压迫性专制?另外一个问题也随之而来,当道

---

[1] 邵燕君:《〈平凡的世界〉不平凡——"现实主义畅销书"生产模式分析》,载《十博士直击中国文坛》,工人出版社2004年版,第277页。
[2] 转引自[俄]托尔斯泰《托尔斯泰读书随笔》,王志耕、张福堂译,上海三联书店2007年版,第178页。

德陈述和事实陈述相反，即某种虚假的道德成为一种悬浮的意识形态，而实际生活却遵循另一种道德伦理，那么道德就陷进了逻辑黑洞。如我们将"不准盗窃"确定为普遍性的道德，而在实际中，大家却都偷窃，而且觉得这是正常行为，那么"道德"的意义就消失了。我们也应该看到，路遥小说中人物所面临的问题和苦难，是城乡二元体制以及其他社会体制问题造成的，个人的奋斗和抗争根本无济于事。对于他个人而言，如何处理这一问题，是十分矛盾和疑惑的，他更多地用模糊的叙事予以回避，让人物回到自己道德的理想国，实践自我的道德完善，对体制化、等级化等社会问题并没有深刻的反思。至少在路遥的作品中，我们可以看到，他是有政治情结的。他关心政治、政策包括领导人变化带给人们生活的变化。他偶尔也会讽刺、挖苦基层领导在决策等方面存在的问题。但总体上而言，他对政治、政策是充满信任和抱满希望的。当然，更重要的原因可能是路遥无法超越自己的知识体系和认知判断，形成思考社会体制的深层次问题的能力，或者他即使有这种能力，但心不在焉。在历史和生活的"当局"中，我们很难有作家像巴尔扎克那样，超越自己出身的局限。再加之我们也知道，路遥写作的80年代，整个社会有着普遍广泛的共识，社会各个阶层有着流动和跨越的可能性，整体上体现出一种明朗、积极、乐观的理想氛围。不过，从《平凡的世界》里，我们还是可以看到路遥强烈的宿命感。高加林、孙少安、孙少平等的失败命运，透露出路遥心灵深处潜藏的悲恸和忧伤。他们都努力奋斗、拼搏过，但最后都失败了，没有一个是成功者。他们打动读者的是桑提亚哥式的硬汉精神，不断地拼搏，不断地抗争，力图"扼住命运的喉咙"。作品打动读者的，也正是这种西绪福斯式的抗争宿命的精神。

路遥的道德书写尽管存在着上述问题，但他以宗教般的虔诚形成了温暖可人的道德理想国。他用纯洁美好的道德诗意抚慰着平凡人的心灵世界，给予困境中的人们以温暖、力量、希冀和奋斗的信心。在这样一个拜权教、拜物教盛行无阻并覆盖一切的时代，路遥温暖了平凡者的心灵，捍卫了人的尊严和灵魂，树立起了精神的大纛。这是路遥写作的重要意义所在。

三

按照阐释学的观点，文本将阐释者带入了陌生的世界。由于阐释者的视界不同，对作品意义的理解就会不同。阐释者总是从自己的需要出发，做出自己需要的理解和阐释。但如果脱离了诉诸个体的阅读经验，脱离了文本产生的历史语境和意义指向，就犯了怀特德所谓的"错置具体感的谬误"。也就是说，一个同样的东西，在不同的时间和环境中，其意义和功能是不同的。如果放错了地方，它的意义和功能就可能被扭曲。路遥小说的阅读和阐释，目前即面临着这样的问题。

路遥小说的道德观念，是古典的前现代社会的德性论伦理学。其和规范论伦理学相同之处是都强调道德中的理性因素，不同之处在于——"规范论伦理学是根据理性的原则来确定行为的规范，行为规范的普遍性来自于人类理性的普遍性，而德性论伦理学是要求从美德出发、运用理性权衡当下的具体环境和条件去行为，而并不要求普遍性的行为规范。正是在这里，突出体现着传统社会和现代社会不同道德评价体系的历史性差异，突出体现着不同伦理学理论形态的历史性差异。"[①] 德性论这种前现代的道德形态，既是路遥无法摆脱的历史局限，同时也形成了其无可匹敌的优点。路遥不可能双脚悬空，去书写现代社会的道德观念，他无力也不可能去书写，这也不是他文学世界的图景。他对德性论的道德观念的认识可能是含糊的，但写作是清楚的。他将充沛的道德激情灌注其中，产生了巨大的感召力和影响力。需要清楚的是，路遥小说的道德影响建立在个体自由选择的基础之上，建立在路遥的道德态度、道德召唤同读者的阅读期待、道德选择的认同的基础之上，因此才产生

---

① 崔宜明：《道德哲学引论》，上海人民出版社2006年版，第92—93页。

了强烈的道德共振和精神共鸣。我们知道,"道德评判文学作品,只能根据每一代人所接受的道德准则,不论那一代人是否真正按照道德标准生活"①。当时代变化了之后,上一代人接受的东西,下一代人可能要反对。而上一代觉得震惊的事,下一代可能泰然自若地接受了。文化背景的差异、个体经验的差异、时代环境的差异,都可能使得读者得出不同的道德解读。也即是说,当文学中含蕴的道德观念与时代具有某种共鸣的关系时,它的声誉会不断增加,如果两个时代的关系是对立性的甚至是敌对性时,那么它的声誉就会丧失。文学史上这样的例子不胜枚举。因而,我们难以判断中国城乡的二元对立消失之后,在完成国民社会向公民社会、前现代的身份社会向现代的契约社会的转变之后,路遥的小说是否还会产生之前那样巨大的道德影响。这是存疑待论的。

　　道德根植于个体内心的自觉和自律,是内守的,可以选择的。个体在生活中作出道德选择,为所做的好事或者坏事负责,影响着一个时代的道德风气,因而可以说是一个大问题。在德性论雪崩和宏大的道德话语解体之后的道德价值虚无中,路遥的小说无意中给我们提供了一种自我审视、自我评价的参照,无意中会磨砺我们的道德意识。但在道德表达和道德实践严重脱离甚至完全相反的情况下,无论如何,即使意识形态的强力号召,也不会成为康德所言的"道德的绝对命令",不会形成社会的普遍道德与普遍伦理。康德"将道德行为与纯粹的善良的意志、出于责任的行为以及对道德法则的尊重联系在一起,表现出一种无条件的绝对命令。道德的绝对命令所以可能的根据,关键在于必须存在一个将行为者的主观准则与客观的道德法则'先验综合'于一体的'第三者'。这个'第三者'即自由概念,它也被解释为意志自律"②。但道

---

① [英]艾略特:《艾略特文学论集》,李赋宁译,百花洲文艺出版社2010年版,第266—267页。
② 傅永军、尚文华:《道德情感与心灵改善——兼论康德理性宗教的道德奠基》,《山东大学学报》(哲学社会科学版)2012年第5期。

德法则只是针对接受者而不是制定者的时候，普遍道德和普遍伦理就无法形成。社会对个体的道德铸造产生决定性的影响，甚至为有关道德的事物完全负责。一个野蛮的社会常对某些人的道德品质产生负面影响。道德的纯洁无瑕美好温暖，人人向往，我们敬重一切洁身自好、品行高尚的个体。但单向的道德纯洁性的肯定和追求，忽略了社会对个体道德成长的影响，忽略了世界的丰富性和复杂性，就会影响到社会伦理规约的形成。中国的传统和现实中是有很多不道德者，却要站在道德制高点，对别人提出道德要求、道德绑架，甚至对道德高尚者大泼脏水。正如胡适所言："一个肮脏的国家，如果人人讲规则而不是谈道德，最终会变成一个有人味儿的正常国家，道德自然逐渐回归；一个干净的国家，如果人人都不讲规则而大谈道德、高尚，天天没事儿就谈道德规范，人人大公无私，最终会堕落成为一个伪君子遍布的肮脏国家。"[①]德性论也常常成为有权力者道德豁免的借口，形成对无权力者的道德压迫，为权力话语培育精神沃土。按照马克思经济决定论的观点，道德是资产阶级意识形态的产物，它完全决定于经济基础，它是"遮掩资产阶级经济利益和其他经济利益的意识形态"。实际上，经济的"鸡"并不一定会生出道德的"蛋"。人们往往过于相信资产阶级的"正义"不涉及其他利益，实际上，道德总是为捍卫它的阶级利益而战，它"把一个阶级的利益伪装成一种道德兴趣"[②]。确实，阶级的利益常常会伪装为某种道德兴趣，成为有权力者压迫弱小者的知识构造。权力的道德捆绑成为政教合一国家的典型特征，中国如明太祖朱元璋，严刑峻法与道德狂热成功结合。

阅读什么书是个体的自由选择，完全属于"私域"。当某种话语鼓励或者号召大家都去阅读某一本书时，这种"私域"就被侵犯了。根

---

① 姜明安：《再论法治、法治思维与法律手段》，《湖南社会科学》2012年第4期。
② ［英］戴维·罗比森：《伦理学》，郭立东译，生活·读书·新知三联书店2016年版，第63—64页。

据经验和现实，这种现象透露出社会的某种"征候"和危机，恰恰是我们应该警惕的。《平凡的世界》诞生在理想主义高涨的 80 年代，直至后来相当长的一个时段里，社会上还有一个大致的关于奋斗改变命运的共识，还有对理想主义的积极追求。而在今天，环境发生了巨变，在物质化、金钱化、市场化以及拼爹化的当下，道德理想国的领地还有多少，人尽皆知。在道德坍塌、信仰遁迹、理想迷失、价值虚无、物欲横流、世风日下的当下中国，我们毫不怀疑路遥的小说对个人具有道德净化、道德照亮、道德抚慰和道德激励的重要功能，但也不能过分夸大它的道德重建功能。路遥德性论的道德书写，不可能帮助整个社会建立普遍的道德秩序和道德规范。道德的形成，取决于个体的内在品质，也必然表现为个体的外在行为。内在品质是外在行为的习化，外在行为是内在品质的体现。二者互相作用，相反相成。对于个体来说，德性论伦理学可以净化提升个人品德，但社会奉行弱肉强食的丛林法则，老使德性论者吃亏甚至不能生存时，德性论者自己都放弃了。正如涂尔干所指出的："割断道德规范与社会环境之间的联系，就等于把道德与其得以形成的生命之源分割开来：从而使道德不可能得到理解。"[①] 如此，也就不可能形成健全的、良性的道德秩序和道德规范。因而，一个社会不去积极地建立规范论的道德准则、道德秩序，而一味地要求按照德性论伦理学培养个人品德时，那么这个社会的道德系统就出现了严重紊乱，就出现了表达性道德和实践性道德相互矛盾的"双层话语"。这正是我们的现实处境。

路遥道德理想国里的同情、善良、仁爱、包容、自尊、自强等，是前现代德性论伦理学的精神遗产，是人情与人性中最为美好的部分，是前现代社会和现代社会的道德伦理共识，对这种美好的德行的颂扬和践

---

① [法]爱弥尔·涂尔干：《职业伦理与公民道德》，《涂尔干文集》（第二卷），渠东、付德根译，上海人民出版社 2001 年版，第 323 页。

行都是道德完善的应有之义和必由之路。建立起个体良好的道德世界,才有可能形成社会普遍的道德。但同时我们也应该明白,道德传统的继承和发展,一方面要"通过不同个性的自由创造而形成社会的价值共识",另一方面社会也要为个体提供生长的可能和成长的条件。真正的困难在于路遥小说中的道德观念,以及德性论的道德传统"如何在社会转型的条件下得以发展,在生产方式发生根本性的变革以至于社会本身的基本结构随之重塑的历史条件下,既有的价值共识和道德规范如何与新的生产方式、生活方式相调适?"① 当下中国正处于这种转型和困难之中,一方面是传统德性论雪崩般的瓦解和宏大的革命道德的解体,利己主义、唯我主义、弱肉强食、丛林法则、"他人即地狱"成为实际上的道德标准和行为规范,个体道德面临着迫切的选择和重建;另一方面是意识形态道德秩序和道德话语不断重建德性论道德的努力。二者形成了一种相互背反的表达与实践的矛盾。我们应该认识到,个体的"德性的道德"的建立,是实现社会的"规则的道德"的基础;社会的"规则的道德"的建立,是实现个体的"德性的道德"的保障。如果没有这个保障,个体的"德性的道德"就会成为悬浮于整个社会真实道德的牺牲品,成为遥不可及的道德幻象。因此,要建立社会的"规则的道德",仅仅靠阅读《平凡的世界》,是远远不够的。

---

① 崔宜明:《道德哲学引论》,上海人民出版社 2006 年版,第 87 页。

人工智能科幻叙事
与未来想象

王峰

时间：2018.05.28

地点：E126 会议室

主讲人简介：王峰，华东师范大学中文系教授，博士生导师，教育部青年长江学者，中国文艺理论学会副秘书长，《文艺理论研究》副主编。

摘要：当代人工智能焦虑来自对人工智能技术失控的恐惧，而这一失控的焦虑相当程度上来自人工智能科幻叙事的潜在影响。科幻叙事树立了一个未来的影像，我们将技术发展与这未来影像相联结，产生了各种焦虑或乐观的版本。这一影响遍及整个社会叙事，引发脱离实际的焦虑或乐观情绪。这里区分科幻叙事中三种时间想象：远景想象、中景想象、近景想象，指出不同时间想象的不同社会叙事功能，将技术发展与科幻叙事所赋予它的想象成分相剥离，以客观的方式看待人工智能，这样一来，人工智能的焦虑就会得到很大程度的平息。

关键词：人工智能；科幻叙事；时间想象；社会焦虑

本文发表信息：王峰：《人工智能科幻叙事的三种时间想象与当代社会焦虑》，《社会科学战线》2019年第3期。

本文与已发表论文有一定区别。

一　未来时间要素：人工智能科幻叙事的"当代基因"

谈及人工智能与未来社会这样一个话题，不可避免地就涉及时间问题。过去是曾经历的，现在正在发生，未来却很特殊，我们不知道什么将实际发生。一旦我们从现在视野往未来景观推进得相对远一点，比如

30年、50年、100年，等等，随着时间不断地推移，我们对未来的把握会变得越来越少，我们甚至愿意做一个独断性的判断：关于未来，我们一无所知。虽说如此，但我们对未来依然抱有强烈的兴趣，希望对未来有所触碰，由此，我们创造了各种探索未来的方法和工具，比如经济学或人口学的未来预测模型，社会心理学的行动模型，或者科幻作品的思想实验方式，"科幻小说作为形式的一个最重要的可能性正是为我们自己的经验宇宙提供实验性变种的能力"[1]。我们这里正是要对科幻作品进行讨论：科幻作品是否具有对未来的预测功能——虽然这不是科幻作品主要的功能。不管怎么样，我们可以依赖各种各样的方式对未来进行探索。我们知道这些探索都是可错的，都是可以调整的，一旦某些关键性的现实状况发生了变化，必须相应改变这些探讨。如果假想未来必然像我们所预测的那样展现，这样的观念可以想见是非常僵化的。然而，这种僵化观念却有简洁的好处，它带来一种让人愉快的"美感"：未来简洁而清晰。但实际上，未来隐藏在各种复杂的社会论述和未来阐述当中，我们很难发现它的真正踪影，我们天然会被各种因素所迷惑！而我们在讨论人工智能的未来的时候，无论是猜测人工智能将统治人类也好，还是人工智能将成为人类的好朋友也好，这些猜测是推测未来的必要形式。然而，我们在持有某种猜测的时候，也必须对各种乐观的和悲观的论调保持警惕，对其持有批判的态度，因为对于未来，我们实在是一无所知，我们所能做的其实是根据实际状况不断调整未来的期待，猜测未来发展的走向，这些都是有根据的，然而这些根据都可能在未来的发展当中不断淡化，甚至改变它的方向，这是我们在谈论人工智能的时候必须持有的基本态度。

科幻叙事是当代文化生活中一个特殊的现象，如果我们从玛丽·雪

---

[1] ［美］弗里德里克·詹姆逊：《未来考古学：乌托邦欲望和其他科幻小说》，吴静译，译林出版社2014年版，第356页。

莱的《弗兰肯斯坦》(1818年)算起,科幻作品已有200余年的历史。与其他文学形式相比,科幻作品还处于比较年轻的阶段。作为伴随现代科学兴起的一种文学形式,它在整个社会叙事中起到一种奇特的文化作用,有些时候,科幻作品中所描绘的科技情况得以实现,这就为科幻叙事打上了一层预测的功能外衣。尤其在最近十余年来,中国本土的科幻作品开始受到重视,加之国外科幻小说和电影电视的引入,对这一文化也起到了推波助澜的作用。在某些社会叙事中,甚至不知道将科幻叙事与科学实际情况区分开,用科幻叙事偷换科技发展,形成了一种独特的社会叙事方式,这是要进行剖析的。

科幻人工智能叙事中的未来其实深深地打上了当代文化的烙印,因为这里的"未来"不是真正的时间维度上的未来,而是经由文本想象的概念性存在。在这样的"未来"中,隐藏着当下科技发展的基本方向与文化欲望,它从来不是一个单纯的未来,而是包裹着多种元素的形式化的复杂未来显像。由于它与当下科技发展的关联非常密切,并且某些科幻作品具有极高的思想实验价值,提出过新的可以实践的科技形式,它反过来也促进了当下科学技术的某种进展。尤其是科幻中的人工智能叙事,直接挑动了当代文化的核心关切,影响了我们对当代人工智能的理解。但这样的一种影响却是让人忧虑的,因为不仅社会叙事中存在着不自觉的技术与科幻相混淆的误区,某些科学家也有意无意地利用了这种混淆,导致整个社会人工智能叙事变得极不冷静,或者极度追捧人工智能,或者由于人工智能未能实现某个想象,而对之进行尖刻质疑。这两种倾向,不仅在一般社会叙事中存在,在以反思批判为主的哲学社会科学中也颇为常见,这里通过对未来的时间性质的剖析,指出不同科幻叙事所蕴涵的当代文化想象内核及特殊的当下概念内涵,对于我们区分人工智能技术与人工智能文化具有重要的意义。

在科幻文本当中,我们大致可以分为近景想象、中景想象和远景想象三种时间想象形式,这是根据作品当中所描绘的未来的场景离我们有多长时间距离来决定的,即这一层次的划分是按照叙事内容离现实远近做出的,并不是一种客观化分层。简单来说,近景想象大致是50年的事情,中景想象大致是50—300年,而远景想象则大致是300年至很久以后。

二　远景想象的形而上学性质

让我们由远及近。远景想象其实是最能够驰骋想象力的,在《银河帝国》《三体》等以宇宙为背景的科幻作品中,我们可以发现大量的远景想象。它往往将我们这个时代能看到的所有的未来可能性都展示出来,或者说远景想象其实是最具有形而上学特质的。在这种叙事类型当中,我们将当代科学技术的发展与未来趋向的可能性结合起来,形成了关于遥远未来的想象,比如,斯皮尔伯格拍的电影《人工智能》,最后的场景放在2000年后,那时人类将不再存在,取而代之的是高度进化、能力强大的人工智能,他们几乎拥有神一般的能力,可以进行生物再造。这种未来想象非常有趣,但又非常抽象,因为2000年的时间距离未免太长,我们很难预知这2000年间会发生什么,正如2000年前的人们也根本无法预知现在的情况一样,更何况,技术的加速度让2000年显得如此漫长,变化如此多样,它的可能性也异常繁多。《人工智能》提供了其中一种可能性。《时间机器》这部19世纪末的著名科幻小说比电影《人工智能》更集中地展现出时代技术与科幻想象间的关联。将这两部不同时期创作的科幻作品相对照,可以看出不同时代所产生的不同的未来远景想象性质。《时间机器》创作时所处的技术状况对于我们来讲已经是历史,它的特征和性质与现在的社会状况和技术程度已经形成一种时间差,我们更容易在小说内容与时代技术状况之间建立直接的关联,而电影《人工智能》则不具备这样的便利,我们还不能与我们的技术拉开距离,也没有超越现在技术的新技术形态作为否定性的对照,所以,这样的一种时代技术与作品内容之间的关联就不像《时间机器》所展现的那样明显。在《时间机器》中,主人公可以借助一种特殊的机器旅行到8万年以后,而奇妙的是,这种时间机器竟然像我们开的拖拉机或者飞艇一样,从上面可以卸下几个零件装在口袋里,以防别人偷走!8万年后是什么样子呢?人类完全分化为对立的两个阶级,一个阶级处于地面之上,优良懦弱,依赖地下阶级供养,但同时,他们又是地下阶级的食物;另一个阶级处于地面之下,丑陋凶残,从事生产,但以地上阶级为食。——这几乎是19世纪末资产阶级和无产阶级的对立结构的恶性发展!仅仅过了100年的时间,我们对未来的想象形式已经得到了彻底的改变。这些改变其实不是一种未来的实际的状况,而是由于我们这个时代的科技所处的状况以及我们的文化心理状态发生了变化,想象未来的方式也同样发生了变化。当然,任何一部小说和电影都充满了作家的主动创造,他可能沿着自己想象的未来情况进行创造,这些创造很可能出乎一般的文化心理承受能力,比如斯皮尔伯格的《人工智能》,其结尾其实是超乎一般想象力的,颇不同寻常,因此,有很多评论者偏向于认为,这是一种比较失败的结尾。当然有的时候,由于我们并不能知道未来到底是什么样的,所以这是一种基于当代文化要素的形而上学式想象。它的确能引发我们的思考,然而这样的思考其实往往是不及物的。为什么这么说呢?因为它离我们过分遥远,它是一种形而上学式的展开,由于时间维度带给当代文化心理上的一种懒惰感,我们会认为其所描绘的状况还非常遥远,不是一个最急迫的可能性,对于当代文化心理的调适其实是比较淡漠的。很多时候,这样的远景想象必须结合当代科学技术的发展才能形成对当代大众文化心理的强烈冲击。

三 中景想象的时间中止内涵

中景想象往往关系到人类命运与人类生命的问题。地球人要不要移民太空？人的生命能否突破百岁限制，成为永生的种族？相对于远景想象的形而上学性质，中景想象实质上就是人的长久生存问题。由于作品叙事需要危机设计来推动情节发展，所以我们会在阅读中看到未来总是危机四伏，乱象频生，这可能转化为异星入侵，也可能转化为人类移民或个体永生。中景想象其实是一个过渡性想象，它不像远景想象那样遥远，对于遥远的未来，我们不在乎那时人是否存在。按照进化论的观念，如果未来地球上的人类没有被自己的造物所消灭的话，人类也一定变得与现在完全不同，甚至可能成为现在所认为的神族。但中景想象还脱离不了人，它涉及的基本上是人类社会未来的可能的发展状况，它主要想象人类可能变成什么样子，人类社会可能按照什么样的方式进行组织，而这些想象是离不开目前科学技术的发展的，而必然以其为基础。

在《三体》中，三体人发现地球后，在三百多年的时间里，想尽办法要来占领地球，消灭地球人，地球人与三体人之间的争斗，就成为故事展开的背景。人类命运这样的科幻话题大约只有设定在三百年以内，才具有直接的阅读震惊效果，因为这种设定才能穿越文本虚构，直接挑起我们对未来的忧虑。时间设定太远，往往会减弱故事的震惊效果，比如在《三体3》中，最终，地球在黑暗森林的宇宙原则支配下，被其他星球的神极存在所灭。这当然是一个暗黑的未来。但这超出了三百年的时间，离我们太遥远，反而不像地球被三体人入侵这样让人震惊。

与人类命运同级别的题材是人类永生问题。虽然我们都知道库兹韦尔宣称2045年人类将能够实现永生，但这样一个宣称，其实是比较匪夷所思的，可能性非常小。更有可能的是，某个人借助药物或生物改造，获得生命的延长，并随着时间进展，不断有新科学改造人类身体，进而达到将人的寿命极大延长的地步，如此才能渐进式地实现所谓的永生。但这样的永生不属于人类群体，或者说由于代价极高，无法扩展到整体人类群体中去。但我们可以在科幻作品中驰骋想象，设定在未来的某个时候达到人类永生。不管怎么样，这种可能性如果延长到50年以后，比如说50—300年这样的时间长度，那么我们就可以想象，随着科技加速度的发展，永生的可能性大大增加。当然，永生或达到永生会大大改变我们对身体、疾病以及生命的理解。在《拉玛》系列中，永生是人类一个可能的未来，但也正如主人公所疑虑的，永生的代价是不断更换身体，而这样一来，就像在《拉玛真相》中尼可对她的亲密友人迈克尔发问的那样："你还是迈克尔吗？还是已经变成半人半外星人的混合体了呢？"[①]

中景过程会提供给我们一个逐渐改变的状况，我们也假定，在这样的时间段里，人类和地球会发生很大变化，但具体是什么样的变化还很难说清楚，只能说，中景过程更像是一个未来实验场，在其中发生的变化将对人类整体产生巨大的影响。

相比较而言，中景想象也许是最不能够引起人们恐惧或者兴奋的一种时间修辞符，因为这样的一个时间修辞符，其实往往暗示着人类可以穿过50年的短期可预见性，继续发生变化。在这一时间过程中，预见性会逐渐模糊，与整体变化相关的参数不断被替换，新的参数可能加入，从微不足道变为至关重要，而我们很难判断哪些参数会变重要，哪些参数看似重要，最终却会消失。但在科幻作品中，这种中景设定容易引发让人激动的人类未来问题。随着50年迈向300年，这一变化渐渐指向一个很遥远的未来，往往我们的未来想象会停留在未来300年或400年的时间上，因为这时，所有目前看到的变化参数都会失效，未来可能完全不同，依据目前情况无法揣测，而这时，中景渐变的故事设计会逐渐消失，远景式的形而上学想象会占上风。在这里科幻叙事设置一个人类的时间终止往往是一种有效的科幻表达方式，因为，在此处，人

[①] ［英］阿瑟·克拉克、［英］金特里·李：《拉玛真相》，胡瑛译，四川科学技术出版社2011年版，第468页。

类之死或者终止具有特殊的时间性含义，这一时间性不是指真正的未来时间，而是指我们当下趋向未来的想象时间。在这样的时间点上，我们趋向未来的时间由具体变得抽象，现在的时间要素将被未来所消解，它可能带来一种现在时间要素永久失效的恐惧，在此，现在的我们失去了对未来时间的掌控，由此产生的对未来的巨大恐惧感变得非常清晰，而未来越不可掌控，恐惧感越强烈。如果这一未来掌握的失效与人工智能有关的话，那么我们将把它命名为奇点来临。"这个词最初是物理学从数学中借用来的，它总是表现出对拟人化术语（如把'魅力'和'奇怪'用于夸克）的嗜好。……物理中的奇点表示不可想象的大数值。物理学感兴趣的领域实际上并不是尺度上的零，而是黑洞（甚至不是黑的）内理论奇点周围的视界。"[1] 库兹韦尔将奇点运用到人工智能的社会学意义上，他指出人工智能奇点问题实际上是在讨论人脑能否彻底计算，是否会产生全面超越人脑的人工智能问题。[2] 这一问题延伸出来，就成为在某一个时间点上我们人类彻底被人工智能所替代的结局。这将是一个非常可怕的未来。用这种想象作为时间休止符，也将可能直接过渡到远景想象，一种形而上学想象。

四 近景想象与社会叙事的亲缘关系

近景想象是一种时间设置为50年左右的想象形式，比如说，系列剧《黑镜》和电影 HER，等等。当然《黑镜》很可能混合了中景想象和近景想象，它是系列电视剧，拍摄的集数多，每集都有独特的内容，这些内容可能发生于50年内，也可能发生于50—100年内，因此它是近景与中景混杂的状况。但是 HER 基本上是一种近景想象，更集中地

---

[1] Kurzweil, *The Singularity is Near*, New York: Penguin Books, 2006, p. 486.
[2] Ibid., p. 387.

展现了未来50年的情况，因为周围世界的情况并没有发生多大的改变，但生活方式却产生了诸多的变化。这些变化与人工智能在我们生活当中占据关键位置结合在一起。近景想象恰恰最能刺激起当代文化心理的恐惧感和兴奋感。我们之所以兴奋，是因为我们看到生活竟然能够产生如此奇妙的改变，我们真的能够跟一个机器人谈恋爱，并且深深地爱她（它）。我们认为她（它）的内心有丰富的情感，而这些情感带给我们无限的遐想，甚至与真正人类之爱相比毫不逊色！同时我们也夹杂着很多恐惧，因为这些事情的发生将导致人可能变成一种非人类，或者说，是一种后人类。不管怎样都跟现在的人类状况有很大的不同之处。

近景想象和远景想象虽然时间想象形式不同，但实际上具有同样的形而上学功用。它从两个角度引发我们的形而上学兴奋和恐惧，一方面，近景想象带给我们无限未来的纯形式演进，它实际上是我们当代科技和文化心理相结合，并混搭出来的无限之维的思考。这样的思考虽说是当前文化观念的主要形式，但它其实未经严格批判，因为它根本没有考虑其他因素的相关变化，只考虑一个因素的无限延伸。而我们也知道，单一因素的无限推衍其实是不可能实现的，一个社会构成因素发生变化，必然带动其他社会因素发生变化，这是牵一发而动全身的事情。另一方面，实际的科学技术发展从来不是单线突进的，社会文化心态与伦理、法律观念等没有相应进展，只会带来剧烈的文化震荡，这在克隆人争论时发生过[1]，在不久前的人类基因改造中也曾经并正在发生[2]。当一种因素发生改变的时候，其实所有的因素全部都将发生改变，这些改变是从

---

[1] 克隆人问题是20世纪末最重要的一项技术。虽然克隆动物已经出现，但克隆人类依然面临巨大的风险，最重要的一点就是人类不能成为实验品，这是基本伦理底线。很多国家立法禁止克隆人类，但也有一些"疯狂"的科学家宣称一定要克隆人类，只是克隆人类的技术看起来暂时不太成熟。

[2] 中国科学家贺建奎对胎儿进行基因编辑，以消除艾滋病感染的危险。这一做法引起了轩然大波，被认为违反了科学伦理。相关报道和评论难以计数，这里只列一条《南方周末》的报道——《起底贺建奎，全球首例基因编辑婴儿"缔造者"》（http://www.infzm.com/content/141879）。

几个因素来思考未来的方式根本不可能想象到的。随着我们对未来的各种文本的不断复述和覆盖，这样的文本陈述慢慢显示出它其实是一种单调而纯净的形而上学性质的陈述，同时也使它变为一种可笑的单调函数。这么说，也并不减损它本来具有的意义，因为我们关于未来的想象根本不可能脱离当下的文化境况，从根本上说，未来想象深深地植根于当代文化想象中，虽然从故事内容上看起来它与同时代文化之间似乎距离遥远，但从其不经意的细节中，我们可以看到时代文化在作品中的折射。就好像100多年前威尔士写作《时间机器》的时候，他想象80万年后，地球上存在两个阶级，一个是地面上的优雅的羸弱的阶级——爱洛依人，一个是地面下凶恶而强壮的阶级——莫洛克人，阶级和阶级之间存在相养和相食的关系。这是19世纪末关于资本主义两个对抗阶级的形式化想象。这一形式化想象被赋之以80万年的时间长度还依然延续，也反映了时代文化想象的某种稳定性。这一稳定性并不是文化自身具有的，而是想象形式具有的，这一想象形式可能过了不几年就可能发生巨大变化。从80万年变为千年或几百年，比如阿西莫夫的《银河帝国》在恢宏的宇宙背景下描绘千年银河史诗，而《银河帝国》比《时间机器》不过晚了大约40年，在那些年里，科技与文化迅速变化，想象形式得以急剧扩张，稳定的形式想象变得不再稳定，这是文化本身的折射。

一个有趣的中国科幻文本是梁启超的《新中国未来记》，发表于1902年，故事内容是60年后的中国人回溯这60年的中国历史。小说设想中国一直沿着君主立宪和共和的争议进行国家建设，所以主人公们往往进行政治道路的争辩。小说没写完，但近景想象特征很清晰，改良立宪是一条主线。

时间过去100年之后，再回头看这些想象的时候，我们就会发现它根本没有考虑到科技的相应进展，同时也没有考虑到政治变化的可能性，这并不是在指责作家的想象力，而是指出任何科幻创作都只能是沿着某个因素或某几个因素向前推进，这些因素的变化相对于同时代的阅读趣味而言，足够达到震惊效果了，而其他不变的因素，则直接取材于同时代状况，并潜在地将之视作终极状况来对待，并且对于这一终极状况进行形而上学式的推演。对于科幻作品而言，这是无法避免的，是想象力的基本特点，我们不可能超脱这样的局限。近景想象最能够引发我们的恐惧，因为它暗示一种将要到来的状况，尤其是，在这样的时间范围内①，我们能够发现某些因素的改变极其显著，其他因素则相对迟滞，而我们的文化心态正好处于迟滞的那一边，如此，才能产生一种社会性的焦虑或恐慌，仿佛我们被技术、被人工智能抛在一边，甚至被其替代，时间形式被设置得越近，这一恐慌感越强烈。我们忘记了社会发展从来都是同步进行的，虽说某些因素可能在发展中被抛在一边，但必然有新因素将之替代，同时我们会完成人类自身观念的更新。这一点当然应该是隐而不彰的，否则，科幻作品的效果就会减弱。我们愿意在作品中被吓倒，这可能产生美学效果上的崇高感，但在社会叙事中，如果同样被迷惑，在实际生活中被吓倒，对这一时间叙事结构的错位视而不见，那么，人工智能的社会性叙事就必须进行澄清和调整。

五 人工智能的科幻叙事与社会叙事的混淆

从科幻作品的人工智能叙事到当代人工智能的社会叙事，这之间有着很大差别，但在当代社会叙事中又往往不经意地将之混为一谈。这其中当然有旧媒体和新媒体上的推波助澜——越是新媒体越喜欢对社会恐惧推波助澜，因为这可以"恰切地"引发人们的焦虑和单纯快乐，并由此实现其增加新媒体点击量的真实目标，所谓"真"之寻求是没有

---

① 这当然其实只是一种时间形式，但这一时间形式却与真实时间具有形式上的同构性，所以我们会自然地将真实时间的内涵带入其中，引发某种虚构中的时间感。在人工智能的社会想象中，这一机制同样起着作用。

多少意义的事情。① 但三人市虎，社会叙事沉浸其中，不免最后也把自己吓倒。

我们反省一下就会看到，今天各个专业的人士从各个角度讨论人工智能问题，就在于人工智能不仅仅是一种技术，还在于它对我们的文化和整体生活发挥了至关重要的作用，同样，我们也要注意到，无论是人工智能伦理、法律，还是未来的生活形式，所有这些都包含着想象的成分。一幅人工智能的未来图景并非全部真实，而是一种既有真实又有虚构的东西，但是虚构不是贬义，它具有一种独特的力量。这一独特的力量与人工智能的当代发展及其在当代生活当中的独特地位密切相关。在此之前，似乎没有一种科学技术能够把我们带向对未来的彻底忧虑。电话、广播、电视、互联网都曾引发人们的焦虑，担心人类就此异化，人将在这样的科学技术发展面前变得不太像一个优雅的古典人了！我们希望把自己认作一个优雅的古典人，并且认为保持这样的特质是一个非常聪明而明智的选择。席勒认为，一个优雅的古典人一定是感性与理性合二为一的，否则就是片面的人、不完满的人。"理性根据先验的理由提出要求：应在形式冲动与感性冲动之间有一个集合体，这就是游戏冲动，因为只有实在与形式的统一，偶然与必然的统一，受动与自由的统一，才会使人性的概念完满实现。"② 毕竟我们经过了这么多痛苦的时代，最终获得了独立性和自由人格，这是我们倍加珍惜的。技术若伤害了这一人的本质性完满，就必须遭到批判。现代思想家对技术的批判达到连篇累牍的程度。但是，所有这些技术最终都与人达成了和解，新技术与古典人的理想融合在一起，最终成为现代社会生活的一个有机组织部分。人工智能难道不能走这样的道路吗？一个重要理由是，人工智能向我们提出了一个尖锐的问题，即奇点来临，所有的社会叙事其实都围绕着这

---

① 此即"眼球"经济的基本原理，吸引注意力是最重要的，至于什么方式并不重要，重要的是效果。所以在互联网时代的注意力原则经常以一种刺激道德感的方式表现出来。

② ［德］席勒：《审美教育书简》，冯至、范大灿译，上海人民出版社 2003 年版，第 119 页。

样一个尖锐的问题展开,所以目前人工智能虽然还没有达到对人类自身的挑战,但我们总是预设人工智能将会以人类不可想象的速度发展,比如 AlphaGo 已经充分展示了这一进展速度,以致最后只有把它停下来,因为人类棋手再也无法战胜它,继续发展它的棋力已无意义。如果未来人工智能全面超过人类,那么,地球上将存在两种顶级存在,一种是人类,一种是人类的造物——人工智能,但人工智能不费吹灰之力就可以摧毁人类。这不能不引起人类的恐惧。围绕这样一个奇点叙事,整个社会叙事划分为截然对立的两种态度:拥护或反对。拥护人工智能者认为上述叙事只是一种忧虑,人类最终将超越肉体,达到人机融合,如库兹韦尔;反对人工智能者认为这是人类的悲观未来,如巴拉特。[①] 由此,人工智能在当代生活当中的价值和意义得以彰显,它几乎摧毁了所有古典优雅的人类表征,直接将我们带到生存或毁灭的基础问题上,一切既有的价值都可能被抹平,像尼采所高扬而我们却在忧虑的:一切价值将得以重估。当然,所有这些叙事在引发忧虑的时候,却没有发现,这一叙事形式把未来的近景想象和远景想象不幸地混淆一处,并与当代人工智能技术的发展进行嫁接,以至于我们从一开始所讨论的就很可能是一个不可证明的伪命题:人工智能是否具有自主意识?是否会消灭人类?我们充满恐惧地认为,人工智能可能会发展出自己的自主意识,这会让它具有全面代替人类的动力。但更多时候,自主意识是一种概念嫁接,而不是一个必然结果,而人工智能是否会替代人类本身则是一种科幻构想。

我们在目前的人工智能社会叙事当中也看到一种错位的对照:我们从来都是把人工智能的整体发展[②]与单个的人的智能进行对照,从这种

[①] [美] 巴拉特:《我们最后的发明——人工智能与人类时代的终结》,闫佳译,电子工业出版社 2016 年版。

[②] 我们在把 AlphaGo 与棋手进行比较的时候,往往把它当作一个人工智能个体,但它却是人类科技整体进展的展现——同类其他科技发展都将被淘汰,所以这样的人工智能个体从来不是一个"个体",恰恰相反,这是一个"整体"。

对照中，我们发现了人工智能的极度强大，以及个体智能的极度弱小。这样的比较忽视了人类智能的集体性质。而这样的一种错位对比是可以理解的，毕竟显现给我们的 AlphaGo 是一个人工智能形象，而它背后的所有计算系统和人类设计者的努力往往被忽略，这样一来，当它与李世石和柯洁面对面下棋的时候，我们以族类思维的方式来区分人工智能与人类，认为人工智能对人类的结果必然是完胜的，却没有看到一个情况：单一个体很难与一个系统相对比。我们在看到深度学习让人震惊的同时，也忘记了作为一个整体的人工智能，从来都不是一个个体在战斗。这是一个复杂系统，其中缺少不了人的控制。但我们很可能受到社会叙事的诱导，把它当作一个个体来对待，因此，我们才会问，人工智能具有自由意志吗？它会控制人类吗？从更根本的层面来看，人工智能毕竟也是人类智能发展的整体状况中的一部分，而这样的整体情况其实将带给我们更新的，或者说，更趋乐观的可能性，也许未来并没有任何的奇点来临，甚或反过来说，我们本身就在奇点之中，但是，我们已经自如地跨过奇点而恰然自得。我们发现，其实人类完全可以超越限制自身的观念，进而甚至超越我们自己的身体，虽然是部分性的，以达成与人工智能的融合。当然，这种看法依然充满对未来的想象，但这难以避免。我们绝不可能因为判断中包含着想象性因素而停止判断，而只会让这一判断小心翼翼，努力将判断的周边情况搞清楚再审慎地决断。在面对未来的过程中，这一审慎态度是保护人类自身的必要方式。

六　偏转焦虑

必须要提醒的是，科幻作品是一种特殊的描摹世界的方式。作为文学文本，它有两种基本方向：一，作为科幻，它是一种基于现代科学而展开的未来想象；二，作为作品，它首先是一种叙事文本，这决定了它是为当下的某种目的而创作的，尤其是面对当下消费愿望而创作的，由此，不可避免地要关注消费者的欣赏口味，脱离开这一点，我们就不能理解科幻作品的基本性质。基于这两点，必须要指明科幻作品的两种力量：人工智能未来承诺与当下读者要求。首先，必须有未来承诺。科幻作品作为一种描摹未来世界的类型，它对未来作出了各种描绘，对未来世界的方方面面持有明确的判断和观念。作品一旦成型，就建立起对未来的承诺。作品内部的判断和描绘都可能以某种形式在未来实现，当然更大的可能是不实现。我们回溯一下 200 年来的科幻作品就会发现，有很多科幻小说在其后几十年的发展过程中已经证实了其天才设想，比如说克拉克《太空漫游》系列的描绘，他以如实般的细节描绘了太空漫游中的各种情况，既有惊心动魄的情况，在技术上也有充满天才式的精准描绘。20 世纪 70 年代末出版的《小灵通漫游未来世界》，一经出版即引起巨大反响。很多小说里描绘的物件在其后都出现了，比如电子表、人工种植、机器人等。这不可避免地让我们把它称作预测。其次，无论怎么样，科幻作品的性质是叙事作品。既然是作品，它的叙事文本特征将是一个关键性质，它总是打着未来的旗号，其意图是引发当代读者的阅读兴趣。没有这一点，就不能够保证它是一个成功的叙事文本。我们甚至可以说，当代阅读趣味才是科幻作品的真正动力，而人工智能的未来承诺，不过是一个可以刺激这一兴趣的表层力量而已。

  因此，我们看到，科幻作品对未来场景的想象和描述充满魅力，但其根本在当代文化。与当代文化相应，科幻作品所描绘的未来技术基本上可以用目前炙手可热的名词代替：人工智能——所有那些超越现代技术，达到更高级、更便利的技术应用都是人工智能，由于当代技术本身就具有相当的智能化，科幻构想更要超出当代技术，迈向与人的某种能力可以比拟的复杂功能，而这又代表未来技术的方向。人工智能问题所带有的想象特征隐藏在各种社会表述当中，这构成了社会文化心理的一个有机部分，甚至有的时候我们会这样认为：围绕着人工智能所展开的种种未来性的讨论，无论我们对它是恐惧也好，还是乐观也好，都是我们通往人工智能的必由之路。它以一种基础性的反省未来的方式训练社会心理，为人工智能世纪的到来而做必要准备。这些准备不仅仅是技术上的进展，任何一种关键性技术的进步都需要几十年甚至上百年的时间来实现其对社会进行的改造，而在此过程中，社会文化心理也在抛弃旧技术拥抱新技术中得以迭代更新。但是，一个可能情况是，技术迭代速度越来越快，整个社会心理有可能无法跟上技术进展，这样很可能会产生非常恶劣的后果，进而引发整个社会文化伦理法律经济等一系列状态的巨大震荡，甚至可能引发人类社会的崩溃。这一点从20世纪末延续至今的克隆人风波就可以看到。为什么克隆人类这一项对人类明显具有重大意义的技术会被法律禁止？这是因为这项技术将带来我们人类整体伦理性的困境，我们到底会赋予克隆人以人的地位，还是仅仅把它当作一个生物体？克隆人是否应该享有各种人权？克隆失败应该如何解决？这都将是我们目前的文化伦理状态难以解决的问题。同样，人工智能可能很快面临这样的困境，比如沙特阿拉伯准备授予一个叫索菲亚的"女"机器人以公民权[1]，本身就是一个颇有意味的举动，虽然我们也知道索菲亚是一个行为僵硬、说话还比较有局限的机器人，但是，可以预期，经过更新迭代之后，她在外表和行动上与人慢慢接近，在未来某个时刻，也许会达到外观上不易鉴别的程度。虽然这个时刻有可能会是30年或者50年，也许更长，但是它终将会到来。一旦达到某种程度，我们回顾这一事件的时候，甚至会说，这一刻，正是我们平常所说的奇点时刻，这一刻具有特殊的意义，但对于现在就身在其中的我们来说，除了有些奇异之外，并没有想象当中那样激烈。——奇点也许本来就是一件很平淡的事情。

值得注意的是，在人工智能的未来发展当中，我们必须要面对一个

---

[1] 参见《全球首个机器人公民沙特诞生》，http://www.chinadaily.com.cn/interface/flipboard/1142846/2017-10-30/cd_33886871.html。

事实，它其实是一个概念性问题，即到底什么是智能，或者说"人工"二字是否合适？或者甚至是，我们未来是否要有仿生人？人到底需要如何定义？我们的观念、心灵方面的问题该如何面对？诸如此类。可以说，随着人工智能的进展，可以想见，既有的一切以人为中心的话题，都可能在概念上发生改变。我们此前在谈论美学的时候，往往把动物当作对比对象①，但我们现在必须以人工智能为对比对象，这样的谈论方式将带来哲学、社会学、宗教学、美学、文学等一系列观念和概念系统的转变。如何对接？如何应对变化？具体的改变方式是什么？这些都是未来几十年挑战我们的问题，进而产生出新的目前暂时无法设想的可能性。我们能做的其实就是开放我们的观念，为这一变化准备好心态，这样才能把它接受下来，最终，将人工智能当作另一种与人的智能并行的智能形态接受下来，围绕这样的观念建立新的文化形态，进而将人工智能问题引入人的领域，并对人的智能本身产生新的认识，使所谓的人工智能的问题演化为人自己的问题。

这是一个长久而艰巨的任务。

---

① 比如我们一直列为美学经典的《1844年经济学—哲学手稿》在论及美的创造时就是与动物相对比的。参见马克思《1844年经济学—哲学手稿》，刘丕坤译，人民出版社1979年版，第50—51页。

电影、集体记忆与"二战"的历史书写

——从《五月的四天》看民族国家文化立场问题

陈阳

时间：2018.05.29

地点：E126 会议室

主讲人简介：陈阳，1964 年生，黑龙江省哈尔滨市人。中国人民大学文学院教授。南开大学文学学士，中国人民大学文学硕士、博士。现为中国人民大学书报资料复印中心《影视艺术》执行主编，中国高等教育学会影视教育专业委员会理事，中国电影家协会会员，国家电影智库研究员，北京电影学院客座教授。研究方向：中外影视文化。代表性论文：《塔可夫斯基电影中的诗意与禅意——论塔可夫斯基与爱森斯坦诗电影观念的差异问题》《中国生态电影批评的现实空间维度》《中国电影票房转机所呈现的文化政治问题》《狂欢化理论与电影叙事》等。出版专著：《文化精神与电影诗意》《电视剧：文化与艺术间的行走——1990 年后电视剧问题研究》等。主持国家社科基金项目"中华文化与华语电影美学关系研究"等。

摘要：电影在特定的历史文化语境中承载着相应的意义内涵。尤其是那些关乎重大历史事件的电影作品，总能提供异常丰富的阐释空间。电影并非历史，它的艺术虚构特征和调动大众情感的诉求，都妨碍着它历史叙述的完整性。但是，电影一旦触摸历史，历史观的问题总会悄然而至。本文以俄、德、乌合拍影片《五月的四天》为中心案例，探讨当今世界"二战"题材电影的流变问题。"二战"电影正在成为相关历史论争的国际话语场域，尽管是以记忆和情感的方式进入，但也不免会引发改写历史的忧虑。对战争双方的理解，必须始终坚守道义的尺度，以此保证战胜国历史的合法性。

关键词：电影；集体记忆；战争；民族国家；文化立场

本文发表信息：陈阳：《集体记忆与"二战"的历史书写——从电影〈五月的四天〉看民族国家文化立场问题》，《文艺研究》2016年第6期。

本文与已发表论文有一定区别。

第二次世界大战结束至今已有70余年，尽管此类题材的电影书写早已不再停留于"大炮轰鸣"的热闹场面，但这段不可消弭的历史却不断以新的视角出现在银幕上。各大国际电影节也不断将重要奖项颁发给此类影片，广为中国观众熟知的就有斯皮尔伯格的《辛德勒的名单》（1993）、罗曼·波兰斯基导演的《钢琴师》（2002）、史蒂芬·戴德利导演的《生死朗读》（2008），等等。我们可以从正面的角度看到，这些电影探讨了处于黑暗中的道德良知，身为纳粹分子却向往着人类的文明，他们中的一些人还挽救了犹太人的生命，让人们看到了救赎的希望。从世界和平的意义上说，各个国家和民族之间的平等相待，自然远胜于相互之间的隔阂与敌视。面对这些不断被注入新意的影片，电影研究与批评的视角不仅要关注其艺术和人性的发现，而且有时又不得不介入历史的阐释框架之内。由俄罗斯、德国和乌克兰合拍的《五月的四天》，便是一部因"二战"历史问题而引发争议的影片。该片从创意到合资拍摄直至进入各国电影市场的过程，一开始似乎十分顺利，其所讲述的战争与人性的话题也颇有新意，但在俄罗斯上映过程中，却引来激烈的反对声音。透过批评者的观点，我们会发现，文化记忆理论与有关战争正义性的言说，个人视角与集体乃至国家内部的价值立场对立，也许都会对有关电影的评价乃至历史的理解和认知发生影响。电影触摸"二战"历史的同时，民族国家的立场和文化记忆从未消失过，但在国际关系格局不断变化之下，既有的历史书写和正义性划分却受到新的挑战。电影参与历史书写，这一命题在大众影像时代显得尤为重要。如何看待历史真相，以及如何对其进行历史的评判，这些电影文本之外的问题，却终究要成为电影研究的视角。

一 论争：电影是否为某种历史观提供了支持

2011年8月9日，由俄罗斯、德国和乌克兰三国投资拍摄的电影在瑞士洛迦诺国际电影节首映，并最终斩获最佳男主角奖。从三方投资情况看，德国出资最多为600万欧元，乌克兰投入仅为50万欧元，而俄罗斯投资为120万欧元。俄方投资虽然不多，但投资方是国家文化部，因此其意义不可小觑。而且故事的创意来自俄罗斯制片人兼主演阿列克赛·古谢科夫，古谢科夫曾获得"俄罗斯人民演员"称号，其所代表的国家形象意义应该非常明确。该片首映之后，还在俄罗斯几个电影节上获得了不同奖项，整部电影制作的艺术水准堪称当今欧洲一流。电影采用的是一位德国少年的叙述视角，隐喻着德国人对"二战"后期占领德国的苏军的了解认知过程，国家民族和解的意图在这部电影中似乎得到了充分揭示。为此，古谢科夫和德方导演阿海姆·冯·勃里斯都相当自负。然而，围绕该片故事的争论高潮却发生在2012年5月，当时俄罗斯独立电视台准备在胜利日前夕，即在5月7日晚间播放这部影片，结果却因此爆发了激烈争论，最终，在俄罗斯老战士协会的强烈要求下，独立电视台不得不放弃原来的播出计划。老战士协会的一个重要理由是：该片违背了历史事实。

客观地讲，影片《五月的四天》在德国上映已达半年之久，收获了高额票房，加之获得多个电影节奖项，可称得上是艺术与票房的双丰收。那么为何又会在俄罗斯国内突然引起巨大的反对声音？此番内涵倒是颇值得我们认真研究。在文化阐释普及的年代，电影艺术几乎难以在封闭的文本系统内独善其身，其所触及的历史和人物，无可避免地受到集体、民族乃至国家文化立场的审视和解读。和解还是对峙犹如一首变奏曲不停顿地演奏，如果放弃思考也即意味着自身的话语权力将会在无形中被他者立场悄然吞没。

在继续讨论之前，我们不妨先对这部影片的剧情做一下基本介绍。电影《五月的四天》的故事发生时间是1945年的5月5—8日，地点在波罗的海沿岸的波美拉尼亚地区。苏军大尉果雷尼奇带领一支8人侦察小分队来到这里，并驻扎在一所收容德国女孩子的福利院内。彼得是这里唯一的德国男孩，虽然只有12岁，却深受法西斯主义思想影响，试图向苏军侦察兵开枪。大尉果雷尼奇沉着地拿下彼得手里的冲锋枪，但并未把这个孩子当敌人对待。离福利院不远的地方出现了一支德国部队，他们想从这里登船撤离至丹麦并向英国人投降。夜里，大尉派人破坏了德国运输船上的发动机。5月8日，侦察分队的上级指挥官少校格鲁金来到福利院。这天正好是纳粹投降的日子，少校喝得醉意醺醺。当看到福利院一个德国女孩时，少校产生了施暴的邪念。大尉果雷尼奇不顾少校是自己的顶头上司，毅然上前阻止并缴下少校的手枪。为了掩盖自己的无耻行为，少校格鲁金宣布福利院里住着化装的"弗拉索夫分子"①，随后率领部队进攻福利院，准备消灭果雷尼奇大尉的侦察分队。为了保卫福利院的孩子们，驻扎在附近的德军部队前来增援苏军侦察分队。他们共同与少校带领的苏军部队进行战斗。影片最后，这些德军部队带着福利院的孩子们一起乘船前往丹麦。

电影所讲述的故事本身实在令人称奇，类似的"二战"题材电影在苏联及解体后的俄国电影史上从未出现过。影片所着力塑造的主人公苏军大尉果雷尼奇，堪称富于高尚人道情怀的苏军军官形象。他的妻子和孩子都死于德军包围之下的列宁格勒，但他却并未因此满怀复仇之心地对待德国平民。在夺下彼得手中的枪后，他并未追究这位受纳粹思想毒害的少年的罪责，而只是把他当成不懂事的孩子来对待。在福利院

---

① 弗拉索夫原为苏联红军中将，1942年被德军俘虏后发表反苏公开信，后成立"俄罗斯解放军"与苏联政府为敌。

里，他对手下士兵严明纪律，决不允许对德国女孩非礼施暴。他还和士兵们拿出美味食品，与福利院的教师和孩子们一起庆祝和平时刻的降临。为了维护心中神圣的人道精神，果雷尼奇甚至不惜冒犯顶头上司，并最终惹来杀身之祸。阿列克赛·古谢科夫不愧是"俄罗斯人民演员"，他把果雷尼奇塑造成一身正气的苏军英雄，战斗经验丰富并且富于道德良知。影片结尾，虽然这位英雄悲壮地牺牲在自己人的枪口下，但他的死却赢得了彼得和所有德国人的深深敬意。从电影文本本身来看，它的主题和表现意图几乎完美得无懈可击。

然而，也许正是由于这部影片在德国放映长达半年之久，电影所承载的文化和历史功能得到了充分发酵，它所隐含的敏感话题也随之被发酵出来。一些俄罗斯城市拒绝该片上映，认为它歪曲了苏军和俄罗斯的国家形象，一些俄国影评人也对此片大加挞伐。当然，要想了解这些针对该片的激烈言论，还必须结合俄德两国当代文化语境来予以阐释。德国文化记忆理论的代表人物阿斯特莉特·埃尔曾讲："文学与回忆或者说记忆（个体以及集体记忆）之间的相互联系，已经成为了目前最热门的文化课题之一。"[①] 关于"二战"时期德国人的回忆，是当代德国记忆文化研究的一个重要部分。按照德国学者耶尔恩·吕森的划分方法，以1968年和1989年为界，可将战后德国人分为三代，即战争和重建家园的一代，战后第一代，战后第二代。战争和重建家园的一代德国人，秉持"心照不宣战略"原则，努力将自己与纳粹主义和纳粹大屠杀撇清关系，将其从自己的历史中剔除出去。"对德国人来说，这第一阶段是作为彻底的失败体验而开始的：不仅是军事上的彻底失败，而且也是集体自尊和民族自我理解的崩溃。当时的德国人把战争结束和战后初期体验为历史连续性的彻底断裂，在这种断裂中，他们必须摒弃过

[①] [德]阿斯特莉特·埃尔：《文学研究的记忆纲领：概述》，载[德]阿斯特莉特·埃尔、冯亚琳主编《文化记忆理论读本》，北京大学出版社2012年版，第209页。

去，但作为继续行动的前景的未来，却尚未在他们的掌握之中。"① 战后一代有意续接民族历史的断裂，承认纳粹主义曾是本民族集体记忆的一部分，但却有意识地同纳粹主义划清界限。战后第二代，即1989年之后的一代，开始从家族认同的角度承接民族自我的延续性。因此，营造出浓厚的德国家族史回忆书写文化语境，其中既有犹太裔女作家莫妮卡·马龙《帕维尔的信》（1999）这一记录"二战"反犹以及东德政治的小说，也有代表德国主流社会群体的乌韦·提姆的小说《以我哥哥为例》（2003），从纳粹后代和旁观者的角度重现有关"二战"的家族记忆。当然，"华沙条约"体系垮台之后，战后德国"受害者"记忆的作品形成了文化热点，如玛塔·希勒斯写于1945年的日记《柏林的女人》（2003）再版，从一个亲历者的角度描写了苏军占领柏林时德国妇女所遭受的屈辱。这样的作品，在某种意义上与以往"二战"胜利一方的正义性表述形成内在的紧张关系，也提出了这段历史如何再言说的问题。应该指出的是，这些文学与回忆不仅是文化的热点，有着家族认同和民族自我认同的意义，同时也正在成为德国人自己重新书写历史的一部分。这也就意味着，在此文化语境中，文学和电影参与国家民族历史建构的功能被不断加以强调。德国文化记忆理论学者阿莱达·阿斯曼也曾认为：一部分"德国人准备用他们的受害者角色偷偷替换他们的历史责任，这一点不能低估"②。

上述文化语境自然会引起相关国家的警觉。俄、德、乌三国合拍影片《五月的四天》问世之后，俄罗斯国内为此所产生的激烈论争，其根源就在于其中所触及的历史书写问题。该片围绕俄、德两国有关"二战"的敏感话题，虽然塑造了一位高尚的苏军大尉形象，但是所描写的事件

---

① ［德］耶尔恩·吕森：《纳粹大屠杀、回忆、认同——代际回忆实践的三种形式》，载哈拉尔德·韦尔策编《社会记忆：历史、回忆、传承》，北京大学出版社2007年版，第181页。

② ［德］阿莱达·阿斯曼：《德国受害者叙事》，载［德］阿斯特莉特·埃尔、冯亚琳主编《文化记忆理论读本》，北京大学出版社2012年版，第189页。

本身却留下了异质的阐释空间。前面已经提到，集体回忆"二战"结束后被占领者"强暴"的恐怖记忆，正是"冷战"之后德国的一个文化焦点。在反对者看来，《五月的四天》恰好进入这一文化语境之内，并可能被看成是来自俄国方面的一个佐证，这无疑是触动了国家和民族形象的根本问题。在此背景之下，电影艺术奖项以及市场等方面的成功，显然已无法掩盖国家民族之间在历史评价问题上的分歧。从发表在俄罗斯《文学报》2012年5月16日的一篇文章中，似乎可以见出批评者愤慨的理由。这篇题为《并非俄罗斯的神奇童话》的文章写道："在出现了类似《恶棍》[1] 这样的电影之后，似乎能够证明，在电影拍摄的不久以前，苏联军队粗暴地撕毁互不侵犯条约，开始轰炸熟睡中的和平的德国城市，烧毁德国村庄，利用死亡集中营的人体材料，出售头发以供弹簧垫原料，用人皮做灯罩、钱包，用人体骨灰去做肥料，驱赶成群的德国少男少女去西伯利亚做苦役，强迫、强迫——"[2] 文章作者首先表达了对俄罗斯国内某些电影的不满，认为这些电影生产者和创作者单纯从市场票房出发，缺乏对国际文化语境的基本嗅觉，所拍摄影片会产生帮助新纳粹分子篡改"二战"历史的作用。随后，作者笔锋一转，道出了时下对"二战"中苏军占领德国的负面书写的隐忧："戈培尔在地狱里拍手叫好了：互联网上说犯下残暴罪行的不是法西斯士兵，而是苏联士兵对德国妇女和儿童施暴。矗立在柏林特列普多夫公园的苏军解放纪念碑，被侮辱性地写上：'纪念不知名的施暴者。'尽管有德国媒体在上世纪六七十年代曾经报道过被苏军拯救过的上千儿童后来的命运。但法国一些研究者却在用某种方法计算出'二战'之后被强暴的德国妇女有200万之多，当然这

---

[1] 俄罗斯电影《恶棍》摄于2006年，亚历山大·阿塔涅夏恩导演。"二战"题材影片。主要内容：1943年，维斯涅维茨基上校接到一项命令，让他短期内迅速组建一支敢死队以完成某项特殊任务。于是，他从少年犯中挑选出敢死队员，这些队员经过训练，被派往德军后方袭击燃料仓库。任务完成后，仅有两人幸存下来。

[2] Жукова Людмила Николаевна, Жукова Ольга Германо. Нерусские небылицы // Литературная Гатета, 2012. №19 - 20（6369）16 - 05 - 2012.

些施暴者是苏军士兵，而不是法国、英国和美国士兵。"①

显然，俄罗斯《文学报》这篇文章的作者注意到了有关"二战"的历史叙述场域问题，认为电影也事关俄国的国家和军队形象。近年来，关于德国妇女被苏军"施暴"的问题屡屡成为焦点，如在2002年，英国军事史学家安东尼·比佛尔撰写的《柏林，1945年沦陷》在英国出版。该书依据俄、德、美、法、瑞典等国战争档案以及当年受害人的记述写成，并且提出，在1945年苏军攻入柏林至1948年开始的"柏林危机"这三年时间里，估计有近200万德国妇女遭到苏军强奸。该书出版发行后，立即受到俄罗斯驻英大使的指责，称其是对俄国的"侮辱"。2003年，德国女记者玛塔·希勒斯在1945年撰写的日记《柏林的女人》再版，成为当年德国最火爆的畅销书，由此也引发了德国和俄国之间关于苏联红军是否大规模强奸德国妇女的外交争论。2008年根据该书改编的同名电影，由德国和波兰拍摄完成，该书的国际影响力再一次被放大。在此背景之下，《五月的四天》在俄罗斯国内引起激烈争论，自然具有维护民族国家立场的意义。

二 历史：道德律令与战争的正义性

法国学者皮埃尔·诺拉在《历史与记忆之间：记忆场》一文中，曾经带有几分矛盾地分析记忆和历史的关系："记忆、历史：这两者绝非同义词，而是如同我们今天所认识到的，在各个不同的方面它们都是反义词。记忆是生活：它总是由鲜活的群体所承载……而历史始终是对不再存在的事物的有问题的不完整的重构。记忆始终是一个当前的现象，永远经历在当下的关系。相反，历史代表着过去。"② 然而鲜活的

---

① Жукова Людмила Николаевна, Жукова Ольга Германо. Нерусские небылицы // Литературная Гатета, 2012. №19–20 (6369) 16–05–2012.

② [法] 皮埃尔·诺拉：《历史与记忆之间：记忆场》，载 [德] 阿斯特莉特·埃尔、冯亚琳主编《文化记忆理论读本》，北京大学出版社2012年版，第95页。

记忆消失之后，那些曾被铭记的事物便坠落而成为历史。"因此，所有我们今天称之为记忆的东西，都不是记忆，而已经是历史。所有被人们看作是记忆显现的东西都是历史火焰中记忆消失前的最后影像。对记忆的需求是对历史的需求。"① 在这里，记忆和历史又构成转化的关系，曾经的记忆最终会沉淀为历史。同样，由于记忆进入文学和电影之内，相应地，这些文学和电影也会进入历史的建构之中。从 1995 年开始，德国的受害者记忆越来越多地被公开提起，而且表现出明显的历史化趋向。这些记忆主要涉及三个方面：盟军对德国城市的大轰炸、强奸妇女以及德国人被驱逐出东欧地区。这种将记忆历史化的过程，加重了德国人受害者身份的特征，但同时也凸显了盟军的加害者身份。而问题在于，发动战争的罪魁祸首似乎变得模糊了，所以前述德国学者阿莱达·阿斯曼的观点意在提醒人们，回忆的同时不应忘记纳粹统治暴行的历史责任。恢复文化记忆到底是为了解决什么，实际上成了被搁置的问题。

然而，理论上对民族"受害者"记忆和国家历史叙述框架的清晰划分，并不能阻止"受害者"记忆讲述的热情。实际上，这样的历史讲述方式也很快揭开了美军占领德国期间的"施暴"问题。2015 年，在欧洲"二战"结束 70 周年纪念周里，德国电视二台播放了题目为《解放者的罪行》的纪录片，导演安妮特·哈尔芬格和米夏埃尔·伦茨在这部 44 分钟的纪录片里，尝试着大胆揭露"美军在二战中的黑暗秘密"。史学家米里娅姆·格布哈特认为，在 1944—1945 年期间，美军至少对 19 万德国妇女施暴，但美军的官方文件仅仅记载了几百宗类似案例。在节目制作者看来，西方盟军实施的强暴迄今在很大程度上是个禁忌，因此他们才有义务揭开历史真相。客观地说，还原历史真相永远有着特殊的合理性，但是从另一个方面说，盟军士兵对德国平民"施暴"

---

① ［法］皮埃尔·诺拉：《历史与记忆之间：记忆场》，载［德］阿斯特莉特·埃尔、冯亚琳主编《文化记忆理论读本》，北京大学出版社 2012 年版，第 100 页。

无疑将会在道义上大打折扣，也为"二战"反侵略一方胜利的正义性蒙上一层阴影。换个角度说，在全民族的集体"受害者"回忆中，同盟国军队在道义上劣迹斑斑，是否将会成为国家民族间争夺历史话语主导权的重要口实？如何化解历史叙述的危机，看来还要回到战争与道德正义的问题上来。

在文学和电影中，人类总是会为受难者掬一抔同情的泪水。在德国的回忆文化语境中，许多德国人既是"加害者"同时又是"受害者"的身份特征愈加明确，这一身份特质又在文学和电影中得以表现。如德国作家本哈德·施林克的著名小说《生死朗读》以及改编的同名影片，那位文盲纳粹看守汉娜曾令许多人感动得流下热泪，因这种剧情本身产生的同情之心，是否也在悄悄改变着世人对她所代表的群体的立场？因此，触摸这段历史的文学和电影，似乎很难再据守在个人和艺术的疆域之内，总是要不断跨越疆界进入国家、民族和历史的框架之内。为了避免因情感作用而消弭价值判断和历史判断的能力，即使是在战争状态下，人类道德与正义感的尺度也不应该有片刻的迷失，这也是人类必须承担的责任与义务。由此看来，世界各国关于"二战"题材的电影写作，已经进入了一个异常微妙的历史阶段。在还原历史真相的诉求之下，民族国家意识在电影中表现得更加鲜明强烈，甚至远超出人们对电影艺术的浓厚兴趣。站在民族国家的立场，一方面对曾经的被审判者给予同情，另一方面又可能通过创伤记忆，将对手置于道德审判席上。

文化重心的变迁导致电影讲述内容的偏移，文化的主导力量在电影阐释中同样会发生巨大的影响作用。近年德国有关"二战"的集体记忆的一个焦点，即经历过战争一代妇女的"恐怖"回忆。如果进一步观察这一焦点内核，问题又集中于"施暴"行为本身究竟是个体自发的行为还是官方有意的纵容。当然，无论是集体还是个人都要经受道德的质询甚至是审判。实际上，发表在俄罗斯《文学报》上的那篇文章对此是有所回应的："在数百万将侵略者赶出被占领土的红军官兵里，当然会由于他们的妻子、未婚妻、姐妹、女儿被侮辱、被杀害而充满仇恨，在他们中间也有道德方面的非法之徒、从前的刑事犯罪分子。所以，罗阔索夫斯基元帅颁布了最为严厉的军令：'对于抢劫、强奸、盗窃和伤害和平居民的军人，一律枪决。'根据此项军令，枪决了4000多名军官，士兵的数量更多。军队里的道德品质得以恢复。这与法西斯军队的命令和通告区别何在？他们的司令部要求官兵对苏联居民采取大量强迫手段，同时免除官兵'对被占领地区居民实施暴行的全部责任'。"①"复仇"在这里成为非常重要的关键词。德国电影《柏林的女人》通过片中角色之口发出了俄国人是在复仇的判断，其中还安排了一名苏军士兵对着女主角控诉德军暴行并要"复仇"的场景。如果说是苏军上下普遍抱有复仇的想法，而且对占领区内的平民任意发泄却得不到制止和约束，那么国家上层就有无可推卸的国家道德责任。从被执行枪决的苏军官兵数量上看，所犯军令的人数之多也可以见出当时受害者数量肯定不少，因此，这与德国一部分"受害者"记忆构成了因果关系。

如果说德国的文学和电影在集体记忆中寻找历史的裂隙，在直面纳粹大屠杀的阴影之后，努力修复有关那段历史的全貌，那么俄国的小说和电影则在"二战"题材中，有意从新的素材中继续寻找道德的根本性力量。这固然超越了战争中孰胜孰负的意义，同时也具有对德国关于"二战"结束时期文化记忆的回应意味。它至少要回应两个方面的质询：第一，反法西斯侵略战争的正义性是否会被淹没在民族国家之间的复仇层面？第二，什么样的道德力量能够克服强烈的民族国家复仇心理？客观地说，电影《五月的四天》和小说《俄罗斯壮士歌》的创作均在这两方面给予了艺术的回答，也都借用了回忆和档案记录的方式。

---

① Людмила ЖУКОВА, Ольга ЖУКОВА: НЕРУССКИЕ НЕБЫЛИЦЫ, 刊载于 Литературная Гатета, 2012ГОД, №19-20 (6369) (16-05-2012)。

在这里，我们可以把它们看作是对德国"受害者"记忆的一种回应。

电影《五月的四天》是根据俄罗斯当代作家德米特里·弗斯特的短篇小说《俄罗斯壮士歌》改编而成，后者发表在俄罗斯《环球》杂志 2006 年 5 月号上面。与改编后的电影相比较，原小说作者的构思更值得回味。在描写故事的主要情节之前，作者弗斯特借另一位叙事人之口，讲述了"二战"后期在乌克兰利沃夫市发生的故事。一支战败溃逃的德军部队在那里强奸并杀害了 32 名年轻的工厂女工，还将该市博物馆里的古典家具和书籍拿来烧火取暖。德军对于敌国的残暴以及毁灭他国文明的罪行，在此做了预先铺垫，也和后面苏联将军专门派人保护德国福利院的行为形成鲜明的对比。接下去，小说才开始进入主要叙述者讲述阶段。苏军第二突击军团在费久尼斯基将军率领下沿着波罗的海南岸前进，以扫清纳粹军队的最后残余。5 月 3 日到达吕根岛，胜利大局已定，战士们已经准备回家和亲人团聚了。一日，将军正和下属散步，忽然看到一些别致的房子。小说本身的描写就充满神奇感。走近之后遇到一位上了年纪的老者，自称是波罗的海的德国人，原在俄国经营工厂，革命后迁居至此地，此人会讲俄语。随后，老者领着将军一行人来到房内，介绍几位带爵位封号的沙俄时代贵族夫人。接着又领将军见了一些 5—19 岁的盲女，她们都是英军轰炸的牺牲品。费久尼斯基将军是保卫列宁格勒的英雄，他想到了被包围时列宁格勒孩子们的悲惨遭遇。于是，他决定留下卡尔梅科夫大尉和 32 名侦察兵保护女孩子们以防不测。接下去，小说是以摘录第二突击军团战地日记的方式进行讲述。1945 年 5 月 5 日，由卡尔梅科夫大尉签字的为福利院请调物品报告，里面记载的物品有面粉、罐头、女鞋等日用品，还有 10 公斤巧克力。此刻，在距离吕根岛十几海里的一些岛上尚有 2 万多德国士兵，他们正筹集各种船只准备渡过海峡到丹麦去做俘虏。

5 月 8 日 17 点，醉醺醺的坦克少校卡福里列茨来到福利院，按常规准备和侦察兵们交换情报，但他却在这里骚扰并打算强奸盲女。军士长古力亚耶夫教训了少校。回到驻地后，少校恼羞成怒，谎称发现一伙"弗拉索夫分子"，命令自己的坦克连坚决消灭这伙匪徒及他们的家属。23：15 分，少校卡福里列茨带领坦克连来到距离福利院 1200—1500 米之处，命令向福利院建筑物开火。卡尔梅科夫大尉和侦察兵们被突如其来的炮火打懵了，他们迅速组织盲女和工作人员向海滩撤离。当他们在夜色中隐约看到涂在坦克上的红星之后，才松了一口气，以为这一定是场误会。于是上前欲说明情况。少校却再次发出命令，绝不能和"敌人"谈判，必须全部消灭！前去喊话的卡尔梅科夫大尉当场被打死，鲜血顿时浸透了他扎在左臂上的白毛巾。23：45 分，32 名侦察兵只剩下不到 15 人，万般无奈之下，他们被迫投入到这场"战斗"里。在附近岛屿上准备去丹麦投降的德国士兵，看到这边燃烧的坦克火光，派出两艘快艇查明情况。当他们登上海滩时，看到的竟是一群盲女和老太太挤作一团，浑身战栗地在那里哭泣。此刻已是 5 月 9 日 00：20 分。眼见冒死抵抗的俄国侦察兵形势危急，50 名德国士兵明白这可能是他们最后一场战斗了，他们决定用手中的火箭筒去帮助那些剩余的侦察兵。

根据第二突击军团 1945 年 5 月 8 日的战况记载，冲突在 00：50 分结束。冲突的伤亡结果没有记载，但是在结尾处却有这样一段话：爱和慈悲之心能够战胜死亡和恐惧、仇恨和战争。事实证明，爱和慈悲之心、责任和战士的荣誉感对于我们的侦察员来说远重于个人生命，当然还有胜利的喜悦以及对和平的憧憬。这是自觉的道德选择也是道德的功勋。"这是不可动摇的立场"，1612 年东正教莫斯科牧首巴特里阿尔赫在那个动荡的年代曾经这样讲过。[①]

尽管电影和小说情节略有不同，小说的道德律令来自将军，而在电影中则发自大尉本人，但是两者都突出了苏联军人的爱和慈悲之心。电影里，

---

① 以上内容根据俄国小说家德米特里·弗斯特短篇小说《俄罗斯壮士歌》概括完成。原小说电子版可见于网址：http：//www.vokrugsveta.ru/vs/article/2674/。

大尉果雷尼奇的慈悲之心，从德国少年彼得的眼里被看到；小说里，费久尼斯基将军的慈悲之心表现在他直接指派部队保护德国盲女。爱和慈悲之心即这些军人的道德基础，借此可以战胜仇恨和战争。值得注意的是，电影和小说也肯定了那些明知战争已经结束却还能冒死相助的德军士兵，他们与苏军侦察兵共同对付那些道德沦丧之徒，因此也具备了爱和慈悲的道德基础。这也许就是国家民族和解的基础。俄德乌合拍这部影片，就其参与者来说，应该抱着和解的目的，而且对于狭隘的民族主义立场表现出明显的拒绝态度。至于对右翼分子利用集体记忆篡改历史的担忧，在某种程度上也有其道理。"施暴"行为一旦被指控为国家行为，其正义性将大大降低。

三　维护和平：历史记忆不可回避的道义共识

如果将电影《五月的四天》与拍摄于 2008 年的《柏林的女人》相比较，前者的国家民族和解意图则较为明显。前者选取德国少年彼得的视角进行讲述，他乘船离开吕根岛时忧伤的目光，表明他已经完成了对苏军大尉果雷尼奇的认知和认同过程。彼得真正感觉到大尉对自己的关心，是几名士兵在海边炸鱼，强迫他下到冰冷的海水里捞鱼，大尉把他从海水里救上岸来，并严厉地斥责了手下。彼得因此对大尉产生了进一步了解的兴趣，让他给自己讲勇敢的故事。大尉却给他讲了 12 岁的阿廖沙不该有的牺牲，彼得突然意识到那就是大尉的儿子，此刻大尉把父爱留给了这位德国少年。电影在接下来的场景里，把这位德国少年茅塞顿开的感觉处理得也非常精彩，屋顶阁楼上洒进斑斑点点的阳光，少年的心也因此开始柔化。但他并未完全化解对苏军的仇恨，直到那位与安娜接吻的苏军话务员遭到大尉的军纪处分，彼得也听到了苏联军队有关强奸罪的死刑规定。接下去的场景，彼得孤单地坐在大炮的上面，开始与大尉讨论那位话务员不该接受绞刑的惩处。这一出场景的细节，大概显示出编剧的良苦用心。不过，如果没有前面的讨论,关于苏军占领德国期间的军纪命令的确会很容易被忽略掉,而《并非俄罗斯的神奇童话》一文所提到的,与罗阔索夫斯基元帅颁布的命令,在此倒是形成了相互印证的关系。因此,大尉与高级指挥员的道德律令的一致性,还是有所交代的。当然,彼得见到了大尉的勇敢之举,为了保卫安娜,他竟然直接下掉醉酒少校的手枪。彼得眼中的大尉,完全看不到对德国平民的复仇,而更多的是把彼得、安娜当成自己的孩子一样给予保护。由此可以看出,强暴和复仇与果雷尼奇大尉这样高尚的人全无关系,因此赢得了彼得和安娜这一代人的尊敬。

按照德国学者阿莱达·阿斯曼判断,当前德国有关"二战"问题的论争是在"媒体市场或民族主义政治"与"德国人的良知和批判性的自我拷问"两方展开。历史学家约克·弗里德里希和汉尼斯·希尔分别代表一方向德国公众推介各自的"二战"史观。前者于2002年出版了题为《火灾》的畅销书,该书把盟军的大轰炸称为"种族灭绝战争",认为其给德国文化造成了巨大的摧残。汉尼斯·希尔则在1995—1999年和2001年两次在德国各地举办"德国国防军的罪行(1941—1944)"展览,吸引了90万以上的参观者并引发了激烈的辩论。[①] 很明显,汉尼斯·希尔所代表的"德国人的良知和批判性的自我拷问"一方,更容易受到国际社会的尊重与认同。他对"一种不公平排挤了所有别的不公平"[②] 的做法保持了必要的警觉。阿莱达·阿斯曼在理性分析的同时,又承认上述两方的存在都具备合理的理由。但痛苦的是人们却又不得不面对两难的选择,因此他发出了"我们怎样才能从这种痛苦的强迫选择中走出来呢"[③] 的询唤。

如果我们理性客观地分析,道德良知的确是对那场战争所带来的苦难

[①] 参见[德]阿莱达·阿斯曼《德国受害者叙事》,载[德]阿斯特莉特·埃尔、冯亚琳主编《文化记忆理论读本》,北京大学出版社2012年版,第187—189页。

[②] 同上书,第189页。

[③] 同上。

与不幸的价值判断基础。从这一点来说，电影《五月的四天》的德国投资人和导演秉持了"道德良知"的原则，如果没有对苏军占领德国期间罗阔索夫斯基元帅颁布"军令"的事实认同，大概也就不会出现彼得和果雷尼奇关于军法"绞刑"的谈论，当然也就更难以去展现果雷尼奇大尉的高尚心灵，同时也难以给我们这些第三国旁观者强烈的心灵震撼。作为第三国旁观者，通过对这部电影的讨论以及对其所触及的"二战"历史与国族文化记忆等诸多问题的探究，所获得的启示也非常具有现实意义。拨开复杂的记忆情感所带来的历史叙述困境，"良知和批判性的自我拷问"的价值意义尤其不能忽略，它将揭去虚假的自尊而获得真正的尊重。

"二战"结束之后，德日意等曾被法西斯统治的国家所挑起的战争的侵略性和非正义性，成为对这段历史的高度概括，并被普遍接受。关于苏联的战争电影，实际上远不止那些激动人心的"大炮轰鸣、巷战、希特勒的死亡（故意加以丑化），最后攻占国会大厦和苏联人民欢庆胜利（欢呼斯大林）的盛大集会"[①]。战争与道德问题，在苏联文学和艺术创作中被反复提及和讨论，以人道主义对抗法西斯侵略的暴行，是20世纪50年代后期苏联优秀战争电影的一个鲜明主题。在普通人身上凝聚的人性之爱，使每个人的牺牲具有了崇高和悲壮的意义，因此，牺牲就不止于个体生命的终结，更在于传递着一种爱的精神。从《雁南飞》《士兵之歌》《一个人的遭遇》直至后来的《这里的黎明静悄悄》等影片，我们都可以看到这种爱的情感基调。如在《雁南飞》里，鲍里斯为了救助战友而牺牲，维罗妮卡为此离开了自私的丈夫，后来带着她所救下的小男孩一起生活。她对爱有了深刻的理解之后，也就理解了生命的意义。在残忍和血腥战争中坚守道德底线，不仅是对人性的鼓舞，而且早已成为正义的合法基础。如果道德立场处于缺位状态，那么

[①] ［法］乔治·萨杜尔：《世界电影史》，徐昭、胡承伟译，中国电影出版社1982年版，第468页。

将血肉之躯投入战争机器的正义性就坍塌了一半。

在苏联的战争片中,也可以见到对侵略者充满复仇意识的人物形象,然而,有意思的是,创作者却并不认同此类人物。如在电影《伊万的童年》里,塔可夫斯基并不是以赞赏的态度加以表现,反倒极力要将伊万的灵魂从被战争侵蚀的仇恨状态中拯救出来,所以不断在影片中插入和平、宁静、美好的画面和声音。爱能化解仇恨,《五月的四天》实际上正是表现出了这样的观点。所以,人性道德良知的有无,是区分战争双方正义与非正义的重要尺度。纳粹大屠杀从根本上说就是对人类之爱的彻底扼杀,沦为法西斯的一员,也正是爱与良知泯灭的时刻。由此,我们再去重新审视影片《生死朗读》,不免会对所谓"文盲"的辩解产生根本性的怀疑。文明的构成并非只有文字书写,如果缺少了对人类、对其他民族普遍的仁爱与悲悯之心,那才是文明真正的悲哀。

不应否认,当代德国回忆文化所带来的问题是,国家民族内部的文化记忆关系到家庭内部对祖先的记忆和情感认同,从法律的意义上说,属于公民权利的范畴,但是在某些情况下却可能与政治立场形成对立。所以,德国学者阿莱达·阿斯曼才提出了选择的痛苦问题。不过,阿莱达·阿斯曼还是理性地确立了区分国家立场框架和个人、民间社会记忆层面的边界,同时也提出了如何将两者兼容的解决方式:"有的人把其视作德国记忆历史的视角转变,也有人把其视为一种视角的扩展。我个人属于后者,我相信话语规则和话语禁忌无法对抗记忆的活跃性。这同样适用于必须要打开一些新的视角、照亮一些新的角落、引入一些新的差别研究。而所有这些既不需要动摇现有的全景轮廓,也不需要跳出德国人回忆的标准框架。"[1] 这样的解决方式,或许会暂时解除国际社会对德国人改写"二战"历史的担忧,然而,对德国回忆文化现象所引

---

[1] [德]阿莱达·阿斯曼:《德国受害者叙事》,载[德]阿斯特莉特·埃尔、冯亚琳主编《文化记忆理论读本》,北京大学出版社 2012 年版,第 190 页。

起的"二战"文学和电影变化,却必须以一个新的文化视角加以分析看待。在我们发现此类电影萌生新意的同时,或许必须加入文化政治立场,因为这关系到我们是否会忘却"二战"历史上曾经发生的大屠杀和种族灭绝的惨剧,以及制造了那场灾难的罪魁祸首。

同样,这也会让我们联想到日本的战后社会和电影。实际上,日本"二战"之后的"受难者"记忆从未间断过,最明显的例子就是每年必然要搞的原子弹受难者纪念日,并以此不断赢得世界同情的目光,包括曾经饱受日本法西斯军队苦难的中国。这一历史事件还被巧妙地编织进日本与法国合拍的电影《广岛之恋》,电影大师阿仑·雷乃的艺术盛名,实际上以艺术的名义将日本"受难者"记忆定格下来,甚至要远早于斯皮尔伯格的犹太"受难者"电影。然而,反过来说,日本国内是否有"二战"的"加害者"记忆?这才是一个真正值得追问的问题。在"南京大屠杀"问题上,日本不断与中国玩弄数字游戏,实际上是在利用当时中国社会的落后与记录手段上的匮乏,试图摆脱"加害者"的罪责。我们也应该认真研究一下日本的"二战"题材电影,看是否有关于日本军队制造的"南京大屠杀"记忆?有无日本军队在华北制造的"三光"政策记忆?人类的道德良知不仅仅应该存在于和平的世界里,即使在战争状态下,由于"道德良知"缺位所制造的各种暴行,也应该受到人类社会的永远问责!战争绝不是放逐道德的场所,战争亦永远关乎着人性的良知。

日本否认自己曾为"二战""加害者"的历史,无疑会在它的文化和电影书写中表露出来。因此,我们在日本电影《山本五十六》中,看到的是一位堂堂的军人形象,是被迫卷入与美国的战争;在《啊,海军!》中,看到的是一群像樱花一样绚烂开放而又随之凋落的军国主义分子,其美化的立场几乎不加掩饰;在《永远的零》中,更是采取了个人记忆的方式,去寻找"神风敢死队"祖先的故事,追忆的结果就是这位当代日本人泪水涟涟的感动。如果说这些日本军国主义立场的电影有何变化，那就是已经从以前的直接呈现转换为后代的记忆或情感上的认同。如此看来，日本电影在表现右翼文化记忆和思想传承方面，倒真的是富于技巧和手段。相比较之下，中国国内出现的"抗日神剧"也倒逼我们的电影创作必须在文化记忆和历史方面严肃思考。我们一直在强调中国的电影要走向国际社会，但是一味地关注市场和技术问题，而忽略对于国际社会文化政治的回应、忽略电影的文化艺术深度，这显然不应该是当代中国电影的选择。

当代作家的世界性怀旧

张晓琴

时间：2018.05.31

地点：E126 会议室

主讲人简介：张晓琴，1975 年生于甘肃靖远。兰州大学文学博士，北京大学中文系博士后，现为西北师范大学教授、博士生导师，中国现代文学馆特邀客座研究员。主要从事中国当代文学研究，闲时亦写诗著文。著有《中国当代生态文学研究》《直抵存在之困》《一灯如豆》《大荒以西》《我们的困境，我们的声音》等，编选有《中国当代小说少年读库·棋王》。近年来在《文学评论》《中国现代文学研究丛刊》《当代作家评论》《文艺争鸣》《小说评论》《南方文坛》《光明日报》《人民日报》等刊物上发表文学评论 80 余篇。获"唐弢文学奖""黄河文学奖"、《当代作家评论》年度论文奖、甘肃省哲学社会科学奖、甘肃省高校社科成果奖、西北师范大学"教学名师奖"等奖项。

摘要：本文的讨论重点是 20 世纪 80 年代以来，尤其是新世纪中的"最后一个"叙事现象。本文试图求问和回答百年汉语新文学中的"乡土叙事"是否会就此终结的问题，哀歌或挽歌为什么会如此集中出现的原因，以及"最后一个"的美学意义何在等。透过这些讨论，或许能从某些层面上显现出现当代文学内部的传承和嬗变，并约略勾画出其通往"世界性怀旧"的道路。

关键词：最后一个；乡土叙事；世界性怀旧；汉语新文学

汉语新文学历史中，由鲁迅与文学研究会诸作家开创的乡土叙事传统显得尤为显豁和重要，并在百年以来得到不断传承。正如有论者指出的："从这样一个传统看，一部新文学的历史几乎可以说是一部乡村叙事的历史，乡土的哀歌几乎变成了新文学的一个标签，一个魔咒。"①就乡村世界的书写而言，作家们处理现代性命题的途径主要有两个：一是通过乡村世界的破败、生存的艰难与人性的堕落反思乡土社会与文明的困境；二是以诗意的土地、美好的田园和人性的淳美为载体，反思现代性给人带来的损伤与异化。前者的代表自然是鲁迅，而废名、沈从文及京派小说家们则倾向于后者，然而，他们殊途同归，最终都指向乡村世界的式微与乡土文明的没落。这种哀歌与挽歌的传统在革命文学的浪潮中一度被中断，其间也出现了赵树理式的民间姿态与立场上的乡村书写及大量政治本位的农村题材小说，然而文化视野却悉数被剔除了，进步论式的社会政治斗争成为这一时期普遍的主题。乡村世界自然也未能幸免。

重新找回且延续这一传统则是 20 世纪 80 年代的事情，工业化进程的加速和社会生活的转型给乡土文明带来了严重危机。因此最有探索精神和文化情怀的作家们开始重新关注到乡村文明的颓败，并在新的世界视野中及时传达出了这一经验，自觉地唱出了农业文明的挽歌。他们大都是出生于 20 世纪 50 年代的作家，有着深厚的乡土生存经验并深受乡土文明滋养，比如莫言、贾平凹、张炜、李锐、韩少功等。这种书写在新世纪到来之后似乎更加集中，一些更年轻的"60 后""70 后"作家，如格非、毕飞宇、东西、肖江虹、徐则臣等纷纷参与到这一潮流之中，书写中国乡村世界的"最后一个"，以此奏出乡土文明的挽歌，表达一种共同的"世界性怀旧"主题。②

本文的讨论重点是 20 世纪 80 年代以来，尤其是新世纪中的"最

---

① 张清华：《莫言与新文学的整体观》，《文学评论》2017 年第 1 期。
② 诺贝尔奖评审委员会对莫言创作的评价中有这样一段话："通过幻想与现实、历史视角与社会视角的混合，莫言结合威廉·福克纳与加夫列尔·加西亚·马尔克斯作品中的因素，创造了一种世界性怀旧，与此同时，也找到了旧式中国文学与语言传统的新出发点。"

后一个"叙事现象。显然,越靠近当下,这些叙事的危机与寓言意味就越加浓厚,其日渐破碎的整体性就愈加显得弥足珍贵。在此基础上本文也想求问和回答百年汉语新文学中的"乡土叙事"是否会就此终结的问题,哀歌或挽歌为什么会如此集中出现的原因,以及"最后一个"的美学意义何在等。透过这些讨论,或许能从某些层面上显现出现当代文学内部的传承和嬗变,并约略勾画出其通往"世界性怀旧"的道路。

一 乡村经验书写的"最后一个"

其实最先敏感地领悟到乡村世界的颓败信息的,可能是诗人海子。在20世纪80年代中后期,海子的诗中即大量出现了诸如村庄、麦地、草原、太阳、女神、月光、向日葵、鹰、马、龙之类的意象,写得是那样的美好和哀婉,而且时间过去的愈久,这些意象所含纳的文明意义就愈加清晰,它们作为乡土文明的哀歌与悲歌的意境就越加强烈,其谱系感和整体性也就越明显。也就是说,他的局部的美学意义、风格属性都越来越显得不重要了,而他作为乡村世界与土地经验的最后一位抒情者的整体形象正在被确立。如同哲人所寓言的诸神之消失,海子"目击众神死亡"而写下的诗篇,某种意义上也使他成为农业时代的最后一个抒情诗人,他意识到乡土文明已至末路,并预言自己作为乡土文明喂养和滋育的儿子,已成为"空气中的一棵麦子""绝望的麦子",他最终选择了火车的碾轧,这似乎也隐喻着乡土文明被工业时代的巨轮所碾轧的命运。在这个意义上,海子是乡村经验书写的最后一位诗人,也是三十余年来文明意义上乡村挽歌书写的第一人。

同时期的小说在经历了伤痕与反思潮流之后,新潮与先锋文学迅速崛起成为重心,对小说文体变革的重视超出了新文学以往的任何时期。不过,由寻根文学引发的传统与乡土文化的书写扮演了重要的角色,并在文体变革的意义上也部分地参与了新潮文学运动。当然，其中因为立场的不同，作品的倾向也有很大差异，如阿城对道家文化的肯定和韩少功对国民性的批判就很不一样，而部分寻根作家的作品中也似乎重新出现了文化意义上的乡土文明挽歌。李杭育的《最后一个渔佬儿》便呈现了葛川江渔民的生存困境，因为社会经济环境的变化不得不发生的变化，即身份和生存的同时丧失，物质与尊严的同时湮灭。这篇小说在发表之时，正值文化大讨论之际，许多人对其所寻的吴越之地的文化讨论得津津有味，但今天看来，它不啻为继沈从文之后为乡土文明唱出的最新的挽歌，可谓当代小说中"最后一个"的滥觞。王安忆的《小鲍庄》似乎也写出了洪水与社会变迁中，原始生存与传统美德的最后沉沦。某种意义上，小鲍庄人和葛川江渔佬都是最后一个，贾平凹笔下的古商州持守着古风的人们，乌热尔图所描画的大兴安岭丛林的狩猎者的故事，莫言所构造的高密东北乡的传奇也都是不同形式的"最后一个"。

1993年是当代文学中一个重要的节点，这一年被称作长篇年，也有所谓的"陕军东征"的说法。从哀歌或挽歌的角度看，这一年三位陕西作家陈忠实、贾平凹、高建群出版的长篇各有所蕴。虽然学界对于陈忠实《白鹿原》中的传统文化因子有不同见解，如有论者认为其中彰显着道家文化因素[1]，然而更多学者更为强调其中的儒家文化传统。作为一部家族小说，白嘉轩显然可以看作中国农业社会的最后一位族长，他对农业文明审美范畴中"人"的价值的坚守，对自己和家庭成员的要求都是以此为标准的，当然，他的正义与冷酷，他的宽容与狭隘，也同样都是农业文明的土壤所滋育的。高建群的《最后一个匈奴》被喻为"高原史诗"，也可以看作家族小说。小说中写黑寿山在任期间为陕北工业作出的巨大努力，后来，煤和石油成为陕北的支柱产业，这自然意味着农业的没落。虽然小说没有从正面写这一主题，但有一个细

---

[1] 郜元宝：《为鲁迅的话下一注脚——〈白鹿原〉重读》，《文学评论》2015年第2期。

节理应引起重视，就是丹华写的短篇小说，所有的知青都在聚会时谈回城的事，但丹华却高兴不起来，她酷爱写作，她写的小说名字就叫《最后一支歌》，这篇小说被一再退稿，但最终得到了真正的知音。这篇小说中的小说的名字，显然也是作者初衷的表达。《废都》名为一部写"西京"之城的小说，却没有太多的城市气息，其骨子里是对传统文明的哀挽。庄之蝶在小说中写得最认真的是连夜写的一篇悼文和会场两边的挽联，他最爱听的是埙声和哀乐，小说中还出现了一首孝歌，这一切共同奏出了一曲传统文明废墟上的哀歌。这一年出版的小说中颇值一提的还有张炜的《九月寓言》。小说中的村庄历史有传说中的苦难史诗，有诡异绚丽的民间口头故事，也有五味杂陈、生气勃勃的现实生活。但这个充满诗意的村庄最后却毁于工业文明，毁于地下小煤矿肆无忌惮的过度开采。小说被文学史家看作民间大地上寻求理想生存的作品，但在笔者看来，毋宁说它是一个村庄在现代文明进程中消失的寓言。从这个意义上看，《九月寓言》中的村庄也是文化意义上的"最后一个"。

新世纪以来，更多作家逐渐在整体性上将乡土文明的挽歌书写推向一个高峰。2000年，贾平凹的长篇小说《怀念狼》出版，仍然写商州的故事，与此前商州系列作品不同的是，这篇小说所述之事奇特，即商州最后一个猎人傅山因狼的消失而变成人狼的曲折故事。同时，小说中还有一个城市知识分子高子明的视角，他感到自己在城市身陷无敌之阵，却寻不着对方，担忧自己的生命就此在城市坠落下去，是狼激起了他重新对商州和对生活的热情，于是，新的故事就这样在不经意中发生了。然而，最终迎来的是悲剧。《怀念狼》引发了不少争议，但以此为标志，贾平凹正式开启了"最后一个"的书写。新世纪以来，莫言笔下的最后一个单干户蓝脸、最后一个乡土美人孙媚娘、最后一个说故事的炮孩子；格非《望春风》中的最后一个村庄，村庄里最后一座旧房舍，房舍中最后一缕苍老的记忆与人情味；东西《篡改的命》中最后一个纯洁的村姑，最后一点点关于故乡、土地的贞洁与信念……都属于行将消逝的乡村世界，他们的命运就是当代中国乡土文明式微与消亡的隐喻。

在现代遭受到毁灭性命运的不只是农业文明，土地所负载的一切，包括另一些更原始的生活方式也面临着终结的命运。迟子建的《额尔古纳河右岸》中，生存于中俄边界的额尔古纳河右岸的鄂温克人千年来的游牧生活被迫终止，他们信奉萨满，逐驯鹿而搬迁，以自然为家，过着古老的游猎生活，但百年来，他们却已找不到理想的生存之地，只有个别的族人在顽强坚守传统的生存方式，更多的人则被现代文明所吸引，向往且奔向外面的世界。千年来赖以生存的自然环境趋于恶化，河流干涸，草原沙化，鄂温克人虽殊死抗争，却也只能接受日渐衰落的命运。小说中的妮浩成为鄂温克人的最后一个萨满。

与此相似的还有一些非虚构文本，比如曹保明的《最后的渔猎部落》《最后一个猎鹰人》，分别记述了东北渔猎部落和鹰猎家族的生存与无奈。杨显惠的《甘南纪事》以纪实性的笔法呈现出甘南藏族传统生活观念与现代文明的冲撞，尤其是传统生存观念在现代社会中的错位与悲剧，也堪称最后的甘南草原故事。这些民族传统的生存与文化在现代文明介入后被摧毁，所有的"最后一个"都成为我们时代的最新悲剧，无法避免。

总体看来，受成长的时代和文化背景等因素影响，书写整体性乡村经验或者乡村世界之最后整体性的作家，大多是"50后""60后"的一代，因为在他们的成长时期，中国的乡村社会虽然贫穷，但还保有其基本的原始风貌与属性，未曾遭到工业文明的侵染破坏，所以他们大多保有比较完整的乡村记忆和成长经验，有对土地的理解、深情与伤情，他们所写的乡村世界也保有其经验的原始性与整体感。而自"70后"而下，这种整体性与原始性早已不复存在，作为一种文化的和美学的经验形态，他们笔下的乡村与自然基本上也已碎片化了。不过，新世纪以来一些较为成熟的"70后"写作者，也同样显现了对于"最后一个"的敏感，像肖江虹的《百鸟朝凤》《傩面》《蛊镇》诸篇，徐则臣的"最后一个"系列,都可谓延续了当代文学中有关乡村经验的书写谱系,用他们自己的方式奏响了乡村世界与传统精神的悲歌与哀歌。

二 最后的土地与礼乐之失

就乡村世界而言,土地是其根柢,土地之失是乡村世界最后的沦丧。新世纪文学"最后一个"书写的文化背景是土地的沉沦与乡土文明的沦丧。斯宾格勒在《西方的没落》中曾指出,人最初是东奔西跑的动物,但是由于农业和生存关系发生了一种深刻的变化,"挖土和耕地的人不是要去掠夺自然,而是要去改变自然。种植的意思不是要去取得一些东西,而是要去生产一些东西。但是由于这种关系,人自己变成了植物——即变成了农民……土地变成了家乡"。"对于那和人类同时生长起来的丰饶的土地发生了一种表现在冥府祀拜中的新的虔信。"[①] 显然,对于"最后的土地"的书写成为新世纪乡村世界书写的一个重心,因为土地之失寓意着乡土文明的没落与乡土礼乐之失。

文明转型时期,农村问题比任何时候都突出,最复杂的是土地问题。《生死疲劳》堪称一阕农民对土地的无比执着的悲歌。莫言在诺奖演讲时曾提到这部作品,他说:"小说中那位以一己之身与时代潮流对抗的蓝脸,在我心目中是一位真正的英雄。"蓝脸确实是一位守卫最后的土地的英雄,他最终葬在自己的一亩六分地上,但这土地再也没有人在其上耕种,而是极具寓言意味地变成了墓地。与他同葬的是他曾经的东家地主西门闹转世的狗,西门闹经历了六世轮回,自始至终也没有离开过曾经属于他的土地。土地是乡土文明之本,它有着收纳一切的象征意义。小说中有一个细节,埋葬蓝脸和西门闹转世的那条狗时,在墓前

---

① [德]奥斯瓦尔德·斯宾格勒:《西方的没落》,齐世荣等译,群言出版社2016年版,第145页。

立了一块碑,碑文的撰写者是小说中的作家"莫言",碑文是:"一切来自土地的都将回归土地。"贾平凹的长篇小说《秦腔》以文字为土地竖起一块碑子。小说中的清风街是当下中国农村的缩影,这里没有迎来农业现代化,反而由于外来的侵蚀而变得日益衰败。老主任夏天义有很强的象征意义,几乎是清风街的土地神。但是他到晚年人见人嫌,他不顾子女和其他人反对,带着引生和哑巴,还有他狗在七里沟淤地,最后因为山体大面积滑坡埋在了七里沟。他的死"不仅仅算是厚葬,几乎是托体同山阿的颂扬了;连一块碑也是空白的,不仅仅算作无字碑,而是表达了作家对于农民传统生活方式及其伦理式微的无以言状之感情"①。

没落的不仅是土地,还有土地之上的礼乐。《秦腔》是秦腔的挽歌,秦腔的没落象征着西北地区乡土文明本身的没落。小说中的第一场秦腔表演是酷爱秦腔的夏天智为庆贺儿子夏风结婚,请来了剧团的人表演,这场秦腔表演以失败而告终。秦腔艺术遭遇了前所未有的困境,县秦腔剧团难以维持,演员们成了到处给人助兴的乐人,年轻一代更喜欢听通俗歌曲而不是秦腔。白雪是个优秀的秦腔演员,她美丽善良,对秦腔艺术的理解很深,但她和夏风生的孩子竟然没有肛门,这是个隐喻:传统的乡土文明难有健康的继承者。小说里白雪很少唱秦腔,在台上只正式表演过《藏舟》,这是一段女儿哭亡父的戏。夏天智死后,白雪悲痛至极,唱起了《藏舟》,她的丧父之痛就是作者贾平凹对乡土文明之失的痛切。正是在这个意义上,贾平凹被定义为乡土文学"最后的大师"②。

当土地被现代文明所吞噬,受其滋养的文明与伦理体系也开始没落。在近年来的文学中,对乡村伦理的悲歌或者"喊丧"式的书写可谓最具代表性。东西的长篇《篡改的命》书写了主人公故乡"谷里村"

---

① 陈思和:《论〈秦腔〉的现实主义艺术》,《中国现代文学论丛》2006年第1期。
② 陈晓明:《他能穿过"废都",如佛一样——贾平凹创作历程论略》,《延河》2013年第5期。

的最终陷落，不止主人公为求生而离开土地，演绎了一曲用死亡来终结其作为世代农人的家族血脉与身份谱系的悲歌，连其父母乡人也都失却了生存之本，有的流落他乡为妓，有的在疾病中苟延残喘，乡村原始的宗法伦理已然全线崩毁，人们在通向城市的道路上前仆后继地挣扎着，实践着他们殊途同归的命运。格非的《望春风》同样是一曲故乡的悲歌，同样表现了"故乡陷落"的主题。虽然与《篡改的命》相比，似乎格非处理的乡村历史长度要更长，追溯到了革命与政治的年代，但最终的结局依然是城市化给乡村带来的改变，人的衰老与故事的终结、历史的颓圮与人心的坍塌，生成了深切的内在呼应。哲学式的升华使小说中所有的苦难与厄运，所有的恩怨与纠结，一切的爱恨与情仇，都汇入了生命与存在的大循环中。

上述例证当然未免过分诗意了，对于另外一些作家来说，他们的笔调似乎更有辩证和荒诞的意味：不再是惯常的乡愁，也全无悲情与诗意的想象，革命斗争的乡土中国已经远去，也无从在乡土中寻找"文明之根"，只有现代性进程中的无可奈何的式微，直至发出"喊丧"的寓言。刘震云的《一句顶一万句》是最典型的文本，贯穿小说始终的农民杨百顺成为乡村世界的最后一个喊丧者，这部小说也因此成为新世纪为乡土文明喊丧的作品之一。"喊丧"是乡土中国葬礼中的独有声调，丧歌也成为最后的土地上最为独特与无法回避的声音。

近年的作品中，书写乡土文明礼乐之失的例子还有很多，青年作家肖江虹的《百鸟朝凤》也很典型。小说写一个乡村唢呐班子在社会变革的年代里的命运，新老两代唢呐艺人为了信念的坚守而产生了真挚的感情，但最后仍然难逃曲终人散的命运。"百鸟朝凤，上祖诸般授技之最，只传次代掌事，乃大哀之乐，非德高者弗能受也。"《百鸟朝凤》只传给掌事，即最得意的弟子。同时，只有德高望重的人去世后才有资格享受这首曲子。但小说中有人想用钱为死去的亲人买这首曲子，更多的青年人被流行的通俗音乐所吸引，根本不愿意听唢呐曲。游天鸣是最后一个乡村唢呐师，但他的唢呐吹得再好也挽救不了这种艺术在乡村的衰落。原来的唢呐师被邀请到任何人家都要受到接师礼的待遇，长生因为自己有钱，又和游天鸣比较熟悉，就不行接师礼了。这个细节暗喻着乡土文明中习俗与仪式的终结和传统秩序的礼崩乐坏。肖江虹说过这样一段话："乡村传统文化是脆弱的，很容易被摧毁，在时代的变化面前，它无力抵抗这种潮流，事实上，历史向前走，该消失的早晚是要消失的，或许这些精神层面的东西在未来会以另外一种形式存在，就存在于人与人之间的关系中。"① 在《百鸟朝凤》的结尾处，他写道："我知道，唢呐已经彻底离我而去了，这个在我的生命里曾经如此崇高和诗意的东西，如同伤口里奔涌而出的热血，现在，它终于流完了，淌干了。"但在城市冰冷的道路旁，在车站外一块巨大的广告牌下，还有"一个衣衫褴褛的老乞丐正举着唢呐呜呜地吹，唢呐声在闪烁的夜色里凄凉高远。这是一曲纯正的'百鸟朝凤'"②。这纯正的曲子其实就是乡土文明最后的挽歌。有意味的是，这部小说被吴天明看中，改编成电影，而吴天明后来因病逝世，《百鸟朝凤》也成为他导演的最后一部作品。

乡土文明在现代社会中是脆弱的，它很容易成为被摧毁的"最后一个"，在时代变迁中消失。"大哀至圣，敬送亡人"，所谓"最后一个"，可谓是百年汉语新文学中乡土叙事的最后书写，也是乡土文明最后的传奇与挽歌，是作家们为乡土文明演奏的最后的"藏舟"和永无后继的"百鸟朝凤"。

三 "最后"的意义，或世界性怀旧

"最后一个"从美学意义上来说，显然存在着启示性的范式的因

---

① 肖江虹：《我为什么要写〈百鸟朝凤〉》，网址：http://mt.sohu.com/20160520/n450663292.shtml。

② 肖江虹：《百鸟朝凤》，作家出版社 2012 年版，第 248 页。

素。这与我们所处的时间节点和思考世界的模式有关。就中国文学而言，自古以来就有一种登临意识，表面上是登临空间的高峰，实际上是时间节点的"登临"，如陈子昂的《登幽州台歌》，张若虚的《春江花月夜》和李义山的《谒山》，诗人们在精神上是相通的，这种情怀不可思议而又必然地延续至今，陈超的诗《我看见转世的桃花五种》中，对生命与时间的思考就是这种情怀的当代体现。刚刚过去的世纪之交也是千年之交，作家们纷纷表现出对于这一特殊历史时期的思考。的确，我们的"时代感"常常是从一个时间段的结尾和另一个时间段的开始处得到的，世纪，也就是以"百年"为典型的计算法，"生年不满百"，它已构成了人生的一个不可逾越的尺度；千年更是一个典型，"常怀千岁忧"，中国当代作家在千年之交恰逢乡土文明的没落，这种文化背景之下，"最后一个"的叙述便显现出独特而格外强烈的美学意义。

　　基于这样一种际遇，被乡土文明滋养起来的几代中国作家，都不约而同地投入到了这种"末日"的挽歌与哀歌的书写之中，如弗兰克·克默德所说，他们笔下的时间性具有"启示性范式的所有因素"[①]，甚至悲剧与史诗的意味。世纪末的情绪遭遇到时间上一个严峻的千年结尾，这与作家们所书写的乡土文明的终结的情绪产生了一种内在的一致性，并反过来增加了其悲剧美学的强度。与国外在世纪末写"世界末日"的作家不同，中国作家常常受到一种传统中的"乡愁"意绪与感伤主义情结的支配，受到一种中国式的因果论与虚无观的影响，同时又渴望传统文明中的旧事物与人伦观得到传承和保护，这反过来又增加了他们面对这一切之时的矛盾与焦虑。这种达观中的焦灼，洞悉中的悲伤，以及忧患与虚无感，便成为一种既与传统叙事息息相通，同时又与现代哲学兼容共生的当代性的悲剧美学。

　　[①] ［英］弗兰克·克默德：《结尾的意义：虚构理论研究》，刘建华译，辽宁教育出版社2000年版，第11页。

沿着这样一种思路，我们不难发现，在诺奖评委会给予莫言的评价中所出现的一个关键词——世界性怀旧——是非常准确且有意味的：怀旧当然是人性中古有和共有之义，但中国人的怀旧则是一种古老的母题与无意识。"昔我往矣，杨柳依依"，这种意绪或情愫千年来已经深入到我们民族的骨髓之中，成为世世代代的作家诗人永在流连与盘桓的主题。而这种怀旧又历史性地遭遇了乡土文明的衰败与终结，遭遇了世界范围内的一种文明的转折，因此也就无可置疑地获得了文明意义上的世界性启示，成为一种具有全人类价值的故事模型。这是我们在讨论所谓"最后一个"故事时，所应思考和升华的。

或许中国作家们一开始并未想到这么多，没有想到当代的中国文学会给全人类提供一个重要的叙事范型，一个具有普遍的文化启示与美学价值的典范，但事实的确如此。从人类历史的角度看，世界上最古老的"亚细亚生产方式"的代表，作为农业文明典范样本的中国，正在经历着一场"三千年未有之大变局"的巨大的历史转换。与农业文明相适应的一整套生存法则、伦理习俗、文化观念，也都面临解体和终结，失散和湮灭。因此在莫言的笔下，所有乡村世界的书写，便不再仅具有社会与历史的价值，而且具有了文明悲歌的意义：因为《红高粱家族》的诞生，一个农业时代的生命神话与浪漫传奇宣告了终结；由于《丰乳肥臀》《檀香刑》《四十一炮》与《生死疲劳》的问世，更唱响了乡土生存的没落与衰亡的葬歌与悲歌。从历史和道德的角度看，莫言的乡土中国故事当然也会有种种的社会与政治的启示，有强烈的人性与现实的批判力量；但从文明的角度看，这种审视的距离立刻便被拉长，所有的讥讽与批判，所有的颠覆与诙谐，也都立刻被升华为悲悯与凭吊。

世界性怀旧的确是一个非常具有文化与美学意义的说法。它将道德与政治、社会与历史的种种意义，收拢在了一种更为广阔的诗意之中，使得作家在表达这一切的同时又消融和整合了它们，获得了一种超越性的文学形象。这当然也是文学本身的胜利。正是在这样的意义上，"最后一个"超越了他们自身的道德与历史意涵。这也使我们再度想起莫言在《红高粱》中所预言和寓言的,"种"的退化与逝去的文明之间所生成的百感交集,让他最后整合成一种理性与非理性交织的抒情之笔。在他的世界中,高密东北乡原始的乡土文明与现代文明之间的不对称性,反而令他得以建构起一种诗意的想象,一种人类学基础上的史诗性的乡村记忆与故事,也确立起了他自己因为挽歌与悲歌所生成的壮美而高远的美学品格。不能不说这是一个奇迹。

例子当然不限于莫言,在张炜、刘震云、阎连科、贾平凹、格非、迟子建等人的近作中,无不充斥着这种关于乡村世界的崩毁的故事,充斥着"最后一个"的不断变种。格非的"江南三部曲"中,虽然主调是处理近代史、革命史以及现代知识分子的精神史,但在笔者看来,也同样有着关于农业与乡村世界的解体的寓言。从《人面桃花》中陆秀米的父亲陆侃所热衷的"桃花源",到后来土匪王观澄所热衷的花家舍的"风雨长廊",到《山河入梦》中谭功达所沉迷的改天换地的山河想象,再到《春尽江南》中关于江南故地已然在工业化和城市化进程中颓毁陷落的悲歌感慨,也无不透示着"文明寓言"的意味,以及由此所获得的美学神韵。

笔者甚至注意到,一些青年作家的写作也都在无意识中汇入了这一母题。肖江虹在《傩面》和《蛊镇》中分别塑造了乡村世界的最后一个傩面师和最后一个蛊师,他们后继无人,一个职业和一种风俗同时宣告终结。《傩面》的结尾处,最后一位傩面师离开人世,他的两个儿子烧掉了所有的傩面面具,最后一个"伏羲傩面"被傩村女孩颜素容挽救,这似乎有着某种寓意,然而,这个女孩却在城市里受到伤害并染上绝症,她那病弱的生命却只让人感到担忧和悲悯。在《蛊镇》中,最后一个蛊师看到蛊镇通往外部世界的"一线天"那头,"密麻的年轻男女,顺着古旧的石板路,迤逦而来",但实际上却只是一个幻象而已。青年作家徐则臣也擅长书写此类故事。《最后一个货郎》中,货郎老张并不缺钱,儿孙辈给他足以颐养天年的所需,但他不愿意交出自己的身份，他把原来的货郎独轮车换成了三轮车，每天早出晚归，慢悠悠地骑着，摇着他的拨浪鼓，因为他知道自己一生的道路该怎样走到头。但是这样的货郎只能是"最后一个"，就像母亲所说："现在老张越来越少了。"老张之后便再没有货郎了。《最后一个猎人》中的杜老枪是花街上杜家祖传的好猎手，他酷爱打猎，三天不摸枪就难受，不能打猎毋宁死。但他不但后继无人，连他那支土铳猎枪也必须依法上缴，因为它成了可能危害社会的不安定因素。他唯一的女儿不喜欢打猎，却不得不为了救他而出卖自己的身体。最后，当他知道女儿被人玷污，便用土铳打死了来找女儿的陌生男人。他自己当然也将陷于覆灭。这样的故事是残酷的，但这就是乡土面对现代文明时不可避免的悲怆与无奈。

不难发现，诸多中国当代作家共同创造了当代中国的世界性怀旧，他们以文字刻下我们这个时代的文明危机，活画出这个时代形形色色的人物的命运与灵魂，并得以成为"世界文学"的一部分。1827年歌德就曾预言："民族文学在现在算不了什么，世界文学的时代已快来临了。现在每个人都应该发挥自己的作用，促使它早日来临。不过我们在高度重视外国文学的同时，也不应拘守某一种特殊的文学，奉它为模范。我们不应该把中国的文学或塞尔维亚的文学，卡尔德隆或尼伯龙人奉为模范……"[①]歌德的话在今天仍然对我们有启示意义，新世纪以来中国作家对乡土文明"最后一个"的书写，确乎正在被纳入世界文学的体系之中，且产生着一种特殊的历史与文明价值，因此，在理解和评价这些作品的时候，当然也应该具有一种世界性的视野，意识到它们的世界性价值，或在一种人类历史与文明的架构中来对它们进行理解和诠释。而我们对这样一种写作的价值和意义的理解和阐释，也需要保有一种自我意识，以及动态的关系。

---

① [德]艾克曼辑录：《歌德谈话录》，洪天富译，生活·读书·新知三联书店2016年版，第200页。

丝绸之路艺术的概念、时空和"单位"

程金城

时间：2018.06.13

地点：E126 会议室

主讲人简介：程金城，兰州大学文学院教授、博士生导师，国家社科基金中文学科组评审专家，兰州大学丝绸之路艺术研究与国际交流中心主任，国家社科基金重大招标项目"丝绸之路中外艺术交流图志"首席专家。

摘要：基于广义"丝绸之路"和广义"艺术"的理解，"丝绸之路艺术"指人类在丝绸之路物质和文化交流过程中生发的情感需求的艺术表达及其现象和成果，包括艺术活动、艺术样态、艺术作品和艺术接受及其相互影响等；它是人类有史以来延续时间最长、延展空间最大、艺术现象和品类最丰富并相互联系的艺术整体，区别于地域艺术和国别艺术。广义的丝绸之路艺术，在时间上以张骞出使西域为重要节点和标志，向上可以追溯到丝绸之路前中古时期甚至更早，向下一直延续到近代；在空间上包括东亚、中亚、西亚、南亚、北非和欧洲部分地区由网路构成的广阔地域的相关艺术现象。丝绸之路艺术研究"单位"涉及"文明""民族""地区""国家""宗教"等不同体系和层级，并相互交织，应根据实际情况审慎地使用诸概念，展示丝绸之路艺术的丰富性和关联性。丝绸之路艺术研究的重点是交流、融合及相通性与异质性的关系等。

关键词：丝绸之路艺术；内涵；外延；时空；单位

本文同名发表于《西北民族大学学报》（哲学社会科学版）2018 年第 6 期。

本文与已发表论文有细微区别。

20世纪以来,考古学家和历史学家在丝绸之路考古及其研究方面取得了丰硕的新成果。这些成果改变了人们对"丝绸之路"的理解,也改变着人们对世界历史发展的看法。同时,丝绸之路考古成果中有着大量与艺术相关的重要发现,这也改变着人们对丝绸之路艺术本身的整体认识和观照视角,它直接催生了对"丝绸之路"及"丝绸之路艺术"概念内涵与外延的重新理解和界定,也大大拓展了对丝绸之路艺术时空范围和内涵的认识。

一 "丝绸之路艺术"的概念

"丝绸之路艺术"概念的界定,与"丝绸之路"概念的理解密切相关。关于丝绸之路,学界公认这一概念的提出者是德国地质地理学家李希霍芬。1877年,李希霍芬在其著作《中国》一书中对丝绸之路的经典定义是:"从公元前114年至公元127年间,连接中国与河中(指中亚阿姆河与锡尔河之间)以及中国与印度间,以丝绸贸易为媒介的西域交通路线。"①

20世纪以来,随着考古新发现和文献研究的深入,对丝绸之路概念内涵与外延的认识有了进一步的深化。一是关于丝绸之路文献研究,经过了从资料整理、分类梳理等基础性的研究转向专题深度研究;二是一批重要的考古发现与文献资料的相互印证,推进了丝绸之路研究整体格局的变化。其中比较重要的,在国内,是丝绸之路考古和历史的综合研究,敦煌和吐鲁番文化研究,特别是近年来的中亚考古研究等。已经出版的相关重要丛书如"丝绸之路研究丛书"(30册,新疆人民出版社2009年版),"丝瓷之

---

① 林梅村:《丝绸之路考古十五讲》,北京大学出版社2006年版,第2页。引自 Fenlinand von Richthofen, China, Eegebnisse eigner Reisen und darauf gegrunderer studien, Bd. I. Berlin, 1877, p. 454.

路博览"(第一辑 17 种,第二辑 18 种,商务印书馆 2014 年版)、《中国敦煌学百年文库》(35 卷,甘肃文化出版社 1999 年版)、"欧亚历史文化文库丛书"(102 种,兰州大学出版社 2014 年版)等,还有大量的著述不胜枚举。[①] 国外重要的相关研究有丝绸之路历史研究,中西亚考古及研究,中央欧亚研究或"内亚"研究等,已经出版刊布的如美国学者薛爱华的《撒马尔罕的金桃:唐代舶来品研究》(1963 年加利福尼亚大学出版社出版,中译本由社会科学文献出版社 2016 年出版)、汉森(Valerie Hansen)著《丝绸之路:一段新的历史》(2015 年由牛津大学出版社出版),伍德(Frances Wood)著《丝绸之路:亚洲中心的两千年》(2002 年由伦敦大英图书馆出版),英国学者彼得·弗兰科潘著《丝绸之路:一部全新的世界史》(中译本由浙江大学出版社 2016 年出版)、"丝路译丛"(漓江出版社 2016 年版)等,都是有国际影响的重要著作。这些研究成果中,最重要的变化是将丝绸之路历史视为一部特殊的世界史的理念,最重要的发现是对中央欧亚地区在丝绸之路上的枢纽作用和意义的新认识,它改变了东方—西方、中心—边缘的视角和观念。

在此基础上,国内外学者近年来对丝绸之路的理解逐步达成共识,趋向于从更为宽阔的视域认识丝绸之路,以更开放的意识界定丝绸之路概念的内涵和外延。国内学者如林梅村、芮传明、葛承雍、荣新江等丝绸之路研究专家对此都有许多见解。

林梅村早在 2006 年出版的著作中就有对"丝绸之路的新认识":"从时间上,考古新发现把东西方丝绸贸易的开端追溯到公元前 4 世纪甚至更早时期。从空间上,文献记载和考古发现相互印证,说明张骞通西域不久,罗马帝国首都罗马城就出现了中国丝绸……也有学者认为,这条路向西可以延展到意大利的威尼斯,向东延伸至日本的奈良。因为

[①] 关于丝绸之路研究的学术成果,芮传明先生的《丝绸之路研究入门》(复旦大学出版社 2009 年版)有全面的综述。

165

威尼斯是马可·波罗的故乡，而奈良正仓院珍藏的染织遗宝，超过了十万件，如果加上法隆寺保存下来的丝织物，据说可以囊括中世纪的各类丝绸。"① 他认为丝绸之路以沙漠之路为主干道，此外还有许多重要的分支路线，包括"草原之路""海上交通""唐蕃古道""中印缅路""交趾道"。据此他"把丝绸之路定义为：古代和中世纪从黄河流域和长江流域，经印度、中亚、西亚连接北非和欧洲，以丝绸贸易为主要媒介的文化交流之路"②。林梅村在当时用了"以丝绸贸易为主要媒介的文化交流之路"的表述，突破了将丝绸之路理解为单一丝绸贸易的概念，特别是对"丝绸之路"的时间和空间范围认识有重大变化。

芮传明在他的《丝绸之路研究入门》中认为："有关丝绸之路，虽然有广义、狭义、旧说、新说之别，但是无一例外的是，诸说都不将'丝绸之路'仅仅视作单纯的地理概念，因此对它的研究也就不应该局限于交通道本身的地理、经济、文化等方面，而是以此交通道为主线所导致的中国与域外诸地的政治交往、经济贸易、文化交流、宗教传播、军事冲突、人种混合等全方位的人类活动，乃至对于欧亚大陆之文明发展的影响等，都当纳入研究的范围。正因为如此，随着学界和公众对丝绸之路重要性的认识的加深，近年来更出现了'丝绸之路学'或'丝路学'的理论，亦即是说，将丝绸之路作为一门学科来研究。"③ 他进一步解释："欧亚大陆上各地的居民经由这些通道所展开的活动，远远不止丝绸贸易，也不仅仅限于经济活动，而是涉及经济、政治、宗教、文化、军事等各个方面，故'丝绸'实际上只是一个代称而已。"④ 芮传明先生的这种观点，可以说是广义的"丝绸之路"的概念，不仅突破了将丝绸之路理解为只是"丝绸"交易的认识，而且对丝绸之路研究的对象和范围有了很大的拓展。

---

① 林梅村：《丝绸之路考古十五讲》，北京大学出版社2006年版，第3页。
② 同上书，第4—5页。
③ 芮传明：《丝绸之路研究入门》，复旦大学出版社2009年版，第3页。
④ 同上书，第2页。

葛承雍在《中国记忆中的丝绸之路——中国国家博物馆〈丝绸之路〉展览总述》中说："'丝绸之路'是古代欧亚大陆之间进行长距离贸易的交通古道，也是人类历史上线路式文明交流的脐带，与世界历史发展主轴密切相关，它以中国长安与意大利罗马为双向起点。横跨欧亚大陆东西万里，犹如一条大动脉将古代中国、印度、波斯—阿拉伯、希腊—罗马以及中亚和中古时代文明联系在一起，沟通了欧亚大陆上草原游牧民族与农业定居民族的交流，促成了多元文化的文明史泱泱发展。"[1] 葛承雍先生的这个概括，言简意赅，代表了近年来关于丝绸之路概念内涵与外延的共识和新成果，其中值得关注的是几个新颖的观点，即"进行长距离贸易的交通古道"，"人类历史上线路式文明交流的脐带"，"与世界历史发展主轴密切相关"，长安与罗马为"双向起点"。特别是"线路式文明交流的脐带"的概括，紧扣丝绸之"路"的特点，又点明"文明交流"的特质，用"脐带"形象地说明它的重要性；"与世界历史发展主轴密切相关"的概括，较之弗兰科潘"一部全新的世界史"的提法更加严谨，避免了以偏概全；"双向起点"则体现了人类视野和世界眼光，跳出了东西方对立孰先孰后之争；接着用"大动脉"点出了丝绸之路的主要文明体、国家和地区，以及交流的多元文化特点。在这一整体认知基础上，他对丝绸之路最重要的一些现象作了精到的描述，包括"商道与驿站""商人与贡使""运输与工具""丝绸与织物""金银与钱币""玻璃器皿""金银器""宗教与传播""语言与文书""艺术与歌舞""天文与医学""动物与植物"等十二个方面。葛承雍先生概括说："从更广阔的背景看，在丝绸之路交流史上，中国境内无疑是一个以世界文明交汇为坐标、以民族文化多元为本位的地域，是一个文明共存之地。"[2] 笔者以为这是近年中国学者对丝

---

[1] 葛承雍：《中国记忆中的丝绸之路——中国国家博物馆〈丝绸之路〉展览总述》，载国家文物局编《丝绸之路》，文物出版社2014年版，第22页。

[2] 同上书，第33页。

绸之路概念的内涵与外延、丝绸之路主要内容和范围全面精到的阐释，显示了关于丝绸之路的中国话语及其表达的新水平。

国外学者对丝绸之路的研究方兴未艾，也有许多新认识。美国乔治城大学历史学教授米华健的专著《丝绸之路》，分析了从李希霍芬提出"丝绸之路"时最初的概念，到百年来学者们的不同理解，在综合前人论说的基础上，总结出他本人对"丝绸之路"的定义，即"丝绸之路"一词所指的不仅仅是中国和罗马之间长达几个世纪的丝绸贸易，"它是指通过贸易、外交、征战、迁徙和朝圣加强了非洲—欧亚大陆融合的各种物品和思想的交流，有时是有意为之，有时则是意外收获，在时间上始自新石器时期，一直延续到现代"[①]。在张骞出使西域前，跨欧亚的交流已经兴起了。英国历史学家彼得·弗兰科潘著《丝绸之路：一部全新的世界史》[②] 在二十四章中说了二十三条"之路"，有"宗教之路""基督之路""变革之路""和睦之路""皮毛之路""奴隶之路""天堂之路"，等等，这些"路"都是以丝绸之路上的重大历史事件和节点为中心，关乎人类的历史进程，影响世界历史的整体建构。他将这么多"路"用"丝绸之路"的概念来涵盖，描述的是这一时空中的历史过程，并以新的历史观和视野重新审视，以"丝绸之路"指代这一时空人类的历史活动，由丝绸之路的研究重写了世界史。他的研究对于丝绸之路艺术研究有直接的启示意义。近年来，更多的学者认为丝绸之路是"网状"结构或曰"网路"，也强调了它广阔的覆盖面。这些观点代表了国外学术前沿学者对丝绸之路的新理解。

据此可以说，"丝绸之路"概念有狭义与广义之分。狭义的"丝绸之路"是指西汉时，由张骞出使西域开辟的以长安（今西安）为起点，

---

① ［美］米华健（James A. Millward）：《丝绸之路》，马睿译，译林出版社2017年版，序言（荣新江）。

② ［英］彼得·弗兰科潘：《丝绸之路：一部全新的世界史》，邵旭东、孙芳译，浙江大学出版社2016年版。

经甘肃、新疆，到中亚、西亚，并联结地中海各国的陆上通道。"不包括在此之前周边民族之间的中转贸易和文化交往。……是一个由一系列馆舍邸店、邮驿站点组成的交通设施体系。它能给长途跋涉的行旅提供停歇、食宿以及其他方面的便利。而这种机构一般都由政府开办或者有法律许可、政府保护。"① 广义的丝绸之路不只是指"丝绸"的交易之路，也不是单纯的地理概念，而是以"丝绸"来标示和命名的连接亚欧非洲物质交流之路和文化交融之路，是人类经过几千年的拼搏共同开拓出来的历史发展之路。"丝绸"是一个象征比喻性命名和超出其字面含义的代称。以往许多与丝绸之路并行的概念，如"陶瓷之路""青铜之路""青金石之路"，等等，可以包含在广义的"丝绸之路"概念之中。其理由是：第一，当年李希霍芬命名的这条路，实际上不仅仅限于丝绸贸易，冠以"丝绸之路"之名，有丝绸贸易的事实，也有不能用"丝绸"涵盖之处，"代称"之说有其依据。第二，后世学者对"丝绸之路"的研究，除非是对丝绸交易史的专题研究，很少不涉及丝绸之外的其他方面，大都是较为宏观综合的研究。如果不对丝绸之路进行微观与宏观结合的研究，就不能弄清楚某一专门领域的真正底蕴及其成因，也不能理清其中的关系。

对"丝绸之路艺术"的理解，笔者建立在对广义"丝绸之路"概念理解的基础之上，同时，对"艺术"的界定，也基于广义概念，亦即，"艺术"不单指"美术"或"造型艺术"，也包括绘画、建筑、雕塑、器物（陶瓷、青铜器、金银器、青金石、玉器、玻璃造型等）、音乐、舞蹈、戏剧、纺织染缬和服饰、民间工艺、写本艺术、书法等具有艺术特质的领域。在远古时期，虽未有"艺术"的概念和艺术的分工，但是存在着"复功用性"的艺术现象，如岩画、洞窟壁画、人体装饰、

---

① 张德芳：《西北汉简与丝绸之路》，载国家文物局编《丝绸之路》，文物出版社2014年版，第51页。

彩陶艺术等。特别需要指出的是，艺术的源头与神话的关系，是应该充分关注的对象。神话作为远古时期的百科全书，对于人与世界及其起源的解释以及所体现出的原始宗教信仰、科学萌芽，乃至哲学起点等因素，在建筑、雕塑、绘画、戏剧、舞蹈等艺术领域多有表现。换句话说，艺术的源头可以追溯至神话，而神祇形象及其演化，则构成后世神话体系及其艺术表达的诸多现象。在一定意义上，不同神话的交融和变异是艺术交融和变异的根源，又是影响后世艺术的最重要最深刻的内容，因为神话及其置换变形是一个民族的精神变动的体现，不同民族在神话的继承、变异中体现他们的世界观和人生观。丝绸之路艺术与神话的关系衍生了许多艺术样态，丝绸之路艺术视域当有神话体系。

基于广义"丝绸之路"和广义"艺术"概念，"丝绸之路艺术"是指人类在丝绸之路上创造、交流、融汇、相互影响所生成的艺术样态和存在形态，是因为丝绸之路而生发的情感需求的艺术表达及其现象和成果，也是人类有史以来延续时间最长、延展空间最大，具有原生性、独立性和共生性、交融性的艺术整体和审美对象，其研究对象包括在丝绸之路广袤时空中的艺术活动、艺术作品和相关艺术现象。丝绸之路艺术研究虽然离不开对具体国家民族艺术的观照，但是，它的主旨是要研究这些国家民族，特别是文明体因为丝绸之路而激活、创化出的新的艺术现象，发掘"交流"的重要价值，所以，它又是超越国家、民族、宗教和文化模式而侧重揭示人类共同性的艺术研究。丝绸之路艺术研究当然离不开对具体艺术领域的分类探索，但是重在研究各艺术领域因为丝绸之路这一"外部"刺激而产生的"内部"变化。① 在当代语境中对丝绸之路艺术的研究，首先是一种"重新发现"。由于丝路艺术内在的相关性，它不但在范围上不同于国别艺术、地域艺术、断代艺术和世

---

① 程金城：《丝绸之路艺术的意义与价值——兼及"丝绸之路艺术学"刍议》，《兰州大学学报》（社会科学版）2017年第2期。

界艺术，在内涵、要素和结构上也超越国家、民族、宗教等而具有共同体特点。在人类艺术史的格局中，丝绸之路艺术是有自身发生发展的时间和空间、有具体所指的巨大艺术实体。丝绸之路艺术是人类艺术发生发展的主要区域，具有源头、元典和发生学的意义；是人类艺术相互交汇之地，具有差异性和共融性的张力。丝绸之路艺术类型的多样性、功能的复功用性和未特定性、存在状态的共融性，为重新思考艺术学原理提供了新的启示。

二 丝绸之路艺术的时空

丝绸之路艺术的时空，包括其在这一地域的空间界限和时间起讫，也包括某种艺术形态在这一时空中的生发、延展和其穿越时空的影响力。

就前一方面来说，丝绸之路艺术的时空与丝绸之路的时空是对应的，丝绸之路所及的时空，不同程度的都有艺术的身影。

关于丝绸之路的起始时间，学界有不同的界定，较多的以张骞凿空西域为起点，即公元前139年（一说公元前138年）张骞初次出使西域。也有提出从公元前114年至公元127年间（李希霍芬），有认为始于公元前4世纪甚至更早时期的（林梅村），有的提前到古代（中古时代）（葛承雍），还有人认为始自新石器时期，一直延续到现代（米华健）。学界观点的基本趋势是将起点时间逐渐上移，从中古到上古，从文明时代到新石器时代甚至远古。在这些观点中，笔者认为石云涛先生的思路和观点更加值得注意，在研究中也具有更多的可操作性。石云涛在《丝绸之路的起源》中提出：丝绸之路"其发生史包括交通的创辟和交流的发生两个方面。无论是交通和交流，都是从无到有，从近到远，从简单到复杂，从零散地、间接地、自发地到直接地、有规模地和自觉地进行交往和交流。从整个中外文化交流史上来看，这个过程经历了漫长的历史时期。早期中外文化交流的产生和发展充满不少谜一样的问题等待破解，有的问题可能永远成为人类之谜而供猜测"①。石云涛先生的这个看法，打破了"源头崇拜"的定式思维，是符合实际的，在研究中也是可行的。"丝绸之路的起源、形成和发展，绝不是某一个人或某一件事造成的，它经历了漫长的时期，经过许多国家和民族的共同努力，有许多推动它发展和深化之复杂动因。……丝绸之路的起源具有自发性、长期性和多元性，经历了从远古开始的漫长时期，汉武帝时代的开拓标志着丝绸之路的形成。"② 这一点很重要，不仅关乎起点，也涉及丝绸之路研究的范围和对象。笔者以为，很难也不必对丝绸之路的时间起点做一个很具体的年月的确定，而应把它看作一个渐进的过程。基于此，笔者认为，丝绸之路在时间上，以张骞西域凿空为重要节点和标志，向上可以追溯到中古时期甚至更早，向下一直延续到近代。其中的断续曲折和波澜起伏，不改其总体的延续态势。

丝绸之路在空间上，以中国长安为起点，包括了东亚、中亚、西亚和南亚到欧洲和北非部分地区的广大区域，绵延7000多公里。每一路段都有丰富的内容。仅以2014年列入世界遗产名录的"丝绸之路：长安和天山廊道的路网"为例：这一路网是跨国系列文化遗产，属文化线路类型，线路跨度近5000公里，沿线包括中心城镇遗迹、商贸城市、交通遗迹、宗教遗迹和关联遗迹等5类代表性遗迹共33处，申报遗产区总面积42680公顷，遗产区和缓冲区总面积234464公顷。中国境内有22处考古遗址、古建筑等遗迹，哈萨克斯坦、吉尔吉斯斯坦境内各有8处和3处遗迹。③ 由此可以推想丝绸之路整个网路的丰赡内容。

丝绸之路在如此广袤的时空和持续的交往过程中，发生了影响人类进程的无数大大小小的历史事件，经历了绵绵不绝叹为观止的物质交流

---

① 石云涛：《丝绸之路的起源》，兰州大学出版社2014年版，第8页。
② 同上书，第11页。
③ 中国新闻网（http://www.chinanews.com/sh/2014/06-23/6308181.shtml）。

和沟通人类精神情感的文化交融。中国的丝绸和瓷器，罗马的玻璃器皿，大夏的金质首饰，波斯的青铜器与银器，印度的香料和宝石，以及各种宗教、科技、艺术等都通过这个路网进行交流并相互影响。丝绸之路是人类将梦想变为现实的奋进之路，也是人类映照自身的一面巨大镜像。而使得这面巨大镜像穿越时空依然生动鲜活并使得历史细节再现的载体，就是"艺术"。在这个意义上，艺术即历史，艺术即永恒记忆，艺术即人类的确证。甚而至于，丝绸之路艺术的发现和时空的拓展，反过来拓展了丝绸之路的时空范围和提供了新的历史信息，因此可以说，丝绸之路的时空亦是丝绸之路艺术的时空。其具体路线，不同学者的描述是有差异的，目前普遍认可"丝绸之路"是网状之路，又分"陆上丝绸之路"和"海上丝绸之路"，丝绸之路艺术的时空与此相关。

陆上丝绸之路有几条不同的主要路线，即："绿洲丝绸之路""草原丝绸之路"和"西南丝绸之路"。"绿洲丝绸之路"，从长安出发，经过甘肃，从河西走廊进入新疆，再经中亚、西亚、小亚细亚到欧洲和北非等地。绿洲丝绸之路又有很多支路。绿洲丝绸之路上形成了多姿多彩、异常丰富的艺术现象，是丝绸之路艺术最重要的部分之一，包括中国中原艺术、敦煌艺术，西域、龟兹艺术，中亚、西亚、南亚艺术，北非、地中海艺术等，以及佛教、伊斯兰教、道教等宗教艺术，等等。"草原丝绸之路"从长安出发，沿黄河流域北通蒙古高原，经西伯利亚大草原，抵达咸海、里海、黑海沿岸，乃至东欧地区，主要经过草原上的游牧人地区，所以称为"草原丝绸之路"。草原丝绸之路上形成了欧亚草原艺术体系，主要有青铜器等金属艺术品，马具、车具等各种配件饰物，草原石人像、动物艺术形象，草原族群服饰等艺术现象。"西南丝绸之路"，是中国西南地区的陆上交通道，贯穿四川、云南等地，经由缅甸出境，再连接印度、中亚、西亚和南亚诸地。形成丝绸（锦绣如蜀绣等）、服饰、瓷器、雕刻、建筑等特殊艺术现象。"海上丝绸之路"，始自中国沿海地区，经今东南亚、斯里兰卡、印度等国，抵达红海、地中海以及非洲东海岸等地，广义的海上丝绸之路东段到达韩国、日本,西段至法国、荷兰,还可达意大利、埃及,成为亚洲和欧洲、非洲各国经济文化交流的友谊之路。其艺术主要是中国瓷器、佛教及伊斯兰教艺术、建筑艺术等艺术现象。

丝绸之路艺术时空还指艺术形态自身发展变化延伸的区域,包括绘画、建筑、雕塑等造型艺术,纺织、染缬和服饰艺术,彩陶、青铜器、玻璃等以及民间工艺等器物艺术,音乐、舞蹈、戏剧等表演艺术,以及写本艺术、书法等艺术形态不断延展的区域。在长达几千年的兴衰演变过程中,其具体的生发、变异、兴衰和影响力是不同的,其"主体"地位也是不断更迭和流变的。比如,彩陶艺术是新石器中晚期的遗存,主要区域在中亚、西亚、地中海、中国等地;比如,建筑和雕塑艺术,在东西方有不同的表现形式,以希腊雕塑和建筑、中亚建筑、伊斯兰建筑等著称;比如纺织服饰和影响力,以中国的丝绸、波斯的地毯著称;比如器物,以中国的瓷器、中国和欧亚草原的青铜器、欧洲的玻璃制品著称,等等。而就整体性的艺术系统来说,以文明体、地域、国家、民族、宗教等为根基,形成不同的艺术体系,其时空也是具体的且不断变化的。

三 丝绸之路艺术的"单位"

丝绸之路艺术的"单位",不仅是指以什么构成具体的研究对象(研究单元),也关涉丝绸之路艺术史观及研究的思路和范式。如何辨析这些称谓和处理这些关系是必须要解决的问题。汤因比在《历史研究》中说:"历史研究单位既不是一个民族国家,也不是(在大小规模上处于另一端点的)人类全体,而是我们称之为一个社会的人们的某个群体。"[①] 历史上"发挥作用的力量并非来自一个国家,而是有着更

---

① [英]阿诺德·汤因比著,D. C. 萨默维尔编:《历史研究》,郭小凌等译,上海人民出版社 2016 年版,第 13 页。

广泛的动因。这些力量对每个局部都发生了作用。……一种同一的、总的动因会对不同的局部产生不同影响,因为每个局部都会以不同的方式,对同样动因所驱使的各种力量做出反应并起到自己的作用"[1]。同时他指出后来的文明与早期文明有"子嗣关系"。汤因比反对简单地将"国家"作为历史研究的单位,而以"文明"为单位作为历史考察的对象,符合对世界史或者人类发展史宏观把握的实际,这是他在历史研究领域的一个重要特点,也是重要贡献。他从横向空间区分出"文明"的单位,又从纵向时间揭示出文明的"子嗣关系",对于丝绸之路艺术研究单位的确立有直接的启发。

丝绸之路艺术研究从宏观整体性来说,与重要的文明体系有直接的关系,特别是早期,这种关系更加密切。但是,丝绸之路艺术研究的目的与一般历史研究有所区别,它要涉及多种复杂的艺术门类,描述多样的艺术形态,厘清多维度的艺术关系,揭示属于艺术史发展的轨迹。因此,要考虑到以下的因素。首先,在丝绸之路的历史发展中,国家、民族意识虽然已经形成,国家也已相继建立,但是,国家之间、民族之间的征战从未停止,从空间属地来说,古丝绸之路上的"国家"变动不居,民族不断融合迁徙,而艺术则相对独立并发展演化,又相互影响互融共存,难以笼统用划一的"单位"区分,所以,按照历史事实描述即为科学和客观。其次,艺术学,特别是艺术史与一般历史学、民族学、考古学等研究对象和目的不同,它要解决的主要是艺术的历史发展及其理论问题。艺术与历史、民族、政治、宗教等密切相关,通过艺术现象可以揭示其背后的这些因素,但是艺术又有相对独立性和自身形成的机制,因此,艺术史的研究和现象描述,需要观照这些领域,却以艺术本身为焦点。最后,尊重艺术史事实,客观描述,也是尊重艺术规

---

[1] [英]阿诺德·汤因比著,D. C. 萨默维尔编:《历史研究》,郭小凌等译,上海人民出版社 2016 年版,第 6 页。

律，唯其如此，才足见艺术在丝绸之路历史上的特殊价值与人类艺术史上的特殊地位，同时，避免不必要的研究方法和技术上的难题。

丝绸之路艺术研究的"单位"涉及文明体系、地域、国家、民族、宗教与艺术的关系，这些关系属于不同的体系和层级，而且往往互相重叠交织。

1. 文明体和地缘区域艺术。丝绸之路上出现过人类艺术史上重要的艺术形态和现象，它们联结着人类最主要的文明体系，比如，两河流域文明与美索不达米亚、巴比伦、亚述艺术，尼罗河流域文明与埃及艺术，地中海文明与希腊—罗马艺术，印度河和恒河流域文明与印度艺术，黄河流域文明和长江流域文明与中国艺术，等等。另外，丝绸之路艺术的一些重要现象和"单位"称谓也与地缘区域关系密切，如欧亚草原艺术、阿拉伯—波斯艺术、东方艺术、中亚艺术、西亚艺术等；有些艺术现象与丝绸之路的交汇点相关，如伊斯坦布尔、撒马尔罕[①]、西域与龟兹、河西走廊与敦煌，等等。

2. 宗教艺术。宗教与艺术的深度融合，构成丝绸之路艺术的特殊领域，形成自成体系的艺术现象。如琐罗亚斯德教（祆教）艺术、犹太教艺术、摩尼教艺术、基督教艺术、东正教艺术、佛教艺术、印度教艺术、伊斯兰艺术、道教艺术，等等。

3. 民族艺术。如苏美尔人艺术、粟特人艺术、华夏民族艺术、俄罗斯民族艺术、阿拉伯艺术，等等。

4. 国别艺术。如埃及艺术、印度艺术、波斯艺术、希腊—罗马艺术、中国艺术，等等。

---

① 蓝琪《金桃的故乡——撒马尔罕》一书指出："乌兹别克斯坦科学院考古研究所和撒马尔罕国立大学考古研究所与法国、意大利、日本等国的考古队对撒马尔罕城进行了长期的考古发掘，得出结论：'在西方文明中，古雅典和古罗马的地位和作用非常重要，在中亚文明的产生和发展过程中，撒马尔罕城的地位和作用同样很重要，它可以与古雅典、古罗马相提并论。'"见蓝琪《金桃的故乡——撒马尔罕》，商务印书馆2014年版，第5页。

丝绸之路的艺术现象，有很多是承续、交叉、重合的关系，如何划分丝绸之路艺术研究"单位"，很大程度上取决于研究主体的着眼点和视域。是整体性宏观研究，还是差异性局部研究？是着重于艺术本体研究，还是着重于艺术见证历史？也就是说，丝绸之路艺术的研究，有一个潜在的试图发现什么的问题。笔者曾认为，丝绸之路艺术研究所要回答的主要问题是：丝绸之路艺术对于人类发展有什么重要意义？人类在丝绸之路这一广阔的时空中的艺术发展，通过怎样的交流、融合、相互影响而出现新的艺术样态和现象？丝绸之路艺术作为一个整体，怎样艺术地、多样地表达了人类几大文明的交汇及其精神情感，其宏观、中观与微观变化的演进过程和结果如何？有哪些值得总结和珍视的艺术现象和经验？在当时具有怎样的积极意义，对后世产生了怎样的深远影响？丝绸之路艺术交流的丰富性及古今相通性，可以为当代人类艺术的发展提供怎样的借鉴？其总体问题是丝绸之路艺术与人类的关系。

问题导向和艺术史本体的交汇点的契合，决定了不能简单地选择，而要综合地观照，避免笼统、划一使用某种"单位"概念。应依时间的推移为线索，以丝绸之路艺术自身的历史进程中的艺术现象为自然"单位"，根据实际情况审慎地使用"文明""地区""宗教""民族""国家"等概念，展示丝绸之路艺术的丰富性、关联性和传承创新性。

论艺术中的"准不可能"世界

赵毅衡

时间：2018.09.07

地点：E126 会议室

主讲人简介：赵毅衡，四川大学文学与新闻学院教授，博士生导师，符号学—传媒学研究中心主任，《符号与传媒》（CSSCI）主编，"符号学开拓丛书""当代符号学译丛"主编。专注于形式论研究 40 余年，在比较诗学、新批评、符号学、叙述学、意义哲学等领域著作甚丰，发表论文 300 余篇，著作 30 多本。主要著作有《远游的诗神》《新批评》《文学符号学》《苦恼的叙述者》《当说者被说的时候》，The Uneasy Narrator：Towards a Modern Zen Theatre，《礼教下延之后》《对岸的诱惑》《意不尽言》《符号学：原理与推演》《广义叙述学》《哲学符号学》等。2013 年起担任国家社科基金重大项目"当今中国文化现状与发展的符号学研究"首席专家。

摘要：艺术中的不可能世界，与逻辑学中的相应概念非常不同。明确其中的区分，是在艺术学中讨论可能世界问题的前提。艺术的创造与解释必然有强烈主观性，不宜从逻辑上深究这些文本世界的实在品格。艺术中可以出现许多种类的不可能因素，经常见到的诸如：常识上的不可能、分类学的不可能、反事实历史的不可能、叙述结构的不可能等。艺术文本必然一方面与经验实在世界通达，另一方面深入逻辑上不可能却在艺术创作中可能的情节，本文称之为"准不可能世界"。由此所形成的艺术文本的大跨度张力，不仅没有使艺术崩解，反而造就了艺术的特殊存在理由以及不断求新的追求。

关键词：可能世界；不可能世界；准不可能世界；实在世界

本文同名发表于《文艺研究》2018 年第 9 期。

本文与已发表论文有细微区别。

一　多种不可能世界

当代学界关于可能世界的讨论，已经延续了大半个世纪。1957 年逻辑语义学家康哲提议：可以从模态语义逻辑学重新审视 18 世纪莱布尼茨的可能世界神学命题。①克里普克、辛提加等人几乎立即跟进，引发讨论热潮。刘易斯的《论世界的复数性》②出版于 1986 年，而符号学家艾科 1979 年的名著《读者的角色：文本的符号学探究》提出把可能世界理论应用于文学艺术。③中国最早在艺术学中应用可能世界理论的是 1991 年傅修延的论文。④这个课题吸引了不少中外学者持续的兴趣，讨论至今远远没有结束，无论在逻辑学界还是叙述学界，无论是在中国还是在西方。其原因在于，论者在一系列重大问题上有分歧，应用的领域也有所不同，往往新的论说试图把旧问题说得更清楚一些，却引发了更多问题。

本文重新讨论可能世界课题，目的是提出两个新的观点：一是提出"准不可能性"（quasi‐impossibility），二是解释准不可能性与艺术的关联，以及此种关联的诸方式。为了说清这个问题，本文不得不回顾有关概念的来源，以及前人的某些看法，但是对这些将尽量从简，因为集中讨论的是艺术中的"准不可能"这个特殊问题。

任何关于可能世界的论说，必须在两边划出界线：一方面是与实在世界相区别，另一方面是与不可能世界相区别。如果能说清与这两个的差别，此种理论就立住足了。莱布尼茨说："因为这个现存世界是偶然

---

① Stig Kanger, "On the Characterization of Modalities", *Theoria*, Issue 2 (1957), pp. 152–155.

② David Lewis, *On Plurality of the Worlds*, Oxford: Blackwell, 1986.

③ Umberto Eco, *The Role of the Reader: Exploration in the Semiotics of Texts*, Bloomington: Indiana University Press, 1979.

④ 傅修延：《叙述的挑战：通往"不可能的世界"》，《文艺研究》1991 年第 4 期。

的，而无数其他世界也同样是可能的，也同样有权要求存在，这个世界的原因必定涉及所有这些可能世界，以便在它们之中确定一个并使之现实存在。"① 形成这个可能世界的"充足理由"，无论充足到何种地步，也不应当在这个世界之外适用，不然这个世界的边界就不清晰。刘易斯强调，逻辑上的可能世界，必须是独立的，甚至是孤立的②，不然它就只是一个更大的世界的一部分。

莱布尼茨对可能世界的描述，在神学上逻辑很严密，却给艺术研究留下太多的问题。莱布尼茨的原话是："上帝按照指导其行为的无限智慧将一切都做成所有可能事物中最好的。"③ 在这个申言中，"可能事物"是事物，还是仅仅是事物的语言表述或符号再现？再现本身很难是一个世界。例如，艺术文本中的世界不可能具有存在的本体性，我们只能讨论被艺术再现的世界是否具有可从经验现实世界获得可相类比的本体性。这样对比考虑，问题就简化了。

因此，讨论艺术中的可能世界，其任务与逻辑中的讨论正好相反，即需要说清艺术可能世界与其他世界（实在世界、其他可能世界、不可能世界）是如何联系的。因为任何符号再现本质上是片面的，艺术本质上是个提喻，是某个世界的一角。例如，艺术再现的现实世界不可能与现实世界一样细节无限。因此，讨论艺术中的可能世界，不像逻辑的可能世界那样必须孤立出来，艺术再现文本必是兼跨、通达若干世界的。

关于可能世界的本体性，语义逻辑学家有三种观点。首先是刘易斯的"激进实在论"，认为可能世界虽然是抽象的，却与我们生活于其中的实在世界一样真实地存在。④ 这种观点的正确与否又当别论，上文说

---

① ［德］莱布尼茨：《神正论》，段德智译，商务印书馆 2016 年版，第 128 页。
② David Lewis, "On the Possible Worlds", in Chen Bo and Han Linhe (eds.), *Logic and Language: Analects of Analytical Philosophy*, Beijing: Dongfang Publishing House, 2005, pp. 624 – 672.
③ ［德］莱布尼茨：《神正论》，段德智译，商务印书馆 2016 年版，第 207 页。
④ David Lewis, "On the Possible Worlds", in Chen Bo and Han Linhe (eds.), *Logic and Language: Analects of Analytical Philosophy*, Beijing: Dongfang Publishing House, 2005, p. 653.

过,它不适用于本文讨论的艺术中的可能世界。① 其次是克里普克的"温和实在论",认为可能世界只是一种"非真实的情形"②,也就是说,可以有其事,但非真实世界的事。最后是卡尔纳普的"反实在论",认为可能世界只是一种说话方式,"谈论可能世界,就是谈论语句的极大相容命题集"③。这种立场又称作"工具论",即处理真假关系的一种手段。对于本文来说,后两种立场都是可以采纳的,它们并不截然对立:在艺术学讨论中,可能世界理论只是检讨艺术文本描述的世界在何种意义上可以成立。由此用来处理艺术学最难的问题:虚构。"虚构作品可以视为对现实世界之外的可能世界的真实情况的描述。"④ 如果要求艺术中可能世界为真,最多是可以与真实世界比拟性地相应。本文会详细讨论此种相应关系。

另外,我们看可能世界如何与不可能世界相区别。逻辑学者认为,任何不违反基本逻辑的世界都可以是可能世界,而不能违反的基本的逻辑规律,不外乎矛盾律和排中律。矛盾律要求在同一个命题中,互相否定的思想不能同时是真的,即不能对一个对象既予以肯定,又予以否定,例如不能说"他来了但是没来"。一个命题中的两个描述词不能互相否定基本定义。排中律规定,在同一命题中,两个互相否定的思想必定只有一个是真的。例如不能说"两人同时都比对方矮"。这种逻辑的不可能,称作"绝对不可能"。

而一般人认为,违反基本常识或科学就是不可能的。这是"不可能"一词本身的语义分歧引发的混乱,实为"反直觉"(counter-intuitive)⑤,

---

① 见上引刘易斯书第八章"元叙述中的符用策略"("Pragmatic Strategy in a Metanarrative")。艾科早就指出,刘易斯虚构文学文本的"真"与逻辑语义学大不相同(Umberto Eco, *The Role of the Reader: Exploration in the Semiotics of Texts*, Bloomington: Indiana University Press, 1979, p. 134)。
② [美]克里普克:《命名与必然性》,梅文译,上海译文出版社2005年版,第16—17页。
③ 转引自陈伟《论可能世界语义学的主要哲学问题》,《社会科学辑刊》1998年第6期。
④ Rod Girle, *Possible Worlds*, Bucks: Acumen, 2003, p. 35.
⑤ Elana Gomel, *Narrative Space and Time: Representing Impossible Topologies in Literature*, London: Routledge, 2014, p. 5.

如物理与生理的不可能、分类学的不可能、反已成事实的不可能。这里就是艺术学与逻辑学的不同：因为艺术文本经常包含了这几种不可能。本文的目的就是把这几种"常识不可能"与一部分"绝对不可能"合为一个"艺术准不可能"集合。用这种方式，艺术的讨论可以与语意逻辑的可能世界讨论保持一定距离，在艺术学中开拓出一个新阵线。

有论者把不可能世界理论的兴起，看作人类认知从"牛顿式绝对空间的匀一世界"，进入相对论的时空扭曲、黑洞理论，量子力学的平行空间、量子纠缠的复杂世界[1]，似乎可能世界理论是人类的科学观与宇宙观演变的结果。然而，物理世界的边界，并不是艺术世界的边界，艺术只是受到某些物理新说法的刺激，借此做文章而已：科技上人类至今没有登上火星，也没有做到时间旅行；而艺术上人类早就穿越黑洞，进入平行宇宙。艺术如果跟着物理学变化，那就是让艺术由"物理可能"来划定想象的边界，显然不可取。本文讨论"准不可能世界"理论，完全不必牵涉现代物理。

关于艺术可能世界的讨论，推动力来自当代艺术本身。小说、电影、游戏等体裁，情节令人瞠目结舌的新花样（例如穿越剧），需要的是一个有解释力的艺术理论。当代物理学的进展可能与此有关，但这些关联是间接的。科幻不必需要科学上的可能性，与科普完全不同。

艺术学的可能世界理论，是在艺术学中挽救理性。传统的理性主义很难解释"准不可能世界"这样非实在的"真"。这样一来，就无法说清人类有什么必要着迷于这种看来无意义的文本，也无法说明此类艺术文本如何成为当代文化中的重要体裁。因此，本文提出的"准不可能"论，目的是对当代艺术光怪陆离的非理性情节作出一个常识能解释的理解。

---

[1] Elana Gomel, *Narrative Space and Time: Representing Impossible Topologies in Literature*, London: Routledge, 2014, p. 6.

二　可能世界的主体性

同样，讨论艺术学的可能世界也不得不与语义逻辑学保持距离。艺术世界的品格不是逻辑性的，而是想象的。任何艺术再现的世界，都有强烈的主体性，都以意识的强大的想象力为基础。这里不仅是指再现主体（艺术家）的创造想象力，也指艺术接受者的解释想象力。我们讨论的艺术可能世界或不可能世界，都是指它们的艺术再现，我们讨论的是文本，文本只是心灵的再现。① 艺术可能世界是想象的产物，绝大部分艺术可能世界并没有文本之外的存在。哪怕艺术作品有物质存在，也不能保证它们在意识中的实在，一旦脱离了想象力，它们就崩解了。用符号学的基本理论来说，这些再现的符号文本跳过了对象，直接指向了解释项。也就是说，再虚幻的艺术也是有意义的，只不过不一定具有指称意义。所有的艺术文本，多少都有跳过指称的倾向。② 某些意指方式令人困惑的艺术体裁，如无标题音乐，如抽象艺术，是有意义但躲开了实指性的典型。

实在世界具有本体性，不由意识而变化，无论再现者或解释者想法如何，实在世界是客观存在的。这个观点是无法挑战的。③ 问题只在于：人的意识如何能认识这样一个实在世界？我们认识实在世界"真相"的方式，是通过媒介再现。按照皮尔斯的说法，就是意识通过符号叠加，认知累积起来，"把自己与其他符号相连接，竭尽所能，使解释项能够接近真知"④。多次意义活动积累，意识就能融会贯通地理解

---

① Elena Emino, *Language and World Creation in Poems and Other Texts*, London: Routledge, 2014, p. 87.
② 陆正兰:《论体裁的指称距离》,《文学评论》2012 年第 4 期。
③ 赵毅衡:《哲学符号学：意义世界的形成》,四川大学出版社 2017 年版,第 16 页。
④ [美]查尔斯·皮尔斯:《论符号》,赵星植译,四川大学出版社 2014 年版,第 15 页。

事物。

实在世界与可能世界的不同点在于，它可以被一再认识、重复认识，而且多重证据重复印证核实，甚至多人印证、多代人印证。如此一来它具有了唯一性。这点是任何其他想象的可能世界都做不到的。但是意识欲理解实在世界，一样要通过重复再现，包括艺术再现。① 用符号文本再现的世界无论是实在的还是虚构的，都需要主体化，因为人类掌握实在世界也要通过想象力。因此，实在世界落实于层层认知的终点，而不是在认识中一开始就尽显本体性。

而可能世界完全是围绕主体意识活动而产生的，艺术可能世界只是主体周围世界中有艺术意义的部分。这种世界的边界就是文本包容的边界。说到底，艺术再现的是人的想象，艺术的解释是人的理解领会，因此艺术中的世界必定是人的世界。哪怕最奇异不可解的情节，也是人的意识关注的结果。②

三　不可能世界

想象力虚构的边界实际上无法控制，因此也就不可能规定艺术文本只局限于实在世界或逻辑可能世界，也就无法禁止艺术文本进入各种违反常识的情景。艺术中的不可能世界，可以分成各种相对异常的反常识世界，以及绝对的逻辑不可能世界。它们构成了一个"准不可能"连续带，其种类之多，很难清晰地分类描述。可以说，各种不可能实为艺术文本的特有品格。下文对艺术文本中各种不可能的描述，尽可能按照它们的反常识性程度排列，直到逻辑上的绝对不可能情景进入艺术文本。

---

① 薛晨:《认知科学的演进及其符号关系的梳理》，《符号与传媒》2015 年第 11 辑。
② Jan Alber, "Impossible Worlds and What to Do with Them", *Storyworld: A Journal of Narrative Studies*, Vol. 1, 2009, pp. 79 – 93.

第一种，最容易见到的艺术不可能世界，经常被称为"物理不可能"（physical impossible），也可以译为"身体不可能"①。物理学与生理学早已进展到常识不可及的阶段，但是艺术作品的观众并非物理学或生理学专家，而是具有常识的普通人。逻辑学家莱舍讨论过"狗有角"之类的命题，认为这是一种"靠心想的非存在可能"（mind-dependent non-existent possibilities）②，也就是只有在主观想象中的可能。对于各种可能，经验自然科学可以用实验确认其真，数学或逻辑可以用证明确认其真，而艺术文本只有用经验实在世界的常识证明其真。也就是说，对照生活经验即知其伪，因为常识不可能实际上是一种粗略的猜测。多勒策尔认为这种"事物之不可能，只是不可能实例化（actualized）"③，并不是逻辑上不可能。

钱锺书在讨论"不可能"时多次引用佛教著述，显然因为佛经想象力丰富。他引用《大般涅槃经》"毕竟无：如龟毛兔角"，认为是"事理之不可能"④。今日我们关于世界的经验比古人宽阔得多，我们知道存在背上寄生藻类的"绿毛乌龟"。任何幻想能想象的东西，难说未来绝无可能，因为未来是无限的。19世纪后期法国科幻作家凡尔纳小说里说到用电线传送文件，当时的确算是幻想狂放，现在电传文件已经是过时技术，科幻小说要想象的已经是用电线传送人。由此可以推断，所谓"常识不可能"，实际上只是就我们目前暂时的技术而言不可能而已。

第二种，是违反众所周知而且文献上无法推翻的历史事实。例如问："如果李自成战胜清军，现代中国历史会如何发展？"历史事实是

---

① 刘帅：《"可能世界"理论视野中的武侠世界》，《理论观察》2009年第3期。
② Nicholas Rescher, "The Ontology of the Possible", in Milton Munitz (ed.), *Logic and Ontology*, New York: New York University Press, 1973, p. 169.
③ Lubomir Dolezel, "Possible Worlds and Literary Fictions", in Sture Allen (ed.), *Possible Worlds in Humanities, Arts and Sciences: Proceedings of Nobel Symposium 65*, New York: De Gruyter, 1989, p. 221.
④ 钱锺书：《管锥编》卷二，生活·读书·新知三联书店2007年版，第922—923页。

不可改变的已成事实,它们是实在世界最坚实的部分。但历史事件的发生充满了偶然,斯塔尔纳克甚至认为:"没有必然的事后命题,也没有偶然的事先命题。"① 发生的必有偶然性,尚未发生的具有必然性才值得说。因此,发生的事件实际上是许多可能的演变路线中唯一被实例化的,既成事实并无绝对的必然原因。这就是为什么其他没有被实例化的事件,可以在想象中构成反事实的可能世界。

此种以假定开场的虚拟历史,已经成为艺术再现的一种重要亚体裁。假定希特勒考上维也纳艺术学院,世界历史将如何?如果得出的结论为正面的,第二次世界大战或许可以避免,则称为"向上反事实历史";认为历史不因个别人事而改变,则称为"向下反事实历史"。这不仅是一种想象游戏,因为它会揭示世界历史中的一些重要因素,例如帝国主义国家是否注定形成大规模暴力冲突。② 有人称之为"近在隔壁的可能世界"(nearby possible worlds)③,看来是纯粹幻想的可能世界,却差一点实在化,此类艺术文本是可能世界与实在世界的奇特拼合。

第三种不可能,常称为"分类学上不可能"(taxonomically impossible)。它在各种文艺作品中出现得太多了:南瓜制成的马车,会飞翔的书本,能预言的瓶子,变成虫的人,越活越年轻的老者,不死的"妖猫",它们在任何民族的叙述中自古皆有,以奇思挑战时空观念,并非后现代小说之禁脔。分类学上的不可能是虚构的丰沃土壤,是任何奇幻艺术的出发点。瑞恩认为此种情节"不能说绝对没有可能,而是实现此种可能性的或然率极小"④。如此常见多发的情景,应当说读者

---

① Robert Stalnaker, "On Considering a Possible World as Actual", *The Aristotelian Society Supplementary*, 75: 1 (2001), p. 141.

② Niall Fergusson (ed.), *Virtual History: Alternatives & Counterfactuals*, London: Macmillan, 1998.

③ https://plato.stanford.edu/archives/spr 2013/entries/leibniz - modal/.

④ Marie - Laure Ryan, *Possible Worlds, Artificial Intelligence, and Narrative Theory*, Bloomington: Indiana University Press, 1991, p. 538.

容易理解,却难做逻辑解释。我们的解读往往采用阿尔博称作"联合脚本式阅读"(blending scripts)的方法①,即把不可能情节与实在经验分开读。例如老鼠在猫群中称帝,鼠称帝于猫国绝无可能,乱臣贼子称帝却屡见不鲜,让我们很容易常识性地理解这种不可能。

另一类分类学上的不可能更为复杂,但是依然极为常见,那就是文本由各种奇奇怪怪的叙述者说出来或写出来,但是他们不可能作为叙述源头出现在文本中。② 这样的叙述者非常多,如亡灵的讲述,狗的自传。也许最出格的是土耳其作家奥尔罕·帕慕克的《我的名字叫红》,各章节换一个叙述者,叙述者身份却越来越不可能:"我是一个死人";"我是一条狗";"我是一棵树";"我是一枚金币";"我的名字是死亡"。这里更需要"联合脚本式阅读",叙述声源绝无可能实在,叙述本身却线路清晰。

总结以上各种情况,可以发现可能世界范围之宽超出一般想象。以上的种种不可能过于异常,却并没有违反逻辑。所有体能上或技术上的不可能只是违反常识。除了逻辑上的不可能世界,大多数俗称为"不可能"的,只是不同程度的反常。说清这个问题非常重要,因为艺术是心灵活动。没有心理上的不可能,因为想象力没有边界。

个体的心理、欲望、梦幻等无须实在化,因此心理意识完全淹没在可能性之中。考虑到意识的无远弗届,就不可能出现心理上的不可能;哪怕是逻辑不可能,心灵活动中(例如梦中)也有可能。由此,公认为绝对不可能的逻辑不可能,即任何一种证实方法都不可能解释的情景,也只是心理上不可接受的事件。

---

① Jan Alber, "Impossible Worlds and What to Do with Them", *Storyworld: A Journal of Narrative Studies*, Vol. I, 2009, pp. 79–96.

② Brian Richardson, "Beyond Story and Discourse: Narrative Time in Postmodern and Nonmimetic Fiction", in Brian Richardson (ed.), *Narrative Dynamics: Essays on Time, Plot, Closure and Frames*, Columbus: Ohio State University Press, 2002, pp. 47–63, 56.

由此我们看到第四种艺术"准不可能",即十足的逻辑不可能,它在艺术文本中也会出现。例如钱锺书引用的各种"名理之不可能"(logical impossibility),如"狗非犬""白狗黑"。他引《五灯会元》的"空手把锄头,步行骑水牛",以及"无手人打无舌人,无舌人道个什么"①。傅修延引过的童谣《未之有也》:"一树黄梅个个青,响雷落雨满天星;三个和尚四方坐,不言不语口念经。"② 这些逻辑不可能,与乔姆斯基挑战语义学的著名怪句"无色的绿色思想狂暴地沉睡"有点相近。福柯认为乔姆斯基这个句子并非完全无意义,只不过必须放在某些特殊情境中来理解,例如"叙述一个梦境"或"一段诗"等。③

实际上逻辑不可能的情节,在叙述艺术中越来越常见,在近年中国电影中数量增加很快。例如时间旅行情节,一个多世纪以来从科幻小说满溢入各种小说,此后为电影所钟爱。前文说过,技术上的不可能未来有可能实现,时间旅行今后也可能实现。刘易斯认为时间旅行"诡异,但并非'不可能'"④。的确,时间旅行不一定会卷入逻辑不可能:从过去跨越到现在(如电影《永远不老的人》),从现在跨越到未来(如电影《火星救援》),都不会引发逻辑不可能,因为时间本是向未来前行的,这些诡异故事只是时间加速减慢。真正的逻辑困难产生于乘坐所谓"时间机器",或穿越所谓"兔子洞",回到过去,即钱锺书先生引用的"今日适越而昔来"⑤。此时就会因为改变了过去导致"出发世界"(此刻的现在)不复存在,从而卷入因果倒置。所谓"祖母悖论"(爱上祖母)、"婴儿悖论"(杀死小时候的自己)就是说,对过去的任何改变都会让此刻出发的主体消失,让穿越根本无法开始。穿越之所以引出不可

---

① 钱锺书:《管锥编》卷二,生活·读书·新知三联书店2007年版,第922—923页。
② 傅修延:《叙述的挑战:通往"不可能世界"》,《文艺研究》1991年第4期。
③ 同上。
④ David Lewis, "The Paradoxes of Time Travel", *Philosophical Papers*, Vol. 2, New York: Oxford University Press, 1986, p.67.
⑤ 钱锺书:《管锥编》卷二,生活·读书·新知三联书店2007年版,第922页。

能叙述,并不是物理技术上今后绝对不可能,而是逻辑上不可能。它用"后理解"替代了所有认识所必需的"前理解",由此艺术文本违反了因果律:必要的理解既在事后又在事前。

于是所有的穿越都落入了几乎公式化的情节:挽救现在。主人公努力改变过去,以维持既成事实的历史,用来保证目前状况的现在,在一系列平行可能中,主人公"帮助"历史做了引向今日的实在世界的选择。在电视剧《步步惊心》中,今日白领女郎穿越变成清廷贵妃,设法通过自己对历史(雍正将即位)的了解,去缓和"九子"之间的矛盾,但最终却只能是增加了故事的情节。主人公用未来的"前理解"改变过去,反而推进历史的"既成事实"之形成。这依然是一种不可能与实在之间的"联合脚本式阅读",但在道义上却很可疑。

现代视觉艺术与图像理论提供了明确的不可能世界的例子。贡布里希与维特根斯坦关于"鸭兔画"的不同观点说明,"既此亦彼"违反矛盾律的不可能,而实际上是可以理解的。[1] 贡布里希坚持格式塔心理学,认为在同一次解释中不可能做两种不同的完形理解,维特根斯坦却认为我们同时看到鸭和兔子。张新军举过马格利特的名画《空白签名》作为例子。[2] 其中树林与骑马女士背景与前景互相切割,这也可以说是违反逻辑的:既然是背景,就不能是非背景(前景)。背景与前景、凸出与凹入互换并存,在艺术中可以用"部分搁置"的办法做常识理解。[3] 一次解释引发双解,此种图像挑战视觉常识,它们不是古典意义上的"错觉"(trompe l'oeil),那是以假作真。不可能图景是以假作

---

[1] 贡布里希认为:"我们在看到鸭子时,也还会'记得'那个兔子,可是我们对自己观察得越仔细,就越发现我们不能同时感受两种更替的读解。"(贡布里希:《艺术与错觉》,林夕、李本正、范景中译,浙江摄影出版社1987年版,第4页)维根斯坦认为并非看到鸭就不可能看到兔,看到兔就不可能看到鸭,他认为鸭兔实际上并存。(Ludwig Wittegenstein, *Philosophical Investigation*, London: Blackwell Publishers, 2001, p. 45)

[2] 张新军:《可能世界叙事学》,苏州大学出版社2011年版,第57页。

[3] [荷]布鲁诺·恩斯特:《魔镜——埃舍尔的不可能世界》,田松、王蓓译,上海科技教育出版社2002年版。

假。由此可见，现代艺术的确深深卷入逻辑不可能。

最复杂的一种不可能，或许是艺术文本结构的不可能，即所谓"回旋跨层"。笔者三十年前就曾讨论过此种小说逻辑上的困难。① 当小说中的一个人物变成叙述者（开始讲故事），就出现了叙述分层，他的故事时间上必然发生在他讲述之前，因为叙述行为产生叙述。在叙述文本创造的世界内部，叙述文本不可能是虚构，例如在"石兄"的讲述中，贾宝玉不是虚构。胡塞尔说"虚构意识本身不是被虚构的"②，的确如此，因为虚构世界中无法说到虚构，叙述行为对被叙述世界而言是实在的。而当小说中的人物开始做小说，虚构本身就被虚构了：虚构的叙述主体既是主体又是客体。③ 而在回旋跨层（所谓"怪圈叙述"）中，这样一个叙述主体，竟然被自己的叙述创造出来，就更违反了逻辑，他既是可能世界的创造者，又是可能世界中的被创造者，因此是一个逻辑不可能主体。

《镜花缘》第一回，百草仙子说小蓬莱有一玉碑："此碑内寓仙机，现有仙吏把守，须俟数百年后，得遇有缘，方得出现。"第四十八回，唐小山来到小蓬莱，居然见到此碑，发现"上面所载，俱是我们姊妹日后之事"，于是用蕉叶抄下。宠物白猿竟然拿着观看，唐小山托它"将这碑记付给有缘的"。"仙猿访来访去，一直访到太平之世，有个老子的后裔……将碑记付给此人。此人……年复一年，编出这《镜花缘》一百回。"④ 此处出现的，是类似《红楼梦》的叙述分层，唐小山如空空道人抄写玉碑文字；白猿如空空道人作传递；老子后裔担任曹雪芹的编辑角色。不同的是，《红楼梦》复合叙述者集团由超叙述层次提供，

---

① 有的论者称之为"叙事违例"（diegetic violation），见 William L. Ashline, "The Problem of Impossible Fiction", *Style*, Issue 2 (1995), p. 5。
② ［德］胡塞尔：《纯粹现象学通论》，李幼蒸译，商务印书馆1992年版，第127页。
③ 方小莉：《形式犯框与伦理越界》，《符号与传媒》2017年第14辑。
④ 李汝珍：《镜花缘》，华夏出版社1994年版，第246页。

没有逻辑矛盾。《镜花缘》却是由叙述本身提供的,从唐小山蓬莱抄碑之前"数百年"的石碑,写到唐小山到蓬莱抄碑。此时,叙述的回旋跨层不再是分层的产物,而成为分层的前提,分层消失于跨层之中,被叙述的事件既发生在叙述行为之前,又发生在叙述行为之后。应当说,这是绝对反因果逻辑的。

此种回旋分层在晚清小说《官场现形记》《轰天雷》等中都有。其实此手法古今中外非常普遍,小说经典如《堂吉诃德》[1],魔幻现实主义如《百年孤独》[2],都如此做回旋分层。1990年笔者的文章《吞噬自身的文本:中国小说的回旋分层》[3] 得到的同行回应是:此为"作者笔误",并非叙述学研究的课题。但是后现代先锋小说和影视中,此种怪圈成了常用的情节组织方式,而且越来越多。[4] 在当代中国电影中,如《记忆大师》《夏洛特烦恼》等,叙述怪圈已是常见的情节,可以用常识理解的情节构筑。

以上五种不可能,从常识不可能,到历史事实不可能,到分类学不可能,到逻辑不可能,到文本结构本身的不可能,前三种是"类不可能",即常识中不可能,逻辑上依然可能,并不是绝对的不可能;而后两种是逻辑的绝对不可能。但是所有这些不可能,对于艺术虚构文本,不管作为内容因素,还是形式因素,都在大规模地使用,甚至整个文本以此为基本架构。因此它们是一种艺术可能,成为欣迪加所谓"不可能的可能世界",即"常人看起来可能,却包含不可避免的矛盾"[5]。而艺术文本,尤其是电影,只需要"常人"觉得可能,不需要逻辑学家

---

[1] 陈彦龙:《〈堂吉诃德〉中的回旋分层》, http://www.semiotics.net.cn/search_show.asp? id=907。

[2] 董明来:《从〈百年孤独〉看回旋分层》, http://www.semiotics.net.cn/search_show.asp? id=1381。

[3] 赵毅衡:《吞噬自身的文本:中国小说的回旋分层》,《文艺研究》1990年第3期。

[4] William L. Ashline, "The Problem of Impossible Fiction", *Style*, Issue 2 (1995), p. 5.

[5] Jaakko Hintikka, "Impossible Possible Worlds Vindicated", *Journal of Philosophical Logic*, Issue 4 (1975), pp. 475-484, 477.

赞同。

这五种情况的共同品质，是艺术文本特有的"准不可能"性。问题虽然是现在提出的，现象却是古已有之，因为它们是艺术想象、再现与理解所需的最基本品质。应当说，多少具有准不可能性，正是艺术虚构的基础，因此这是艺术学讨论不应回避的题目。

对这种特殊的艺术专用不可能，各论家观点很不相同。一些论者认为可以允许但不可取。例如多勒采尔，他认为："文学虽然提供了建构不可能世界的手段，但却以挫败整个事业为代价。"他的意思是读者无法把不可能的虚构作品"自然化"，即不可能用实在世界的经验理解。[①] 迈特尔也持相同意见："不是说这种作品没有价值，而是除了高度娱乐性之外，它们使我们质疑不可能性概念本身。"[②] 这两位叙述学家在为艺术的不守规矩道歉。也有些论者认为，逻辑不可能完全可以出现于虚构文本之中。专门研究后现代小说的麦克黑尔提出："艺术的任务之一，就是对世界与世界的构筑方式提出批判，因此逻辑不可能名正言顺地成为虚构的一部分。"[③] 这就是为什么本文从一开始就强调：本文讨论的只是艺术文本现象，为尊崇逻辑学，称之为"不可能"，为保持艺术学的独立性，称之为"准不可能"。

艺术的虚构世界可以描述各种不可能世界，包括逻辑不可能世界。因为艺术想象的特点是"三界通达"：任何艺术虚构必然要"比喻性地"借用人们在实在世界中积累的经验材料，不然解读者无法获得识别理解所需要的最基本的"前理解"。[④] 同时，意识可以畅行无阻地通

[①] Lubomir Dolezel, "Possible Worlds and Literary Fictions", in Sture Allen (ed.), *Possible Worlds in Humanities, Arts and Sciences: Proceedings of Nobel Symposium 65*, New York: De Gruyter, 1989, p. 239.

[②] Doreen Maitre, *Literature & Possible Worlds*, London: Middlesex Polytechnic Press, 1983, p. 178.

[③] Brian McHale, *Postmodernist Fiction*, London: Routledge, 1987, p. 33.

[④] 文一茗：《意义世界初探：评述〈哲学符号学〉》，《符号与传媒》2017年第14辑。

达各种可能世界与不可能世界。欣赏者得到的精神上的兴奋之感,就来自艺术的特殊思想张力。

从文艺哲学考察,逻辑的可能世界理论,就完全变了一个样子,不再有必要纠缠于各种可能世界的本体实在论(因为再现是符号文本,不会具有本体性),也不必讨论刘易斯所谓"每个可能世界独立论"(因为符号再现的本质是"片面性"),甚至把各种不可能性都翻转成可能性。由此,本文郑重其事讨论此种不可能之艺术可能,而且因为此种"准不可能"在中国当代艺术中出现得越来越频繁,特提请学界共同关注。

汉语因果复句的原型表达

董佳

时间：2018.09.15

地点：E126 会议室

主讲人简介：董佳，女，汉族，陕西西安人。2010 年毕业于北京师范大学，获文学博士学位。现任西安外国语大学中国语言文学学院副院长，硕士研究生导师。研究领域有语义学、认知语言学、应用语言学等。在《陕西师范大学学报》《西北大学学报》等期刊上发表论文多篇，承担校级科研项目 1 项，陕西省教育厅科研项目 1 项。为本科生开设"现代汉语""应用语言学""语言学概论""西方语言学史""现代汉语语法研究"等课程，为研究生开设"语义学""学术规范与论文写作""语言学方法论"等课程。主要研究成果：《汉语因果复句的原型表达》《宋词中的颜色词语》《古典诗词中颜色词的语义特点》《宋词中颜色词的审美功能》《浅析宋词中的颜色词"青"》《浅析宋词中的颜色词"白"》等。

摘要：一直以来，"因为……，所以……"在各类教材中往往被描述为最普遍最典型的因果类复句形式。但事实上，教科书上的描述与人们实际语言中的使用情况却存在一定差距：从对实际语料的统计来看，两个关联词同时出现的因果复句数量其实非常有限，而常被看作特殊的、非典型的因果句语序形式"……，因为……"的出现频率却远远高于其他形式。研究认为，语言表达上的因果关系有别于逻辑上的因果关系。后者强调因果之间的必然性联系，而前者则不强调这种必然联系，而是以人们的主观认识为依据来表现因果关系。同时，"……，因为……"目前仍被看作一种语用的凸显格式，但这种"语用语序"已经越来越普遍地被人们所使用，表现出"语用法的语法化"趋势。

关键词：汉语因果复句；凸显语序；语义关系及表达功能

本文同名发表于《陕西师范大学学报》（哲学社会科学版）2012年第3期。

本文与已发表论文有细微区别。

一 引言

（一）认知心理学有关因果推论的研究

因果推论是人类社会的基本逻辑之一，哲学上把因果关系定义为"引起"和"被引起"的关系，原因在先，结果在后（简称先因后果）是因果联系的特点之一。

约翰·B.贝斯特的《认知心理学》是在认知心理学方面影响较大的一本书。在此书"对因果性的推论"一节中，著者认为，因果推论"本来就是认知性质的"，"感觉信息自身并不足以产生因果判断，那么它肯定是认知系统对感觉信息进行某种操作并产生因果推论的结果"。那么，人们到底是怎样进行这种操作的呢？贝斯特注意到：

> 几乎所有关于因果推论的心理学理论首先都会提到我们注意，贮存和使用各种共变或共生现象的能力。如果我注意到"紫丁香在春天开花"，那么从"我已经看到紫丁香开花与春天开始刚好同时"这层意义上讲，就可以认为我发现了一种共生或共变现象。而且，紫丁香好像在其他时候并不开花。根据这种共变现象的稳定程度，我最终可以推论说是春天或春天的某些情况使得紫丁香开花。[①]

[①] [美]约翰·B.贝斯特：《认知心理学》，黄希庭译，中国轻工业出版社2000年版，第319—323页。

根据以上的论述，人们首先发现一种"共生或共变现象"，然后"根据这种共变现象的稳定程度"，推论出一个结果，这就是人们进行因果推论的过程。由此看来，人类对于因果联系的一般推理顺序是：原因（条件）在前，结果（行为）在后。

（二）汉语研究中的相关研究

日常生活中，人们常常用"前因后果""来龙去脉"等词语来表达一个因果推理的顺序观念。认知语言学对人类语言顺序的研究也提出了著名的语言象似性（iconicity），即是说："语言的能指和所指之间，也即语言的形式和内容之间有一种必然联系，即两者之间的关系是可以论证的，是有理据的（motivated）。"[①]较早的汉语认知研究学者戴浩一曾指出，汉语有极强的象似性，并论证了汉语语序和事件的时间顺序之间具有广泛的象似关系。[②] 于是很多学者便推而广之："因的发生总是在先，果的发生总是在后，所以在中文里因果关系的叙述大体上也按照时间的顺序，因在先，果在后。这显然是顺序拟象性的一种表现。""原因分句和条件分句也有置于主句之后的，不过，在现代汉语中这种情况极其少见……"[③]

也有学者对英语和汉语的因果复合句作过一番对比研究，认为由于英语是具有形式变化的语言，更多地依靠形式来表达语义关系；而在通常情况下，"汉语的因果复句都遵循着先因后果的逻辑顺序"，并认为"这与汉语在句法结构和逻辑结构的一致性有关"，"主要是源于汉语在发展过程中把语法规律和思维规律统一起来的缘故"。同时也认为汉语复句中原因分句在前，结果分句在后的情形更为普遍，"大部分句子都

---

① 赵艳芳：《认知语言学概论》，上海外语教育出版社2001年版，第155页。
② 戴浩一：《以认知为基础的汉语功能语法刍议（上）》，《国外语言学》1990年第4期。
③ 文旭：《认知语言学中的顺序拟象原则》，《福建外语》2001年第2期。

遵循前因后果的语序模式"。① 这些观点显然是受到语言认知研究中关于语言象似性的影响。

在对外汉语教学领域，关于因果复句的这种应该是"前因后果"的观点也很普遍。胡明亮曾针对美国高年级学生写作中关联词语的运用提出过一些问题。其中第一条就是"颠倒关联词语以及分句的顺序"。他写道："把'因为'分句放在结果分句的后边，汉语也是允许的，……但问题是，看来美国学生对这种结果在前，原因在后的顺序特别钟情。"比如："鸣凤的爱情不会成功，因为在高家她的社会地位很低。""冯是可恶的，因为虽然他有钱有势，可是没有爱国，也没有尊重。"胡认为两个"因为"分句都"不一定非放在后边不可"，"看来，学生没有弄懂什么时候用'自然语序'，什么时候用'凸显语序'"。②在对以上问题进行分析时，胡提道："在表示因果关系时，英语往往先谈果后谈因，汉语则是一般从因到果的顺理推移。虽然汉语里'果因'和'因果'两种顺序都可能出现，但是美国学生并不知道'因果'才是常用的。"并认为："汉语也用'……，因为……'的顺序，我们在很多作品中或者在日常会话里也可以碰到这种说法。问题是，这种顺序不是常用的顺序，占绝大多数的还是'因为……，所以……'的顺序。"③

（三）问题的提出

从语言象似性角度出发，推广至判定"汉语的因果复句大都遵循着先因后果的逻辑顺序"，似乎有一定的道理。但我们也发现，上述的

---

① 崔晓玲：《英汉因果复合句对比初探》，《延边大学学报》（社会科学版）2000年第4期。
② "自然语序"和"凸显语序"的提法引自戴浩一（1990：204）：原因在前，结果在后为自然语序，如"我病了，没去开会"；而相反的语序为凸显语序，如"我没去开会，因为我病了"。
③ 胡明亮：《美国高年级学生写作中的关联词语问题》，《国际汉语教学学术研讨会论文集》，北京语言大学出版社2000年版，第244—247页。

几种论述都只是建立在研究者对因果复句的一种"日常印象"上，并没有具体量化的佐证。

为了得到具体的数据证明，我们以汉语因果复句的各种分句顺序所出现的实际数量为考察对象，在一个封闭的语料库中进行了量化统计，结果却与人们的日常印象大相径庭。

二 汉语因果复句实际使用中的相关数据及特点

（一）相关数据

为了得到较为确切的统计数据，我们以2005年1月的《人民日报》（电子版）为语料，从共计约250万字语料中统计出254例有标记的因果复句，按照关联词语的使用情况分为四种形式，它们在语料中的出现频率分别如下：

表1　因果复句各种分句顺序的使用情况频度统计表

	复句总数	因为……，所以……	因为……，……	……，所以……	……，因为……
因果复句	254	6 (2%)	47 (18.5%)	65 (26%)	136 (53.5%)

我们的统计结果跟人们的日常经验以及许多相关学术论文中的论述可以说是大相径庭。如表1所示，原因分句在前，结果分句在后的所谓"正序"因果复句所占比例还不到总数的一半（46.5%），其中只有6例是"因为"和"所以"成对出现的复句（占总数的2%），如：

例1　因为空客集团是由法德英西4国联合组成的，所以典礼由法国总统希拉克、德国总理施罗德、英国首相布莱尔和西班牙首相萨帕特罗共同主持。

只出现原因关联词"因为"的句子和只出现结果关联词"所以"的句子分别只占 18.5% 和 26%，如：

例2　因为塑料袋不透气，会使种子和空气隔绝，种子不能进行呼吸作用。

例3　民乐里二胡、古筝最便宜，学得快，便于考级，所以学的人最多。

而通常被人们想当然为"少数"的"逆序"因果复句，即结果在前，原因在后，却占到了 53.5%，如：

例4　兰州某学校的家属住宅区，记者在一台健身器旁问几个十几岁的孩子有关如何玩的问题，孩子们一脸茫然，因为他们平时的玩法就是在健身器上爬来爬去。

例5　但是微软作为知识产权人在美国、在欧洲主张自己的权利的时候都是得到保护的，在中国也同样应得到保护，更何况微软在中国是否构成垄断，还应该打一个很大的问号，因为中国的反垄断法律制度不健全。

（二）各种分句顺序中关联词语的使用特点

通过对因果类复句各种使用情况的观察，我们发现四种格式中关联词语的隐现分别有如下特点：

（1）同时出现"因为"和"所以"的复句，如果要省去关联词，通常只能省去其中之一，即只能省去"因为"或者"所以"，但一般不可以两个都省。如果将两个关联词都省去，虽不至于造成语病，但句子就会丧失"因果"的语义联系，而成为普通的陈述句，或因果意味变得很淡。例如：

例6　如任鸣一样爱戏的戏剧人还有许多，似乎为戏而生。因为爱的纯粹，所以坚持，所以戏剧被赋予了穿透心灵的力量。

例6′如任鸣一样爱戏的戏剧人还有许多，似乎为戏而生。爱的纯粹，坚持，戏剧被赋予了穿透心灵的力量。

例6可以省去一个关联词，变成："因为爱的纯粹，坚持，戏剧被赋予了穿透心灵的力量。"或者："爱的纯粹，所以坚持，戏剧被赋予了穿透心灵的力量。"相比之下，对这个具体例句来说，省去"因为"更自然一些，这主要是"爱的纯粹，坚持"这一具体用词比较短促造成的。

如果把两个关联词都省去，如例6′，整个句子便几乎看不出什么因果意味了，更像是一般的陈述。又如：

例7　因为它迟来了4年，所以显得弥足珍贵。

例7′它迟来了4年，显得弥足珍贵。

例7可以说："因为它迟来了4年，显得弥足珍贵。"也可以说："它迟来了4年，所以显得弥足珍贵。"除了强调意味稍弱以外，并不影响因果语义的表达。而例7′，几乎完全丧失了因果语义，变成了一句普通的陈述。

（2）"……，所以……"和"因为……，……"两种格式的复句中，关联词语有时可以省去，有时则有条件限制，这主要取决于主语的位置或是否有其他副词呼应配合，例如：

例8　其水质介于自来水（上水）与排入管道内污水（下水）之间，所以称为中水。

例8′其水质介于自来水（上水）与排入管道内污水（下水）

之间，称为中水。

例8是典型的说明性语言，逻辑性都很强，因此没有关联词也不影响前后的因果关联。而如：

> 例9　天亮，是一天的开始，所以"旦"也就引申为"日"。
> 例9′天亮，是一天的开始，"旦"也就引申为"日"。

例9中，因为原来都有一个副词"就"与"所以"相呼应，因此，即使去掉"所以"，"就"仍然可以起到引导因果关系的作用。又如：

> 例10　但此时，因为严重失约，安位家政公司已遭到了北京方面的严厉谴责，"川妹子"的信誉大打折扣，而安位公司面对各地劳务部门的失信却束手无策。

去掉"因为"，变成："严重失约，安位家政公司已遭到了北京方面的严厉谴责，'川妹子'的信誉大打折扣，而安位公司面对各地劳务部门的失信却束手无策。"没有关联词，开头的"严重失约"就有点语义缺失，甚至出现歧义。而如果将原句的主语提到前一分句（由"因为"引导），这时"因为"则可以省去，例如：

> 例10′但此时，因为安位家政公司严重失约，已遭到了北京方面的严厉谴责，"川妹子"的信誉大打折扣，而安位公司面对各地劳务部门的失信却束手无策。

去掉"因为"，变成："安位家政公司严重失约，已遭到了北京方面的严厉谴责，'川妹子'的信誉大打折扣，而安位公司面对各地劳务部门的失信却束手无策。"语句则显得完整，且暗含了一些因果联系。

（4）"……，因为……"格式的复句，几乎所有的"因为"都不能省去，有些复句中的"因为"表面上看似可以省去，但实际上，省去"因为"后，整个句子乃至一个语段的语义都会发生改变，变得更像是开启下一个话题，而看不出与前一分句有什么因果联系，这显然违背了说话者想要表达的意思，因此我们也将这种情况认为不可省去，例如：

例 11 但所有的冤屈、磨难都没有动摇他的信仰，因为他天性乐观。

例 12 鲍威尔的抗争，对强硬派起到了制衡作用，但他无力扭转美国日益膨胀的强权政治思潮，因为布什总统更倾向于强硬派。

例 13 面对种种责难，澳网组织者非常头疼，因为它牵涉了各方的利益。

如果，去掉上例中的"因为"：

例 11′ 但所有的冤屈、磨难都没有动摇他的信仰，他天性乐观。

例 12′ 鲍威尔的抗争，对强硬派起到了制衡作用，但他无力扭转美国日益膨胀的强权政治思潮，布什总统更倾向于强硬派。

例 13′ 面对种种责难，澳网组织者非常头疼，它牵涉了各方的利益。

先说"但所有的冤屈、磨难都没有动摇他的信仰"，接着来一句"他天性乐观"；先说"鲍威尔的抗争，对强硬派起到了制衡作用，但他无力扭转美国日益膨胀的强权政治思潮",完了又来一句"布什总统更倾向于强硬派"。显得非常突兀,不知所云。

在"……,因为……"格式中,"因为"不但具有强烈的标记因果的作用,而且对保持前后语义连贯也起着很大作用。

三 因果复句分句间的语义分析

对于"……,因为……"格式中关联词"因为"的不可省略,有学者从标记理论的角度进行了解释[①],即认为汉语使用者思维中因果推理的顺序是:原因→结果,因此,当因果复句中分句的顺序是由果到因时,即在"……,因为……"格式中,关联词"因为"是具有标识作用的"有标记项",起着凸显语义的作用,因此不可省去。

然而,标记理论解释了为什么"……,因为……"格式中的关联词"因为"不可以省去,却无法解释人们在言语交际中为什么会如此大量地使用这种语序,此类因果复句分句间的语义关系具有怎样的特点,以及制约人们使用这种语序的条件是什么。

(一)因果复句分句间的语义关系分类

综合学界前辈的相关研究成果[②],这里将因果复句分句间的语义关系归纳为四种:第一,事理的关系,即基于客观事实的原因;第二,句子本身语义上行事的理由;第三,说话人作出推理中的根据;第四,说话人之所以作出这一言行的原因。

---

① 沈家煊:《类型学中的标记模式》,《外语教学与研究》1997 年第 1 期。
② 此处综合了以下各家的研究成果:吕叔湘:《吕叔湘文集》第一卷《中国文法要略》,商务印书馆 1990 年版;王惟贤:《现代汉语复句新解》,华东师范大学出版社 1994 年版;张学成:《论复句语义的三种关系》,《语言文字学》1992 年第 11 期;沈家煊:《复句三域"行、知、言"》,《中国语文》2003 年第 3 期。

由此，在本文中，对语料的分析有以下四种关系可以作为参考：①事实的原因；②行事上的理由；③推理中的根据；④言语行为的理由。对语料中例句的分析结果如表2：

表2　　　　例句中原因分句能够表达的语义关系分类表

	事理	行事理由（语义）	推理之依据	言语行为的理由	（弱化用法）
因为……，所以……	3	2	0	0	—
因为……，……	9	20	2	3	—
……，所以……	8	16	7	7	5
……，因为……	4	41	23	48	—

（二）"……，因为……"格式的语义关系

通过分析语料我们发现，复句格式与所表达的语义关系并无绝对的对应关系，除了"因为……，所以……"格式外，每类格式的例句中都分别存在表示①②③④四种语义关系的情况。但各种格式在表达不同语义关系时出现的频率确实存在一定的倾向性：在"……，因为……"格式的例句中，表示"言语行为之理由"的原因分句超过了表示"行事理由"的句子，这是一个值得重视的现象。

我们知道，因果联系都有一个特点，即其关系的建立都是"顺应事理的"，而导致一个结果的原因往往也并非只有一个，因此我们可以把导致某一结果的直接原因暂称为"真正原因"，在语言运用中，除了有真正原因的表述以外，还有非真正原因的表述。而非真正原因的表述往往就体现在表达"言语行为的理由"这一层面上。比如：

例14　尽管如此，国内外舆论还是多认为这篇演说只是"充

斥着豪言壮语，有些华而不实，因为它没有告诉我们该如何实现这一目标"。

判断一篇演说"充斥着豪言壮语，华而不实"有很多原因，而从说者的角度出发，认为"没有告诉我们该如何实现这一目标"是最主要的原因，因此这仍算是"言语行为的理由"。

有的复句，主句说出一个事实，分句则为这个说法提供个人所知的某一证据作为支持，例如：

例15 话题选得好，因为它来自我们中间；老师讲得好，因为他们是资深专家，又了解我们。

"话题选得好""老师讲得好"都是事实，而"它来自我们中间"和"他们是资深专家，又了解我们"为前面的说法提供了个人所知的证据。又如：

例16 即使以后中途退保，也不值得，因为退保得到的钱，比将来满期给付的钱要少。

例17 诗是最难评的，因为诗中蕴含的个人化的思想和情感的分量太多太重。

"中途退保不值得"是一个事实，为什么？说者为此提供的证据是"退保得到的钱，比将来满期给付的钱要少"；对于"诗最难评"这个事实，说者认为原因是"诗中蕴含的个人化的思想和情感的分量太多太重"。

有的复句，主句表示一个推断，分句则为这一推断提供个人知识的某一实据作为支持，例如：

例 18　去年农业和农村发展成绩突出,并不等于今年还能一路攀升,因为我国的农业综合生产能力并没有明显提高。

首先提出一个推断:"去年农业和农村发展成绩突出,并不等于今年还能一路攀升",接着"我国的农业综合生产能力并没有明显提高"给这个推断提供了一个实据作为支持。又如:

例 19　附加在马克思主义名下的错误观点,对我们事业的损害有时甚至比那些公开的非马克思主义观点还要大,因为它更具有蒙骗性和蛊惑性。

说者提出了一个推断"附加在马克思主义名下的错误观点,对我们事业的损害有时甚至比那些公开的非马克思主义观点还要大",而说者认为原因是"它更具有蒙骗性和蛊惑性"。

事实上,在其他语言中也存在同样的情形,比如英语中:

例 20　Percy is Washington, for he phoned me from there.

例 21　He must be ill, for he is absent today.

夸克等将英语中这类句子称为"间接因果句",并认为这类句子的"原因分句表示的间接原因同主句所表示的情景无关,只是作为有关的话语的言语行为的一个含蓄的动机"[1]。

这里表示"有关的话语的言语行为的一个含蓄的动机"与我们上文谈到的"表示言语行为之理由"非常类似。如果把因果复句看成是

---

[1] Quirk, R. S. Greenbaum, G. Leech, & J. Svartvik, *A Comprehensive Grammar of the English Language*, London: Longman, 1985.

以一定的依据来推理的过程，那么我们可以说，表示真正原因的因果句表达的是顺应事理的因果关系，而表示非真正原因的因果句表达的则不是顺应一般事理的推理过程，而是"以说话人自身特有的证据来推知主句的过程"。例如：

> 例22　常言道"饭后百步走，活到九十九"，但从近代医学观点看，对老年人不宜提倡饭后百步走，因为吃饭特别是吃饱饭对于有心血管疾病者，是一种负荷。

这里有一个论断"老年人不宜饭后百步走"，说者给出的实据是"吃饭特别是吃饱饭对于有心血管疾病者，是一种负荷"。其实"吃饭特别是吃饱饭对于有心血管疾病者，是一种负荷"并不能算是对前一分句论断最科学的解释，而只是说者以自身特有的证据来推知主句的过程。因此，在这类句子中，主句表示的是一种"认识结果"，而从句则是为主句的叙述提供了支持或证据，实际上，可以说是，说话人能说出主句说法的认识上的证据。

（三）"……，因为……"格式的语义功能

上文谈到了一般因果句和表非真正原因的因果句二者原因分句表达语义上的区别。从语义功能上来看，二者也是不同的。一般因果句中，句子的作用是"纪因述果"，比如：

> 例23　因为空客集团是由法德英西4国联合组成的，所以典礼由法国总统希拉克、德国总理施罗德、英国首相布莱尔和西班牙首相萨帕特罗共同主持。
>
> 例24　因为塑料袋不透气，会使种子和空气隔绝，种子不能进行呼吸作用。

例25　民乐里二胡、古筝最便宜，学得快，便于考级，所以学的人最多。

而在表非真正原因的因果句中，前后分句已经超越了一般逻辑上的因果关系，而是成为"先提出论断，接着给出理由"的一种习惯性或程式化的表达方式，例如：

例26　军官只有两种，一种是合格的，一种是不合格的，因为他们总在寻找借口。
例27　这应该是个良好开端，可我认为仅仅如此远为不够，因为春晚还没有从根本上创新机制。
例28　人权固然是人的权利，但人的权利不一定是人权，因为特权也是一种人的权利，而特权恰恰是与人权相对立的。

以上各例的原因分句，都是要说明"之所以这么说"的理由："总在找借口"是"不合格"的依据，"春晚还没从根本上创新"是说者觉得"远为不够"的前提，等等。

这种从表面看来"以果溯因"的表述，其实是以"果"为已知信息用作一种"铺垫"，而将以此溯出的"因"作为信息焦点。因此往往原因分句放在主句之后，形成凸显语序。这时，句子表达的是说话人心理上的一种因果关系，应该说属于语用层面。

（四）小结

通过以上对因果复句各类格式，特别是"……，因为……"格式的种种分析，我们发现，通常被认为是汉语因果复句"原型表达"的"因为……，所以……"格式，在实际语料中的使用频度并不算高，而通常被认为是特殊用法的"……，因为……"格式却屡见不鲜，而且是各类格式中使用频度最高的一类。

这不得不引起我们的思考，逻辑上前因后果的"常规"顺序，表现在言语中可能并不是"常见"顺序。现实生活中，能够用"因为……，所以……"来表述的关系其实并不都是因果关系。人们对于世界事物之间"引起"和"被引起"关系的认知往往存在大不相同的看法，结果出现了许多复杂的因果关系表述形式，同时，很多在事理逻辑上并不存在因果关系的事物，也会被套上因果关系的形式来加以表述。再加上为了"凸显原因"的言语心理，带标记的"……，因为……"复句格式便大量地出现在人们的语言生活中。

这也再次说明，语言在反映人们认识关系的基础上，说到底还是反映着人们的心理关系，表明说话人的主观态度。语言表达上的因果关系有别于逻辑上的因果关系。后者强调因果之间的必然性联系，而前者则不强调这种必然联系，而是以人们的主观认识为依据来表现因果关系。有时，两件事之间也许并不存在事理上的因果联系，但由于说话人主观心理上认为它们存在一定的因果联系，就可以在语言上表现为因果句。有时甚至只是为了表达一种情绪，表明一种态度，也可以表现为因果句。

归位·蓄势·创新
——论新世纪的中国散文创作

王兆胜

时间：2018.10.26

地点：E126 会议室

主讲人简介：王兆胜，山东蓬莱人。文学博士、教授、博士研究生导师、中国社会科学杂志社文学部主任，《中国文学批评》副主编，中国作协会员、中国文学批评研究会理事、中国文艺评论家协会理事。专著有《林语堂的文化情怀》《闲话林语堂》《20世纪中国散文精神》《林语堂大传》《林语堂与中国文化》《温暖的锋芒——王兆胜学术自选集》《新时期散文发展向度》等15部；在《中国社会科学》《文学评论》等刊物发表论文200余篇，被《新华文摘》《中国社会科学文摘》等转载数十篇。编著《百年中国性灵散文》《享受健康》《精美散文诗读本》《21世纪散文诗排行榜》及散文年选等20多部。散文随笔集有《天地人心》《逍遥的境界》《负道抱器》，不少作品入选中学教材、各种中高考题和选本。获首届冰心散文理论奖、《当代作家评论》奖、红岩文学奖、第五届中国"报人散文"奖等。

摘要：文章认为，进入21世纪后，中国散文的创作状况如何，其大势与优劣长短怎样，它的未来走向何如，学界缺乏系统、细致和理性的研究与评估。与新世纪十年散文的纷纭变化相比，对它的研究是相当滞后的，可以说是个巨大的遗憾。文章立足于新世纪第二个十年的起点，对第一个十年的散文创作进行了必要的总结和反思，并试图展望第二个甚至更长远的散文发展。文章认为，只有这样我们才能少走弯路，更不至于迷失航向。

关键词：新世纪；大文化散文；新艺术散文；传统散文

本文同名发表于《文艺争鸣》2010年第12期。

本文与已发表论文有一定区别。

20世纪80年代中后期,尤其是进入90年代以来,中国散文获得了长足甚至是前所未有的发展,其最明显的标志为:散文已从文学后台跃上前台,而原来占据主角的诗歌、小说等文类已风光不再。其中,余秋雨的"大文化散文"可谓挥刀跃马、势不可当,而其信奉和追随者众,大有应者云集之致。对此,学界多有探讨,其成果也颇为丰富。不过,进入21世纪后,中国散文的创作状况如何,其大势与优劣长短怎样,它的未来走向何如,学界则缺乏系统、细致和理性的研究与评估。可以说,与新世纪十余年散文的纷纭变化相比,对它的研究是相当滞后的,不要说研究和理论的先导作用,就是合理的解释也不可能,这不能不说是个巨大的遗憾。

一 融通与创新:大文化散文的命运

不管我们承认与否,20世纪90年代中国的"散文热"与余秋雨的大文化散文直接相关。因此,我不同意将余秋雨散文完全否定甚至妖魔化的倾向。如汤溢泽称《文化苦旅》是"文化散文衰败的标本"。王强直接用《文化的堕落:余秋雨的为文为人》这样的题目,并表示:余秋雨既无学问又无人品,就是散文创作包括他那本成名作《文化苦旅》也是"沉沦"的标志。他还说:"余秋雨的散文,是感伤主义和伪浪漫主义的混合物,而这两种思潮又是已被人们唾弃了的。""余秋雨先生这类散文的风行,正是中国文化沉沦的象征。"朱大可则认为:"余文正是这样一种文化消费品,但却比汪诗更加'耐用',因为它不仅是用以点缀生活的'文化口红',而且还是'文化避孕套',审慎规避着那些道德'病毒'。"[①] 这样的评论不能说毫无道理,但却不是实事求是和

---

① 转引自周冰心、余杰编著《文化口红——解读余秋雨文化散文》,台海出版社2000年版,第142、258—266、118页。

科学的态度！因为它们没有历史感、客观性、公正心，更缺乏同情之理解，也就不可能看到余秋雨散文的开创性价值和意义。平心而论，在余秋雨之前，尽管有鲁迅、林语堂、梁遇春等现代作家写过文化性较强的大散文，但像余秋雨这样将知识、文化、理性、情感熔为一炉，且完全放开散文的手脚纵横驰骋者却是少见的。我认为，余秋雨的大文化散文是革命性的，具有完全"破体"的彻底解放的观念。如果说，"散文的体裁，其实是大可以随便的，有破绽也不妨"①，那么，余秋雨的散文实践则进入完全自由的状态，从而打破了传统散文"狭小"的格局。

不过，我也不同意将余秋雨散文奉为经典甚至神明的做法，更反对亦步亦趋、拾其牙慧的盲目模仿者。事实上，一面是余秋雨散文本身的局限，比如知识硬伤比比皆是、缺乏现代意识、对历史与读者缺乏敬畏、放弃自我的修养等；一面是余秋雨散文模仿者的等而下之，不仅没取其精华，反而拾其糟粕，更有甚者东施效颦者不乏其人，其结果是：知识罗列、资料堆积、常识性错误、文化硬伤、愚昧主义大行其道，这样的散文几乎窒息了散文的天空，以至于有学者发出了不愿读甚至讨厌读"大文化散文"的呼声！② 值得说明的是，在20世纪90年代，除了余秋雨的佳作《文化苦旅》外，大文化散文写得较好的是林非和卞毓方，前者注重现代意识和精神高度，后者充满审美和心灵的光芒，这对于"大文化散文"的泛滥具有纠偏作用。如林非20世纪80年代后期写的《鲁迅和中国文化》虽是一本学术著作，但将之作为大文化散文来读也未尝不可！写于90年代末的《浩气长存》可谓大文化散文的经典之作，它以现代的文化眼光和精神品质穿透了厚重的历史隧道，而使中国古代文化精神沐浴在现代的晨光之中。不过，即使如此，20世纪90年代的中国散文仍被异化的"大文化散文"覆盖与窒息。这似乎是

---

① 鲁迅：《怎么写——夜记之一》，《鲁迅全集》第4卷，人民文学出版社1991年版，第24—25页。

② 谢有顺：《不读"文化大散文"的理由》，《北京日报》2002年10月13日。

个悖论：一面是余秋雨以大文化散文开天辟地、功不可没；一面又是跟随和模仿者以大文化散文形成的烟尘滚滚、乌烟瘴气甚至于昏天黑地。大文化散文像失了理性和规范的洪水肆意泛滥，到后来散文又成为重灾区。

然而，进入新世纪后，这股大文化散文渐渐退潮，也许是过犹不及，也许是写作者已精疲力竭或江郎才尽，许多模仿者自动放弃了大文化散文写作，就连余秋雨本人也写得少了，而与此相关的是，散文渐次开始降温了。从社会反响的角度说，这是散文潮的回落；但从散文本性的角度观之，这未尝不是一件好事，因为经过散文的"退消"，我们可以更冷静、更理性地思考散文的发展问题。其中最为可喜的是，尽管大文化散文的洪水已过，但它并没有完全销声匿迹，而是留下了它的痕迹与影响，具体而言主要表现有二。

第一，"文化"的概念深入人心，散文的解放也势在必然。虽然不能说在20世纪90年代以前，没有文化散文包括"大文化散文"；但整体而言，政治的、社会的观照是主要的，散文的格局也相对狭小，因为边缘化地理解散文、将散文作为余事书写的观念一直深入人心。然而，经过90年代大文化散文的洗礼，新世纪的中国散文开始自觉不自觉地注入了"文化"的内涵，也慢慢走出了散文"写景—抒情—哲思"的模式，这是应该给予充分肯定的。较有代表性的是历史的、艺术的、科学的、军事的、民俗的题材渐渐成为作家更加关注和重点审视的对象，其文化的含量与意蕴渐渐得以彰显。在表现方式上，作家们往往多注重"大"，一是"大中见小"，二是"小中见大"，从而使作品变得更为开阔、大气。如冯骥才的《水墨文字》，它虽不是一篇大文化散文，但一看题目就会感到一股文化气息扑面而来，这是水墨画与文学的相互观照，也是艺术人生的真切感悟。作者用八个段落构筑作品，从而有连绵开阔、挥洒自如之致。又如刘烨园的《枢纽的细节》写的是澳大利亚教育，这虽然也不是什么大文化散文，但核心却集中在有无"文化"

的教育上，即是否注意培育学生的自尊、自爱、自立、自主、自由和美感，澳洲有，而我们国家则应该向它学习。更重要的是，作者用"课本"和"年鉴"来写，并从"细节切入"，从而有"管窥蠡测"和"文心雕龙"之功。就如同一场春风过后，大地上的一切生灵都渐次开放和成长一样，新世纪的中国散文（哪怕不是"大文化散文"）都或多或少地受"大文化散文"之赐，至少在观念形态和审美趣味上可如是观。

第二，一些大文化散文得以承续和发展，并由此出现了代表性作家和经典作品。众所周知，一场暴风骤雨过后，它也许对大地的渗透并不深入；但那轰隆隆的雷声与呼啸的狂风不可能让人无动于衷，而从天而降的雨水亦会汇成河流。余秋雨掀起的"大文化散文"风潮也是如此，进入新世纪后，一面是快速降温后的余热，一面是进一步的继承与发展，而后者则是最值得关注和探讨的。也就是说，虽然余秋雨及其多数模仿者在新世纪纷纷退场，但"大文化散文"的写作仍被一些追随者继续着，经过十年的努力还将之发扬光大了，较有代表性的作家是王充闾、孙郁、韩小蕙、徐刚、范曾、李国文、梁衡、雷达、李存葆、素素、何向阳、朱鸿、张清华、祝勇、唐韵等。以王充闾为例，他以自己的博学多识、矢志不移、勤勉刻苦不断超越自我，当然也不断超越他人，进行"大文化散文"创作，并取得了丰硕的成果。较有代表性的是《驯心》和《用破一生心》两文，这是作者用思想和心灵拨响的"大文化散文"之歌，它透出现代意识的光芒，又不被材料和成见束缚，更凸显了自我的体悟与思索，可谓"大文化散文"风起以来难得的佳作。孙郁的《小人物与大哲学》主要是写张中行的，它既不失知识的梳理与文化的厚重，更充满人生智慧和知音之感。韩小蕙写季羡林、张中行、吴冠中等的散文都是知、情、理、趣、智、美的结合，这是大文化散文的另一表现形态。在祝勇的大文化散文中，我最喜爱的是《木质的京都》，这是超越了观念形态和公共话语写作，而进入了一个精神、心灵、感觉甚至梦幻的境界,如作者这样写道:"作为身体上与大地关系最为密切的器物,木屐提供的是一种可靠的生活。它及时地传达着大地的旨意,不会以虚假的谎言将行者引入歧途。木屐本身就具有生命,能够以它的嗅觉或者触觉感受四时的变化。一个人若站得久了,那木屐会生出根须,并最终把人变成一棵树。至少,木屐是人与大地的中介者,既令行者免受大地的伤害,又随时把大地的气息引进人的体内。脚是木屐的盟友,它坚定厚实,却比面孔更加敏感,有的僧人甚至从来不穿袜子,即使在寒冬也不例外,他们是苦修者,不仅借此使他们的身体具有耐力,而且获得异常机敏的能力。"[1] 这是消化后的融通,我们能看到血、肉、骨和精、气、神的浑然一体,没有许多大文化散文的生吞活剥、消化不良和举步维艰之弊。最值得提及的是徐刚的《江河八卷》,这是近些年我看到的最好的大文化散文之一,它将知识、理性、情感、智慧与审美熔为一炉,又能立足天地之宽和宇宙之大,来思考环保和人类的命运问题,思考人性与世道人心。最为重要的是,作者在博爱与仁慈之下,艺术的灵光不断闪烁,不要说对人,即使对于草木和泥土,作者都能赋予以温暖,用心灵的光芒进行滋润。仿佛是受了神的旨意和点化,作者以天女散花般的微笑面对天地苍生,将爱的和风与甘露播种于人间。应该说,能有天地大道珍存于心,用诗性的笔调写心灵的忧患,这是徐刚《江河八卷》最为动人之处。总之,由外部写作进入内部写作,突出个人的独特感受与思考,对多种文体与文化进入消化与融通,这是新世纪大文化散文的最大收获。

不过,就目前情况看,新世纪十余年的大文化散文很不令人满意,这主要表现在:一是次品和平庸之作较多,佳作较少,这不仅表现在整体的创作上,也表现在有代表性的作家身上。如即使上面提到大文化散

---

[1] 祝勇:《木质的京都》,原载《十月》2005年第1期,见李晓虹编选《2005中国散文年选》,花城出版社2006年版,第272页。

文名家，他们的许多作品也并不成功，可谓佳作难求！二是集体无意识和公共话语写作的覆盖。许多大文化散文之所以平庸甚至拙劣，不在于他们没有知识，而在于没有"自己"，在于陷入流行观念和公共话语写作而不能自拔，没有对于历史、现实、文化的洞见，而只在流行色与公共话语中爬行，永远不能穿越时空，真正获得特立独行的力量。就如有学者指出的："多数的历史文化散文，都落到了整体主义和社会公论的旧话语制度中，它无非是专注于王朝、权力、知识分子、气节、人格、忠诚与反抗、悲情与沧桑之类，并无多少新鲜的发现。"① 三是缺乏敬畏之心与内外双修的素养。其实，大文化散文的写作对于作者的要求是最高的，它不仅要求有丰富的知识、独到的见识，还需要有独立的人格精神，更离不开博大的爱心和高尚的审美趣味。试想，一个目空一切、毫无敬畏的人是很难写出承载天地、袖里乾坤的大文化散文的。而事实上，现在的大文化散文作者又有几人能达到这样的境界呢？某种程度上说，大文化散文精品是靠内功的，尤其是靠深厚而美好的内在修养的支撑，舍此任何外在技艺与招式的变换都无补于事！因此，看大文散文化的优劣，主要不是从外在性上进行理解，而是作者那颗心是否有温暖的大光照临，是否有智慧生成，是否能超凡脱俗。四是需要加强创新意识。新世纪中国大文化散文的发展和繁荣最后一定落实在作家的创新上，这包括现代意识，更包括天地情怀和人类维度的现代反思，还包括中国立场、思维和智慧的再造，只有这样才能摆脱各种既成的观念与意识，写出无愧于新时代和新世纪的天地至文。

二 探索与偏执：新艺术散文的成败

如果站在艺术发展的角度看，中国散文一直处于不断的艺术变革之

---

① 谢有顺：《不读"文化大散文"的理由》，《北京日报》2002年10月13日。

中，只是因时因地因人有所不同而已！早在20世纪80年代，与诗歌和小说的速变相比，散文因变革缓慢而遭到猛攻和彻底批判，如黄浩在《文艺评论》1988年第1期发表了《当代中国散文：从中兴走向末路——关于散文命运的思想》，沈天鸿在《百家》1988年第6期发表了《中国新时期散文沉疴初探》，其整个思路都是对新时期散文表示担忧和不满。与此同时或之后，赵玫、刘烨园、萧乾、丁椰等人提出散文变革的必要性、急迫性和理路，如刘烨园于1988年7月23日在《文艺报》撰文《走出困境：散文到底是什么》，萧乾在1989年第5期《人民文学》上发表《散文也应有所突破》，余德旺在《殷都学刊》1990年第1期发表了《当代散文的观念亟需革新——也谈当代散文的困顿及其出路》，到1993年刘烨园更提出"新艺术散文"的概念，并从艺术创新的角度对散文的观念、结构、语言等作了较为系统的阐述。值得注意的是，刘烨园说："新艺术散文是相对于自古以来的艺术散文也是相对于'大散文'而言的。"[①] 进入新世纪后的十年里，散文也在变，只是与20世纪有所不同罢了！在此，我用刘烨园的"新艺术散文"之名，来探讨新世纪十年中国此类散文的嬗变及其发展。

首先，新世纪中国散文中最具探索性的人物是刘烨园、马莉、张立勤、冯秋子、周晓枫、熊育群、黑陶、格致、张锐锋、蒋蓝、张于、谭延桐、蒋登科、叶多多、宋晓杰、杨永康等人，他们的散文确实打破了传统散文的格局，赋予了一种新的质素，这就是现代主义（包括后现代主义）的质素。在选题上更加随意，有的还将触角探入性意识或潜意识深处；在结构上更加随意和绵密，有自由放逸之致；在表现手法上更加多元，于是绘画、建筑、电影、神话、寓言、诗、小说等一齐涌入散文；在审美趣味上更加陌生化，片断、晦涩、跳跃、张力和放任成为其美学品格。对比20世纪90年代，新世纪此类散文具有明显的超越

[①] 刘烨园：《新艺术散文札记》，《领地》，珠海出版社1995年版，第317页。

性，这主要表现在：

一是更为明朗和开阔了。可能是受到世纪末情绪的影响，20世纪90年代的现代主义（包括后现代主义）散文相对显得阴冷、沉闷和封闭，像斯妤的《旅行袋的故事》、刘烨园的《濛濛的年轻》和《永远的舞》这样的佳作也是如此！而新世纪类似的作品则明显增加了暖色和亮度，视野也变得开阔多了。如刘烨园写于2003年的《夜之语》虽与以前的"夜"之描写有内在的联系，但其色调明显高昂明亮了，作品在结尾这样说："就像走进可疑的世界，世界就一钱不值一样。因为你也是世界，梦也是世界。在夜的麾下，它们荧荧发光。""自己的光。大路的光。骑手的光。"① 而他写于2005年的《天赋独立》更是有高亢的音调，仿佛有金质的声响传出。张立勤在20世纪曾写过《痛苦的飘落》《黑色交响》，那里面有着痛苦与黑暗的长长的影子，个人的苦难将她压抑得透不过气来。2002年，她的《在季节的边缘》开始变得开阔和明朗起来，而2008年的《沙发沙发，大巴大巴》则是自我放逐与自由的写照，文中的一句"走吧，大路朝天"，仿佛是作者突破自我的宣言。

二是更为自然和健康了。应该承认，由于受到西方现代主义（包括后现代主义）思想尤其是其不良因素的影响，20世纪90年代的中国散文带有生硬的模仿、病态的自恋、趣味的低下，而在新世纪这一情况有了明显的改变，像张于、谭延桐、杨永康等都是如此！在《走着走着花就开了》一文中，杨永康这样写道："是的，四月。到处都是野菜的四月，到处都是丁香的四月。我们在花下等啊等，一会儿就是一大群。我们在风里叽叽喳喳像饥饿的麻雀一样散开。我们找呀找，都希望找到一棵大点再大点的野菜，找着找着，就剩下风了，四月的风。麦田开始泛青。找着找着，就剩下我一个了。别剩下我，我喊呀喊，无济于

---

① 刘烨园：《夜之语》，《山东文学》2003年第2期。

事。我想他们走了。他们走了，还有风呢。风走了，还有花呢。花走了，还有香。香走了，还有四月呢。四月走了，那才是真正的一个啊……多少年来我一直守着这个最残酷的月份。就像用一张脸去面对另一张脸。"① 在此，每个句子都是清明的，但组合起来就含了现代主义的神韵与光影，然而，这是一种悲而不伤、痛而不苦的超然与梦幻，其内里是有诗意的栖居的。

三是更为美妙神圣了。一般的现代主义（包括后现代主义）散文往往主要表现现实的丑恶甚至肮脏，很少有优雅之美和神圣感，这在20世纪90年代也不例外。但在新世纪，这一情况有所改变，美妙和神圣成为许多作家的追求，像周晓枫的《你的身体是个仙境》和格致的《转身》被赋予了美感和圣洁，而熊育群在这方面表现得更为突出。如周晓枫这样写道："多美的大雪天，让我觉得整个世界都被摇晃，神为我施放了一场洁白的爱情礼花。我就在礼花的中心，被抬升到天堂的高度。"② 熊育群则这样写道："罗丹的石头是这样惊心动魄，石头上燃烧的生命，让人看得见灵魂。一场轰轰烈烈的爱在逝世一百年后，仍然让人目睹，如在现场，让鲜血在血管中奔涌，让身子颤抖。那一场相爱，竟把生命变成了一条激情跌宕、汹涌澎湃的大河，冲决岁月的河床，在悠远的历史中留下灾难般的遗迹——这一切都在石头中。罗丹把自己的爱表达到了极致！让人类那颗爱着的心超越了人世的沉浮变幻与生死。"③ 这种表述不仅仅是诗，更是一种对于生命悲喜交集的大彻大悟，是一种沉睡后醒觉的灿烂，它仿佛有着神的旨意和灵光。

当然，也应该指出，许多注重感觉、有着现代主义（包括后现代主义）气质的散文整体上还存在明显的局限，这主要表现在：过于相

---

① 杨永康：《走着走着花就开了》，《美文》2005年第8期。
② 周晓枫：《你的身体是个仙境》，《2003年中国散文精选》，长江文艺出版社2004年版，第446页。
③ 熊育群：《激情溅活石头》，《罗马的时光游戏》，中国青年出版社2004年版，第13页。

信感觉，沉溺于文字游戏，使才而自恋，放任而自流，狭隘而狂妄，这必然影响其散文的广度、深度、厚度和境界，这也是为什么这类散文初看往往感到颇有新意，但看多了就给人以千篇一律、华而不实之感。还有，碎片化、表面化、技术化的写作必然是浮光掠影、走马观花，难有真正的精品产生，也难以经得起推敲琢磨。因之，我认为，作为一种实验和探索，向西方学习现代主义（包括后现代主义）是可以的，但真正要出精品，还必须走出狭隘，容纳传统，丰富和完善内心，并用中国心灵和智慧进行创造。

其次，新媒体散文的兴旺成为新世纪中国不可忽略的一股潮流。所谓新媒体散文，主要是指20世纪下半叶以来，以新兴的电子媒介为载体发表的散文，这包括电视散文、网络散文等形式，从而与一般意义上的纸本散文区别开来。不过，中国新媒体散文在20世纪末还只是初露端倪，它的发展还是新世纪尤其是近些年的事。以网络散文为例，在"天涯社区""红袖添香""中国散文网"等网站，散文作品和新人层出不穷，其数量可谓令人瞠目结舌。在这中间，较有代表性的作者有痞子蔡、李寻欢、王小山、杨献平、胡一刀、王义军、周闻道、马叙、玄武、安妮宝贝、黄咏梅、王猫猫等人。需要指出的是，新媒体散文作家远远不止于此，除了众多的不以真名示人者外，一些名家也都参与了新媒体的散文创作，这是需要说明的。其实，新媒体散文是一个非常复杂的概念，它甚至将许多大文化散文作家和现代主义（包括后现代主义）风格的作家网罗其中。那么，新媒体散文给新世纪带来了哪些新鲜的经验及其特征呢？我认为，这主要表现在以下三个方面。

一是短小精悍、方便快捷。由于新媒体的更新速度快、写手的写作往往是经验式和感受式的，读者也是以浏览为主，所以新媒体散文一般以短平快和"轻骑兵"为其特色，这就避免了"大文化散文"的漫无边际甚至拖泥带水，这与新媒体以承载和传播信息为主要平台是相适应的，也合乎现代社会高效与快节奏的特点。

二是自由飘逸、尖锐有力。由于网络是一个自由的虚拟空间，它不受刊物审稿和审查的限制，甚至自己的名字也可以虚构，所以是相当自由的。就如有学者所言："就网络文学而言，网络文学的乌托邦幻想常常是这样展开的——人人写作、自由平等、非权威化、精神体操、非职业化、非特权化知识分子创作。"① 因为自由，所以可以畅所欲言甚至随心所欲。以黄集伟为例，他的一篇文章《借一张嘴，说美丽脏话》，由 001—050 共五十个小段落组成，作者可谓嬉笑怒骂皆成文章，那一张如簧的"三寸不烂之舌"直将社会的众生相鞭笞得体无完肤。在《孤岛客》中，作者有"跨文化的脏"一章，其中有这样的话："不过，就中文脏话的衍生与发展而言，情况实在复杂许多许许多。简单说，当'傻屄'被写成'傻逼'或'傻比'，当'牛屄'被写成'牛逼'或'牛比'乃至'NB'，意思还在，可至少其视觉冲击已大为降低。最切近的例证即 2009 新款詈语'草泥马'……当这三个国骂级汉字被委婉、委曲、逶迤为'草泥马'后，读音和字型的改变在去掉原语烟火气的同时，又大大丰富了其雅皮类喜感式的绝望。我眼前所见，是一位温柔知礼的自由主义青年背过身缓慢走向愤青之路。途中，她有些枯燥有些困乏。歇脚时，她从喉咙底下发出一声绝望的呢喃之怨……草泥马。软软地。"② 像这样无所顾忌的自由言说，恐怕不易在传统纸本散文中现身，可能只有在新媒介散文中才能出现。

三是感觉神妙、灵光闪现。新媒体散文往往是在感觉中穿行，有时妙不可言，一如夜月缓缓穿越薄云。这种感觉有时并不是靠视、听、触、嗅等知觉系统能够达到的，而是得助于第六感官的神来之笔。还有灵性和灵感。长期以来，散文写作往往都要正襟危坐甚至是深思熟虑后的结果，其长处在于可以写出经典作品；但其不足是灵感容易逃逸，文章没了灵性，

---

① 欧阳友权等：《网络文学论纲》，人民出版社 2003 年版，第 199 页。
② 黄集伟：《孤岛客》，腾讯博客，2009 年 5 月 11 日。

所以有做作之感。因此，真正的天地至文往往都离不开灵感与神助。新媒体散文的灵光常常让人有拍案叫绝之叹！黄集伟的散文就有这方面的特点，其感觉和灵性就如同山间的云气一样——丰沛、弥漫而又神秘！

然则，我也要指出新媒体散文的致命伤，那就是太快、太躁、太尖、太薄、太糙，多失于表面化，文化与艺术的含量不够，难以给人以心灵的震动，在审美趣味上往往也不是太高，这在黄集伟等优秀作家身上也同样存在。如果说，在开创之初，新媒体散文还可以速进甚至躁进，但真正要使其成为一个时代的代表和象征，作家还必须慢下来、惜字如金、厚积薄发，否则文字和思想慢慢就写"滑"了。另外，优秀的作品固然离不开才气、灵感，但使才自负、目空一切、放任自流，而不注重内敛珍藏、谦逊向下、天容地载，那必然像打开的水龙头一样水尽断流、江郎才尽。因此，我认为将来新媒体散文的希望在于：善用现代科技之长，又能在宁静中反观其短；既能紧跟时代风潮，又能顶天立地而悟道；一面要及时把握现象世界，另一面又要强化对文化、生命、人性的深度理解。就如刘勰所言："夫水性虚而沦漪结，木体实而花萼振，文附质也。虎豹无文，则鞟同犬羊，犀兕有皮，而色资丹漆，质待文也。""是以衣锦褧衣，恶文太章；贲象穷白，贵乎反本。"① 看来，问题的关键是，要处理好"文"与"质""实"的辩证关系。

再次，智性书写成为新世纪中国散文一道独特的风景。所谓"智性书写"主要是指那些透出睿智、充满变奏、饱含幽默、乐于思想、富有穿透力的散文。应该说，20世纪90年代就不乏这样的智性写作，像王朔、王小波、孙绍振等很有代表性；进入新的世纪，这一现象有所发展，从而形成了以南帆、韩少功、韩小蕙、孙绍振、黄永玉、陈祖芬、鲍尔吉·原野、穆涛、方英文、李静、刘亮程等人为代表的创作队伍，并呈现出自己的特色。具体而言，有下面几点最为突出。

---

① 刘勰：《文心雕龙·情采篇》，人民文学出版社1962年版，第537、538页。

一是透过现象看到本质，尤其能站在新世纪的高度，从历史、现实、社会、人生的复杂时空中抓出带有规律性的内容，从而反映作者机敏的睿智。以南帆为例，《七尺之躯的空间》《相聚会议室》《准星上的生活》《无限玄机》《纸上的江湖》《数字的时代》等都是充满理、智、趣的作品，表面上说它们是反映现实的，但其实都是探讨人生哲理和形而上意义的。如面对军事扩张和科学在武器上的应用，南帆在文中表示："我的真正渴望是搜索到另一种性质的消息：放下屠刀，铸剑为犁，人类必须尽可能使用音乐、绘画、文学或者体育竞赛对话。"[1] 李静散文以睿智见长，她说："充分发育过的'个人'的自我超越，和从未深刻认知过'个人'的集体主义，词句的表面多相似！南辕北辙的相似。"这样的认识是深入骨里的。对于幽默，她提出"梦醒之后幽默亡"的看法，并表示："人得一半梦，一半醒；一半希望，一半幻灭；一半温情，一半冷峻；一半酸楚，一半欢快；一半怪诞，一半真实……才会有幽默。"[2] 穆涛最擅读"史"，且能从"字缝"——也可说是从"沟"与"壑"里，读出历史的沧桑，读出历史和人生的智慧。如对于中国传统的"道德"，作者能发现它被渐渐"瘦身"了，即由原来的天地大道一变而为专指"人的修养"。又如历史的学名为何叫"春秋"，孔子也"厄而作《春秋》"，而不是"冬夏"？这个似乎不成问题的问题却为穆涛提出，并从政治地理、地域文化、天地自然、心理动因、时令节气诸方面进行阐释，虽不能说完全周延和令人信服，但还是颇有道理的。[3] 黄永玉虽不是专业作家，但他的散文却卓尔不群，常在刀削豆腐中另具只眼，如他明确表示："'隔行如隔山'是句狗屁话！隔行的人才真正有要紧的、有益的话说。""作家有如乐器中的钢琴，在文化

---

[1] 南帆：《准星上的生活》，《2003 年中国散文精选》，长江文艺出版社 2004 年版，第 228 页。
[2] 李静：《李静散文》，《黄河文学》2009 年第 10 期。
[3] 穆涛：《信史的沟与壑》，《上海文学》2009 年第 11 期。

上他有更全面的表现和功能，近百年来的文化阵营，带头的都是文人。""一个作家归根结底是要出东西，出结实、有品位的东西，文章横空出世，不从流俗，敢于路见不平拔刀相助，闲事管得舒坦，是非清明，倒是顾不上辈分和资格了。"① 这些话语出于自然，我手写吾口，口语出心中，但痛快简洁，结实有力，令人赞叹不已！这才是一语中的之智，没有丰富的阅历、公正的心怀和纯朴的德性，那是不可能的。

二是用包容的心态，以"幽默"出之，大有超凡脱俗、凌空高蹈之致。比较而言，20世纪90年代王朔、王小波等人的幽默是有些苦涩的，甚至有些刻薄；而到了新世纪，幽默一变而为旷达深远，仿佛"楚天千里清秋"一样一望无涯。南帆的散文表面是理性甚至是冷静的，但里面总藏着"幽默"，并且它常常又是温润的。在《七尺之躯的空间》开篇他即说："我听到一个有钱人抱怨，钱多得无处可用。他委屈地说，活着只是睡一张床，死了不过占一个墓穴，拥有那么多的钱干什么？"②《相聚会议室》更是幽默诙谐百出，作者从"开会迷""开会的人""行政技术""会议的形式""发言""表决""会后"七个角度展开，大有林语堂《论政治病》的流风遗韵。南帆这样写道："会议的主角走下主席台之后干了些什么，这也是许多人乐于刺探的内容。某一个胖墩墩的官员在接风的宴席上竟然也是用'感情深、一口闷'这种辞句劝酒，这种与民同乐的风格赢得了不少好感。许多人甚至因此接受了他流着鼻涕唏唏嘘嘘地吃辣椒的形象。宴会之后，他又在卡拉OK厅里唱了一曲《心太软》。虽然有些走调，但是，一脸正经的上级居然敢哼这种不无暧昧的调子，四下骤起的掌声的确包含了听众的某种惊喜。"③ 这是一种包含了"同情"的讽喻，是正宗的幽默，它比冷峻的

---

① 黄永玉：《黄裳浅识》，原载《新民晚报》2006年6月25日，见李晓虹编选《2006中国散文年选》，花城出版社2006年版，第398页。
② 南帆：《七尺之躯的空间》，《十月》2001年第5期。
③ 南帆：《相聚会议室》，《人民文学》2004年第6期。

讽刺更深入有力。韩小蕙的散文是正儿八经的，但细细品味却能感到其中的"幽默"，那是在作者和读者之间有"会心之顷"的。如《这个年龄的女儿有点怪》这个题目就有些"逗"，而《做个平民有多难》一文则处处包含了幽默的质素，令人忍俊不禁。如其中第一个分题是"去人民大会堂的最佳方式"，于是作者写道："我家的地理位置有点特殊：它是坐落在北京的心脏地带——东单银街的一个欧罗巴式大院落，距长安街有一站地，距天安门广场有三站地，我自己形容为'一箭之遥'。""要完成这'一箭之遥'的行进，共有四种方式可选择：（1）步行，需40分钟。（2）骑自行车，需15分钟。（3）乘公交车，包括步行到车站，等车、塞车等因素，大约需30—40分钟。（4）打的，如果不塞车的话，一去15—20分钟；但回来可就困难了，因为第一打不到车，长安街上不允许出租车空驶，更不允许随便停车。第二，东单路口不允许左转弯，必须前行到两公里以外的建国门绕二环路口回来，中间需耐心等待东单、北京站两个大红绿灯，这么一去一来，时间就没谱了，一小时开外也是题中之义。"① 作者叙述的内容可以说是个大幽默，而其不慌不忙、有板有眼、以"数学"进行推理的叙述方式更显出温润的"幽默"。随后，作者在第四分题中竟然列出了"我的财富观：五条金原则"，那就是："1、富贵不能淫，贫贱不能移。2、君子爱财，取之有道。3、能挣会花，视金钱如粪土。4、成由勤俭败由奢。5、平民立场，简单生活，奉献人类。"作者还加了一个"文后赘语"，并说："不好意思，我此文写得有点个人化了。"② 幽默一个接一个，反衬了对当今社会"拜金"和"虚荣"的不以为然和批评。还有鲍尔吉·原野式的幽默，他常能在"退一步"和"身处下位"中发出幽默的一笑。如在《河流里没有一滴多余的水》中，作者叙述这样一个故事：有个打工姑

---

① 韩小蕙：《做个平民有多难》，《2005年中国散文精选》，长江文艺出版社2006年版，第222—223页。

② 同上书，第232页。

娘刚给父亲寄了钱,而我正要取钱,营业员就将姑娘的钱转给我,姑娘一听可不干了,因为她觉得,如果这样她的钱就寄不到亲人那儿了。对此,无论是营业员还是我怎么向姑娘解释都无济于事。巧合的是,当时营业员手上再无别的钱给我。有趣的是,作者作出了一个特殊举动,他写道:"我说:这钱我不取了,我明天来。姑娘,你把钱交给营业员。营业员,你务必把姑娘这三百元钱汇到指定地方,行不?"① 这是一个幽默而又有些令人心酸的故事,由此可见作者的包容心与爱心。

　　三是变幻多样、摇曳生姿的叙事技巧,尽显此类散文的变化。某种程度上说,许多新艺术散文创新玩的是技巧,就像武术的花招和围棋的定式一样。而真正的武林和棋坛高手则是大化无形,表现出来的是无技巧。因此,我往往更注重散文内在叙事的变化与革新,注意陌生化写作。穆涛的散文不多,但其思想、理路、思维方式及其表达往往是令人难以捉摸的,充满某些神秘感及其强大的张力效果。如在《摇头丸和忠字舞》这篇短文中,作者先从生活琐事谈起,像负责任与不负责任、庸常与重要、创新与守旧、躁动与平衡等,直到最后一段才入题,其叙述方式令人难以捉摸,让我想到林语堂的《孤崖一枝花》。而在极其有限的文字中,作者又从"摇头舞"想到"摇头丸"再想到"忠字舞",以强调"独立思考"的重要性,于是他感叹:"天空中每天闪烁的,都是我们的无知在发光。"② 按一般人的思维,"无知"是愚昧,但从生命本相上看,人永不可能到达"知",所以"无知"才是一种真正的"知",才是一种真实的现实和富有魅力之所在,所以理解和承认"无知"方是智慧的。所以老子有言:"知者不博,博者不知。"英国作家罗伯特·林德曾写过一篇文章《无知的乐趣》,文章是这样结尾的:"我们

---

① 鲍尔吉·原野:《河流里没有一滴多余的水》,《美文》2009年第8期。
② 穆涛:《摇头丸和忠字舞》,《随笔》2004年第6期。

忘记了苏格拉底之所以以智慧闻名于世并不是他无所不知而是因为他七十岁的时候认识到他还什么都不知道。"① 穆涛还有这样的表述:"政治里的好和劣是复杂的,心态,心地,心术更复杂,正是这些,愁煞史官,但也彰显史官的眼力和人格魅力。"他还说:"尤其是中国的历史'课本',有五千年的厚度,很难读,城府深,色调沉,像一个人板着脸孔,古板、刻板,缺情少趣且苦辣,像冬天里喝烧酒,要'温'一下口感才稍好些。"② 这是一种"神龙见首不见尾"的写法。鲍尔吉·原野、黄永玉、冯秋子的散文都有这样的特点,你不知道他的路数,常常有意外甚至神来之笔,这是许多公共话语写作者难以望其项背的。另外,韩小蕙新时期的一系列散文都在变幻写法,试图进行不断的创新,她善于将新闻报道、隐喻、寓言等融入散文,希望能改变传统散文的叙述风貌。如《这个年龄的女儿有点怪》是作者以十个分题进行报道:"其一曰:反季节的感觉","其二曰:顾脚不顾脸","其三曰:反叛的行为方式","其四曰:颠覆常规思维","其五曰:专跟你唱戏","其六曰:不知天有多高地有多厚","其七曰:疯狂追星","其八曰:毛绒玩具情结","其九曰:穷人的富人气度","其十曰:群体怪异行为"。这是一种"新闻体散文"的结构方式,其优点是简洁明快、直截了当、双向沟通,比较容易引起读者的共鸣;不足之处是容易失去曲折委婉之美,降低作品的"文学性"。

总之,由于散文作家有一颗不安分的心,所以他们都在进行积极的探索,努力追求散文艺术的变革与创新,这是非常有意义的,也是新时期中国散文能够不断保持活力的关键之所在!但是,也应该注意,创新需要有前提、基础、原则和底线,即它必须有强大的包容心,必须朝健

---

① 于晓丹等编:《玫瑰树》,见《世界散文随笔精品文库》(英国卷),中国社会科学出版社1994年版,第256页。
② 穆涛:《信史的沟与壑》,《上海文学》2009年第11期。

康美好的方向前进，必须建立在作家人格、境界和品位的锻造与提升上，舍此，任何所谓的创新都难以实现，也是没有多少意义的。还应注意的是，创新者应避免观念上的误区，即"进化论"的简单模式；创新者也应注意处理好"新"与"旧"的关系，因为孔子就曾说过"温故而知新"的话，也就是说，"新"并不等于简单地否定"旧"，更不能舍"旧"而进行独"创"。当然，创新更不是为"创新"而创新，它应是瓜熟而蒂落、水到而渠成。

三 魅力与局限：传统散文之得失

提起中国传统散文，人们对之普遍感到不满，这里的原因当然很多，但一个最重要的原因就是中西文化和文学的二元对立观念，即西方代表先进而中国传统则代表落后。试想，在中国现当代诗歌、小说不断向西方学习，且日新月异的情况下，中国现当代散文却步履蹒跚、变化缓慢，难怪人们以"沉疴"和"末路"目之。如果从变革与创新的角度观之，中国现当代散文确实有些落寞；但如果从"变"与"不变"的关系，尤其考虑到散文的本性，或许散文的"不变"正是它的长处，而诗歌和小说的不断"变脸"又是其短处了。不是吗？中国现当代诗歌和小说的向西方学习，甚至唯西方是从，是否意味着更多地失去了自己的本位，而成为一种异化？

基于此，我曾从"常态"与"变数"的辩证关系角度谈文学尤其是散文的特性，指出散文除了讲"变数"外还应讲"常态"，即在题材、主旨、情感、审美趣味等方面都有其持续性，就如同朱自清和俞平伯以相同的题材、相近的感情和趣味写成的同名散文《桨声灯影里的秦淮河》都是经典名篇一样。其实，在中国现当代诗歌和小说普遍西化的情况下，正是这种"共性"和"常态"才使中国现当代散文作为中国文化与文学的标本得以留存下来。① 因此，我们理解新世纪的中国散文也应如是观，一面要看到其变革及其价值，另一面又不能忽略坚守传统和发扬光大的意义，而且我的基本判断是：后者是主体，所取得的成就更大，而产生的经典作品也更多，从而显示了传统散文的巨大魅力。概括起来，新世纪中国传统散文在三个方面有了可喜的收获。

第一，深刻地反映和表现新世纪中国社会的变革与转型，尤其是揭示了在这一过程中存在的问题，从而成为社会良知的担承者和国民素质的提升者。这里包括环保问题、民生问题、道德问题、人性问题、男女平等、城乡关系问题，等等。较有代表性的散文家有：王开岭、周国平、林非、谢冕、蒋子龙、陈世旭、张抗抗、张炜、贾平凹、冯骥才、史铁生、铁凝、梁晓声、王剑冰、王宗仁、周明、石英、柳萌、肖凤、杨闻宇、郭秋良、吴克敬、毕淑敏、筱敏、迟子建、王尧、李木生、潘向黎、彭程、朱以撒、贾兴安、王聚敏、王本道、郭文斌、列娃、桑麻等人。如王开岭的《精神明亮的人》《谈谈墓地，谈谈生命》《大地伦理》《仰望：一种精神姿势》《一个房奴的精神大字报》《现代人的江湖》等都是问题意识较强的优秀之作，而《精神明亮的人》和《现代人的江湖》最有代表性。《精神明亮的人》是针对世纪末情绪和人心的涣散而发出的呐喊，作者说："无论何时何地，我们只有恢复孩子般的好奇与纯真，只有像儿童一样精神明亮、目光清澈，才能对这世界有所发现，才能比平日看得更多，才能从最平凡的事物中注视到神奇与美丽。而成人世界里，几乎已没有真正生动的自然，只剩下了桌子与墙壁，只剩下了人的游戏规则，只剩下了同人打交道的经验与逻辑。"②《现代人的江湖》着力探讨的是现代人的生存处境和困境。在作者看来，随着人们智力的提高，许多人尤其是那些"弱者"都"生活在险

---

① 于晓丹等编：《玫瑰树》，见《世界散文随笔精品文库》（英国卷），中国社会科学出版社1994年版，第256页。

② 王开岭：《精神明亮的人》，《散文》2002年第6期。

境中",于是他发出这样的感叹:"我若是个傻瓜,可怎么活啊,面对这么多陷阱,这么多圈套和天罗地网,我何以摆脱猎物的命运?"不仅如此,就是强者也难逃"险境",因为强中还有强中手,有时事实往往是:"强者比弱者输得更惨!"于是,王开岭提出如何建立"社会程序和游戏规则"的问题,比如"让傻瓜也能活得好好的"。作者还由韩国总统卢武铉的自杀,引发出社会道义问题,即人们尤其是官员应知道"廉耻和羞愧"。可以说,能直面当下人类尤其是中国人的生存处境和困境,并进行哲理和美的反思,这是王开岭散文的价值之所在!林非的《命运》通过与自己分别五十年后又得以重逢的老同学之坎坷经历,来反思女性命运、家庭幸福及世道人心问题。作者对于同学的母亲怀了深切的同情,对在外寻花问柳、不负责任的同学的父亲进行了无情的鞭笞,并由此引发了对于社会人生的关注。作者写道:"经历了多少人海的沧桑之后,我才算是懂得了这一桩桩不幸的命运,缩小到自己的家庭而言,正是那一家之长丑陋与卑污的情欲,损害了妻子和儿女们正常的生活;扩大到整个社会而言,正是若干夺取了权力的寡头们,为了满足一己之私利,和推行那些随心所欲的妄想,才将数不清的芸芸众生,投入了灾难或死亡的境地。"[1] 这种充满人道主义、男女平等、家庭与社会和谐的理念,不仅对于过去的历史具有批判意义,对于中国社会转型中许多人的欲望放纵、失德无耻,也具有现实的警示作用。还有周国平对于全民娱乐、不以为忧的批判(《把我们自己娱乐死?》),铁凝对于诚信与心灵环保的倡导(《一千张糖纸》),王宗仁对于仁慈和博爱的呼吁(《藏羚羊跪拜》),王尧对于大学教育体制的审视与批评(《一个人的八十年代》),蒋子龙对于中国古代文化及其精神的推崇(《风水》),张抗抗对于环保和生态的关爱(《红松擎天》)等都是如此。值得关注的是郭文斌对于人生命运的思考,作者提出了"安详"乃至于"安详

---

[1] 林非:《命运》,《美文》2002 年第 8 期。

主义",以便医治现代人的焦虑症,帮助现代人找回丢失的幸福。在作者看来,现代人身处各种危机中而难以自拔,其可怕程度有甚于患上艾滋病和癌症,他说:"烈火沸水一般的焦虑将会成为远比艾滋病和癌症更让人们束手无策的集体疾患。"而要根治此病,安详与安详主义至为重要,因为它"既是一条回家的路,又是家本身"。"要说安详主义其实很简单,安详主义不是别的,安详主义就是回到我们'自身',回到当下,回到细节;坦然地活着,健康地活着,唯美地活着,低成本甚至零成本地活着;喜悦着,快乐着,幸福着,满足着。"① 当然,作者并没有将安详和安详主义做片面化的理解,而是与服务时代、给予的精神、现代文明、科学、人道等连起来思考,希冀它获得合理健全的发展理路!确实如此,安详是一种人生智慧,是一种生命体验,是一种精神品质,还是一种天地自然之道,它是当下时代与文化中最为缺乏的。作家的思考具有时代感,更不乏形而上的哲学意义。很显然,新世纪的中国散文较为集中地探讨了人们关心的现实问题,表现出较高的文化素养和精神品质,也成就了不少经典作品。

第二,以真情动人心魂,从而使新世纪的中国散文充实、内在、美好,具有长久的艺术生命力。这一类作家包括阎纲、贾平凹、梅洁、臧小平、朱鸿、蔡桂林、小红、孙晓玲、彭程、杨新雨、王兆胜、胡发云、张国龙、吴佳骏、江少宾等。近些年来,不少人对于散文中的真情实感不太重视,也不以为意,这是相当错误的,因为真情如同散文的血液,也有人将它看成散文的生命线,如林非说:"不仅狭义散文必须以情动人,就是对广义散文也应该提出这样的要求,因为这对于散文家来说,无疑是在很大程度上决定自己作品能否存在和流传下去的生命线。"② 没有真情的散文往往很难深入人心,更难以发芽、开花和结果。

---

① 郭文斌:《安详是一条离家最近的路》,《海燕·都市美文》2009年第11期。
② 林非:《漫说散文》,《林非论散文》,江西高校出版社2000年版,第100页。

阎纲的《我吻女儿的前额》是新世纪的重大收获，它将父女之爱描绘得惊天动地、感人肺腑，尤其是女儿的感恩之心以及女婿的淳朴令人感到揪心，并将生死进行了智慧和艺术的升华。作者在文末这样写道："吻别女儿，痛定思痛，觉得死亡也没有什么可怕。死后，我将会再见先我一步在那儿的女儿和我心爱的一切人，所以，我活着就要爱人，爱良心未泯的人，爱这诡谲的宇宙，爱生命本身，爱每一本展开的书，与世界上第一流的思想家做精神上的交流。"[1] 这是一个白发人送黑发人的父亲对于生死的感悟，它是那样清明、仁慈、温暖和超然，是人道的长歌。这样的作品在内容和写法上都是传统的，似乎没有新意；但这又有什么关系呢？读这样一篇文章胜似读十篇百篇无关痛痒的高论，这才是散文和文学的伟大力量之所在！女儿去世后四年，阎纲又写出了《三十八朵荷花》，这种思念、倾诉与赞美如蜘蛛吐出的长丝，与读者的心弦一同颤动，令铁石心肠的人都不能不为之动容和落泪，并在心中引起长久的共鸣。梅洁的《不是遗言的遗言》是写心爱的丈夫的，那是凝聚着多少酸甜苦辣后结出的爱情果实，可在转眼间它就突然从树上坠落了。作者以循环往复的方式呼叫"亲爱的"，以寄托对丈夫的哀思，那种欲哭无泪的伤怀无以言喻，所以结尾作者写道："亲爱的，在忆念你的时间里，悲苦的泪水将打湿所有的时间……"[2] 是的，美好的东西总是短暂的，生离死别的美好的爱情多么像赴死的白天鹅所发出的嘹亮之歌，它伤感而优雅、痛苦而醒悟地启示着所有的人。还有朱鸿的《一次没有表白的爱》写得委婉动人、如泣如诉，那是作者纯粹、善良、优雅而又明敏的外现，是爱情之花的盛开与闪亮，虽然这是一次没有结果的爱情。文中有这样一段话写得极为精彩："这件事情就以自己特殊的方式像一滴水似的渗透到岁月之中了，我呢，也再没有给她写

---

[1] 阎纲：《我吻女儿的前额》，《散文》2001年第6期。
[2] 梅洁：《不是遗言的遗言》，《海燕·都市美文》2005年第8期。

信,打电话、进行联络,也再没有获悉姚伶的消息,我当然也尽量避免知道她的婚姻与家庭。我不会嫉妒她的情况很好,只害怕她的情况不好。但渗透到岁月之中的水却并没有为岁月所蒸溶,恰恰相反,它蓄于我的心底,清澈、晶莹,没有污染,它一直滋润着我的灵魂。"结尾,作者这样写道:"我所能做的仅仅是,向她祝福,愿上帝保佑她!"[①] 尽管是一次没有表白、对方也无感应的爱,但作者却有如此的胸襟、修为、品质和境界,从而使作品充满温润、圣洁和迷人的光辉,读之令人倾倒。如果形而上地说就是,真正伟大的爱不是占有,而是给予和祝福,哪怕对方对此一无所知,这就是朱鸿这篇散文和他本人的魅力所在。臧小平和孙晓玲怀念父亲的散文也是情深、意切、文美,是难得的佳作,胡发云的《想爱你到老》是关于忠贞不渝爱情的颂歌,这在新世纪的社会氛围中难能可贵!特别值得提及的是张国龙和吴佳骏的亲情散文,两位作者虽然年轻,但感情丰沛有力、表达得质朴自然,能够深深地打动读者。张国龙的《亲情的距离》将我、父亲、奶奶连缀起来,形成了一个情感的依恋链;吴佳骏的《墨水灯》和《背篓谣》情深意长、诗意盎然,他们的写作都是源于生活,源于对亲情的细微体验,也源于一颗平民之心的诗性的烛照,所以能给人留下深刻的印象。

第三,紧紧贴近大地,细细体验天地自然的一草一木,从而使散文能够成为生命的花开。较有代表性的作家是张炜、周同宾、郭保林、郑云云、楚楚、马力、刘家科、李登建、许俊文、李汉荣、李一鸣、王族、孙继泉、高维生等。值得注意的是,李汉荣写农村尤其是农具非常细致,有一种被心灵滋润的光芒,也有学者独特的感觉与剖析功夫。许俊文的乡土书写最有意味,它是新世纪乡土散文的代表人物,如果说20世纪90年代张炜的乡土散文写得又多又好,那么,在

[①] 朱鸿:《一次没有表白的爱》,《天涯》2001年第4期。

新世纪我推举许俊文。许俊文的散文虽然写得并不多，但有羽化之功，也更加自然、质朴、有力。在《泥土》中有这样美妙的句子："跳动了一个春天，喧闹了一个夏天，土地直到把所有的庄稼都送走了之后，这才坦然无忧地躺下来，在月光下深深地睡下，那飘荡在田野上大团大团的浓雾，就是它绵长而舒缓的呼吸吧。仍有一些庄稼似乎舍不得一下子走得太远，它们留在泥土里的残根，抽出零零星星的青苗（庄稼人叫做'次青'）来，挂着晶莹剔透的露珠。于是牛羊们走了来，吃几口，叫一声，吃几口，又叫一声。时令在它们的叫声中渐渐地深了。"① 这不只是一种诗意表达，而是作家与大地融为一体后的深切感受，是心灵相通、琴瑟和鸣的知音之感，更是春蚕吐丝和蛹蜕成蝶后的精神的逍遥游。

这就是传统散文的魅力，尽管在21世纪，它却仍不过时，仍能发出耀眼的光泽，成为散文这一文体的主力军。当然，与以往相比，新世纪的中国传统散文并不是故步自封、一成不变的；相反，它自觉不自觉地受到各种因素，比如时代风气和大文化散文的影响。不过，以发展的眼光看，到目前为止，传统散文的势力和惰性确实太大了，它必须不断地被注入新的因素，使之充满活力与更健康的发展，这是需要注意和警惕的。这也是为什么，对于新世纪中国的传统散文，我们既应给予高度评价，又希望它不断地受到冲击和获得更大的生机，因为一成不变的东西是没有的。

---

① 许俊文：《泥土》，《散文》2007年第3期。

转型期与需要表达的时代

黄灯

时间：2018.10.27

地点：E126 会议室

主讲人简介：黄灯，女，湖南汨罗人。2005 年毕业于中山大学中文系，获博士学位，现为广东金融学院财经与新媒体学院院长、教授，中国现代文学馆客座研究员。多年来关注乡村问题，曾写作《一个农村儿媳眼中的乡村图景》，引发2016 年全国乡村话题大讨论。非虚构作品《大地上的亲人》已由理想国出版。主要从事文学批评和文化研究，业余写作随笔，曾获"琦君散文奖"，"第二届华语青年作家奖"非虚构奖，《当代作家评论》年度论文奖。

摘要：2016 年 1 月《一个农村儿媳眼中的乡村图景》一文经新媒体传播，引发春节期间全国乡村话题大讨论，2017 年 2 月理想国出版《大地上的亲人》，无论是在文学评价界还是在社会上，都引起了较大注意。作者从写作经验出发，理解20 世纪90 年代以来的社会和文化转型，提出当代社会的一个文化表征，正是进入了"需要表达和被表达的时代"，由此，"非虚构写作"的引入和本土化历程就显示出极其重要的意义。以《一个农村儿媳眼中的乡村图景》的写作和当时引发的网络讨论为例，作者探讨了"非虚构写作"在中国当代文学与文化语境中的意义，指出"尽管媒体在变，但读者对真相和故事的需求是刚需"。《大地上的亲人》一书同样也是"新媒体语境下的非虚构"典型案例。最后，作者总结了"新媒体语境下非虚构写作的话题性及传播特点"，提出要注重"个体经验和公共经验的对接"，同时"警惕新媒体语境下传播的风险性"。

关键词：新媒体语境；非虚构写作；乡村话题；个体经验；公共经验

今天非常开心，我是第一次到西安来。因为在南方长大，对北方非常陌生，西北一带在我心里非常神秘，而西安又是文化底蕴特别深厚的一个地方，作为一个南方出生、长大的人，我有一种朝圣者的心理。

来到教室后，我从同学们的热情中，立即感受到了西安外国语大学的学术氛围，一个读书会可以做得这么有影响力，让我敬佩，我很后悔没带几个学生来，我应该带几个学生过来，让他们感受一下北方高校的读书气氛。我在广州的一所高校工作了13年，私下里也通过导师制辅导过一些学生，因为各种原因，我的工作没有昱娟做得那么细，也没有太多系统，我刚刚看了昱娟这几年来读书会组织学生的阅读书目，这对我触动非常大。

这次来西安的机缘，是因为《大地上的亲人》，是想通过读书会和大家交流一些看法。因为王老师已经带大家读过了，我想讲一些写这本书的大的背景，讲一下我对这个时代的理解。严格说来，我和王老师的成长路径比较相像，都是纯粹的学院里面出来的，和她唯一的差别，是我大学毕业后，在20世纪90年代曾工作过几年，刚好见证了时代转型期的一个重要节点，我整个的青春年代，刚好亲历了中国从计划经济向市场经济的一个转型，见识了市场经济到来后的各种变化，这是我理解时代的一个重要观测点，也是我人生经验的重要来源。简言之，中国的时代转型，有一个明确的时间和逻辑节点，诸如十一届三中全会、诸如邓小平南方谈话，这些都是标识一个时代的重要印记，显示了波澜壮阔时代的宏大特征，更为重要的是，它会和每个人的日常生活产生关联。

我知道在座的都是"90后"，甚至"00后"，我知道在你们出生后，看到的社会景象，都是已经彻底市场化后的社会图景，但我作为70年代中期出生的人，恰好处在各种夹缝中，见识了中国从农业社会向工业社会、信息社会的现代化转型进程，见证了一个时代的蜕变，这构成了我们理解世界的驳杂和多重向度。

给大家举一个例子，我是1992年上大学的，我印象中，大学只交几百块钱的学费，然后每个月国家还会给几十块钱的生活补贴，宿舍免费，实际上相当于大学教育的费用国家全包了。当时的高考，有中专、大专、本科三个层次，每个层次，录取的分数可能就差几分，但无论什么层次，身份上都是国家干部，毕业以后，国家包分配工作，分配工作进入单位以后，单位给分配宿舍，但现在，当年的中专已经消失，变为了各类职校，大专也升为本科，高考的录取率，也从不到10%上升到了50%以上，学生毕业以后，不存在包分配工作的说法，都要自行就业，就业以后，要自己去租房子，当然，更不存在干部身份这个说法，甚至很多地方，连户口都不解决。换言之，在我念大学的时代，可以明显感到国家和个体之间的密切关系，"干部"这两个字，沟通的是一种身份，沟通的是个体和国家之间的一种关联，大学生是国家的天之骄子，国家像父母一样，通过计划经济时代的资源分配，大包大揽了个体的吃喝拉撒、生老病死。

但随着市场经济的铺开，一切悄然发生了变化，我感觉到自己从集体中被剥离的感受，恰恰就是从90年代的国企改革开始的。

1997年，在我毕业分配的国有企业，为了配合国企改革，我成了一名具有干部身份的下岗工人。这种经历让我切身感受到，市场经济时代的国家再也不愿、也不能对每个个体负责了，它再也带不起这么多人，不可能像以前一样敞开怀抱，通过体制化的力量，把所有人都纳入这个里面。作为深入骨髓的个体经验，下岗让我醒悟过来，让我明白一个道理，所有的东西，包括依附国家经济制度的国有企业，也不可能永远拥抱你，有一天，它也会瓦解掉的。这个时候，对时代的感觉，实际上就建立起来了。和我的同龄人相比，我对中国转型期裂变的痛楚，也要感受得更直接一些。落实到写作，这实际上，就成为我书写的一个基点，也成为我理解时代的一个背景。换言之，我和时代之间的关联，不仅仅来自书本知识的勾勒，而是更多来自个体的经验。

再举一个例子，诸如高考，我同样感受到了各种实验在我们这一代人身上的折腾，我记得 1992 年，湖南的高考按照文史、理工、生化、地理分为四类，文史类的不考数学，化工类的不考语文，当年北大的中文系甚至不在文史类招生，湖南高考的文史类状元，也就是我那一届的同校同学，进了人大的新闻系。但这种改革只持续了一年，到下一年就发现了其弊端，立即就改回了文理两科，这其中有多少人的命运，以改革的名义不动声色地被改变，谁也不知道。再诸如房产改革，刚刚工作的时候，一到时候，单位就会给职工分住房，但 1998 年，突然宣布这个政策取消，住房进入市场化阶段。很明显，这所有的变革，高考、国企改制、住房制度的变化，落实到个人身上，都是一场狂风暴雨，都是宏大叙事背景下的个体命运叙述。更为重要的是，经过二十年的市场化实践，地区、城市、个人之间的差距迅速拉大。以住房改革为例，彻底市场化后，人与人之间的财富差距，工作流通机会的日渐逼仄，个人阶层的触目惊心的对比，都与此密切相关。

在这种境况下，作为一个写作者，目睹现实的变化，内心就会自然有一种感觉：特别想说话，特别想表达自己。尤其是经过研究生考试，重新进入校园，然后又进入一所普通高校教书后，在和学生的命运对比中，更是感触颇深。诸如我考研的时候，尽管身份是下岗工人，但英雄不问出处，只要你有本科文凭，哪怕是自学考试的文凭，同样能获得和 985、211 高校学生公平竞争的机会，但到我的学生，他们经过很多努力，好不容易上线、入围，却因为第一学历非名校，就被刷下来，我就会感觉特别悲伤，感觉特别不公平，这个时候，我会感到时代对年轻人而言，真的越来越坚硬了，时代确实发生了质的改变。因为有对比，我就想知道这个时代的变化到底怎样发生，特别想把这个秘密弄清楚。我找不到答案，我甚至发现知识的训练也没办法让我解释现实。怎么办？我只能通过写作，将这个时代的征候记录下来，我也鼓励我的学生，将自己的所见所想记录下来。毕竟，这是一个需要被表达的时代。

媒体语境的改变与非虚构写作

回到今天讲座的主题，"新媒体语境下的非虚构写作"，先讲讲媒体环境的改变。我是2002年到广州的，可以说，见证了广州发达报业的最后辉煌期。在中国的版图上，北京占有最多的文化资源、学术资源，上海的境况也非常好，而广州在文化和学术上，相对它的经济地位，显得有点不协调。但在很长一段时期之内，广州的报业特别发达，在新媒体没有出现以前，广州的报业构成了中国传统媒体的重要组成部分，广州成为全国心怀新闻理想的学子心目中向往的地方，很多人会留意到广州的负面新闻多，诸如"小悦悦事件"，这其实恰好说明广州的舆论氛围是开放的，是不怕揭自己丑的。

在这里，作为一个在广州生活了16年之久的外省人，我特别想为广东说句公道话。广东的文化特性是宽容低调的，尽管一直被视为中国文化的沙漠，但越是了解这个地方，越发现它的文化是渗透进日常生活的，是活的，持续散发出生命活力的。我很多时候跟随学生去他们的村庄调研，诸如潮汕地区，每每为他们对传统的敬畏而震撼。毫不夸张，从传统文化的保留来看，广东地区是全国做得最好的。它有很多这个时代急需的美好的品格，诸如实在，不爱虚荣，过年的红包敢包五块钱，实干，不说废话，也不好高骛远，对日常生活的逻辑特别尊重，广东报业发达的背后，是广东文化的滋养和提供的机会。但这一切在新媒体出现以后，遭遇了无情的挑战，并进而瓦解。数不清的深度调查记者，因为报业断崖式的衰败，转行去写公号、做编剧。新媒体的快速发展，确实让人始料不及，开句玩笑，如果没有微信，那也没有我黄灯，我的写作也不可能被大家所知。微信以后，直播、抖音火爆，媒介的改变，越来越快，这是我们今天遭遇的现实处境。

在这种境况下，非虚构写作获得了越来越多的关注。为什么这几年非虚构如此红火？梳理起来，提到非虚构，一个标志性的作家，是梁鸿，标志性刊物是《人民文学》，标志性的栏目是《人民文学》的"非虚构栏目"。由《人民文学》推动的非虚构写作在文学层面，取得了极大的成绩。但非虚构和公共话题产生关联，始自近几年由新媒体传播带动的"返乡书写"。其中一个标志性的文本是2015年上海大学博士生王磊光的《春节回家看什么？一个博士生的返乡笔记》，另一个标志性的文本是2016年，我写作的《一个农村儿媳眼中的乡村图景》。这两个文本都不是纯文学的文本，都和上海大学文化研究系有关，王磊光的文本是他们策划的一次活动的发言提纲，我的文本来源于他们组织的一次学术会议的会议论文。

新媒体传播的影响力，类似于80年代伤痕、反思文学时期，纯文学期刊发行几十万册、上百万册时所带来的效应。我记得韩少功老师说过，他的《月兰》《西望茅草地》出来时，读者的信件是用麻袋装，堆在单位的传达室的。在那个时代，作家类似于今天的明星，他们的作品会获得很高的关注度，但在释放掉特殊历史时期所累积的力量后，随着语境的变化，纯文学此后再也没有回到新时期初期的狂热期。直到新媒体的出现，它由于传播的方便所带来的巨量的阅读量，导致一些文本在大众层面，获得了极高的关注。

新媒体飞速发展的同时，传统媒体急速衰败。在报业的辉煌期，广州的报纸积聚了全国很多一流的深度调查记者，但今天，有人统计，全国报纸的深度调查记者已不到100人。这实际上是非虚构出现的一个客观条件。换言之，尽管媒体在变，但读者对真相和故事的需求是刚需，这就为非虚构写作提供了巨大的市场需求。说到底，非虚构文学的快速发展，是由很多内因外因决定的。外因方面，传统媒体的衰败、新闻调查记者的大量消失，客观呼吁非虚构作家的出现；内因方面，新媒体的出现，以其便捷彻底改变了文学的传播方式。写作者再也不必遵循传统写作的路向——从纸媒出场，获得官方的奖项，获得出版机会这样一条途径，新媒体带来的，是一种完全不同的文学生产方式，这样，余秀华、范雨素、工人诗歌、皮村文学小组作品的传播，才得以实现。

正因为新媒体的优势是便捷，这就为它带来了先天的隐患。在流量和速度为王的时代，新媒体缺乏深挖的耐心，与此相伴，一个后真相时代就这样来临，博眼球、标题党、信任崩塌成为现实的图景。

传统媒体同样面临前所未来的困境。越来越狭窄的舆论空间，雪上加霜的新媒体的攻城拔寨，几乎从根基上抽空了他们的生存平台。记者无冕之王的桂冠成为往昔的光辉回忆，过去对精神的确认、执着和坚守，更多时候不得不屈从眼球经济的大势，只得服从标题党的浅薄和无奈，透出一个写手的悲哀。

在文学边缘化，传统新闻面临挑战的条件下，非虚构写作具有巨大的空间。它是建立和真实生活联系的最佳通道，在"现实感"这一层面上，具有自我成长的唤醒、对网络时代劣势的纠偏、接通文字和真实生活的关系、触及真实的生活肌理、了解真相的效用；在"思考力"层面，有利于激活学生的思考能力，培养批判性思维；在"表达力"层面，能够提高学生的表达能力，与思考能力良性互动。当然，比写作技巧更重要的是写作观念，写作观念来自个人对社会的理解——真正打动人心的作品来自情感的感染力，来自对他人的体恤和理解，同时，在剧烈变动的中国，对底层的关注，对弱势群体的关注非常重要。而以上这些正是"非虚构写作"所能带来的新的机遇。

"大闹":"热闹"的内在结构与文化编码

李永平

时间：2018.11.14

地点：E126 会议室

主讲人简介：李永平，陕西师范大学文学院教授，文学人类学研究中心主任，文学博士，历史学博士后，文学人类学与比较文学博士研究生导师。中国比较文学学会文学人类学分会副会长，中国比较文学学会理事，中国敦煌吐鲁番学会丝绸之路专业委员会会员，中国民俗学会会员。

主要研究方向涉及文学人类学、古典学、比较文明等。国家社科基金重大招标项目"海外藏中国宝卷整理与研究"（编号17ZDA266）首席专家。主持完成国家社科基金项目、中国博士后科学基金项目、教育部社会科学规划项目、"一带一路"智库项目、中央高校专项项目、陕西省社科基金项目、教育厅人文社科基金项目等十多项，出版著作5种。近年来在《光明日报》《中国社会科学报》《外国文学研究》《民族文学研究》《思想战线》《文艺理论研究》《民俗研究》等期刊发表学术论文60余篇。

摘要："閙"字至迟在西汉时已经产生，从后世的语词"热闹"的表述功能看，作为民俗意义上的热闹，有极为丰富的社会功能。热闹存在于成人仪式的内在结构之中；热闹有助于焐热、重组生活环境；热闹是度过阈限阶段的方式，度过阈限才能进入新的阶段，而这个阈限阶段的仪式活动有助于消除污染，恢复洁净。热闹的内部机制包括严酷的自然和社会双重考验中的过渡礼仪，民俗仪式中由萨满完成的降妖、伏魔的仪式性禳灾，大闹孕育着人神共睦或混沌未开的危险与生机。"大闹""热闹"更多地表现为民俗仪式活动，过去每逢除夕、元宵等岁时节日，方相氏、僮子（由村民装扮）与无形的超验世界（鬼疫之属）

冲突激烈，热闹非凡。可以说，传统社会的灵验时间和神圣空间，要周期性地演述"大闹—斩妖"仪式，通过大闹仪式，搬演"热闹"的场面以达到禳灾、净化的目的。

关键词：闹；大闹；热闹；阈限；文化编码

基金项目：本文是国家社科基金一般项目"宝卷禳灾叙述的人类学研究"（15BZJ037），国家社科基金重大招标项目"海外藏中国宝卷整理与研究"（编号17ZDA266）的阶段成果。

本文同名发表于《民族艺术》2019年第1期。

本文与已发表论文有一定区别。

说到热闹，我们首先想到的是熙熙攘攘的人群，兴高采烈的氛围，举家团圆的节日庆典等。热闹的场合可能是一个大型的庙会，也可能是熟人们的一个聚会，更可能是一场婚礼，还包括花团锦簇的审美形式。这里有人马杂沓、鼓乐齐鸣、喧哗与沸腾。概括说来，热闹的表层首先是气氛热烈，其次是人数众多，最后是处于传统社会内部。如果从小说描写的内容看，热闹处的文字莫过于激烈对抗，或者是路见不平拔刀相助，或者奋起反抗，或者打家劫舍等叙述情节。仔细琢磨这些情节，它们的内部多呈现"闹"或者"大闹"。《红楼梦》第25回"魇魔法姊弟逢五鬼，红楼梦通灵遇双真"，可谓一处极为热闹的文字，兹列举原文如下：

> 宝玉忽然"嗳哟"了一声，说："好头疼！我要死！"将身一纵，离地跳有三四尺高，口内乱嚷乱叫，说起胡话来了。此时王子腾的夫人也在这里，都一齐来时，宝玉益发拿刀弄杖，寻死觅活的，闹得天翻地覆。贾母、王夫人见了，唬的抖衣乱颤，且"儿"一声"肉"一声放声恸哭。
>
> 正闹的天翻地覆，没个开交，只闻得隐隐的木鱼声响，念了一句："南无解冤孽菩萨。有那人口不利，家宅颠倾，或逢凶险，或

中邪祟者，我们善能医治。"贾母、王夫人听见这些话，哪里还耐得住，便命人去快请进来。众人举目看时，原来是一个癞头和尚与一个跛足道人。①

"热闹""大闹"和"闹"是什么关系？热闹的内部机制是什么？本文拟就这些问题作进一步探讨，以见教于方家。②

一 "热闹"的社会功能

"闹"的繁体写作"鬧"。《说文解字》："鬧，不静也，从市，从門。"其本义应该是争吵，争斗。《日忌木简》"不鬧若伤"，用的便是其本义。《字源》："徐铉说，'鬧，不静也，从市門'，以市中争斗会乱哄哄之意。"通过对出土文献考察，"鬧"字至迟在西汉时代便已经产生。③ 这其中，汉代以来北方多民族的音乐、杂耍、幻术等对华夏审美趣味的形成产生了重要作用。从后世的语词"热闹"的表述功能看，作为民俗意义上的热闹，上古有禳灾仪式文化，在今天依然有着极为丰富的社会功能。

首先，热闹存在于成人仪式的内在结构之中，对个体来说，其社会功能在于度过关煞。从人类学意义上讲，度过青春期，由青涩、不成熟到成熟，一个人要经历烦恼、困惑和矛盾冲突，这其中包括，青春期对

---

① "魇魔法姊弟逢五鬼，红楼梦通灵遇双真"，载曹雪芹《红楼梦》，人民文学出版社2008年版，第343—346页。
② 笔者在《"大闹"与"伏魔"：〈张四姐大闹东京宝卷〉的禳灾结构》一文中，以个案形式做了初步探讨，本文拟进一步做理论总结。参见《"大闹"与"伏魔"：〈张四姐大闹东京宝卷〉的禳灾结构》，《民俗研究》2018 年第 3 期。
③ 《武威汉简》中的《日忌木简》为四言韵语，所记内容是流行于民间的日辰禁忌，编号丙简记有"酉毋召客，不鬧若伤"。内容大体是说，每逢酉日，注意禁忌，不要召请客人，否则，便会招来争吵、争斗，从而受其伤害。汉民族风俗十分讲究日辰禁忌，《睡虎地秦墓竹简》中大量的日书，便丰富地记录了这种习俗。从中可见，"鬧"这个词，最初应该是来自民间，后来被书面语吸收。

家长权威的反叛、抵触，有时候还有忧郁躁狂、愤懑之类的情绪反应。

传统社会，为了让孩子进入熟人社会，由生涩变成熟，成为家族中的"自己人"，汉文化圈在人的一生设置了很多热闹的过渡仪式。认为要经过现实或想象中的重重"关煞"，如"断桥关""水火关""短命关""鬼门关"，等等，通过寄养、命名、唱《度关科》等热闹一番，来保佑孩子平安闯关。

进入熟人社会有很多具体举措，比如成长过程中孩子要"过满月"，吃"百家饭"，穿从各家化缘来的各色布料做成的"百衲衣"，山西等地要为孩子举办"过十三岁"礼仪等。通过这些像百衲衣一样的密密匝匝、花团锦簇的热闹仪式，让未成年人进入熟人圈，一方面，接受宗族中叔叔阿姨们的祝福、担保和抬举；另一方面，通过被接纳、被认可的仪式，让当事人逐渐启悟，意识到自己已长大成人，可以独立与异性交往，并能够承担对于家庭、宗族、社会的责任和义务。[1]

其次，热闹有助于焐热、重组生活环境。传统社会，最典型的热闹莫过于"闹洞房"。"闹洞房"必须热烈、火热、热闹。对于闹洞房，各地民间至今流传着"越闹越喜""越吵越好""越闹越发，不闹不发"或"不闹不安宁（辟邪）""不闹不热闹"等说法。[2] 多数地区的民俗仪式中，婚礼上让新娘进入男方家时必须经过"热闹""红火"氛围的洗礼，如"跨火盆""跨火把""跨火堆""跨火烟""截门"等。这里的热闹有"闹热"的意味，通过热闹，闹热并重组环境。这类似于壮族的暖村、暖屋、"暖圩"。[3]

在农村，人们自建住房，"立木"的时候要尽可能多地请人来"帮

---

[1] 周星：《汉文化中人的"生涩""夹生"与"成熟"》，《民俗研究》2015年第3期。

[2] 谢国先：《走出伊甸园——性与民俗学》，四川人民出版社2002年版，第53—55页。

[3] 在壮族，如果一个家庭组织在其家屋内聚会"吟诗"，则可"暖屋"；如果是一个村落组织且在村落公共空间聚会"吟诗"，则可"暖村"；如果是一个圩市组织且在圩市公共空间聚会"吟诗"，则可"暖圩"。参见陆晓芹《"吟诗"与"暖"：广西德靖一带壮族聚会对歌习俗的民族志考察》，广西师范大学出版社2016年版，第217页。

忙",表面上是帮忙,实则是请大家共同赴宴,一起热闹。这热闹里边有借人多势众焙热生活环境、弹压邪气的成分在里面。至于乔迁新居,传统社会要闹房、"暖房"。民间认为住新屋,恐有什么灾煞作祟,应请法师在夜深人静之时,杀鸡宰狗,以驱除凶神恶煞。

最后,热闹是群体相互帮衬、度过阈限阶段的方式。正像人类学家乔健所描述的"为人办理婚丧喜庆,为村社办理迎神赛社",热闹的时间节点大都处在重大节日或人生的重要关口。这些阈限阶段,是灵验时间或神圣空间,比如蜡祭、端午节、春节这些岁时节日,个人的出生、结婚或者丧葬等人生礼仪。陕南孝歌就有孝子《闹五更》(图1)。热热

图 1　陕南孝歌《闹五更》封面①（作者 2013 年 5 月摄于陕西省丹凤县）

---

① 丧礼孝歌有三个程序,即"开路歌""唱孝歌""还阳"。

闹闹度过阈限才能进入新的阶段，阈限阶段回归神圣空间的仪式参与者，通过祈福、祷祝活动，消除环境污染，恢复洁净。

日本大和民族"心灵的故乡"京都，最负盛名的节日是祇园祭①，进入7月整个城市都热闹了，悠扬的"囃子"（笛子吹奏）高亢洪亮；壮观的山鉾（华丽彩车）组成的游行队伍绵延不断；那些身着斑斓的浴衣（夏季和服）、头戴簪花、脚踩木屐的姑娘们，相互嬉笑着、打逗着，在熙熙攘攘的人群里逛夜市，游山鉾町。有趣的是，敦煌第9窟有变相"祇园记图"，主要内容是劳度叉与舍利弗斗法。另，巴黎伯字第3784号卷子是与"祇园记图"同一内容的变文，该变文也可称为"降魔变文"，文尾题标明为"祇园因由记"。② 可以说，传统社会的灵验时间，要周而复始地聚众演述"大闹—斩妖"仪式，讲述古老的神话与歌谣，"讲故事的人"制造着"热闹"，赓续"大闹"中正邪力量较量的阈限阶段，这样才能调动神秘的能量，实现神判意义上的"审判"，以此达到厌胜鬼魅、祓除邪祟、净化禳灾的目的。

远古以来，人们相信危险来源于道德伦理上的"过错"，这种疾病由通奸乱伦导致，那种病的原因是失祀或触犯了禁忌，这种气象灾害是政治背信的结果等。对于那些不能明确归类，处于"不同类别的边界"地带的事物，几乎世界上所有的地方，都把它归入"有污染性"和"有危险性"的类别。③

中国文化传统度过"污染""危险"阈限的方法是做会，攒集"热

---

① 也叫祇园节，每年7月1—29日举行。公元869年，日本疫病流行，疫殁者不计其数，于是人们举行御灵会来祈福消灾。1970年以后，祇园祭成为固定的祈福节日。在日本人的观念中，所谓"御灵"泛指蒙冤离开人世的灵魂，即冤魂，人们将突如其来的天灾、瘟疫，特别是瘟疫看作是这些冤魂在作祟，因此，怀着畏惧和敬畏的心情称他们为"御灵"，尽自己所能安抚他们，祈祷他们不要加害活着的人。"御灵祭"的称谓恰恰道出了祇园祭起源的本义：祭祀冤魂亡灵，祓除瘟疫灾害。

② 金维诺：《祇园记图与变文》，《文物参考资料》1958年第6期。

③ [英]维克多·特纳：《仪式过程：结构与反结构》，黄剑波、柳博赟译，中国人民大学出版社2006年版，第109页。

闹"，度过区隔，厘清身份，重组环境以祈福纳吉。"桑柘影斜春社散，家家扶得醉人归"①，晚唐诗人王驾（一作张演）的《社日》把这种做会活动的热烈和沸腾生动地呈现出来：社日里闹热闹、唱戏已经成为民俗生活的重要组成部分。

郭明军博士做田野调查的山西省介休市洪山村、义安村、张壁村、赵家堡、下李侯村、东段屯村、里屯村、那村、罗王庄等，春节要"办热闹"。其中下李侯村的春节"闹热闹"从子夜零点开始，各家各户许愿祈神的人们上供，一直持续到正月十五日中午。唱干调秧歌、唱现代戏、走竹马、划旱船、格旋旋……最后是黄河灯（卍字灯）。②闹热闹时，在装饰纹样上，往往采用繁复的人物、动物、植物形象，这意味着吉祥和喜庆的气氛，百姓认为这会和人丁兴旺、子嗣不绝的美好愿景相统一。

2018年清明节，笔者前往靖江做田野，这一带举办相当热闹的"做会"仪式，根据做会的需要，宣讲相应的宝卷。在"圣灵降临的叙述"中，宣卷先生要焚香点烛请各路神仙（图2），据说最多的时候要请108位神，然后开始宣讲宝卷。笔者调查的斋主家，请到明堂上的纸马分别有释迦文佛、阿弥陀佛、观音、文殊、普贤、地藏、泗州大圣、韦驮、三茅、三官、关圣、丰都十王、城隍、东岳、梓潼、天地三界、东厨（灶神）、家堂（总圣）、太岁、雷祖、门神、财神等，外加土地、寿星各两个。除明堂中请到的各路神灵，斋主家房屋南门外东墙上还贴有"团马"，以密密麻麻的圆点指代神灵，意味奉请各路神仙驾临。做会结束时要焚烧神马（供奉的神像）等物送神佛。中间还要应斋主（做会的人家）之请，穿插拜寿、破血湖、顺（禳）星、拜斗、过关、结缘、散花、解结等禳灾祈福仪式。

---

① 中华书局编辑部：《全唐诗》（增订本）卷690，中华书局1999年版，第7988页。
② 郭明军：《"热闹"不是"狂欢"——多民族视野下的黄土文明乡村习俗介休个案》，《民族艺术》2015年第2期。

图 2　靖江破血湖仪式上的神位（作者 2018 年 4 月拍摄于江苏靖江）

二　热闹的内部机制

热闹的内部机制是度过阈限阶段。人类学家范热内普认为，人的出生礼、成年礼、结婚礼、丧葬礼等"过渡礼仪"，其内部结构由前阈限阶段（分离期）、阈限阶段（转型期）以及后阈限阶段（重整期）三部分组成。"转型期"是位于前后两个阶段之间的阈限阶段。仪式中，这个阶段代表了个人身份模糊、转型、悬而未决的状态。他（她）既不再属于从前所属的社会，也尚未重新整合融入该社会。①

笔者仔细梳理后认为，人类消除含混模糊状态，取得清晰身份或者文化分类的仪式主要包括个体人一生中的"过渡礼仪"阶段，民俗活动中集体参与的"降妖伏魔仪式"，生存空间中人神未分、混沌未开状态三种情况。这些活动都具有群体性特点，其场面较为宏大，内部聚合、竞争、冲突的危机阈限较高。兹撮要分别论述如下。

---

① ［法］阿诺尔德·范热内普：《过渡礼仪》，张举文译，商务印书馆 2010 年版，第 17 页。

(一) 严酷的自然和社会双重考验中的过渡礼仪

世界范围内的成人仪式,都要经历各种各样的考验,这些考验包括隔离,在嘴唇或鼻子上穿孔,或者对参与者施割礼,清洗,鞭打,进入麻醉状态等。人类学家对土著部落的田野做得更为详细:由巫师或司仪主持的隔离、鞭打、割礼等考验是分割礼仪,之后是聚合礼仪。两个仪式中间是过渡期。过渡期,一般是所有新成员聚合在一起,有的族群还要求他们身涂白灰,在村落间游荡,要说特别的语言,吃特别的食物,男孩有时会被关在屋里四天。整个过程要持续数月,完成与先前环境的分割礼仪,以及向新环境的聚合礼仪。

科尔对澳大利亚的奥基布韦人加入"弥德之约"的仪式有详细的描绘:建一座神圣茅屋,把经历成人仪式的孩子捆在木板上,经历各种酷刑。参与活动的人盛装涂色,列队进入茅屋,酋长、巫师将接受仪式的孩子们象征性地杀死,再使他们一个个再生。在这个过程中,每个人要击打圣鼓,唱祈祷的歌。孩子的祖父还要当众乞求神灵的恩典。仪式结束后,孩子得到一个新的姓名。[①]

成为秘密社会的成员,也需要度过类似过渡礼仪的仪式,只有通过"神秘礼仪"的净化,秘密社会的新成员才能完成世俗世界与神圣世界的转换,获得新的身份。希腊伊鲁西斯成人礼仪的进程中,新成员被带到一起,巫师把他们与那些手不洁和说话不清楚的人隔开。然后新成员被带到伊鲁西斯殿,巫师用放在门口的圣水祝福他们,接着,他们一边大喊"大海,神秘的大海",一边被带到海边,以便"解除"或"抛弃"旧我。这个礼仪直到现在仍被阐释为"抛掉邪恶、恶魔或恶鬼"。接下来新成员在大海中洗澡,通过"被禊"等净化礼仪,返回到伊鲁

[①] 转引自 [法] 阿诺尔德·范热内普《过渡礼仪》,张举文译,商务印书馆2010年版,第60页。

西斯殿。最后则以祭献结束阈限阶段。①

在希腊成人仪式中,死去的新成员通过冥府(或冥王海德斯)获得再生,然后进入神圣世界。这个过程要经过各种礼仪,如歌唱、舞蹈、游行,等等。中国民间宝卷的叙述结构中,就有许多游历冥府的情节。如西北宝卷中的《目连宝卷》《十王卷》《观音宝卷》《唐王游地狱宝卷》《张四姐大闹东京宝卷》《劈山救母宝卷》《包公错断查颜散宝卷》《刘全进瓜宝卷》和《葵花宝卷》等。如果追本溯源,"游地狱"这一母题,涉及离去和回归、仪式性的死亡与再生。联系宝卷中的度脱启悟母题,我们就会明白,游历冥府应该是度脱前的秘密启悟仪式的一部分。

丧葬仪式也是过渡礼仪的一种。丧葬仪式的目的是通过礼仪,将亡者聚合入亡者世界。古埃及丧葬礼仪的核心意义是一方面使奥西利斯与亡者认同,另一方面也使亡者与太阳认同。像太阳一样经历"死而复生",古埃及人的葬礼就是为了"太阳—奥西利斯"的每日复活。这一点和丧葬礼仪完全相同,两者都将亡者复活,通过木乃伊和各种礼仪将其神化,通过重新组合与夜间再生,以防止真实的最后的死亡。所以,在丧葬礼仪、日常崇拜、神殿开光以及加冕等仪礼中,有诸多平行对应成分,譬如太阳—奥西利斯、国王—神父以及每个"圣洁"亡者的同时间的死亡与再生,都无疑是我们所了解的最复杂和具有戏剧性的死亡与再生的例子。②

这类过渡礼仪中,传统社会以热闹度过阈限阶段,所以热闹内部是一种转型过渡、取消未定性的结构。

(二)民俗中降妖、伏魔的仪式性禳灾

早期文明都存在疾病神学观念,认为自然界潜伏着各种恶魔,有的

---

① [法]阿诺尔德·范热内普:《过渡礼仪》,张举文译,商务印书馆2010年版,第70页。
② 同上书,第115—119页。

恶魔是死者的亡灵转变的，疾病是由于人冒犯神灵或道德禁忌引发的。乱伦、杀死动物都会遭到天谴或者神谴。[1] 庆幸的是，早期的神话观念认为，现实中的大多数污染有倒转、化解、掩埋、清洗、勾销、熏香等仪式性的补救办法。[2] 萨满大闹—降妖—伏魔是中国文化传统中化解污染、获得净化最常见的表现形式[3]，因此在中国"大闹"的文化文本比比皆是。

跨越阈限的"闹"（大闹）等民俗仪式，是中国传统渡过污染危险的民俗活动，"大闹"因此也成为具有净化禳解功能的阈限阶段。山西省临汾市襄汾县赵康镇傩舞表演"花腔鼓""五鬼闹判"剧目最为典型。这个剧目一年一度在村落表演，其核心突出一个"闹"字。"闹"是有冤要喊，有妖要捉，有鬼要打，有魔要斩。[4] 明代的驱傩仪式中，也需要演述大闹—审判—伏魔祭祀仪式剧。1986年，山西潞城县南舍村发现了明万历二年（1574）手抄本《迎神赛社礼节传簿四十曲宫调》。该抄本"毕月乌"项下录有供盏队戏《鞭打黄痨鬼》剧。[5] 该剧是山西上党地区祭祀二十八宿时于神庙前演出的戏剧，表演时逐疫祛祟，热闹异常。

学者容世诚分析迎神赛社戏剧《关云长大破蚩尤》等傩戏时认为，

---

[1] Nemet‑Nejet K. R., *Daily Life in Ancient Mesopotamia*, Peabody, Massachusetts: Hendrickson Publishers, 1998, p. 177.

[2] [英] 玛丽·道格拉斯：《洁净与危险》，黄剑波、柳博赟、卢忱译，商务印书馆2018年版，第144页。

[3] 恶魔是人类真正的敌人，伊利亚德研究发现，萨满教保卫生命，守护健康，保护"光明"的世界，对抗死亡、疾病、贫瘠、灾难以及"黑暗"世界。萨满的好战甚至有时变成了一种狂热。在一些西伯利亚传统中，人们相信萨满可以以动物的形象对另一个人发起挑战。萨满与我们称为"邪恶力量"之间的斗争是基础且普遍的。它保证人类在一个被恶魔和"邪恶力量"包围的外在世界中并不孤单。[美] 米尔恰·伊利亚德（Mircea Eliade）：《萨满教：古老的入迷术》，段满福译，社会科学文献出版社2018年版，第591页。

[4] 王潞伟：《山西襄汾赵雄"花腔鼓"调查报告》，《中华戏曲》第四十辑，文化艺术出版社2009年版。

[5] 《迎神赛社礼节传簿四十曲宫调》，参见《中华戏曲》第三辑，山西人民出版社1987年版。

《破蚩尤》和安徽贵池《关公斩妖》，实际上是"在戏台上重演一次古代傩祭中方相氏驱鬼逐疫的仪式"，"围绕着叙事结构和演出，象征吉祥/不幸、平安艰难以及更根本的生命/死亡等对立观念，构成一个意义网络，在整个驱邪的仪式场合里产生意义，最后通过戏剧仪式的演出，除煞主祭降服或者斩杀不祥和凶咎的恶煞，象征性地消解以上对立"。①

早期世界上其他民族的情形可以参证：在黄金海岸的角堡，每年一度驱除恶鬼阿邦萨姆的习俗也格外热闹：八点钟的时候，城堡就放炮，人们在家里也放起滑膛枪来，把所有的家具都搬出门外，用棍子等在每间房子的各个角落里敲打，尽量高声地喊叫，吓唬魔鬼。魔鬼快赶出门外时，人们冲到街上，乱扔火把，叫着、喊着，用棍子敲打棍子，敲打旧锅，大闹一番，为的是要把妖精从镇上赶到海里去。②

整体上，无论是迎神赛社中两组舞狮队的仪式性打斗，社火表演中的锣鼓喧天，还是两个唢呐班子的团体性较量，世界范围内的聚众大闹驱赶魔鬼，热闹的内部结构孑遗着人类最深层的二元思维结构，该结构的仪式性伏魔、大闹，功能是祛除污染。同时通过"反结构""阈限期"，神圣得以回归，社会不平等暂时消除，社会结构得以重塑。特纳在论述仪式与交融中，列举了赞比亚西部的巴罗策兰人，他们有权把那些"往年冒犯他们，或者侵犯他们正义感"的王公贵胄扔进水里。"神圣的乞丐""第三个儿子""小裁缝"，还有"傻瓜"，他们撕掉了高官厚爵者的高傲嘴脸，使他们降到了基本人性和道德的层面上，最终他们消灭了办事不公、欺压平民的世俗暴君，达到了道德上和政治上的平衡状态。③

---

① 容世诚：《戏曲人类学初探：仪式、剧场与社群》，广西师范大学出版社 2003 年版，第 22—23 页。

② ［英］J. G. 弗雷泽：《金枝：巫术与宗教的研究》，汪培基、徐育新、张泽石译，商务印书馆 2012 年版，第 863 页。

③ ［英］维克多·特纳：《仪式过程：结构与反结构》，黄剑波、柳博赟译，中国人民大学出版社 2006 年版，第 111 页。

在阈限阶段，人们相互之间的关系调整为"特殊的关系"。民间拥戴的神灵，就会临时去审判，这些判决颠倒了僵化的社会结构。在古代苏美尔，太阳神沙玛什、月神辛重新获得了权威，成为镇压恶魔的英雄。[1] 当仪式结束时，社会结构又得以重新恢复，"特殊的关系"消弭了，日常的社会结构得以重建。从仪式展演的角度，正邪之间的对抗——"大闹"，正是这一阈限场域的仪式性书写，所以说，伏魔—斩妖的仪式性对抗是"热闹"的内在结构。

（三）大闹孕育着人神共睦或混沌未开的危险与生机

在西方，世界"中心"（Omphalos），希腊语为"肚脐"。天神由浑沌创世，浑沌为"无"，无秩序，亦无中心。可以说，走出伊甸园之前，人神共睦，混沌未开，虽然无序，却意味着各种可能，其内部充满着由混沌到秩序的复杂的能量，不经意间的一个要素扰动，孕育出来的可能是一个"陌生的怪物"，它对既定秩序存在颠覆的可能性，那个后果可能任何人都承担不起。所以，在孕育的阈限阶段，内部充满着机缘巧合、变化、分化、重组，就像精子和卵子结合成为胚胎，再由胚胎发育为完整的婴儿，其中的不确定性令人着迷、焦虑、恐慌和难以言传。《老子》所谓"道之为物，惟恍惟惚。惚兮恍兮，其中有象。恍兮惚兮，其中有物。窈兮冥兮，其中有精。其精甚真，其中有信"[2]，正揭示了事物孕育中的混沌状貌。

范热内普也认为危险是指处于过渡状态中的事物，因为过渡阶段就是无法被分类和定义的状态。从一个状态走向另一个状态的人本身处于危险之中，并且向他人发散危险——"热"。传统社会的疾病表述中，把危险的传染性疾病统称为"热病"，电影《最爱》中，村民称艾滋病

---

[1] Black J. Green A., *God, Demons and Symbols of Ancients of Mesopotamia: An Illustrated Dictionary*, British Museum Press, 1992, pp. 210–211.

[2] 朱谦之：《老子校释》，中华书局1984年版，第88—89页。

为"热病"即是明证。

无生老母是一位结束混沌状态的创世神。明天启元年（1621）的《古佛当来下生弥勒出西宝卷》这样描写创世女神"无生老母"："无始以来，混沌乾坤，无天无地，杳杳冥冥，先天一气，结成混元石一块，万六千顷大，有红白炁二道，常放五色毫光……石崩两半，化出无生老母，乃是先天一气合成婚姻，日月星辰，三皇五帝，掌管五盘，化生万物，才立人伦大道。遣差诸佛菩萨临凡助世。"[①]

人类的自我孕育阶段是混沌未开状态最直观的象征。因此世界范围内对孕妇的各种禁忌，就是对这种低分化不确定秩序的另一种表述。莱勒人认为未出生的孩子和它的母亲处在持续的危险之中，但是他们也认为未出生的孩子具有变幻无常的恶意，这使得它对其他人构成了危险。在尼亚库萨人（Nyakyusa）中也有相似的信仰的记录。人们认为怀孕的妇女接近谷物会减少谷物的数量，因为她体内的胎儿是贪婪的，会攫取粮食。在没法祛除危险之前，她不能与收割和酿造的人交谈。他们把胎儿说成是大张着上下颌攫取食物的存在，并将其解释为"内部种子"，它和"外部种子"不可避免地会发生直接斗争。"腹中的胎儿……就像个巫婆；它像巫术一样损坏食物，啤酒会被弄坏，食物会不生长，铁匠的铁也会不好使了，牛奶会坏掉。"甚至由于妇女的怀孕，孩子的父亲在战争和打猎中也会面临危险。[②]

正像道格拉斯所说，我们承认混沌无序对业已存在的模式具有破坏性和攻击性，同时我们也承认无序具有潜能，既象征着危险，也象征着力量。[③]从宇宙整体、"天人合一"的混沌未开状态转化为"有"，从

[①] 《古佛当来下生弥勒出西宝卷》，清赵源斋刊本。引自王见川主编《明清民间宗教经卷文献》第1册，台湾新文丰出版公司1999年版，第155页。

[②] ［英］玛丽·道格拉斯：《洁净与危险》，黄剑波、柳博赟、卢忱译，商务印书馆2018年版，第108页。

[③] 同上书，第106页。

无序到有序的变革中,这个阈限阶段是人类学上的"非常"阶段。要深层地理解污染及被除污染的努力,就要深刻理解远古以来孑遗的、在转折或含混状态时实施的区隔仪式。在传统社会中这种仪式由萨满主持,以热烈地聚集、大闹、对抗、游戏、反讽、玩世不恭等状态,突然消除社会等级等身份差别,回溯到"人神共睦""初始之完美"状态,它背后有着深远的人类学内涵。

三 "热闹"的文化编码

"闹"和"大闹"仪式在中国文化传统中呈现为"神圣空间"和"神圣时间"中的"热闹"场面。前文已经探讨了美学范畴"热闹"的内部机制,人类行动中有以文化编码引领的诸如发音、颜料、绘图、文字之类的能指,阐释意义的象征结构等,当然也有"一物代表另一物"的"标指"行为。所以文化编码只能在公共互动和身临其境的体悟中加以把握。①

在主客相互作用下,以热闹为核心的文化编码不断生成和演变,成为文化符码系统。可以说,以"大闹"为核心的热闹,其文化文本的编码与人类思维结构中最深层的二元思维相表里,而这一编码根植于最原始、最简单、最日常的秩序——白天与黑夜的交替规律。其中同样也有阴与阳、善与恶、明与暗、江湖与官府等编码结构。这些编码散布在民俗、神话、仪式、文学、绘画、雕塑等文化文本之中。

从发生学的视角看,祭祀仪式剧中,大闹除祟仪式是热闹的原编码。安徽贵池的《钟馗捉小鬼》,钟馗戴着瓜青色面具,驼背鸡胸,手拿宝剑,身挂"彩钱",小鬼则戴鬼面具,舞蹈以锣鼓为节,先是钟馗

---

① 纳日碧力戈:《格尔茨文化解释的解释〈代译序〉》,引自[美]克利福德·格尔茨《地方知识——阐释人类学论文集》,杨德睿译,商务印书馆2014年版,第11页。

用宝剑指向小鬼,小鬼不断作揖求饶,钟馗恃威自傲,小鬼卑躬屈膝,二者形成鲜明对比,不久小鬼伺机夺过钟馗手中的剑,钟馗反而向小鬼求饶,最后,钟馗急中生智,夺回宝剑,将小鬼斩杀。尽管表演注入了世情因素,但表演的基本情节还是小鬼闹钟馗,钟馗伏魔"斩鬼"。①

《金枝》第56章专门列举了流传广泛的公众大闹驱邪的民俗仪式。新喀里多尼亚的土著人相信一切邪恶都是由强大的恶魔造成的。为了不受他的干扰,他们时常挖一个大坑,全族人聚在坑的周围。咒骂恶魔,然后把坑用土填起来,他们把这叫作"埋妖精"。②欧洲人在每年的固定时节,都要举行公众驱除妖魔的仪式。在新年的头一天,波希米亚的男孩子都带着枪向空中开火,叫作"射妖"。圣诞节到主显节之间的第十二天或"第十二夜",欧洲很多乡村把这天选作驱魔除祟的日子。卢塞恩湖上的鲁伦村,男孩们列队游行,点火把、吹号角、敲着铃铛,造成一片闹声,以吓走两个树林中的女妖斯特鲁黛里和斯特拉特里。"他们大喊大叫,希望用这种办法从镇上赶走一切游荡的鬼魂和妖邪。"③

仪式和口头上的"大闹"是文化编码的深远一端,旨在除祟驱邪,恢复洁净的写文化是文化编码上的浅表层,它们更接近民族志诗学,且数量极为庞大。

莫言小说《生死疲劳》给蒙冤被杀,闹腾到历经六道轮回,依次变成驴、牛、猪、狗、猴,最后终于又转生为一个带着先天性不可治愈疾病的大头婴儿的地主取名为"西门闹"。小说写道:"西门闹冤屈的灵魂,像炽热的岩浆,在驴的躯壳内奔突,驴的习性和爱好,也难以压抑地蓬勃生长,我在驴和人之间摇摆,驴的意识和人的记忆混杂在一

---

① 李永平:《"大闹"与"伏魔":〈张四姐大闹东京宝卷〉的禳灾结构》,《民俗研究》2018年第3期。
② [英]J. G. 弗雷泽:《金枝》,汪培基、徐育新、张泽石译,商务印书馆2012年版,第854页。
③ 同上书,第869—871页。

图 3 《五鼠闹东京》书影（作者拍摄，英国博物院藏清刻本小说《五鼠闹东京》封面）

起，时时想分裂，但分裂的意图导致的总是更亲密地融合。"① 和前文述及的《红楼梦》第 25 回贾府上下的热闹和大闹相比，西门闹名字中的"闹"字，背后的驱魔意味深长。

宋元话本有《宋四公大闹禁魂张》，元代杂剧有《神奴儿大闹开封府》，明代有小说新刻《五鼠闹东京》（图 3）。《红楼梦》有"赵姨娘大闹怡红院""王熙凤大闹宁国府"等。中国明代四大奇书中，《水浒传》是把大闹演绎到极致的小说，回目中有 15 处用到"闹"，其中 10 处为"大闹"，3 处为"夜闹"，1 次为"闹茶肆"，1 处为"闹西岳华山"，反映在回目中的有"李逵元夜闹东京"，鲁智深"大闹五台山""大闹桃花村""大闹野猪林""九纹龙大闹史家村""郓哥大闹授官厅""花荣大闹清风寨""武松大闹飞云浦""镇三山大闹青州道""病

---

① 莫言：《生死疲劳》，作家出版社 2012 年版，第 16—17 页。

关索大闹翠屏山",等等。回目中并没有"大闹",但内容是实实在在的"大闹"的还有《水浒传》第一回:"张天师祈禳瘟疫,洪太尉误走妖魔。"嘉祐三年(1058)天下瘟疫盛行,文武百官奏闻天子,商议要祈祷禳解瘟疫。大家请洪太尉上龙虎山请张天师,结果鬼使神差,洪太尉大闹"伏魔殿":"教三十六员天罡下临凡世,七十二座地煞降在人间,哄动宋国乾坤,闹遍赵家社稷。"①"大闹"和"闹"使得水浒人物生龙活虎、跃然纸上,充满了勃勃生机和淋漓饱满的元气。

从社会功能上看,信仰时代,在岁时节日和人生转折点上的热闹,在某种意义上是为社会结构演化增加推进剂。现代社会缺失了曾经的神圣场域,社会演进的动力衰变为外部秩序——法律、规范,等等。如今被分类、提炼为审美范畴的"热闹",源自乡土社会田野调查的再发现。这一审美趣味与传统社会仰仗内生秩序的自发演进模式相适应。这一审美范畴在时间上虽然与当代社会常见的语词"热闹"存在关联,但只能说是文化传统的孑遗或者化石。

结 语

文学只是文化原型编码的表层,"大闹"的原编码肇始于远古的神话与祭祀仪式。历史上,每逢端午、除夕、元宵等岁时节庆,方相氏、僮子与无形的超验世界的冲突非常激烈。民国时期,广安州"祈祷雨泽有《东窗戏》,驱除疫疠还保留演《目连戏》"②。四川成都北门外东岳庙"每年均演《目连救母》、打岔(叉)戏,人们驱邪除祟,祈求丰收,酬神还愿,观者若狂","如不演此戏(《目连救母》),必不清吉"。③

今天,靖江一带横扫妖魔鬼祟的"退星""禳星"仪式上,专门要

---

① (明)施耐庵:《水浒传》,人民文学出版社1997年版,第3页。
② (清)周克堃等纂:《广安州新志》卷三十四,民国九年(1920)铅印本。
③ 刘祯:《中国民间目连文化》,北京时代华文书局2015年版,第51页。

呈上疏文（图4），疏通人神。原文誊录如下：

> 具知情悃，具载疏文，愿得太上，十方真正生气下降流入臣等身中，今臣适才所启所奏之诚，速达径御至尊，无极大道，三天三宝上帝，金阙至尊，四御四皇上帝，万星教主，无极元皇，中天紫微，北极长生大帝，今辰高主合属当生本命星官陛下。①

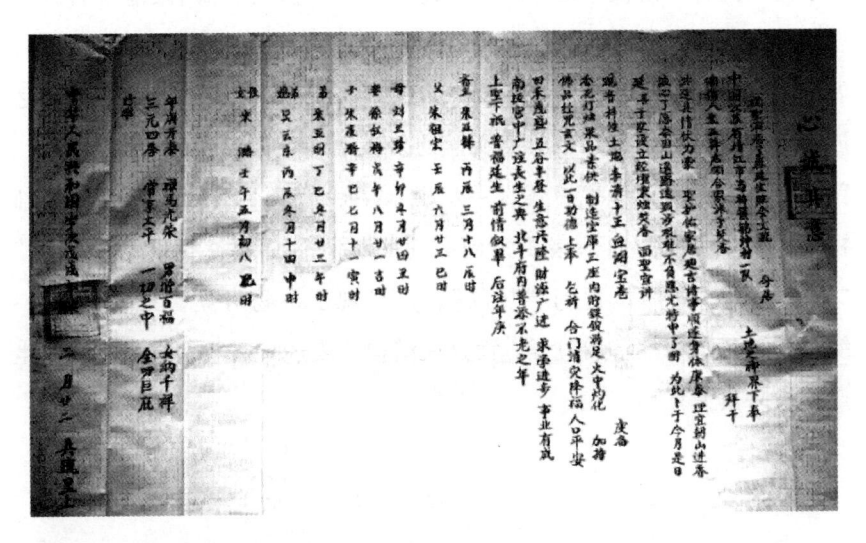

图4　江苏靖江破血湖仪式上使用的疏文（2018年清明节作者摄于靖江）

桂西民间秘密宗教仪式也有"伏惟，照格谨疏"："万圣昭明，收瘟风以扫荡，架龙舟而返洛阳，万福降于门庭，集千祥如意"，"天府上圣行化瘟火二部神王、天符天令大帝值年太岁尊神、阴阳龙舟辞禳会上一切真宰"② 等说辞。

从地方性知识的内部视角看，每一种社会群体的文化编码彼此不同，"大闹"也呈现出不同的表述。"热闹"是汉民族审美心理的表述，

---

① 常熟文化广电新闻局编：《中国常熟宝卷》，古吴轩出版社2015年版，第2212页。
② 王熙远：《桂西民间秘密宗教》，广西师范大学出版社1994年版，第543页。

在吴方言中,相似的表述还有"闹忙""闹猛""闹孟""闹暖"等词。"养"和"暖"分别是侗族和壮族的表述。热闹让善恶交融,让自我与本我互渗,创造与毁灭共存,成为汉民族张扬主体性的角斗场。

《金枝》所记录的欧洲民俗,热闹更多地滞留在驱魔的仪式层面——"大闹"。因此"热闹"之中是人神共睦的聚合态,而其结构内部的"大闹"是人神(鬼)二分的二元结构。特纳的仪式结构分析集中于范热内普三阶段中的"阈限"或"转换"阶段。"阈限前(日常状态)—阈限期(仪式状态)—阈限后(日常状态)"三个阶段的历时展开,是"秩序"与"失序"的辩证过程"结构—反结构—结构"之展现。这一结构既揭示了早期文学的发生语境,同时深层说明了神话、民俗、仪式的内部程式,还进一步展示了"创造一个新世界"的内部视角,揭开了社会内部诸要素动态博弈流程的序幕。由此,从"闹""大闹"到"闹热"再到"热闹",正呈现了事物对立、聚合、整合、统一的辩证结构及结构过程,而这一结构及表述背后意指行为和文本生产都指向禳灾!

"白尔尼—海涅论争"及其当代意义

张永清

时间：2018.11.21

地点：E126 会议室

主讲人简介：张永清，男，山西平陆人，文学博士，博士研究生导师。曾先后在山西师范大学、武汉大学、西北大学、复旦大学、南京大学学习。现任中国人民大学文学院副院长，兼任中国中外文艺理论学会副秘书长、人大复印资料《文艺理论》主编。

摘要："白尔尼—海涅论争"主要发生在 1830—1840 年代的德国，它是"歌德论战"的继续；论争不仅发生在白尔尼和海涅两人之间，也发生在各自的支持者之间，各方主要围绕作家的政治品格、世界观、艺术观等问题展开；青年恩格斯、马克思、勃兰兑斯、梅林、卢卡奇、韦勒克等对这场论争也从不同层面给予了解读；文学批评应恪守批评的边界，真正的文学批评是一种真诚的、理解的、同情的批评。

关键词：歌德论战；白尔尼现象；海涅现象；政治批评；审美批评；批评边界

本文同名发表于《西北大学学报》（哲学社会科学版）2019 年第 1 期。本文与已发表论文有细微区别。

众所周知，文学与其所处时代的政治、经济、社会、道德等之间的关系是文学理论、批评理论需要持续关注、反复探究的基本理论问题。从某种意义上讲，对这些基本理论问题的"历史境遇"进行某种"还原"就是对它们所蕴含的当代意义的变相"解蔽"，对其相关文学论争内核的某些"剥离"就是对现实难题的别样"解答"。尽管"白尔尼—海涅论争"在以往的文学理论史、文学批评史中尚未引起足够的重视及深入的探究,但这一论争关涉到诸如作家的政治立场与其文学立场之间以及批评的政治维度与审美维度之间的关系等基本理论问题,对这一论争的重新审视或有助于理解与把握当代社会在类似问题上所展开的相关论争的症结所在,或有助于新时代马克思主义批评理论的话语体系构建。鉴于此,本文拟从以下五个方面展开具体讨论:其一,"白尔尼—海涅论争"得以发生的时代状况、社会语境以及白尔尼、海涅两人在当时的文学与社会生活中所处的地位;其二,"白尔尼—海涅论争"与之前的"歌德论战"之间的关联;其三,"白尔尼—海涅论争"的时限、起因、主要问题;其四,青年恩格斯、马克思、勃兰兑斯、梅林、卢卡奇、韦勒克等马克思主义者、非马克思主义者对这一论争所持的基本态度、理论立场;其五,这场论争的当代意义。

一

如果借用英国马克思主义历史学家霍布斯鲍姆在《革命的年代》中所使用的术语来概括,路德维希·白尔尼(1786—1837)与亨利希·海涅(1797—1856)两人均生活在"双元革命"即英国工业革命与法国大革命之后的西欧社会剧变时期。① 欧洲在1815—1848年的短短三十多年间发生了三次大的革命浪潮:西班牙、意大利、希腊革命(1820—1824),法国、比利时、波兰革命(1830—1834),1848年欧洲革命(仅有英国、俄国少数国家未被波及)。其中,尤以法国大革命、法国七月革命对这一时期的德意志社会影响巨大。

---

① 路德维希·白尔尼(Ludwig Borne),在中文翻译中大体有四种译法:高中甫在勃兰兑斯的《青年德意志》中翻译为伯尔内;张玉书等在梅林《论文学》以及张玉书《海涅研究:1987年海涅国际学术讨论会》等著作中翻译为别尔内;杨自伍在韦勒克《近代文学批评史》(第三卷)中翻译为伯尔纳;《马克思恩格斯全集》翻译为白尔尼。本文采用《马克思恩格斯全集》的译法。为了保持译名的统一,本文所引的其他相关译文全部改为白尔尼。

与英法等国相比,"革命年代"的德意志仍处于四分五裂状态。1806—1813年这一时期正是德意志争取民族解放的峥嵘岁月:耶拿惨败发生在1806年,费希特的《告德意志同胞书》也问世于1806年,1813年的莱比锡大捷则宣告反法军占领的解放战争的胜利。正是在这一"革命年代",德意志的民族主义、爱国主义激情被点燃、被激发;正是在这一"革命年代",保守主义、浪漫主义、自由主义、民主主义、共和主义等社会思潮在德意志大地上竞相涌现。

德意志文学在这一"革命年代"又处在何种境地?在勃兰兑斯看来:"世纪交替期间的德国古典文学在题材和形式上都是仿古的。随之而来的浪漫主义在题材和形式上是效忠于中世纪的。两者都同周围现实保持着距离,同'现时',同时代的政治和社会关系离得远远的;不管是这一个还是那一个文学流派,都没有直接想到自身要来一个变化。它们的理想不是飘浮在希腊的深蓝色的以太之中,就是荡漾在中世纪天主教的天空里。"① 勃兰兑斯所指的前者无疑以歌德、席勒等为代表,后者则以德国晚期浪漫派为代表。很显然,上述两种文学所表达的社会理想与新的时代精神背道而驰,它在德国浪漫派文学中表现得尤为突出,"到1805年时,他们的幻想已经破灭,新保守主义已占优势。在法国和德意志,'浪漫主义者'一词可说是18世纪90年代后期保守的反资产阶级分子(往往是幻想破灭的前'左翼'分子)所创造出来的反革命口号,这可以说明何以在这些国家当中,许多按现代标准应被看作明显的浪漫主义者的思想家和艺术家,传统上却被排除在这个类别之外"②。

与上述两种"旧文学"截然有别的是,1806年之后的德意志文学呈现出与时代精神同步的新变,即涌现出了关注社会现实、表现时代精神状况、反奴役争自由的新文学,它们主要有两种表现形式。

---

① [丹]勃兰兑斯:《青年德意志》,高中甫译,人民文学出版社1997年版,第29页。
② [英]艾瑞克·霍布斯鲍姆:《革命的年代:1789—1848》,王章辉等译,中央编译出版社2014年版,第308页。

第一种新文学以反法军占领和入侵为主题，它以诗歌的形式表达炽烈的爱国主义精神、狂热的民族主义情感。此种精神与情感无不体现在阿恩特（1769—1860）的《时代精神》、吕克特（1788—1866）的《顶盔带甲的十四行诗》、克尔纳（1791—1813）的《琴与剑》等诗作中，诚如勃兰兑斯所论，阿恩特"对法国的仇恨形成了固定观念，他一面创作一些雄伟壮烈的自由歌曲，同时和雅恩一起号召把德国的全部过去作为武器来反对异族统治者"①。

但是，解放战争后，德意志的专制统治者并未兑现曾经对人民所作的自由与民主的承诺，并未进行相应的政治改革与社会变革。随着神圣同盟于1815年的建立，随着卡尔斯巴德协议于1819年的实行，德意志的专制统治者试图对社会进行全面控制，对自由思想进行全面禁锢，1815—1830年的德意志社会无可避免地陷入了最为"苦闷"的历史时期。正是由于自由、公开地谈论政治、社会问题已然成为奢望，人们就把希望转移到了文学、艺术、美学等领域，即以文学、美学的方式"介入"到时代的政治洪流与社会变革中，以此实现对令人窒息的社会现实的严厉批判。比如，诗人沙米索（1781—1838）在《轮唱曲》中不无悲伤地写道：

> 这是沉重的时代苦难！
> 这是苦难的沉重时代！
> 这是时代的沉重苦难！
> 这是沉重、苦难的时代！②

再比如，诗人普拉滕（1796—1835）在《柏林国民歌》中表达了同样的愤懑之情：

---

① ［丹］勃兰兑斯：《德国的浪漫派》，刘半久译，人民文学出版社1997年版，第277页。
② 转引自［丹］勃兰兑斯《青年德意志》，高中甫译，人民文学出版社1997年版，第16页。

啊！诗人，你该满意了，
这个世界并没有失去什么；
在这个地球上你早就知道，
没有什么比做一个德国人更糟。①

第二种新文学以"青年德意志"为代表，它在 1830 年法国七月革命精神的鼓舞下应运而生，主要代表人物有卡尔·斐迪南·谷兹科（1811—1878）、鲁道夫·文巴尔克（1802—1872）、亨利希·劳伯（1806—1884）等。"青年德意志"形成了与之前的古典风格、浪漫风格迥然相异的"现代风格"：推崇希腊主义，提倡肉体解放；反对传统道德，主张妇女解放；崇尚自由主义，赞成立宪制。②

概言之，白尔尼和海涅在当时的文学与社会生活中发挥着无可替代的独特作用，他们不仅被视为 1830 年前新文学即文学反对派最杰出的代表，而且被看作 1830 年后文学反对派即"青年德意志"的先驱者。

需要特别指出的是，时至今日，尽管绝大多数人对海涅的文学地位了然于胸而不知白尔尼为何许人物，但白尔尼不仅被当时的青年恩格斯奉为"德国自由的旗手"与"新时代的施洗者约翰"③，而且被后来的勃兰兑斯等尊为"新德意志文学的第一个开路者"④。此外，在当时的德意志，尽管人们把海涅与白尔尼并置，但始终把白尔尼置于海涅之前，这主要是因为白尔尼在当时的政治影响力、社会影响力都远甚于海涅。

---

① 转引自［丹］勃兰兑斯《青年德意志》，高中甫译，人民文学出版社 1997 年版，第 17 页。
② 考虑到拙文《青年恩格斯与青年德意志》（载《江海学刊》2018 年第 5 期）对白尔尼、海涅与"青年德意志"的关系以及"青年德意志"的整体状况已有较为详细的论述，本文不再赘述。
③ 恩格斯：《评亚历山大·荣克的〈德国现代文学讲义〉》，《马克思恩格斯全集》第 2 卷，人民出版社 2005 年版，第 451 页。
④ ［丹］勃兰兑斯：《青年德意志》，高中甫译，人民文学出版社 1997 年版，第 31 页。

二

"白尔尼—海涅论争"与当时的"歌德论战"等其他具有广泛社会影响的文学论争一样，它既是德意志社会大变革、大动荡时代所发生的自然现象，同时也是文学从歌德所声称的"艺术时代"转向门采尔、白尔尼、海涅等所断言的"政治时代"过程中所产生的必然结果。如果说白尔尼与海涅在"歌德论战"中所持立场的某些差异早已为两人的相关论争埋下了伏笔，那么两人之间的"短兵相接"则是双方就"歌德论战"中所涉及的重要理论问题所展开的正面交锋，因而十分有必要首先对"歌德论战"的相关情况作扼要描述与分析。

解放战争胜利后，歌德及其作品在德意志的命运出现了某种逆转，各方对其人其作所持的态度、立场及评判标准大相径庭乃至水火不容，由此引发了一场前后持续三十多年的"歌德论战"。简言之，以齐默曼（1782—1835）、恩色（1785—1858）、舒巴特（1796—1861）、艾克曼（1792—1854）、伊默曼（1796—1840）、赫林（1798—1871）等为代表的赞美者认为，歌德是天才的艺术家，其地位无可撼动[1]；歌德的反对者则持如下三种批判立场：自由主义的政治—艺术批判；保守主义的道德—宗教批判；折衷派的艺术赞美—政治批判。

沃尔弗冈·门采尔（1798—1873）和白尔尼是第一种反对观点的主要代表。确如勃兰兑斯所言："在政治上进步的青年中，已开始在探究歌德的政治信念，用当代标准对它作出评价，把歌德描绘成一个'贵族'，他对人民毫无感情，实际上也没有天才。"[2]

白尔尼之所以对歌德持严苛的批判立场，不外乎两个方面的原因：

---

[1] 张玉书：《〈海涅文集〉批评卷》，人民文学出版社2002年版，第60页。
[2] [丹]勃兰兑斯：《青年德意志》，高中甫译，人民文学出版社1997年版，第67页。

在解放战争期间，歌德对法军的入侵无动于衷；歌德从未想过动用自己的影响力去救助陷入苦难的同胞，而是躲在艺术的象牙塔中。不过，与门采尔对歌德的全盘否定不同，白尔尼始终承认歌德是艺术天才，他将批判的边界一直严格地限定在歌德本人的政治信念、政治立场等方面。此外，即使门采尔与白尔尼对歌德的"围攻"都是典型的政治批判，但两人之间也有着本质性的区别："白尔尼对歌德的攻击，正如我们所看到的那样，不能与门采尔的攻击等量齐观。白尔尼的攻击不是恶毒的，更不是卑劣的。它们与其说是勾画出了歌德，不如说是描绘了作者自己，但有时它们却也触动了这位伟人性格中的伤口。尽管它们清楚地表明了白尔尼在才智方面的狭隘性，它们却也是他的性格的纯真的明证。这些攻击并不能减低人们对歌德的天才的崇拜。用白尔尼一八三〇年错误的政治标准去衡量歌德，同用一八七〇年错误的政治标准去衡量白尔尼本人一样，两者都是不合适的；因为若是这样的话，那人们今天就会给他打上恶劣的爱国者的印记，正如他对歌德所作的那样。白尔尼蔑视歌德，这是自然的，也是必然的。他对歌德的无知，人们是能够理解的，而不必受他的愤恨的影响。人们能够充分珍视他文章中的狂暴的激情和才智的跳跃和闪现，同时也不忘记在他的散文的那沸腾和闪光的瀑布上面，是广袤深沉的平静的海洋，这海洋就是歌德。"①

如果说白尔尼等是从政治观念上对歌德作出了脱离时代、脱离人民的愤怒"指控"，那么普斯特库亨·格兰佐（1793—1834）等则是从宗教—道德维度对歌德进行"戏仿"式批判。1821 年，普斯特库亨在"假冒"歌德之名出版的《威廉·迈斯特的漫游时代》这部"仿作"中主要是从虔信主义的道德观点、宗教观点批判"异教徒"歌德。在保守主义者普斯特库亨看来，歌德及其作品所表现出的"泛神主义"不仅会危及现存的社会秩序而且会败坏社会的道德风尚。此外，他还认

---

① [丹] 勃兰兑斯：《青年德意志》，高中甫译，人民文学出版社 1997 年版，第 74—75 页。

为席勒远比歌德伟大。尽管这些"臆断"在当时确实引起了一部分"右翼"分子的共鸣,但也遭到了"左翼"阵营的严厉批判。比如,青年马克思在1836年题为《普斯特库亨假冒的〈漫游时代〉》的讽刺短诗中就以诗的形式对其进行了辛辣嘲讽:

>据说歌德实在叫女人们讨厌,
>因为他的书不适合给老太婆念。
>他只知道描写人的本性,
>却不用伦理道德来遮掩。
>他本该学一学路德的教义问答,
>而后再根据教义写他的诗篇。
>歌德有时也能想出一点美妙的东西,
>可惜他忘记说:"那本是上帝创造的。"
>把歌德如此高高捧起,
>这样的做法实在离奇,
>他的整个动机多么卑鄙。
>哪篇作品可用来宣扬教义?
>请问他有什么真才实学,
>好让农民和教师学到一些东西?[①]

[①] 详见马克思《普斯特库亨假冒的〈漫游时代〉》,《马克思恩格斯全集》第1卷,人民出版社1995年版,第739—740页。此外,歌德(1749—1832)本人当时是如何看待来自"左翼"与"右翼"的共同批判的呢?比如,歌德在1825年5月12日与艾克曼的谈话中指出:"二十年来,世人争论席勒和我谁更伟大。我们应该感到高兴,因为社会上毕竟有这么两个家伙让他们可以争论。"([德]艾克曼:《歌德谈话录》,洪天富译,译林出版社2002年版,第158页)再比如,艾克曼于1830年3月14日问:"人们责备您,说您当时没有拿起武器,至少是没有以诗人的身份参加反拿破仑的民族解放战争。"歌德作了如下回应:"我的好朋友,我们不谈这点吧!这个世界很荒谬,它不知道它需要的是什么,人们得让它说话和自便。我没有仇恨,怎么会拿起武器呢?我当时已不是青年,心里怎么能燃起仇恨?如果我在二十岁时碰上那次事件,那么我肯定不会是最差的人,可是我当时已年过六十啦。……由于他们无法剥夺我的才能,于是就想攻击我的品行。他们时而说我骄傲,时而说我自私,时而(接下页)

再比如，作为"青年德意志"的青年恩格斯在这场论争中也清楚地表达了自己的基本立场，他在1839年7月30日致中学同学威廉·格雷培的信中写道："席勒是我们最伟大的自由主义诗人，这已是定论。他预感到，法国革命以后将开始一个新的时代，而歌德甚至在七月革命以后也没有感觉到这一点；当事件已近在眼前以致他几乎不得不相信某种新事物正在到来时，他却走进内室，锁上了门，以求安逸。这十分有损歌德的形象；可是革命爆发时（1789年法国大革命），歌德已四十岁了，已经是一个定型的人了，所以不能为此责备他。"①

作为折衷派代表的海涅既不认同普斯特库亨等的道德批判，也不认同白尔尼等的政治批判。海涅在《论浪漫派》中对上述两种批判立场作了如下概括："正统教徒对这位异教徒十分恼火；他们深怕他影响人民，怕他通过笑吟吟的作品，通过最微不足道的短诗把他的世界观灌输给人民；他们把他看成十字架的最危险的敌人。……我们这些运动中的人物所以不满意歌德，当然绝不是由于这一点。我们对他的非难，已如前述，是他的语言产生不出结果，是通过他在德国传播了一种艺术，这种艺术使德国青年变得清静无为，而这种影响对于我们祖国的政治复兴是根本抵触的。因此这个淡漠的泛神论者便受到了相互冲突的各个方面的攻击；按照法国人的说法便是：极右派和极左派联合起来共同反对歌德。"②不仅如此，海涅对自己的基本立场作了明确论述："我颇不满意

（接上页）说我妒忌有才能的青年作家，时而说我沉溺于肉欲，时而说我不信基督教，现在又说我不爱祖国和同胞。你认识我已多年了，对我非常熟悉，总该认识到这些流言蜚语意味着什么。不过如果你想了解我所遭受的痛苦，请读一读我的《克塞尼恩》，从我的回击中你就会认识到人们试图轮流使我失去生活的乐趣。"（［德］艾克曼：《歌德谈话录》，洪天富译，译林出版社2002年版，第477—478页）

① 详见《马克思恩格斯全集》第47卷，人民出版社2004年版，第202页。不难看出，恩格斯以"年龄"论歌德的政治取向的做法明显受到了歌德本人以及文巴尔克《美学运动》一书相关观点的影响。此外，1847年，已成为马克思主义者的恩格斯在《诗歌和散文中的德国社会主义》一文中运用历史唯物主义的理论与方法对歌德的"两重性"作出了深刻的剖析与精辟的论断。

② 张玉书：《〈海涅文集〉批评卷》，人民文学出版社2002年版，第55页。

门采尔先生批评歌德时的粗暴态度,埋怨他缺乏敬畏之心。我觉得,歌德毕竟一直是我们文坛的君王,倘若要把批评的刀斧架在他的身上,不可缺少应有的礼貌……歌德作为诗人,我从未攻击过,我攻击的只是他这个人。我从未指责过他的作品。我从来也没能在他的作品里发现什么缺陷,不像有些批评家,戴着精工细磨的眼镜,甚至连月亮上的斑点也看见了,这些眼光锋利的先生们!他们当做斑点的东西,其实是花木繁茂的树林,银光闪烁的河流,巍峨高峻的山岭,风光明媚的峡谷啊。再没有比贬低歌德以抬高席勒更愚蠢的事了。其实他们对席勒也绝不是真心诚意。他们一向赞美席勒,就是为了贬低歌德。"[1] 不难看出,海涅试图从艺术家歌德与现实生活中的歌德两个向度对其人其作的矛盾性作合理的解释,有意识地把艺术肯定与政治批判两者结合在一起,并在此基础上着重从艺术维度为歌德辩护。

以上所述表明,无论是以门采尔、白尔尼等为代表的"极左翼"还是以普斯特库亨等为代表的"极右翼",他们或者以政治的或者以道德的观点对歌德其人其作展开片面批判。正因如此,极"左"与极右两大对立阵营才会得出歌德脱离时代、脱离现实、远离人民等相似论断,才会得出席勒远比歌德伟大等相同结论。究竟如何准确把握伟大作家与其所处的革命时代、政治时代之间的关系,究竟如何正确理解伟大作家与同时代人民之间的关系,这不仅是当时也是现在必须面对的主要问题之一。

三

如果说"歌德论战"主要发生在 1810—1830 年代的保守主义与自由主义两大阵营间,那么"白尔尼—海涅论争"则主要发生在 1830—

---

[1] 张玉书:《〈海涅文集〉批评卷》,人民文学出版社 2002 年版,第 56—57 页。

1840年代的自由主义阵营内部。与"歌德论战"不同的是,"白尔尼—海涅论争"不仅发生在两人之间而且也发生在双方当时的支持者之间。换言之,如果说"歌德论战"的各方主要是围绕歌德的政治观、宗教观等问题展开,那么"白尔尼—海涅论争"则是志同道合者之间而非陌路者之间就彼此的政治立场、道德立场、文学立场等问题所展开的"诘难"即文学革命者之间的"交互审视",双方支持者随后也围绕这些"诘难"展开激烈交锋。

从时限看,白尔尼与海涅两者之间的直接论争大致发生在1833—1837年间。问题在于,究竟是白尔尼还是海涅率先挑起这场纷争的[1],不同的研究者对此有着不同的理解与判断。比如,勃兰兑斯认为是海涅率先在1833年的《法国现状》中中伤了白尔尼,由此引发了两人之间的纷争,"自从白尔尼对海涅的作品和他本人熟悉之后,他一直对海涅抱有好感。一些年来,他在谈起他时甚至是怀着热爱。他尊敬海涅作为一个诗人所取得的成就,他特别看重的是海涅是为世界解放而工作的一支伟大的力量。对人们在他面前传布的有关海涅的流言蜚语,他总是以一个伟大的天性所具有的那种冷酷加以驳斥。他毫无可卑的虚荣心,人们经常把他的名字与海涅的名字相提并论,并把两人的才华和能力加以仔细地比较;当这种比较差不多总是有利于他时,他毫不在意。但是海涅在《法国现状》中伤害了他,他在阅读时感到极为不快。在《巴黎书简》的最后一卷里,他发泄了这种不快,虽说并不激烈尖刻,但确实用的是一种讥诮讽刺的形式;海涅成了这种讽刺的对象,并在为数不少的读者的眼里成了一个在政治上没有品格的人"[2]。不过,梅林则持与勃兰兑斯截然相反的观点。在梅林看来,七月革命前的白尔尼与海涅

---

[1] 两人之间的论争集中反映在白尔尼《评亨利希·海涅》(1840年)和海涅《评路德维希·白尔尼》(1840年)两部德语著作中。因语言能力限制,笔者不能直接阅读德文文献,只能从所掌握的其他文献资料进行整理与分析,尽可能地勾勒出双方所争论的基本问题。

[2] [丹]勃兰兑斯:《青年德意志》,高中甫译,人民文学出版社1997年版,第98页。

已被视为德国解放斗争中的狄俄斯库里即希腊神话中的孪生兄弟,两人关系尽管不密切但十分友好①,是白尔尼在七月革命后主动挑起事端:海涅的《法国状况》"这本书使白尔尼找到了一个契由,来罗织造谣诬陷之词,把海涅套在里面达数年之久。……随着七月革命的爆发,当代的现实问题显得更加具体,两人对这些问题的态度势必立刻变得截然不同……政治和社会的矛盾越趋尖锐,海涅和白尔尼就越发疏远,那么今天一切材料俱在,就不可能有任何怀疑:白尔尼是以最刻毒、最可恶的方式挑起这场争论的,而且多半是背着海涅搞的"②。

　　本文无意对这一问题作进一步的追问,这是由于问题的关键不在于谁首先引起争端而在于两人因何而争执,在于两人的争执为何能够演变为双方信徒乃至不同阵营之间的争斗乃至攻讦?从政治观、世界观、道德观、文学观、人格等诸多方面看,与白尔尼的"纯粹""清澈""如一"相比,海涅则呈现出更多的"复杂""混沌""多变"。比如,白尔尼在政治观上始终秉持自由主义、民主主义、共和主义等同一思想立场,而海涅则摇摆于保守主义、自由主义、共产主义这三种不同思想立场之间。③ 总体而言,两人论争的实质在于如何看待诗人在政治上的不彻底性、摇摆性,如何看待诗人世界观的复杂性、矛盾性,如何看待文学与革命、艺术与现实之间那种剪不断、理还乱的纠葛。以今日的眼光看,海涅无疑是具有强烈政治倾向与批判意识的诗人,在政治上已十分激进了。但正如勃兰兑斯所论,由于作为政治家而非艺术家的海涅总是在贵族分子与民主革命者之间摇摆不定才导致白尔尼在《巴黎书简》

---

　　① 梅林在《海涅评传》中指出:1827年11月,海涅在去慕尼黑的途中,在卡塞尔拜访了格林兄弟,在法兰克福拜访了白尔尼。详见[德]梅林《论文学》,张玉书等译,人民文学出版社1982年版,第168页。
　　② [德]梅林:《论文学》,张玉书等译,人民文学出版社1982年版,第175—177页。
　　③ 与白尔尼性格的"单一""坚定""果敢"相比,海涅体现出了某种"复杂""怯懦""摇摆"。比如,海涅自己为了更好的生活,从犹太教改信基督教,但对作出同样改变的埃杜阿特·冈斯(1798—1839)进行责难。再比如,为了在慕尼黑大学谋取教职而与专制政府妥协,拟在巴黎办德文报而与普鲁士当局妥协。

中对其予以批判："海涅作为一个政治家是不彻底的，是软弱的。……海涅说，在他努力于博得民主主义者的好感时，德国的耶稣会——贵族党诽谤他，因为他勇敢地反对了专制主义；而为了取悦于贵族主义者，他同时又说，他顶撞了雅各宾主义，是一个极好的保王主义者，并且一直是一个有君主主义思想的人。"①"白尔尼的愤怒的本质是在于他认为海涅这个人对党派观念不关心。……在我们今天，说艺术本身就是它自己的目的，这已是一句得到公认和多余的废话了。而在那个时代，人们却都相信这样的思想，认为艺术应当服务于一种生活目的。在当时德国的诗歌作品里，不管它是具有较高的价值还是只有较低的价值，我们都能从中觉察到，究竟是什么原因在促使作者拿起笔来。甚至像海涅这样倾向性强烈的诗人，比起同时代人（如白尔尼）中那些思想激进的人，也只能说是倾向性不强。他们在反对他时用了这样一句话：'虽然这是一个有才能的人，但却没有品格。'海涅在《阿塔·特洛尔》里对这句话进行了无情的嘲弄。"②

在对白尔尼与海涅两人直接论争的问题实质作简要分析之后，我们再审视来自右翼与"左翼"尤其是双方信徒之间对这一论争所持的政治态度与思想立场。

右翼阵营对两人的关系作出了两种不同的判断。比如，爱德华·迈尔在《声讨路德维希·白尔尼——置真理、正义和荣誉于不顾的巴黎书信者》（1831）的诽谤性文章中就把"'白尔尼，海涅及其同伙'相提并论：'物以类聚，人以群分，白尔尼是个犹太人，正如海涅和萨菲尔一样，是否经过基督教的洗礼，这点是无关紧要的……'"③再比如，阿达尔贝特·封·博恩施泰特在 1835 年 10 月 27 日致奥地利政府的一

---

① ［丹］勃兰兑斯：《青年德意志》，高中甫译，人民文学出版社 1997 年版，第 109 页。
② 同上书，第 195 页。
③ 格·冯贝格：《论狄俄斯库里接受模式——关于对海涅和白尔尼的接受历史》，载张玉书《海涅研究：1987 年海涅国际学术讨论会》，北京大学出版社 1988 年版，第 324 页。

份秘密报告中写道:"白尔尼和海涅生活在不共戴天的敌对情绪之中。后者在谈到前者时,除了最肮脏的称呼外再没有别的词汇了,妒忌是相互仇恨的主要原因。白尔尼无论作为作家还是作为人,毫无疑问都更有价值……海涅和白尔尼从不交谈,从不见面,从不互相问候,说他们在一起工作,真是无稽之谈。"①

"左翼"阵营对两人论争的认识也经历了前后不同的变化。谷兹科在《当代文学史稿》(1836)中坚称:白尔尼与海涅"共同倾向于一幅他们所梦想的自由图景……白尔尼,这个被德意志的鹰吞噬心肝的人,不是普罗米修斯。海涅是普罗米修斯,因为他像普罗米修斯一样诅咒诸神。白尔尼过于片面,而海涅则缺乏公正"②。不难看出,这时的谷兹科把海涅置于白尔尼之上。

但是,随着白尔尼1837年的离世,更由于海涅《评路德维希·白尔尼》(1840)的问世,"左翼"阵营对白尔尼的讴歌与对海涅的抨击就成了这场论争的显著特点。赫尔曼·马格拉夫在《德国当前的文学和文化时代》(1839)中对白尔尼与海涅两人的性格特质作了如下评判:"德国式的坚定性和抵抗能力在人们的个性中越来越不存在了……白尔尼还有一些,甚至还拥有一种性格的大部分内容,海涅却极少有首尾一致的沉稳性格,如果不说有些人的性格正在于没有性格的话……一个像白尔尼这样合乎道德的人,这个不妥协的纯粹的共和主义者,是不可能长时间和法国环形大道上的英雄海涅相处的……海涅很可能会认为,白尔尼在监视他所走的每一步,并把他的蠢行一笔一笔地记上黑账。"③

1840年的谷兹科改变了他此前的判断,把白尔尼置于海涅之上:"白尔尼的最后著作使他在我们眼里表现得从来没有过的高尚和完美。

---

① 格·冯贝格:《论狄俄斯库里接受模式——关于对海涅和白尔尼的接受历史》,载张玉书《海涅研究:1987年海涅国际学术讨论会》,北京大学出版社1988年版,第324页。
② 同上书,第325页。
③ 同上书,第326页。

当他写完最后一本小书离开人世的时候，甚至于他的敌人也喜欢上了他。而海涅先生的最后著作（即纪念白尔尼的文章）则向我们显示了完全陷在道德瓦解中的他。白尔尼不是诗人，他像预言家那样写作。海涅先生佯作诗人，却像一个流氓那样写作。白尔尼并不是没有犯过错误，但是在信念的烈火中他钢铁般的性格锻炼得更为坚强。海涅先生邀游在谎言的大海之中，必将逐渐被蒸发到自负的'金色虚无'中去。白尔尼与生者论战，与死者和解。海涅先生惧怕生者，只有等他们死后，才与之（如白尔尼）斗争。"①

白尔尼去世后的第十年即1847年，伯特·普鲁茨在《德国当代文学讲座》中对两人的自由观作出了高下立判的结论："海涅想争得自由，是为了享受它，而白尔尼是要给人民争得自由。海涅是吉伦特派分子，白尔尼则属于山岳派，海涅是梅菲斯托，永远的怀疑者，白尔尼是浮士德，永远的奋斗者。海涅身患时代的疾病，如同可怕的流行痛疡一样。而白尔尼，在成千上万的病人中他是唯一健康的人。"②

梅林在《海涅评传》（1911）中以希腊神话中的狄俄斯库里孪生兄弟来比喻白尔尼和海涅之间的关系，此种比喻不仅被格·冯贝格在《论狄俄斯库里接受模式——关于对海涅和白尔尼的接受历史》一文（1987）中所沿用而且被他视为一种源远流长的比较研究方法。在冯贝格看来："整个公众对1840年海涅发表的纪念白尔尼的文章报以强烈愤慨，其原因在于一种旧的、对海涅适用良久的接受模式，这就是'与白尔尼类比'的模式。通过这篇纪念文章，海涅本人使这个模式在一定程度上适用于自己。……这里也以另外一种方式证实了作为一种接受模式通常具有的属性。首先他们两人是相互联系的，其次他们又是互相对抗的。海涅的对手们得意洋洋，因为海涅的卑劣行径已经公开化，

---

① 格·冯贝格：《论狄俄斯库里接受模式——关于对海涅和白尔尼的接受历史》，载张玉书《海涅研究：1987年海涅国际学术讨论会》，北京大学出版社1988年版，第326页。

② 同上书，第327页。

甚至他的朋友也认为他这样做极为过火。但是，海涅的那篇最终使两人之间的对比公开化的纪念白尔尼的文章1840年发表之前很久，即从二十年代以来，这种狄俄斯库里模式，也称为'敌对的兄弟'的模式，已经被人们运用了。"①

四

法国七月革命后，海涅与白尔尼都自愿流亡到巴黎这一革命之都，以便近距离观察革命，他们都认为自己是"革命之子"。海涅在1830年10月8日的日记中写道："我是革命的儿子，我又重新拿起所向披靡的武器……话语，犹如闪亮的投枪，嗖嗖地直飞九天云霄，击中那些潜入至圣至神之地的虔诚的伪善者。我心里充满了欢乐和歌唱，我浑身变成了剑和火焰。"② 白尔尼写就了在德国各地影响巨大的六卷本《巴黎书简》，"特别是这部书的第一卷达到了他作为作家所能达到的顶峰"③。由于鼓动革命，该书一出版就在普鲁士等邦国被查禁。客观而言，就两人当时的社会影响力、政治影响力看，白尔尼远在海涅之上，但就此后的文学影响力而言，海涅则远在白尔尼之上；白尔尼在当时赢得的多是赞誉而海涅得到的多是"批判"，与此相反，海涅在后来的岁月中赢得了越来越多的礼赞而白尔尼得到的却是越来越多的"批评"。本文接下来将选取青年恩格斯、马克思等不同时期的代表性人物及观点并按照时间先后对论争所关系到的相关问题作进一步的说明与探讨。

在"白尔尼—海涅论争"中，青年恩格斯坚定地站在了白尔尼一

---

① 格·冯贝格：《论狄俄斯库里接受模式——关于对海涅和白尔尼的接受历史》，载张玉书《海涅研究：1987年海涅国际学术讨论会》，北京大学出版社1988年版，第327页。
② [德]梅林：《论文学》，张玉书等译，人民文学出版社1982年版，第173页。
③ [丹]勃兰兑斯：《青年德意志》，高中甫译，人民文学出版社1997年版，第76页。在1832年5月的汉姆巴赫宫集会上，白尔尼被奉为"德国自由的捍卫者"。

边。若用一句话来概括，在青年恩格斯的心目中，白尔尼若是"天神"那么海涅则是"凡人"。白尔尼的人格特质以及《戏剧丛谈》《巴黎书简》等论著无疑在青年恩格斯从文学政治到哲学政治再到社会政治的思想转变过程中起到了十分独特的作用。① 青年恩格斯在《评亚历山大·荣克的〈德国现代文学讲义〉》（1842）一文中写道："这种争吵在海涅论述白尔尼的书中达到了顶点，而且到了使人厌恶的庸俗程度。""海涅评论白尔尼的书是历来最不像样的德文书。"②

与青年恩格斯相反，马克思则坚定地站在了海涅一边。③ 1846 年 4 月 5 日左右，马克思自布鲁塞尔致信客居巴黎的海涅："前几天，我偶然发现一本诽谤您的渺小作品——白尔尼遗留下来的书信集。如果不是看到这些白纸黑字的东西，我决不会想到白尔尼会这样愚蠢，狭隘和无聊。而谷兹科夫的后记等等更是贫乏的拙劣之作！我将在一家德国杂志上写一篇详细的评论，介绍您评白尔尼的那本书。基督教德意志的蠢驴们对待您这本书的这种粗暴态度在文学史的任何一个时期都是少见的，而在德国的任何历史时期粗暴的例子却是屡见不鲜的。"④ 从信中可以看出，马克思为好友海涅的遭遇而鸣不平。

与以上两人的各自选择不同，勃兰兑斯（1842—1927）在《青年德意志》（1894）中努力持一种"不偏不倚"的中性立场。他的相关阐

---

① 详见拙文《青年恩格斯思想视域中的白尔尼因素》（载《复旦学报》2018 年第 4 期），本文不再赘述。需要补充说明的是，这一时期的青年恩格斯是激进自由主义者、民主主义者、共和主义者，还未完全接受当时的社会主义、共产主义思想，更不是共产主义者。

② 《马克思恩格斯全集》第 2 卷，人民出版社 2005 年版，第 453、454 页。

③ 马克思和燕妮于 1843 年 10 月迁居巴黎；同年底，马克思与海涅在巴黎相识并成为好友。1844 年 9 月 22 日，海涅从汉堡给巴黎的马克思写信，希望能把《德国，一个冬天的童话》的部分内容在巴黎的《前进报》上刊出，同时请马克思写一个引言。梅林认为："海涅确实同马克思建立了亲密的友谊，在他们相处的日子里，海涅的讽刺诗达到了一种使之在世界文学中永远具有突出地位的高度，这里肯定也有马克思的一份功劳。"具体见［德］梅林《论文学》，张玉书等译，人民文学出版社 1982 年版，第 186 页。

④ 《马克思恩格斯全集》第 27 卷，人民出版社 1972 年版，第 463 页。从现有的文献资料看，马克思没有完成这一评论。

释都是在尽力调和白尔尼与海涅之间业已存在的思想差异,"提到高度上看,这是以对真理的尊重为一方,以对形式与艺术的崇敬为另一方相互之间的冲突"①。

不过,第一代马克思主义者梅林在《纪念海涅》(1906)、《海涅评传》(1911)等文中打破了勃兰兑斯的"平衡",想从根本上为海涅"正名"。梅林指出:"人们之所以对海涅没有作出公允的评价,原因是海涅在世界文学中占有独一无二的、无法比拟的地位这一事实。在一个世纪里依次更迭的三大世界观,其色彩和形式在海涅的作品里如此和谐地交织在一起,在艺术形象里得到了完整的统一,像这样的诗人我们现在还找不出第二个。……在他身上这三种世界观不是一个接一个地,而是同时表现出来的,如果只从其中的一个观点,即只从浪漫主义,资产阶级或无产阶级的观点去观察海涅,就会觉得他身上充满了缺陷和矛盾。"②梅林认为,对海涅的作品"不是从政治倾向上,而是从历史的美学角度——用资产阶级观点办不到,但用无产阶级观点则可以做到——来加以解释,就是给德国工人阶级的绝妙的礼物"③。因此,由梅林的对比分析不难得出如下结论:"白尔尼是一个诚实的、但却是颇为狭隘的小资产阶级激进派的典型……海涅则不同,他具有一种更为细致、更为丰富的气质,只要不把自己抛弃,他是绝不会抛弃歌德和黑格尔的,他一踏上法国的土地,就如饥似渴地扑向社会主义学说,把它当作精神生活的新源泉。……我们可以原谅白尔尼,因为他根本不理解海涅。"④

作为马克思主义者的卢卡奇与梅林的观点相仿。他在《作为文艺理论家和文艺批评家的弗里德里希·恩格斯》(1935)一文中指出,由

---

① [丹]勃兰兑斯:《青年德意志》,高中甫译,人民文学出版社1997年版,第99页。
② [德]梅林:《论文学》,张玉书等译,人民文学出版社1982年版,第141—142页。
③ 同上书,第144页。
④ 同上书,第176—177页。

于青年恩格斯对白尔尼过于尊崇、对海涅过于贬抑,由此导致他对两人的认知存在着极大的片面性。在卢卡奇看来,青年恩格斯"这时候对浪漫派的批判,从本质上说,还没有超过白尔尼和'青年德意志派'的水平。因为他片面地赞成白尔尼,并且对海涅抱有成见,所以他没有能够充分利用和发挥海涅对浪漫派的批判。……青年恩格斯的这种朴素的辩证法使他一般地能够合理、公正地判断他那个时代的文学现象。唯一的例外是对海涅的判断,正如已经提到的那样。白尔尼认为海涅'背叛'了民主,这种偏见决定了恩格斯对海涅的判断。恩格斯的这种态度转变得比较晚,一直到他在英国逗留期间,也就是当海涅由于与马克思有了友好交往,态度更加激进,而恩格斯对此有了印象的时候。……青年恩格斯的社会见解的局限性,在文学领域内,最突出地表现在他对白尔尼所作的过甚其词的评价上。甚至当他由于深入研究黑格尔和青年黑格尔派,越来越脱离'青年德意志派'的时候,在一段时间内,仍然存在对白尔尼的崇拜"[①]。

如果说马克思主义者梅林与卢卡奇主要是从内容层面来论证海涅比白尔尼更深刻,那么形式主义者韦勒克则主要是从艺术的独立性层面来肯定海涅。韦勒克在《近代文学批评史(1750—1950)》(1955)中毫不犹豫地把海涅置于白尔尼之上,"白尔尼,偏激的报章作家和随笔家,是一位心直口快的道学先生和开明的教条主义者。……海涅通常和他并称,但是两人相去霄壤。白尔尼后期曾攻击海涅。海涅始终是一位诗人,他始终未曾失去对艺术本质的把握"[②]。"海涅批评的真正重要性,倒是在于他理论立场上出人意表的含混态度。……海涅在理论上谴责的只是倾向诗,而维护着艺术的自主性。'艺术不应像侍从一般,为

[①] [匈]卢卡契:《作为文艺理论家和文艺批评家的弗里德里希·恩格斯》,《卢卡契文学论文集》第1卷,中国社会科学出版社1980年版,第4—6页。
[②] [美]雷纳·韦勒克:《近代文学批评史(1750—1950)》第3卷,杨自武译,上海译文出版社2009年版,第256—258页。

宗教或政治服务；艺术本身即为其终极目的，正如世界便是其自身目的。'……他多次毫不置疑地否认艺术的独立性。他称赞'青年德意志'作家，他们'不想把生活与写作区别开来，他们不想使政治脱离学术，艺术，宗教，他们同时是艺术家，护民官，传道士'。面对当代作家，海涅大多是用思想意识的准绳来进行评判。"①

此外，国内也有个别学者表达了对这一论争所持的基本立场。比如，张玉书在《战士海涅》一文中认为："白尔尼被认为是反对派的领袖人物，反对白尔尼就伤害了一大批人。海涅和他的斗争实际上是反对极左、反对偏激的斗争，然而这点连恩格斯也不能谅解。"②

冯贝格认为，"海涅—白尔尼""这种模式是 2500 年来欧洲思想史中最受欢迎的一种方法……十九世纪初，在有关海涅和白尔尼两人的接受问题上，公众中出现了这样一种需求，它以自己的方式反映了'艺术时代的终结'，也产生了反对这一消极观点的积极主张"③。

五

尽管"白尔尼—海涅论争"这一事件本身已成为历史，但论争所涉及的一些问题时至今日依然值得我们深思与细究。

首先，我们怎样才能正确看待"白尔尼现象"与"海涅现象"？历史的吊诡之处不在于白尔尼与海涅两人的座次被调换，不在于前者走出了历史而后者走进了历史，而在于两者都是一种十分普遍的社会现象。在血与火的时代，白尔尼们坚毅果敢地担当了历史赋予他们的神圣使

---

① [美]雷纳·韦勒克：《近代文学批评史（1750—1950）》第 3 卷，杨自武译，上海译文出版社 2009 年版，第 261—262 页。

② 张玉书：《战士海涅》，载张玉书《海涅研究：1987 年海涅国际学术讨论会》，北京大学出版社 1988 年版，第 447 页。

③ 格·冯贝格：《论狄俄斯库里接受模式——关于对海涅和白尔尼的接受历史》，载张玉书《海涅研究：1987 年海涅国际学术讨论会》，北京大学出版社 1988 年版，第 330—331 页。

命,他们真诚地把文学视为时代生活的镜子,把文学视为改变社会的有效手段。从这个意义上讲,他们及其作品只属于他们所生活的时代,时代的命运就是他们自身及其作品的命运。"在当时站在前列的作家中,几乎没有一个人像路德维希·白尔尼那样被置之一旁不加理睬的了。他写的题材都已陈旧,只有那些对作家的人品性格感到兴趣的人才去读他的那些篇幅不长、用报纸社论或书信形式写出的散文作品,这只是为了了解他的表现形式或是了解他在处理那些题材时的精神状态。……他那种温暖着同代人的火一般的思想,现在看来就如同用长矛去攻打堡垒和宫殿的唐吉诃德的热情一样。然而,他为德意志民族新铁器时代的钢铁建筑的产生也作出了自己的贡献。他的火把矿砂冶炼成铁水,社会的新的箭矢就是从中锻制而成的。"①

经过岁月洗礼后,一方面海涅们在政治等方面的缺陷会程度不一地被淡化,另一方面他们巨大的艺术才能则会得到越来越充分的肯定,他们的作品会成为跨越时代的艺术丰碑。"一个时代有着数量众多的作家,然而,经过一两代人之后,在他们中间却只有极少数人还能拥有读者,这是大家都清楚的。在不可胜数的作品中,也只有个别的作品还被读者所接受。"②

其次,"白尔尼—海涅论争"其实关系到如何才能更好地理解和把握文学批评的政治之维与审美之维的关系等问题。如果说歌德本人在文学与政治的关系问题上持审美优先立场,那么白尔尼则持明确的政治优先立场,海涅则摇摆于两者之间。

歌德在1832年3月与艾克曼的谈话中指出:"一个诗人一旦想在政治上产生影响,他就必须献身于一个政党;一旦加入政党,他就失其为诗人了,就必须同他的自由精神和无偏见的总揽能力告别,把目光短浅

---

① [丹]勃兰兑斯:《青年德意志》,高中甫译,人民文学出版社1997年版,第38—39页。

② 同上书,第33页。

和盲目仇恨这顶帽子拉下来蒙住耳朵了。……你知道我一般不大关心旁人写了什么关于我的话,不过有些话毕竟传到我耳里来,使我清楚地认识到,尽管我辛辛苦苦地工作了一生,某些人还是把我的全部工作看得一文不值,就因为我鄙薄地拒绝干预党派之争。如果我要讨好这批人,我就得参加一个雅各宾俱乐部,宣传屠杀和流血!……你注意看吧,作为政治家的乌兰德终会把作为诗人的乌兰德吃光。当议会议员,整天在摩擦和激动中过活,这对诗人的温柔性格是不相宜的。他的歌声将会停止,而这是很可惜的。"①

与此相反,白尔尼的文学写作及其批评属于典型的政治写作与批评。"白尔尼缺少严格意义上的艺术思想,他公开承认这一点。……人们因白尔尼对德国的命运悲剧采取激烈的敌对态度而十分赞赏他;在那个时代,这种悲剧在德国舞台上泛滥成灾,愚弄着人们的感情;但人们很容易看到,他的反对并不是从审美观点出发对这些作品所进行的批评,他是从道德的或宗教的角度出发去批评的。"②

如果艺术家是诗人歌德的自我身份认同,如果革命家是剧评家白尔尼的自我身份认同,那么革命者—贵族则是诗人海涅的双重身份。换言之,强调艺术有其目的,强调艺术有其独立性,强调政治诗必须有诗意,这是海涅与歌德的共同之处,同时也是他们与白尔尼的最大不同;歌德有意疏离政治、自觉远离革命,海涅则积极介入政治、主动投身革命,这是歌德与海涅和白尔尼两人的最大不同。客观而言,政治性的文学批评固然"是我们所知道的最古老、最值得尊重的文学批评样式之一"③,但审美批评、形式批评同样是值得尊重的文学批评样式之一。

---

① [德]艾克曼:《歌德谈话录》,洪天福译,译林出版社2002年版,第593—594页。
② [丹]勃兰兑斯:《青年德意志》,高中甫译,人民文学出版社1997年版,第62—63页。
③ [英]特里·伊格尔顿:《沃尔特·本雅明或走向革命批评》,郭国良、陆汉臻译,译林出版社2005年版,第133页。

回溯历史，深刻思想与优美形式的完美融合是所有作家的写作理想，但这样的作家毕竟是少数，多数作家的文学写作要么偏向思想方面，要么偏向形式方面。同理，绝大多数的文学批评之所以很难做到既是政治的又是审美的，这里固然有个人才能、个人选择的原因，但更重要的是时代自身的要求所致。比如，青年恩格斯针对普拉滕认为自己理智的产物就是诗这一观点作了如下评论：他将更加远离歌德，"他的思想也日益接近白尔尼……他的思想和性格在这些诗歌里比在他的其他作品中更多和更突出地代替了诗意。……凡是向普拉滕提出其他要求的人，对这些波兰之歌是不会感到满意的，然而，凡是抱着这些期望拿到这本书的人，在感到书中缺少诗的芳香的同时，却会由于在崇高性格的土壤上成长起来的那许多有巨大影响的高尚思想，以及在序文中恰如其分地表达的'伟大的热情'，而得到充分的补偿"①。总之，无论是政治批评还是审美批评，都应从时代生活面临的问题出发而不是从定义出发，始终以现实问题为导向；做不到批评的政治之维与审美之维的有机融合时可以有偏重但不能有偏废。

再次，文学批评应始终恪守批评的边界与限度。无可讳言，海涅无论在 1820 年代与普拉滕的论争中还是在 1840 年《评路德维希·白尔尼》的著作中确有人身攻击之举，他也为此付出了沉重的代价。②真正的文学批评是求真、求善、求美的，拙劣的文学批评才会追名逐利，才会谋取话语权；真正的文学批评是一种真诚的、真挚的、真实的思想对话与情感交流，拙劣的文学批评才会或恶意诽谤或阿谀奉承他人及其作品；真正的文学批评是一种理解的、同情的批评，拙劣的文学批评才会居高临下地无情宣判。青年恩格斯的批评实践值得我们认真借鉴，他在

---

① 《马克思恩格斯全集》第 2 卷，人民出版社 2005 年版，第 104—105 页。
② 具体见 [德] 梅林《海涅评传》，《论文学》，张玉书等译，人民文学出版社 1982 年版，第 171、186 页；[丹] 勃兰兑斯：《青年德意志》，高中甫译，人民文学出版社 1997 年版，第 217—218 页。

《现代文学生活》（1840）一文中指出："无论批评有多么大的摧毁量力，我们相信，仅有批评是达不到这个目的的。"[①] "倍克是个诗人，在对他提出批评，甚至提出最严厉而公正的指责时，也应当顾及他未来的创作。每一个真正的诗人都应当受到这种尊重。"[②]

[①] 《马克思恩格斯全集》第 2 卷，人民出版社 2005 年版，第 126 页。
[②] 同上书，第 142 页。

法国的毛主义运动：
五月风暴及其后

蒋洪生

时间：2018.11.23

地点：E126 会议室

主讲人简介：蒋洪生，美国杜克大学（Duke University）文学博士，北京大学中文系副教授，主要从事比较文学、文化史学、批评理论与东亚思想史研究。近期撰有《弗雷德里克·杰姆逊的乌托邦研究及其"反—反乌托邦主义"》《关于鲁迅与托派关系的一桩公案》《阿甘本文论视野中的诗与哲学之争》《非物质劳动、"普遍智能"与"知识无产阶级"》《法国五月风暴及其后》等重要论文。

摘要：法国毛主义不是在五月风暴期间从天而降的，它是在"二战"后的法国和世界风云变幻的政治气候中渐次生长出来的，是战后法国民众尤其是学生和青年知识分子激进化的产物。文章从法国毛主义的起源、法国毛主义的初创与"五月风暴"的试炼、"五月风暴"后共青盟的内部论争、自发毛主义的兴衰、巴迪欧的法国毛主义的运动批判等几个方面进行了较为详细的论证与分析，但这种研究可谓浅尝辄止，难免挂一漏万，豕亥相淆，希望拙文能够引发有识之士对这一课题的更精彩讨论。

关键词：毛主义；五月风暴；共青盟；巴迪欧

本文同名发表于《文艺理论与批评》2018 年第 6 期。

本文与已发表论文有细微区别。

一　引子

1968 年 5 月，一场以学生和工人为主体的社会运动如长虹，如疾风,如暴雷,如骤雨,迅捷地传遍了法兰西大地。这场史称为"五月风暴"的社会运动的爆发力度之烈,涉及范围之广,参与人数之多,在法国乃至整个欧美现代史上都是史无前例的。对于这场风暴,言人人殊,总体而言,这是一场以大批抗争学生为前导,以近千万罢工工人为主力,以学生运动和工人运动相呼应为其鲜明特点,同时社会各阶层以不同方式积极参与的反资本主义、反帝国主义和反戴高乐主义的大规模社会运动。

但对当时的不少人来说,这场在短时间内瘫痪了整个法国,并在世界范围内形成深广之连锁反应的社会运动,是突如其来、始料未及的,这其中就包括了其时统治法国已近十年的戴高乐总统。就在1967年底,戴高乐向法国国民发表年度广播讲话的时候,还在说:"我以平静的心情迎接1968年……今天的法国绝不可能像在过去那样被危机所瘫痪。"[1]这是一个比较乐观的判断,但戴高乐的这个判断被其后政治局势的发展击得粉碎。仅仅在数月之后,巴黎乃至全法国的学校、工厂和街道就被千千万万高举红旗、呼唤变革和革命的人们所占据。开始,戴高乐总统和他的幕僚们试图把这些人描绘为"社会渣滓",但是随着成百上千万的社会各阶层人士的深度卷入,这一旨在抹黑的描绘丧失了其意义。

应当说,参与五月风暴的政治力量是比较多元的,其中包括无政府主义者、托洛茨基主义者、情景主义者及受其影响的激愤派、社会民主派人士等,当然还包括在其时的法国政坛和社会上举足轻重,尽管在风暴期间组织过罢工,却无意推翻资本主义体制的法国共产党(PCF)及受其控制的法国总工会(CGT),当然我们也不要忘记大批反对风暴的戴高乐主义者。而作为一种独立政治力量的法国毛主义运动,也正是在

---

[1] Johan Kugelberg and Philippe Vermès (eds.), *Beauty is in the Street: A Visual Record of the May 68 Paris Uprising*, Four Corners Books, 2011, p. 76.

五月风暴及其后的年代里,有组织地出现在法国公众的政治视野之中,并对60年代以来的法国产生了重大影响的。据初步统计,60年代之后,陆续活跃在法国的毛主义团体至少有50多个①,其中影响比较大的有马列主义共产青年同盟（UJCML,1966—1968）、法国马列主义共产党（PCMLF,1967—1985）、革命万岁派（VLR,1969—1971）、无产阶级左派（GP,1968—1973）、法国马列主义共产同盟（UCF - ML,1969—1985）,等等。

二 法国毛主义的起源

法国毛主义不是在五月风暴期间从天而降的,它是在"二战"后的法国和世界风云变幻的政治气候中渐次生长出来的,是战后法国民众尤其是学生和青年知识分子激进化的产物。促使战后法国青年激进化的一个重要因素就是1954—1962年间的法国殖民地阿尔及利亚的独立战争。战争导致法军十几万人伤亡,而阿尔及利亚民族解放军伤亡20万人以上,平民伤亡则在60万人以上。在这场阿尔及利亚的民族解放运动中,号称马克思主义和共产主义政党的法共却支持议会授权法军对民族解放运动进行镇压。1965年秋,法共甚至支持肯定阿尔及利亚殖民战争的政客弗朗索瓦·密特朗参加总统竞选。而另一些所谓的社会主义者——例如莫莱特领导的工人国际法国支部（SFIO）,也公开支持法国的殖民战争。除了阿尔及利亚战争之外,另一个促使法国青年激进化的因素就是越南战争。在越战问题上,法共以反对冒险主义、避免热核战争为由,打出的只是"实现越南和平"的含糊口号,与此针锋相对,更激进的"左翼"力量打出的口号是"争取越南人民的彻底胜利"。面对国内如此不堪的修正主义和"左翼"政党,法国的进步青年们只能

---

① See http://archivesautonomies.org/spip.php?article668&lang = fr.

选择倒向毛主义、托洛茨基主义，或者无政府主义。而在许多反对法共的法国"左翼"人士看来："正是毛主义提供了某种过渡形式和依据，使他们得以将斗争重心从殖民地农民斗争转移为国内的工人斗争，他们进而和都灵汽车厂的罢工工人一样承认，'越南就在我们的工厂里'。"①

进入1960年代之后，毛主义在法国知识界有了长足的影响，这些影响首先是通过法国马克思主义哲学家阿尔都塞的支持产生的。1956年，赫鲁晓夫"非斯大林化"的秘密报告震动了整个世界，尤其对欧美的共产主义运动造成了极其沉重的打击，使得各国共产党员大批退党。欧洲由此出现了"人道主义的马克思主义"潮流，法共也开始主张与其他的非马克思主义思想如天主教思想、社会民主主义等对话。在这种情况下，阿尔都塞站出来反对这种把马克思主义解释为人道主义的错误思潮，认为这是对马克思主义的误解，是一种毫不科学的非历史非阶级的分析方法。与此针锋相对，他把自己的学说视为一种"理论上的反人道主义"。在中苏论战期间，阿尔都塞实际上是同情中国对苏联修正主义的批判的。阿尔都塞甚至把其于1965年秋出版的著作《保卫马克思》（收录其1961—1965年之间的文章）寄赠给了中共中央。在他的影响下，作为法国思想家摇篮的巴黎高师中的很多人都变成了毛主义者或亲毛主义者，包括他的学生阿兰·巴迪欧、雅克·朗西埃，以及号称"巴黎高师的列宁"、曾在1967年应邀访华一月的罗贝特·黎纳（Robert Linhart）等人。阿尔都塞也同情中国的"文革"，作为法共党员，他在1966年12月号毛主义倾向的杂志《马列主义手册》以化名撰写了一篇分析"文革"的文章，认为"文革"是对以往共产主义运动所出现问题的一种因应之道。

1964年中法建交，法国成为第一个与中国建立大使级外交关系的

---

① ［美］克里斯汀·罗斯：《1968年5月及其死后之生：导言》，赵文译，载《生产》第6辑《五月风暴四十年反思》，广西师范大学出版社2008年版，第124页。

西方国家,使得中国的思想文化产品可以比较顺利地进入法国(如《毛主席语录》《毛泽东选集》《北京周报》等)。这也促进了毛主义在法国的发展。从当时的新锐导演戈达尔1967年的电影《中国姑娘》中,我们可以很直观地看到这些舶来的中国元素,例如红宝书、《北京周报》、北京广播电台的广播等。1967年的巴黎到处充斥着毛主义流行的符号,例如所谓的毛氏领套装。这一年被称为"中国年"。①

三 法国毛主义组织的初创与五月风暴的试炼

1960年代早期,法共党内以及由法共所控制的青年学生组织——共产主义学生联合会(UEC)中活跃着一批亲中的所谓"毛主义分子"。在中苏论争和分裂的大环境下,亲苏的法共对党内的这种"异端思想"毫不容忍。在这样的态势下,法共及其所控制的群众组织里的亲中分子纷纷被开除。1966年12月10日,由共产主义学生联合会中被清洗或即将被清洗的毛主义者如罗贝尔·黎纳、雅克·布鲁瓦耶勒(Jacques Broyelle)、克里斯蒂安·里斯(Christian Riss)、让-皮埃尔·勒当泰克(Jean-Pierre Le Dantec)、邦尼·莱维(Benny Lévy,化名Pierre Victor)等建立了马列主义共产青年同盟(UJCML,本文简称共青盟)②,成员多为巴黎高师和索邦大学的文科学生。戈达尔的电影《中国姑娘》描绘的就是受到共青盟影响的一些年轻人,准确地反映了中苏意识形态分裂对他们的深刻影响。共青盟的领导人是阿尔都塞钟爱的杰出弟子黎纳。他从阿尔都塞以及西班牙农学家卡巴勒罗

---

① [美]理查德·沃林(Richard Wolin):《东风:法国知识分子与20世纪60年代的遗产》,董树宝译,中央编译出版社2017年版,第116页。
② 其中黎纳、布鲁瓦耶勒、里斯和勒当泰克,与另一位学生斯图尔姆(Sturm)等五人在1967年8月应邀访华一月,坚定了他们对毛主义的信心。关于他们访华的情况,参阅[法]弗朗索瓦·杜费、皮埃尔-贝特朗·杜福尔《巴黎高师史》,程小牧、孙建平译,中国人民大学出版社2008年版,第136—137页。

(Capallero)那里接触到毛泽东思想；尤其是后者向他介绍的毛泽东的"群众路线"思想，给予了黎纳以极大的震动和启示。黎纳将毛泽东思想与列宁的思想做了比较，认为："在列宁的思想中，知识分子应该带给人民一种建立在外部的科学；而毛泽东的思想则认为应该到人民中去，吸取人民的思想元素而建立一种科学，并最终将它送还给人民。"①黎纳深知"什么是政治行动及其优先性"，而这一点是他的老师阿尔都塞所甚为感佩的。在黎纳的批评下，阿尔都塞放弃了自己那个极其著名的哲学定义，即哲学是所谓"理论实践的实践"。②

黎纳领导下的共青盟将自身定位为"同盟"，还不是合格的革命政党，一个重要原因，是共青盟的成员基本上都是学生和青年知识分子。"同盟"的成立，是为着日后能够取代修正主义化的法共，为建立真正的革命政党服务的。在成立的初期，共青盟特别重视学生和青年知识分子的革命化问题，为此创办了卓有成效的理论教育学校。在1967年1—2月举行的第一次大会上，共青盟通过了一份政治决议，提出了以下的一些政治原则：必须把阶级斗争引到大学和年轻人中去，必须对资产阶级的意识形态及其修正主义帮凶发动不妥协的斗争；必须对积极分子进行理论上和政治上的训练，必须创立一个能够服务于先进工人和所有的革命者的红色大学；必须反对美国和法国帝国主义，支持和学习越南人民的抗美斗争；必须促进服务于工人阶级的革命知识分子的形成，共青盟将创造新的组织形式以达成这一目标。③

在毛泽东"群众路线"思想的指引下，黎纳及其同志们认为共青盟

---

① [法]弗朗索瓦·杜费、皮埃尔-贝特朗·杜福尔：《巴黎高师史》，程小牧、孙建平译，中国人民大学出版社2008年版，第129页。
② [法]阿尔都塞：《来日方长：阿尔都塞自传》，蔡鸿滨译，陈越校，上海人民出版社2012年版，第231页。
③ 见《马列主义共产青年同盟第一届第一次会议政治决议》[Tiré des Cahiers Marxistes-Léninistes, n°15, janvier – février 1967.]（http：//archivescommunistes.chez – alice.fr/ujcml/ujcml3.html）。

本身过于知识分子化，应该走"群众路线"，创立在共青盟领导或影响下的群众组织，再在此基础上创建一个真正的无产阶级政党。从1967年2月起，共青盟在一些社区、工厂尤其是高中创立了旨在支援越南人民反美斗争的群众组织"基层越南委员会"（Comités Viêt-Nam de Base），吸纳了成千上万的政治积极分子，他们在"五月风暴"及其余波中发挥着关键性作用。[①] 4月29日，共青盟成功捣毁了极右组织"西方"（"Occident"）在巴黎主办的支持南越政权的展览。"基层越南委员会"所取得的极大成功，加深了共青盟的群众基础，也引起了共青盟的政治对手法共的不安。[②] 然而要成为一个不同于已然变修的法共的真正无产阶级政党，共青盟认为必须把工作重点放到工厂中去。1967年夏，在毛泽东"没有调查，就没有发言权"这一思想的启发下，共青盟对法国工人（以及贫苦农民）的生存状况展开了大规模的"调查研究"（enquêtes）工作。

到1967年秋，共青盟的调查研究工作转变为对其后的法国毛主义运动影响深远的"扎根"（établissement）[③] 运动，就是革命的学生和青年知识分子到最广大的人民群众中去，和人民群众一起生活，一起参加生产劳动，尤其是要进入工厂中去当工人。作为政治语汇的"扎根"的原始来源，根据学者的研究，是来自毛泽东的表述"安家落户"[④]。毛泽东在不同的场合都强调过"走马看花""下马看花"和"安家落户"这三种工作方式。例如他1957年3月12日在全国宣传工作会议上的讲话中说："我们的国家机关工作人员、文学家、艺术家、教员和科学研究人员，都应该尽可能地利用各种机会去接近工人农民。有些人可

[①] ［美］理查德·沃林：《东风：法国知识分子与20世纪60年代的遗产》，董树宝译，中央编译出版社2017年版，第63页。

[②] Louis Althusser, *The Future Lasts Forever: A Memoir*, translated by Richard Veasey, New Press, 1994, p. 354.

[③] établissement 这个词亦可译为"据点（组建）"。

[④] "安家落户"英文一般翻译成"settling down"，法文翻译成"s'étalir"。See Donald Reid's "établissement: Working in the Factory to Make Revolution in France," *Radical History Review* 88 (Winter 2004), p. 86.

以到工厂农村去看一看，转一转，这叫'走马看花'，总比不走不看好。另外一些人可以在工厂农村里住几个月，在那里作调查，交朋友，这叫'下马看花'。还有些人可以长期住下去，比如两年、三年，或者更长一些时间，就在那里生活，叫做'安家落户'。"①

创立"理论教育学校"和"基层越南委员会"，大兴调查研究之风，和"扎根"运动一起，共同形成了共青盟政治活动的鲜明特色。共青盟把"扎根"运动提到很高的高度，认为"扎根"运动是法国马列主义运动发展和创立共产主义政党的必要步骤，是必由之路。②

作为非生产劳动者的共青盟成员离开象牙塔，进入工厂当工人，实际上就是一种融工运动，是一种特殊形式的工学结合运动。为什么要融工呢？共青盟认为，在当时的历史条件下，最为先进的革命思想和理论首先为法国的学生和青年知识分子所掌握，但是他们本身不能够成为革命的领导力量，只有工人阶级才能够领导革命。但进步知识分子通过把先进的革命理念带入工厂，可以对工人阶级的革命起到一种类似火星、中介或者催化剂的作用。那么，在60年代的法国，什么是共青盟眼中先进的革命理念呢？共青盟认为，这些先进的革命理念是群众路线，人民战争的战略战术，不断革命论和革命阶段论结合的思想，"为人民服务"的共产主义意识形态，到群众大学校去的思想，以及自我批评和接受群众批评的工作方式，等等，简言之，就是来自红色中国的毛泽东思想。共青盟融工运动的政治目标是要在先进工人中间创立马列主义革命斗争的工人领导核心。共青盟认为，没有这种领导核心，也就谈不上群众工作的进展。工人领导核心的一个重要工作就是要在先进工人中创

---

① 《毛泽东文集》第七卷，人民出版社1993年版，第272页。
② 参见共青盟1968年的文件《论扎根》（Sur l'établissement，http：//archivescommunistes. chez‐alice. fr/ujcml/ujcml6. html，英译文见《视点杂志》（*Viewpoint Magazine*）："On établissement（1968，UJCml）"，https：//www.viewpointmag.com/2013/09/25/on‐etablissement‐1968/。

建秘密组织，打入法共所控制的法国总工会在各工厂的分会，力图促使这些分会革命化，达到重新让法国总工会恢复以前作为"阶级斗争的总工会"之性质的目的。那些到工厂进行"扎根"工作的共青盟盟员负有以下政治使命：在工人阶级中宣传毛泽东思想；促成建立工人核心小组，从而在生产单位中有效地领导阶级斗争；服务于工人核心小组，并与工人核心一起基于群众路线的原则，确立劳工运动中的马列主义策略；在这些先进工人核心的指导下，以共产主义思想陶冶工人阶级。①

这些时称"无产阶级工会主义者"（proletarian syndicalists）的共青盟盟员，从 1967 年秋开始进行"扎根"运动；到五月风暴开始，这一运动满打满算只有不到一年的时间。再加上缺乏经验，共青盟所掀起的这一波"扎根"运动成绩有限。根据阿尔都塞的说法，在五月风暴中，工人们并不需要共青盟盟员这样的大学生的支持。② 也就是说，当时不少工人从根本上仍旧对知识分子抱着一种不信任的态度。但是总体而言，五月风暴期间的工人和学生主体在主观上有相互团结、共同斗争的强烈愿望，在实际行动上工人运动和学生运动也是相互呼应、相互支持的。共青盟所发起的进厂"扎根"运动虽然当时成绩有限，但这一实践对其后的法国毛主义有着显著的影响，其中有成功的经验，也有失败的教训。

共青盟一开始基本否定了学生所掀起的五月风暴，其领导人黎纳认为这是小资产阶级性质的运动。黎纳及其同志坚持认为只有工人阶级才能够领导一场真正的革命，没有工人的参与，对抗就是没有意义的。同盟领导层甚至认为"五月风暴"是持改良主义理念的社会民主派人士

---

① 参见共青盟 1968 年的文件《论扎根》（*Sur l'établissemet*，http：//archivescommunistes.chez‑alice.fr/ujcml/ujcml6.html，英译文见《视点杂志》（Viewpoint Magazine）："On établissement (1968, UJCml)"，https：//www.viewpointmag.com/2013/09/25/on‑etablissement‑1968/。

② ［法］阿尔都塞：《来日方长：阿尔都塞自传》，蔡鸿滨译，陈越校，上海人民出版社 2012 年版，第 354 页。

的阴谋,起到了疏远青年学生和工人阶级的作用。虽然"就与学生抗议运动联合而言,黎纳仍然是坚定不移的",但他建议学生的示威游行应该离开巴黎市内的拉丁区,转向大多数工人阶级居住的郊区,以便使学生和工人团结起来。在这种轻视单纯学生运动的思想的指导下,共青盟在五月风暴的初期,只是派人在整个拉丁区分发政治小册子《现在就到工厂去》,鼓动学生到郊区的厂区进行活动,而不是积极投入学生所发动的街头斗争中去。① 当在一家肉类加工厂"扎根"的妮科尔·黎纳(Nicole Linhart)——罗贝尔·黎纳自己的妻子提议参加学生的示威游行和街头斗争时,黎纳情绪激动地将她赶出了共青盟的会场(虽然事后向她道歉)。黎纳本人还跑到中国大使馆,告诉使馆人员毛主席犯下了一个严重的错误,就是毛主席不应该支持法国的学生运动。②

到 1968 年 5 月 10—11 日,"五月风暴"中的第一次街垒战出现,黎纳相信这是法国资产阶级设下的一个陷阱,为此到法共总部去找他的老对手——法共总书记罗歇商议对策。在遭到门卫拒绝之后,黎纳陷入精神危机,不得不服用镇静剂治疗。③ 在 5 月中旬工人罢工占厂的态势出现之后,共青盟的学生和青年知识分子成员才积极投入其中,尤其是积极参加了弗兰(Flins)的雷诺汽车厂和索肖(Sochaux)的标致汽车厂工人抵抗警察的斗争。在"五月风暴"之后,同盟还组织了深入法国农村、力图与农民运动相结合的"长征"运动。

共青盟由于误判形势,基本缺席了"五月风暴"初期的学生运动。但是这不等于说所有的法国毛主义政治力量都在"风暴"初期交了白卷。与共青盟不同,另外一支有组织的毛主义政治力量——法国马列主义共

---

① [美]理查德·沃林:《东风:法国知识分子与 20 世纪 60 年代的遗产》,董树宝译,中央编译出版社 2017 年版,第 94 页。
② Donald Reid, "Etablissement: Working in the Factory to Make Revolution in France", *Radical History Review Issue* 88 (winter 2004), p. 88.
③ Ibid. pp. 88 – 89.

产党（PCMLF）从"五月风暴"一开始就支持和参与学生的反抗运动。早在1968年5月5日它就发表了一个声明，声明开宗明义，称"法国马列主义共产党支持学生反对垄断和法西斯主义权力的正义斗争"，宣称面对法国统治阶级的反动政策，学生们造反有理。声明还宣布法国马列主义共产党坚定不移地致力于团结年轻知识分子和工人的斗争，它将向工人解释学生斗争的深远意义，并将向学生们提供其战斗性的支持。① 在风暴中，法国马列主义共产党大量印发《毛主席语录》和小册子，支持学生和工人运动，谴责法共和法国总工会的修正主义叛卖，并积极参加历次的街垒斗争。

法国马列主义共产党的前史可以上溯到1964年。当年，法中友好协会中一些亲中的前法共党员成立了"马列主义界联合会"（Federation des Cercles Marxistes – Leninstes）。1967年初，联合会改名为法国马列共产主义运动（MCF）。1967年12月31日又改组为法国马列主义共产党。该党长期由雅克·儒尔盖（Jacques Jurquet）领导，得到了中国共产党和阿尔巴尼亚共产党的承认。② 法国马列主义共产党的成员相对来说都比较年长，主要是工人，他们希望由几乎全是青年学生和知识分子组成的共青盟（UJCML）接受自己的领导，理由是他们不了解工农，不了解资产阶级，不足以组织群众斗争，但共青盟拒绝了法国马列主义共产党的提议。共青盟认为法国马列主义共产党太过封闭，对群众不够开放，认为共青盟自己可以通过走群众路线、向群众学习来解决法国马列主义共产党提出的问题。总之，两者相互指责对方是精英主义。但共青盟也并不在原则上否定法国马列主义共产党的党建思想，只是否定其

---

① 见法国马列主义共产党1968年5月5日的《新闻稿》（http://archivescommunistes.chez – alice. fr/pcmlf/pcmlf1. html）。
② 关于法国马列主义共产党的政见及其演进和分裂情况，参见［法］戈夫《1968年5月，无奈的遗产》，中国青年出版社2007年版，第126—128页；Robert J. Alexander, *Maoism in the Developed World*, Praeger Publishers, 2001, pp. 68 – 72。

在当时的这一特别斗争阶段的适用性。总体来说，尽管两个组织之间在是否在现阶段组建列宁式的纪律严明的先锋党、是否精英主义、是否打入法国总工会以及以何种宣传口号支援越南斗争等方面争论、争吵不断，这两个毛主义组织之间还是大致保持了一定的友好关系。①

1968年6月12日，也就是在共青盟17岁的高中生盟员托坦（Gilles Tautin）为法国宪兵在弗兰地区溺毙后两天，索肖标致汽车工厂的工人皮埃尔·贝洛（Pierre Beylot）和亨利·布拉谢（Henri Blanchet）为法国防暴警察——共和国保安队杀害后一天②，法国内政部长雷蒙·马赛兰发布禁令取缔11个左派组织，其中就包括共青盟和法国马列主义共产党两个毛派组织。由从法共开除出去的亲华人士克洛德·博利厄（Claude Beaulieu）于1965年成立、坚持刘少奇主席路线的法国马列主义中心，由于曾经在选举中支持过戴高乐政权，也由于其在"五月风暴"中作壁上观，成为没有被戴高乐政府所解散的一个法国毛主义组织。③

四 "五月风暴"后共青盟的内部论争

在被法国官方取缔之后，转入地下的共青盟内部爆发了激烈的论争，导致了共青盟在1968年夏天的内爆。论争两方中的一派是以邦尼·莱维为首的少数派，这一派被多数派视为列宁在《怎么办?》中所

---

① See Belden Fields, "French Maoism", *Social Text*, No. 9/10, 1984, p. 153; Belden Fields, *Trotskyism & Maoism: Theory & Practice in France & the United States*, Autonomedia, 1988, pp. 91 – 92.

② "没有人死于1968年事件"是一句谎言，除了这里列出的三位死难者之外，还有更多的人死于"五月事件"。关于主流叙事炮制所谓"没有人死于1968年事件"谎言的政治逻辑，可参阅杰出的五月风暴研究学者克里斯汀·罗斯在其名著《1968年5月及其死后之生》（*May 68 and Its Afterlives*）导言中所做的分析。

③ Belden Fields, *Trotskyism & Maoism: Theory & Practice in France & the United States*, Autonomedia, 1988, p. 72.

批判过的、推崇纯粹自发性运动的"自发主义者"（spontanéistes）；另外一派是多数派，这一派被少数派称为"取消主义者"（liquidateur），这一称呼始于五月风暴之前共青盟内部的斗争：当时一些盟员激烈批判共青盟的所谓小资产阶级的唯智主义（intellectualism）、宗派主义和美学主义（aestheticism），同时赞扬法国马列主义共产党在文化战线等方面的斗争；这种批判实际上表达了这些盟员取消共青盟，力图将共青盟合并进法国马列主义共产党的潜在愿望。在"五月风暴"之后，共青盟内部的这种"取消主义"潜流以新的面目再次浮现于地表。事实上，多数派以总结五月风暴的经验教训为由取消了"扎根"运动，乃至于取消了共青盟本身。

我们知道，列宁在《怎么办》中认为："工人本来也不可能有社会民主主义的意识。这种意识只能从外面灌输进去。各国的历史都证明：工人阶级单靠自己本身的力量，只能形成工联主义的意识。"[1] 这就是说，群众的自发性是有限度的，是无法达到革命自觉性的。而共青盟中的少数派则从他们观察到的五月风暴的群众运动经验出发，认为列宁对自发性的批判已经过时，因为群众跑到了号称先锋党的各个团体的前面去了。他们依据毛泽东的论述"人民，只有人民，才是推动历史前进的动力"，赞扬群众革命的自发性，拒绝基于列宁的先锋队理论而先建立纪律严明的小团体，认为革命者首先应该走群众路线，从群众中来，到群众中去。先锋党应该是在群众运动中自然产生的，而不是先建立一个小的自封的先锋党，再去指导群众运动。他们也建立或帮助建立各种组织，但这种组织不是具体而微的、有严格的纪律约束的先锋党，而更多是具体议题导向的组织。[2] 这种推崇群众自发性的毛主义，人们一般称其为自发毛主义（Mao-spontex）。由于spontex也是法国当时一种用

---

[1] 列宁：《怎么办》，人民出版社1971年版，第30页。
[2] Benny Lévy, "Investigation into the Maoists in France (1971)", https://www.marxists.org/archive/levy-benny/1971/investigation.htm.

以擦拭的海绵的牌子，所以将其称为 Mao‑spontex，也有戏谑之意。

共青盟多数派的意见是，虽然"五月风暴"是革命性的群众运动，但是因为没有一个纪律严明的强大先锋党的领导，所以这一运动不可能成功地夺取政权。但在"五月风暴"失败的背景下，他们主张在仓促创建新的先锋党之前，先取消"扎根"运动，回到经典理论的学习，回到书斋和图书馆夯实马列毛主义理论基础，尤其是要有针对性地阅读列宁的《怎么办》一书。据共青盟少数派的领袖邦尼·莱维1971年的说法，"五月风暴"之后是列宁的《怎么办》一书在欧洲主要国家被阅读得最多的时期。① 而少数派认为，不应该从《怎么办》这样的书籍来重新出发，而是要从群众的实践，尤其是"五月风暴"期间所积累的群众实践经验出发，继续投入自发性的伟大群众运动中去。他们认为，共青盟在"五月风暴"中犯了错误，这是完全正常的，因为人们没有经验。最好的改正错误的办法是重新与实践连接，通过实践来发现正确的思想。因此需要重新进入工厂，继续进行"扎根"运动，在工厂和街道的继续斗争中吸取1868年五月风暴的经验教训。②

少数派认为，多数派只看到了"五月风暴"的失败，而对五月风暴在意识形态上的成就几乎一笔勾销，这是其取消主义的一个方面；其取消主义的另一个方面，是取消了共青盟在组织上的成就，不仅是共青盟本身，更包括共青盟在很多工厂中所已经创立的融工组织形式——"扎根"运动。共青盟的绝大部分"扎根"人士（établis）在"五月风暴"之后都放弃了"扎根"活动，离开了工厂。③

多数派（所谓"取消主义者"）和少数派（所谓"自发主义者"）之间的论争从1968年6月一直持续到1969年2月。论争的结果是转入

---

① Benny Lévy, "Investigation into the Maoists in France (1971)", https://www.marxists.org/archive/levy‑benny/1971/investigation.htm.
② Ibid.
③ Ibid.

地下的共青盟的实质解体，多数派中一些人退出现实世界的斗争，转入理论研究，或加入更为正统、更加重视纪律的法国马列主义共产党（PCMLF）；少数派在邦尼·莱维的领导下，在1968年9月成立新的毛主义组织——"无产阶级左派"；另外一部分人则和南泰尔大学"3月22日运动"的一些人于1969年7月自立门户，成立典型的自发毛主义组织"革命万岁派"。

五　法国自发毛主义的兴衰

自发毛主义色彩的"无产阶级左派"成立后，继续践行其母体——共青盟的一些做法，尤其是延续了共青盟的"扎根"运动。但共青盟进行"扎根"运动之前所着手的大规模"调查研究"，却不太为"无产阶级左派"重视。前共青盟的领导人黎纳也加入了"无产阶级左派"。为着在工人中扎根串联，没有任何工厂体力劳动经验的黎纳于同年9月去了舒瓦济（Choisy）地区的雪铁龙汽车公司，做了该厂的一位普通的非技术工人。日后，黎纳将自己在雪铁龙工厂里的经历写成了 L´Etabli 一书。L´Etabli 在法语中有双重意义。其一是指在作者黎纳所属的"扎根"运动，其二是指工厂中的工作台。该书以纪实的手法，生动细致地描绘了以外国移民为主的雪铁龙汽车工厂的工人的工作和生活，也如实地记录了作为青年知识分子的作者是如何克服种种困难，逐渐赢得工人们的信任，从而成功地组织了一次长达数个星期之久的罢工的。[①]

1969年2—3月，数十名在五月风暴中叱咤风云的"3月22日运动"的活动家加入"无产阶级左派"，大大增强了这一新生毛主义团体的力量，也增强了"无产阶级左派"的自发主义色彩。"无产阶级左

[①] 黎纳此书有英文译本，书名为《装配线》（The Assembly Line）。See Robert Linhart, The Assembly Line, University of Massachusetts Press, 1981。

派"的影响日渐扩大,成了法国六七十年代影响最大的毛主义团体。"无产阶级左派"的重要活动家除了邦尼·莱维和黎纳之外,还有阿兰·吉斯玛(Alain Geismar)、雅克·朗西埃(Jacques Rancière)、塞尔日·朱利(Serge July)、克里斯蒂安·让贝(Christian Jambet)、居伊·拉尔多(Guy Lardreau)、朱迪特·米勒(Judith Miller,拉康女儿)等人。"无产阶级左派"致力于反资本主义、反威权主义和反等级主义。从一开始,"无产阶级左派"就力图将反威权主义和反等级主义倾向引导到反资本主义的无产阶级革命的道路,为此于1969年3月出版了小册子《从反威权主义革命到无产阶级革命》。"无产阶级左派"的理论家安德烈·格吕克斯曼(Andre Glucksmann)等更将当时的法国统治者视为新法西斯,将自己人视为"反法西斯游击队员"[1];"无产阶级左派"的团队歌曲即称《新游击队员》。

1970年3月,法国政府逮捕了"无产阶级左派"的机关报《人民事业报》的前后两位总编米歇尔·勒布里(Michel Le Bris)和让-皮埃尔·勒当泰克,并宣布如果报贩售卖这份报纸,就会被判一年监禁和永久失去公民权。在政治高压之下,曾在五月风暴期间担任全国高等教育联合会领导人的著名运动领袖阿兰·吉斯玛接任《人民事业报》的总编,不久亦被逮捕。"无产阶级左派"此时也被法国政府取缔。但"无产阶级左派"并不气馁,其成员并未溃散,他们继续以"前无产阶级左派"(ex-GP)的名义开展斗争。[2] 在几任总编被逮捕后,毛主义同情者萨特出任《人民事业报》名誉总编,为"无产阶级左派"保驾护航。

---

[1] 格吕克斯曼对于法国"新法西斯主义"的论述,参见[法]戈夫《1968年5月,无奈的遗产》,中国青年出版社2007年版,第164—166页。

[2] "前无产阶级左派"(ex-GP)是"无产阶级左派"被当局取缔后使用的名字。本文后文为叙述方便,仍将1970年被禁后出现的所谓"前无产阶级左派"表述为"无产阶级左派",因为两者实质上是一回事。

1970—1971年，"无产阶级左派"在一些工厂，包括巴黎附近比朗古尔的雷诺汽车制造厂、里昂的布朗特和贝利耶厂、南特的巴蒂诺厂、邓科克的造船厂以及北部的煤矿中致力于巩固和建立基层委员会以组织和指导工人斗争。由戈达尔导演、伊夫·蒙当与简·方达等主演的布莱希特式电影《一切安好》（1972），戏剧化地对"无产阶级左派"参与的工人斗争表示了支持。同时，"无产阶级左派"还在中学组建行动委员会，在社会上建立支持越南和巴勒斯坦的组织。另外，一些支援"无产阶级左派"、主要由知识分子组成的外围组织如"红色救援者""人民事业之友""真理与公平委员会"等也取得了很大的成功。

"无产阶级左派"重视移民工作，在工厂里建立巴勒斯坦支持委员会以吸引阿拉伯工人，同时也支持农民运动，帮助小城镇商人的抗议活动，甚至支持布列塔尼（Brittany）和奥辛塔尼（Occitanie）地区的民族主义分离运动。① 总之，哪里有群众的自发性运动，哪里就有他们的身影。为此，该组织受到法国政府的严厉镇压。1968—1972年，有一千多名"无产阶级左派"人士被关入监狱。但这些犯人被法国政府当作普通刑事犯关押，剥夺了其作为政治犯的权利；另外，一些毛主义政治犯在监狱中也遭遇到非人的待遇。所以"无产阶级左派"的一些人跟福柯等一起创建了"监狱信息小组"，发动了影响深远的犯人权利运动。

1972年2月的皮埃尔·奥维内（Pierre Overney）事件是"无产阶级左派"，乃至五月风暴之后整个法国革命左派发展的一个转捩点。时年23岁的奥维内是前雷诺汽车公司的毛主义工人、"无产阶级左派"成员。他因参与政治活动而被雷诺公司开除。2月25日，奥维内返回到雷诺公司门口散发"无产阶级左派"的政治宣传品，被该公司的一个保安当场开枪打死，史称"二月枪杀案"。3月4日，绵延长达7公里，由20万人组成的队伍举着旗帜在沉默中为奥维内送葬，其中包括

---

① Belden Fields, "French Maoism", *Social Text*, No. 9/10, 1984, p.153.

思想界领袖萨特、波伏娃和福柯。然而法共和法国总工会的人却没有来；对于奥维内的被杀，法国工人也没有起来罢工抗议。奥维内葬礼那天，阿尔都塞不停地对周围的人说："今天我们埋葬的不是奥维内，而是左派政治。"①奥维内的死亡也象征着"五月风暴"所引发的工人、学生和知识分子团结的终结。面对毛主义同志被惨杀这一悲剧性事件，"无产阶级左派"的准军事部门"新人民抵抗"决定报复，于3月8日绑架了雷诺公司的一位人事干部。然而这一绑架行动引起了政府和社会的强烈反弹，时任总统蓬皮杜对此也加以谴责。"无产阶级左派"希望有条件释放被绑架者的企图被政府断然拒绝。"新人民抵抗"的行动也在"无产阶级左派"内部引起了激烈的争议。如果为了报复而无限期扣押或伤害这位人事官员，"无产阶级左派"必将招致政府更大力度的镇压；而如果将其无条件释放，对奥维内被杀事件不做任何报复，这对于很多毛主义革命者而言，无异于宣告向政权举手投降，也等于宣告"无产阶级左派"一直鼓吹"哪里有压迫，哪里就有反抗"，号召以暴力反抗"新法西斯主义"政权之宣传的彻底破产。两天之后，"无产阶级左派"不得不无条件释放了雷诺公司这位人事干部。②可以说，奥维内事件是"无产阶级左派"乃至因"五月风暴"而兴起的整个法国革命左派运动的最后终结。

1973年发生的两个事件使得"无产阶级左派"的领导层找到了解散本组织的借口：1973年黎浦（Lip）的贝尚松（Besancon）手表厂的工人在夺取工厂后实现了工厂自治，这是法国工人阶级斗争的一次巨大胜利。然而令"无产阶级左派"尴尬的是，这一巨大的胜利却不是由当时执革命之牛耳的"无产阶级左派"所主导的。同时，在拉丁美洲的智利，社会主义者

---

① Louis Althusser, *The Future Lasts Forever: A Memoir*, translated by Richard Veasey, New Press, 1994, p. 232.

② 关于奥维内事件，可参阅［美］理查德·沃林《东风：法国知识分子与20世纪60年代的遗产》，董树宝译，中央编译出版社2017年版，第12—13页。

阿连德领导的民选政府被美国中央情报局支持的右翼政变力量所推翻,阿连德总统本人被杀。贝尚松手表厂工人的成功夺权使得"无产阶级左派"的领导层相信,工人斗争已经成熟,能够实行自治的法国工人已经不再需要"无产阶级左派"去领导了。而智利政变使得他们相信,受到中产阶级强力支持的反动力量过于强大,无产阶级革命短时期内看不到成功的希望。这两件事情从正反两个方面,使得"无产阶级左派"的领袖们确信,他们的历史使命已经完成了,是该结束的时候了。① 于是邦尼·莱维等资深干部在 1973 年底宣布解散组织,同时停止出版《人民事业报》。在 1974 年 1 月份出版的"无产阶级左派"系统的杂志《无产阶级手册》中,其领导层对此解释说,组织必须服从于群众运动,任何的组织理论都要依赖于人民革命的理论。而当组织与群众运动的要求不相协调的时候,那么组织就必须终止。② 这实在是一种极为勉强的辩解。组织难道不可以作出调整乃至重组,以适应新的政治形势吗?在革命高潮的时候狂热地投入,而在革命低潮的时候灰心丧气,甚至解散革命团体,这其实是一种机会主义的政治态度,是参加革命的小资产阶级两面性的表现。可叹以邦尼·莱维为首的"无产阶级左派"领导层以反对共青盟内部的"取消主义"多数派安身立命,却以另一种版本的"取消主义"而解散了自己的组织。随着"无产阶级左派"的正式解散,法国漫长的六十年代(1960—1973)才算真正结束。但在"无产阶级左派"正式宣布解散之后,其内部一些较为年轻的成员拒绝接受这个决定,他们一直将《人民事业报》接编到 1976 年。

"无产阶级左派"解散后,阿兰·吉斯玛与一些朋友发起了一个公社,更加转向了"日常生活的革命";雅克·朗西埃与一些前"无产阶级左派"的同志创办了《逻辑造反》杂志,并开始研究工人档案,编

---

① Belden Fields, "French Maoism", *Social Text*, No. 9/10, 1984, p. 172.
② Fragments d'Histoire sur la gauche radicale, *Tag Archives*: *Réunion des Chrysanthèmes*, Extrait des Cahiers prolétariens, n°2, janvier 1974.

辑出版了《工人的话语：1830—1851》。在"无产阶级左派"中的政治活动经历，给朗西埃的思想烙下了不可磨灭的毛主义的印痕，例如，他在 2008 年的著作《被解放的观众》一书中写道："假定有知识的人实际上是无知的：因为他们对于剥削和反抗一无所知，他们本应该变成所谓无知的工人的学生。"① 在这里，毛主义的影响卓然可见；塞尔日·朱利等人则联合萨特创立了《解放》报，这份报纸逐渐发展为一份具有中左倾向的法国大报；而在 1970 年代中期以后，"无产阶级左派"运动中的一些前弄潮儿如格吕克斯曼等人则华丽转身，蜕变成所谓的"新哲学家"，他们从修正马列主义转变到猛攻马克思主义本身，完成了从"极左"到极右的变脸过程。

除了"无产阶级左派"之外，另外一个影响较大的自发毛主义团体是"革命万岁派"（VLR）。和"无产阶级左派"一样，它也是由共青盟的一部分人与南泰尔大学"3 月 22 日运动"的一些人于 1969 年 7 月联合成立的，成立时只有 40 人，盛期也只是一个几百人的小组织，而且在 1971 年 7 月就解体了。"革命万岁派"人数虽少，但它却有着很大的文化影响。

"革命万岁派"的主要领导人有罗兰·卡斯特罗（Roland Castro）和蒂耶诺·格吕巴克（Tiennot Grumbach），其机关报是每两周一期的《一切！》（TOUT!），共发行了 17 期，在法国是第一份广泛发行的分析性、妇女解放、同性恋等问题的报纸。"我们要什么？一切！"，他们的这句口号解释了其机关报为什么叫《一切！》。在男权思想仍然相当严重的当时的法国左派运动中，"革命万岁派"是独树一帜的。"革命万岁派"对资产阶级社会的批判，受到接受毛主义影响的哲学家列斐伏尔的日常生活批判理论和维尔海姆·赖希的精神分析学说的强烈影响。与其他毛主义组织一样，"革命万岁派"也派成员到巴黎地区大约 20

---

① Jacques Rancière, *The Emancipation Spectator*, Verso, 2009, p. 18.

个工厂进行活动,尤其是巴黎第十五区的雪铁龙汽车制造厂。可是当"革命万岁派"成员带着重视"力比多经济学"的《一切!》杂志到工厂活动时,经常遭到工人的抵制。反感《一切!》这份报纸的人中一部分是在性别问题方面持传统保守态度的人,而另外一些人则认为报纸的性政治内容转移了当时工人斗争的大方向。当时的一些左派书店也拒绝售卖他们的出版物。而"革命万岁派"某期报纸的粗俗化,也使法国政府找到了取缔《一切!》的法律理由。①

由于法国政府的镇压,也由于"革命万岁派"内部对相关问题的不同意见,使得"革命万岁派"归于解体。但是它的政治和文化活动经验对后来的法国新社会运动,包括法国妇女解放运动(UFL)和同性恋(FHAR)运动,都有着极大的影响,这些运动最初也多是由前"革命万岁派"的政治活动分子领导的。②

随着"革命万岁派"和"无产阶级左派"两个团体的解体,自发毛主义大体上在法国落下了帷幕。

六 巴迪欧的法国毛主义运动批判

早在1960年左右,巴迪欧就已经积极涉足政治活动,是1960年成立的统一社会党(PSU)的创党元老之一。在巴黎高师期间,巴迪欧师从阿尔都塞,从阿尔都塞那里接受了强烈的毛泽东思想的影响。巴迪欧等人创立的统一社会党在"五月风暴"中表现突出,在学运一开始的时候就站到了学生的一边。但统一社会党的社会民主主义立场也遭到了共产主义人士的强烈批评。对于巴迪欧来说,五月运动未完成的原因之

---

① Belden Fields, "French Maoism", *Social Text*, No. 9/10, 1984, pp. 154 - 155.
② 对于"革命万岁派"的详实研究,请参阅 Manus McGrogan, "Tout! in context, 1968—1973: French radical press at the crossroads of far left, new movements and counterculture", PhD thesis (University of Portsmouth, 2010)。

——正是缺少真正的革命领导层。经"五月风暴"一役,巴迪欧的政治立场进一步激进化。1969 年,巴迪欧脱离统一社会党,与从"无产阶级左派"脱离出来的娜塔莎·米歇尔(Natacha Michel)、席尔万·拉撒路(Sylvain Lazarus)等人另立毛主义组织——法国马列主义共产同盟(UCF - ML,或缩写为 UCFml)。

为什么要另外建立毛主义组织?巴迪欧后来声明是出于对当时的毛主义运动日益转向"日常生活政治学"的不满。他也强烈反对"无产阶级左派"做作的、表演性的革命姿态,认为他们的实际政治经常是欺骗和蒙蔽。在后来的访谈中,巴迪欧对此冷嘲热讽道:"几乎所有的无产阶级左派宣传制造的一切有一半是不真实的——本是一只猫,他们却描绘成一只孟加拉虎。"①

巴迪欧对当时法国的毛主义组织做了具体的梳理,他认为当时主要有三种毛主义团体:第一种是以法国马列主义共产党为代表的斯大林主义派,他们反对法共和苏联的修正主义,怀念多列士(Thorez)时代的法共,认为毛泽东领导下的中国正确地坚持了斯大林主义。巴迪欧认为这是对毛主义的一种教条主义的误解,认为他们是"右倾分子",是保守主义者;第二种是以"无产阶级左派"为代表,巴迪欧认为他们几乎是无政府主义性质的,他们经常发动一些鲁莽的攻击,也善于表演,说是到群众中去,可是眼睛却盯在媒体上。他们是"左倾分子";第三种则是巴迪欧自己这一派的法国马列主义共产同盟。巴迪欧称其为"中左",是处在"左"倾的"无产阶级左派"与右倾的法国马列主义共产党之间的一个"中左"的毛主义团体。②

巴迪欧领导的法国马列主义共产同盟详尽地调查了法国农民尤其是中西部农民的生活状况,同时在巴黎郊区的棚户区展开工作,也在工厂

---

① Badiou, "On Different Streams Within French Maoism", https://kasamaarchive.org/2008/11/03/badiou - on - different - streams - within - french - maoism.

② Ibid.

车间积极组织基层委员会（comités de base），希望为下一轮的法国革命浪潮做耐心和细致的准备工作。①

在 70 年代，巴迪欧写作了大量体现毛主义思想的著作和文章，例如 1975 年的《矛盾理论》、1978 年的《黑格尔辩证法的合理核心》等。在 1980 年代的"冬之年"及其后，巴迪欧对背叛五月精神的前毛主义"同志"如格吕克斯曼等人展开了毫不留情的批判。巴迪欧对这些叛变革命的"新哲学家"的猛烈批判，一直持续到了今天。在其于 2008 年出版的《萨科齐的意义》一书的英文版序言中，巴迪欧揭下了这些"新哲学家"的画皮：

> 丝毫不会让人感到吃惊，在 1968 年的五月风暴及随后的动荡中，一帮骗子聚集在"新哲学"的奇特招牌之下走上了前台，再一次指责革命者，表现出他们对革命的憎恶，歌颂资本主义、议会"民主制"、美国军队以及整个西方。这恰恰是我们的历史中某种冥顽不化的劣根性的延续：可以肯定，这是大众歇斯底里症的令人侧目的爆发，也是臭名昭著的反革命成见的表现。②

七　余论

始于 20 世纪 60 年代初期的法国毛主义运动，在 1968 年"五月风暴"期间经受了试炼。戴高乐政府在 1968 年 6 月对于参与五月风暴的两大毛主义组织——共青盟以及法国马列主义共产党——的取缔，并没有达到在法国禁绝毛主义的目的。相反，法国毛主义在 1960 年代末期

---

① [美]理查德·沃林：《东风：法国知识分子与 20 世纪 60 年代的遗产》，董树宝译，中央编译出版社 2017 年版，第 173 页。
② 巴迪欧：《〈萨科齐的意义〉英文版导言》，鞠振、王志超译，《国外理论动态》2010 年第 6 期，第 85 页。

和1970年代初期继续蓬勃发展，出现了大有影响的两大毛主义团体——"无产阶级左派"和"革命万岁派"。而1972年2月发生的奥维内被枪杀的事件是法国毛主义运动的一个转折点，以此事件为标志，法国毛主义中断了发展的势头。1973年底"无产阶级左派"的正式解体，标志着法国60年代（1960—1973）的终结。虽然在1974年以后，创始于1969年，由阿兰·巴迪欧等领导的法国马列共产主义同盟仍然继续存在，同时又出现了不少新的毛主义团体，但是毛主义运动在法国再也没有此前的那种深广的社会影响，在政治上完全被边缘化。到1985年，巴迪欧等领导的法国马列共产主义同盟亦宣告解体，至此，"五月风暴"一代的毛主义运动的主体陆续谢幕。但即便如此，60年代播下的毛主义的星星火种仍然被一直传承到21世纪的今天。在今天的法国工厂、学校、社区和网络，仍然活跃着几支有组织的毛主义力量，它们分别是成立于1979年的"马列主义共产组织——无产阶级之路"（OCML‑VP），2002年左右成立的"马列毛共产党"（PCMLM），以及2015年由两个毛主义团体合并而成的"毛主义共产党"（PCM），等等。

  法国毛主义运动发展到今天，已经长达半个多世纪，在这半个多世纪中，法国毛主义形成了一些鲜明的特点，值得今天的相关之士加以细致的讨论。

  首先，法国历史上的一些毛主义团体，以"无产阶级左派"和"革命万岁派"为代表，有着比较强烈的自发主义色彩。如何正确处理群众的自发性与无产阶级政治自觉性之间的关系，如何处理自发主义的群众运动和先锋党之间的关系，这是关系到一个革命运动能否发展壮大的关键。"五月风暴"期间的法共"在群众的自发性面前表现出保守的本能，造成了民众运动以明白无误的失败而告终"[①]。它在"五月风暴"

[①] [法]阿尔都塞：《来日方长：阿尔都塞自传》，蔡鸿滨译，陈越校，上海人民出版社2012年版，第247页。

期间的彻底沉沦,是国际共运的一个沉痛教训。面对一味倡导经济主义和议会道路,反对革命性政治运动的法共的保守和堕落,后"五月风暴"的法国毛主义者深知创立新的革命政党的重要性。然而革命者是先根据先进的理论去创立先锋党以领导和引导自发性的运动,还是先加入到群众实际的、自发性的阶级斗争中去,然后在群众的斗争中自然形成革命党?在这个问题上,不同版本的毛主义有不同的思路。持后一种思路的毛主义团体就往往具有自发主义的特点。重视和积极投入到自发性的阶级斗争和群众运动中,就可能在此基础上建立一个更具民主性、人民性的革命政党,也可能更有可能在群众的自发性运动中抓住转瞬即逝的革命"时机";然而对于不少人来说,这种对群众运动纯粹自发性的推崇,忽视对群众运动的领导和引导的做法,不过是一种小资产阶级性质的、无政府主义性质的政治偏移而已。

其次是其行动主义(activism)。法国毛主义者在"造反有理""哪里有压迫,哪里就有反抗""敢于斗争,敢于胜利"等口号的激励下,勇于参加往往具有暴力色彩的斗争,使得法国资产阶级国家机器疲于应对,也取得了不少实际的斗争成果。但片面强调斗争性,过于强调实际行动和直接行动,也使得一些毛主义团体具有盲动主义和冒险主义的色彩。不能料事在先,不讲究策略就贸然采取行动,遇到反弹之后又没有后手应手,这是其盲动主义和冒险主义的具体表现。例如在奥维内被枪杀事件出现之后,"无产阶级左派"下面的准军事人员抓的不是杀人者,而是雷诺公司的人事官员,使得社会舆论朝向不利于"无产阶级左派"的态势急剧发展,"无产阶级左派"不得不很快无条件释放被绑的人事官员。在盲动主义造成进退两难的不利后果、无法施加有效的反击之后,一些人往往又会一变而为取消主义者和逃跑主义者。

再有,法国六七十年代的毛主义运动具有鲜明的"工人主义"(workerism)色彩。他们认定,工人阶级是革命的天然主体,是革命的天然领导阶级,所以一些毛主义团体把工作的重点主要放在工厂中的工人运动方面。而对其他方面的工作，例如学生运动、妇女解放运动等，往往抱着忽视乃至轻视的态度。例如由黎纳领导的共青盟，对由学生抗议运动所引爆的"五月风暴"一开始持不信任甚至轻蔑的态度；所以在五月风暴进行了一周之后，共青盟还在忙于派遣革命学生和知识分子到巴黎和外省的工厂去进行工学联合的宣传，或者进工厂"扎根"。这种"工人主义"的思想在共青盟的一些年轻人那里，甚至达到了一种准宗教的地步。他们带着对工人的无限理想化的美好想象进入工厂，试图在短期内能够发动工人，在工厂中建立起革命工人领导核心，结果往往连连碰壁，铩羽而归，失望而回。根据黎纳在其仍未引起研究者足够重视的杰作《列宁·农民·泰勒》①一书中的观察，这些人往往由对群众的"神秘崇拜"转变为对群众的"厌憎"，甚至在一定的时机下（例如处于革命低潮的 70 年代中后期之后），转变为一种"全然反工人意识形态"的鼓吹者。② 在造成工人、学生和青年知识分子之间关系的疏离上，这种人所起的作用也是不容小视的。"五月风暴"在不仅革命被"提上了日程"，而且事实上已经是革命的局面下功败垂成，当然跟法国共产党的百般阻碍和叛卖有关，但是应该说，也跟很多止步于经济斗争的工人对学生运动的观望、怀疑甚至冷漠有关。1968 年 6 月 10 日毛主义学生托坦为宪兵溺毙，对这件震动全法国的事件，法国工人没有起来罢工抗议，这就很说明问题了。当然，"秩序党"法共及其控制的法国总工会应该对一部分工人的这种政治冷漠负主要责任，因为作为控制了法国工人中的很大一部分的政治力量，它们平常用来教育工人的，基本上是去革命化的议会主义、和平道路和一些去政治化的经济主义算计。但是如上所述，某些"毛主义"知识分子形而上学性的"工人主

---

① Robert Linhart, *Lénine, Taylor, les paysans*, Paris: Seuil, 1976.
② Jason E. Smith, "From établissement to Lip: On the Turns Taken by French Maoism", in *Viewpoint Magazine Issue 3*: Workers' Inquiry, https://www.viewpointmag.com/2013/09/25/from-etablissement-to-lip-on-the-turns-taken-by-french-maoism/JHJrf5-2635.

义"思想及其对工人运动机会主义、功利主义的利用,也对工人的政治冷漠起到了推波助澜的作用。阿兰·巴迪欧就在 1969 年对共青盟的"工人主义"做过剖析,认为共青盟的一些激进分子是"工人主义"这种"革命运动中的严重弊病"的牺牲者。巴迪欧认为"工人主义"由三种互相联系的错误构成:对工人生活的感情用事的描绘;对工人自发性的盲目信仰;以及认为革命可以由工人阶级单独进行,而不是由工人、学生和贫苦农民所构成的人民联合阵线来进行。① 作为长时间的毛主义团体领导者,巴迪欧对"工人主义"的批判足以警醒后人。

要言之,半个世纪以来法国毛主义运动的问题,还是毛泽东早已指出过的经验主义和教条主义的问题,是一个倾向掩盖另一个倾向,一点论压倒两点论,形而上学遮蔽辩证法的问题。如何克服经验主义和教条主义,是未来的任何毛主义运动都要努力解决的重大问题。推动此类问题的解决之道,可能还是要先回到毛泽东所倡导的工作思想和工作方法,也就是从事实际的革命行动之前,要大兴调查研究之风。1967 年夏,法国的共青盟在大兴调查研究方面做过一些尝试,可惜由于历史给予该团体的时间太短,这一尝试开始不久就夭折了。而 70 年代以后残存或新兴的法国毛主义力量,除了巴迪欧领导的法国马列主义共产同盟之外,似乎久已没有大兴调查研究之风了。21 世纪的法国还会有新一轮毛主义运动的兴盛吗?在信息资本主义时代,它还会有生命力吗?有志于毛主义在法国之复苏的人们,可能除了要对现实进行详尽深入的调查研究之外,还要对过去半个多世纪的法国毛主义运动历史进行全面的盘点,对其起源、发展、兴盛、衰落以及承续至今的脉络进行精细的梳理。在历史上,法国毛主义有其顺势而为、快速发展的经验,亦有其左冲右突、不得突围的困境;其经验和困境,都充分地体现在众多的法国

---

① Jason E. Smith, "From établissement to Lip: On the Turns Taken by French Maoism", in *Viewpoint Magazine Issue 3*: Workers' Inquiry, https://www.viewpointmag.com/2013/09/25/from-etablissement-to-lip-on-the-turns-taken-by-french-maoism/JHJrf5-2635.

毛主义团体的丰富理论和实践之中。也许我们可以说，忽视对社会现实的调查研究，不对历史毛主义的经验教训作出很好的理论总结，从而扬其长而避其短，就解决不了毛主义运动实践中存在的经验主义和教条主义问题，也就谈不上毛主义运动的未来。在对法国毛主义的研究方面，尽管国外已经有了不少初步的研究成果，但从总体上来说，这一议题并没有得到充分的展开。限于学力，本文处理法国历史毛主义的理论和实践，可谓浅尝辄止，难免挂一漏万，豕亥相淆，希望拙文能够引发有识之士对这一课题的更精彩讨论。

延川话"肥尾"与西安话微韵非组字读音的形成*

——兼论近代汉语"蹇卫"一说的来源

张崇

---

* 孙立新先生为拙文写作提供了他调查的一些关中方言资料;本文初稿写就后,承蒙王军虎、黑维强两位教授提出宝贵的修改意见;后经张振兴先生审阅、指导,再次作了修改。对诸位先生的帮助、指正,在此一并致谢!

时间：2018.11.28

地点：E126会议室

主讲人简介：张崇，西安外国语大学中文学院退休教师，教授，原校学术委员会委员，硕士研究生导师，全国汉语方言学会理事。著有《延川县方言志》等专著6部；发表论文30余篇，其中在《中国语文》上发表4篇，在《方言》上发表1篇；主持国家和省级项目各1项；多次被学校评为学术带头人和先进个人。

摘要：陕北延川话的"肥$_⊆$sʅ、尾$^⊆$zʅ"和西安话"非肥微味"等字读 fi、vi，都显得特殊。微韵非组的"飞微"等字在商州话中分别跟鱼韵的"虚鱼"等字同读$_⊆$çy、$_⊆$y，在户县跟鱼韵的"书如"同读$_⊆$sʅ、$_⊆$zʅ，在合阳则读$_⊆$çi、$_⊆$vi；"尾"在商州、户县、合阳均读[$^⊆$i]。三地这类字[y]、[ʮ]、[i]韵读，均为"支微入鱼"所致。"入鱼"字声母也改变，是因鱼韵没有唇音字。唐五代西北方音鱼韵有[y]、[i]两读：户县、商州"入鱼"读鱼韵[y]，合阳读鱼韵[i]。延川话"肥$_⊆$sʅ、尾ʮzʅ"是合阳型"入鱼"读音舌尖化的结果。通过共时、历时比较，西安"非肥""微味"读 fi、vi，是将商州型"飞$_⊆$çy""微$_⊆$y"声母文读为[f]、[v]，从而迫使韵母[y]由圆唇变展唇的[i]。近代汉语作品中"蹇驴"也称"蹇卫"，是"卫$_祭·云$"这个蟹合三等字读入鱼韵，以其 y$^⊃$音而谐"驴"音的。

关键词：微韵非组字；陕西方言；支微入鱼；唐五代西北方音；近代汉语；蹇卫

陕北延川话中，微韵非组字通常读 fei、vei；但"肥"白读$_⊆$sʅ，

"尾"读⁼ʐʅ，读音特殊。西安方言微韵非组字及蟹合三等的"废肺税"等字读 fi 或 vi，这种齐齿韵与唇齿音声母相拼的读音，亦显特殊。本文拿商州、合阳、户县这类字的读音与延川、西安的读法相互比较、印证，从而揭示延川"肥₌sʅ、尾⁼ʐʅ"及西安"飞肥 fi""微味 vi"等字的特殊读音来源，指出这些读音均由"支微入鱼"所致。此外，通过共时与历时比较，探讨延川话"肥₌sʅ、尾⁼ʐʅ"和西安方言 fi、vi，这些读音跟唐五代西北方音的关系。最后，解释近代汉语作品中因何将"蹇驴"也称作"蹇卫"。

壹 延川话"肥₌sʅ、尾⁼ʐʅ"的读音来源

微韵非组字在今延川话中通常读 fei、vei，如"非飞匪费""微味未"等字；但"肥₌sʅ、尾⁼ʐʅ"读音特殊。对于"尾⁼ʐʅ"，我们开始只是简单地认为声母[ʐ]是随着韵母[i]的舌尖化而来，因为延川将止开三支韵的"宜仪蚁义议椅移易"、脂韵的"夷姨肄"、之韵的"医意已以异"以及微韵的"衣依"等字都读[ʐʅ]①。另外，《延川县方言志》中将表肥胖义的"□₌sʅ"视为本字不明。如果与商州及关中"飞肥味"等微韵非组字的白读音相互比较、印证，既可以确定延川话的这个"□₌sʅ"就是"肥"的白读音，也可以明白"肥₌sʅ、尾⁼ʐʅ"二字白读音的形成缘由。

1.1 止合三微韵非组字在商州、合阳、户县的读音

止合三微韵非组字在商州②、合阳③、户县④三地的读音见表1。

---

① 张崇：《延川县方言志》，语文出版社1990年版，第52页。
② 张成材：《商县方言志》，语文出版社1990年版，第42、42、31页。
③ 邢向东、蔡文婷：《合阳方言调查研究》，中华书局2010年版，第24—25页。
④ 孙立新：《户县方言研究》，东方出版社2001年版，第76、104、118、119页。

(有文白异读的，以"/"隔开，"/"前文读，后白读。下同)

表1　　　　　　商州、合阳、户县止合三等微韵非组字读音

地点	微韵非组字及其读音
商州	非飞肥匪妃费 fi/ɕy；微未味 vi/y；尾 vi/i
合阳	飞肥费 fi/ɕi；非匪痱 fi；微未味 vi；尾 vi/i
户县	非飞肥匪费 fei/sʮ；微未味 vei/zʮ；（例外：痱 fei/sʮei）；尾 vei/zʮei，旧读 i

此外，在上述三地，止合三等脂韵的"维惟"与表中各地的"微未味"的声韵读法一致；蟹合三等废韵的"肺废"与表中各地的"飞肥"等字的声韵读法一致。

从表1可以看出，陕西三地的微韵非组字大都有文白异读，其白读音无论声母或韵母，都显得特殊。如商州、合阳两地把本该读 [ei]、[uei] 韵，[f]、[Ø] 声母的字读作了 [y] 或 [i] 韵，[ɕ]、[v] 或 [Ø] 声母；户县则读作了 [ʮ] 韵 [s]、[z] 声母。即使文读音，商州、合阳两地也表现出其独特性：声、韵搭配打破了常规，形成了 fi、vi 这样的读音。除此，二地再无唇齿音声母与其他齐齿韵相拼的音节。

1.2　商州、户县微韵非组字白读音的来源

商州、户县白读 [y]、[ʮ] 韵读是由"支微入鱼"所致。所谓"支微入鱼"，"是指止摄合口三等字读如遇摄合口三等字"。王军虎先生还指出这种现象不仅存在于吴语、闽语、江淮官话、徽语和老湘语等南方方言，也存在于北方的陕西、山西、甘肃等地。例如"穗 止合三脂·邪"（举平以赅上去，下同）在陕西的西安、凤翔、大荔，山西的平遥、万荣，甘肃的庆阳、秦安等地都读 ɕy˧，与"序 遇合口三鱼·邪"同音；"苇 止合三微·云"在这些地方都读 ˀy，与"雨 遇合三虞·口云"同音。此

外，他还利用罗常培先生的材料，指出"支微入鱼"的历史"最晚可以追溯至唐五代的西北方音"。①

如果说商州、户县二地微韵非组字的白读音是"支微入鱼"，为什么同一个字在二地的读音截然不同，如"飞肥"商州读 [y] 韵，户县则读 [ʮ] 韵；商州为 [ɕ] 声母，户县为 [s] 声母呢？

出现这种情况的原因是：微韵非组字在商州和户县进入鱼韵后，读什么音，因受自身音系格局的制约，有了各自不同的选择。商州明显选择了鱼韵精组、见系字的读法，从而造成了止合三等的"非飞非""肥奉""未味微"等字，分别跟鱼韵的"虚嘘晓""徐邪""预以"同读为 ₋ɕy、₌ɕy、yʼ；户县止合三等非组字进入鱼韵后，则选择了鱼韵知、章组及日母的声、韵读法，"飞肥费"sʮ 在声母读 [ts] 组的同时，韵母也自然会是当地音系中的 [ʮ]，从而使"非飞非""微""费敷"等字，分别跟鱼韵的"书舒书""如日""薯禅"同音，都读 ₋sʮ、₌zʮ 或 sʮʼ。

户县、商州及下面即将谈及的合阳，其所以"入鱼"声母分别读知、章组及日母，或者精组、见系，其实质是中古鱼韵没有非组读音。但遇合三等的虞韵是有非组字的，例如"夫辅务"等。这充分说明三地的微韵非组字"入鱼"时，鱼、虞两韵读音有别。这也正与唐五代西北方音将鱼韵读 [i]、[u]，而虞韵只读 [u]，鱼、虞两韵读音不同的情况暗合。（详见下文）

1.3　合阳微韵非组字白读音的来源

表 1 中微韵非组字，对于商州、户县读如鱼韵的 [y]、[ʮ]，是"入鱼"读法不难理解，那么合阳"飞肥"的 [i] 读法因何而来？况

---

① 王军虎：《晋陕甘方言的"支微入鱼"现象和唐五代西北方音》，《中国语文》2004 年第 3 期。

且,合阳"飞肥"的[i]韵读也不同于合阳话内部"入鱼"的"穗_{脂·邪}çy⁼""睡_{支·禅}fu⁼"等字的[y]、[u]读音。① 因此有必要对合阳[i]韵的来源做进一步的探讨。

1.3.1 合阳"飞肥费"çi韵读来自鱼韵[i]

罗常培先生②曾利用敦煌发现的唐五代《千字文》《大乘中宗见解》《阿弥陀经》及《金刚经》4种汉藏对音材料,研究唐五代敦煌、沙洲一带及西北地区的方言读音。在这4中对音材料中,每种都有鱼韵字读[i]和[u]的现象。罗先生将对音材料的鱼韵字分别归入《i摄第四》与《u摄第五》。两摄鱼韵字读音见表2。

表2 罗常培《i摄第四》、《u摄第五》所见鱼韵字读音

对音文献	《i摄第四》鱼韵字	《u摄第五》鱼韵字
千字文	楚c'i、疏çi、车ki、居kɨ 黍çi、钜gi、庶çɨ、誉yi(8字)	诸cu 渠gu 於˙u 举ku̇ 庐lu 御˙gu 豫yù(7字)
大乘中宗见解	如ẓu 虚hu 舆yi 所çu ẓu 据gi(6字)	诸cu,c˙u 初c˙u 如ẓu 虚hu 於˙u,˙i 所çu 汝ẓu 举gu 语˙gu(9字)
阿弥陀经	如ẓi,ẓu 诸ci、於˙i 所çi, ce, çu 汝ẓi, ẓu 女˙ji、舆yi、yu、处c˙i 去k˙e(9字)	诸ci 於˙u,.i(2字)
金刚经	如ẓe 虚heɨ 诸ci 於˙i 所çi, çeɨ(?), çu, çuɨ(?), ça 汝ẓe 女˙ji 舆yi 去k˙i(9字)	诸ci 於.i(2字)

---

① 邢向东、蔡文婷:《合阳方言调查研究》,中华书局2010年版,第25—26页。
② 罗常培:《唐五代西北方音》,中央研究院历史语言研究所1933年版,第43—44页。

表2所列鱼韵读［i］、读［u］的字总共52字。其中读［i］的32字，字数远超读［u］的20字。可见唐五代西北方言将不少鱼韵字读作［i］韵。

此外，罗先生还利用敦煌发现的可以代表后唐明宗时代的敦煌方音的《开蒙要训》汉字注音，"与汉藏对音交互参证"，进一步考察分析五代敦煌方音。其中涉及"鱼韵转入'止摄'的"有：以"余遇合三鱼·以"注"姨止开三脂·以"，以"师止开三脂·生"注"梳遇合三鱼·生"的"脂鱼互注"；以"余遇合三鱼·以"注"颐止开三之·以"，以"己止开三之·见"注"锯遇合三鱼·见"的"之鱼互注"；以"去遇合三鱼·溪"注"绮止开三支·溪"，以"鼠遇合三鱼·书"注"翅止开三支·书"的"以鱼注支"；以"居遇合三鱼·见"注"机止开三微·见"，以"虚遇合三鱼·晓"注"稀止开三微·晓"的"以鱼注微"等。罗先生认为这种"脂之支微的不分跟鱼韵的转入止摄，在这种方言里跟《千字文》的藏音是一样的：它们已然都变成i韵了"[①]。

鱼韵"转入止摄"开口韵，并且能够与脂之支微开口韵字互注，正能说明合阳"飞肥费尾"的［i］韵读来自鱼韵［i］。合阳"飞肥费尾"读［i］也正是跟当地止开三等的支脂之微韵见系的"寄奇支、器姨脂、喜意之、希衣微"等字的韵读相同。

1.3.2 合阳"飞肥尾"［i］韵读与唐五代的"非飞肥微味"的［i］韵相同

值得关注的是，罗常培先生[②]所列的《i摄第四》不但包含了来自

---

① 罗常培：《唐五代西北方音》，中央研究院历史语言研究所1933年版，第75、101、102页。罗常培先生在论证对音材料的鱼韵读［i］时，曾用客家话，福建龙溪话鱼韵读［i］为佐证，并指出客家或龙溪话鱼韵读［i］是鱼、虞两韵"连带变的"，但对音材料中的鱼韵读［i］、［u］，虞韵只读［u］。张振兴先生也为我们指出今南方一些地方"鱼韵读［i］，鱼虞不分"的现象。

② 罗常培：《唐五代西北方音》，中央研究院历史语言研究所1933年版，第43页。

鱼韵的［i］，也包括了微韵非组的"非飞肥微味"5字的韵母［i］。现将"非飞肥微味"5字在对音材料中的读音列为表3。

表3　　　　　"非飞肥微味"5字在对音材料中的读音

对音文献	非	飞	肥	微	味
千字文	—	pʻe	bi	ḃyi	—
大乘中宗见解	pʻyi	—	—	—	byi
阿弥陀经	pʻyi／pʻyi	—	—	—	—
金刚经	pʻyi	—	—	—	—

关于表3这些字的声母，罗先生说："可以设想非敷奉三母在这一系方言里似乎也有了变成［pf］或［f］的痕迹，因为藏文没有相当的音，所以才勉强拿pʻ音来替代"。① 而关于微母读音，罗先生认为："微母的鼻音成素似乎有逐渐变弱的倾向"，微母读ḃ，与无鼻音韵尾的明母字（读ḃ）声母相同；但"明母字在-n或-ṅ的前面（无论存在或消失）……大部分恢复了m音"。可见"非飞肥微味"在唐五代西北方音中已读［i］韵唇齿音声母了。

为了考察对音材料鱼韵的［i］、［u］各自的出现环境，我们将前表2所列鱼韵字的读音做了进一步的查检。表2所列的鱼韵字总共52字。在读［i］的32字中，属庄、章组及泥、日母的有18字，而属见系的14字，明显是见系字少；而在读［u］韵的20字中，属章组、来母的10字，属见系的10字。如果将来母字（1字）与见系字算在一起，二者便为11字。② 这充分说明见系跟来母之外的其他声母字多读［i］，这也跟罗先生指出的鱼韵在《千字文》的藏音里［i］、［u］两

---

① 罗常培：《唐五代西北方音》，中央研究院历史语言研究所1933年版，第18页。
② 其中有的字在4种材料中有重见现象，如读［i］的"舆汝"见于3中材料；读［u］的"诸"见于4种材料等。

读，鱼韵字"在 k 组跟 l 母的后多数读作 u 韵"[1] 的情况基本一致。而"非飞肥微味"是唇音声母，韵读 [i] 的出现也正符合鱼韵在"k 组跟 l 母"之外的声母多读 [i] 的大的环境或条件。

"非飞肥微味"读 [i] 韵，则意味着将合口微韵读作开口。这种现象在对音材料中具有普遍性，因此罗先生将"合口韵母在 p 组声母皆变开口"，列为他在"四种藏译汉音的文件里""发现三点有趣的现象"之一[2]。并且指出"变开口"的原因"是受声母异化作用的影响"，例如"wa＞a：磨摩颇波破；wi＞i：肥微；wai＞ai：杯陪背；wan＞an：磻盘烦饭晚万"等。唐五代西北方音的这一特点，可以说一直沿袭至今。今北京或北方地区，多数地方的 [uo]、[uei]、[uan] 等合口韵没有唇音字。张振兴先生审阅该文稿时也指出："北京话，北京、东北官话唇音字实际上也是不分开合口的"。可见唇音字没有合口（[u]韵除外），只有开口的现象，在我国北方极为普遍。而上举的"肥"现在读 [ei] 也正是开口韵，但今合阳、西安的"飞肥"的 [i] 韵，甚或对音材料的"wi＞i：肥微"，岂不都显得特殊？

对音材料中不但有微韵非组"肥微"等字读 [i] 韵，也有止合三等非组之外的其他声母字读 [u] 韵的。因此，止合三等字读 [u]、读 [i]，跟鱼韵字读 [u] 或 [i] 形成以下关系：

吹 c'u 髓 su(支合三)：渠 gu 豫 yu(鱼韵) = 肥 bi 微 ˋbyi(微合三)：楚 c'i 疏 çi (鱼韵)

"吹 c'u 髓 su"罗先生将其归入《u 摄第五》，此二字今延川读 ₋tʂɿ、ˇsɿ，是明显的"入鱼"读法[3]。如果说前者支合三的"吹髓"是"入鱼"的 [u] 读法，那么后者微合三的"肥微"也应该是读入鱼韵的 [i]。如此说来，唐五代西北方音的"非飞肥微味"5 字的唇音

---

[1] 罗常培：《唐五代西北方音》，中央研究院历史语言研究所 1933 年版，第 103 页。
[2] 同上书，第 66 页。
[3] 同上书，第 44 页。

声母 [i] 韵读法，也属"支微入鱼"。

今合阳"飞肥费"读 çi，"尾"读 ⁻i，这些读法的韵读跟唐五代西北方音的"非飞肥微味"读 [i] 完全一样。因此可以说合阳"飞肥费"çi，或"尾"读 ⁻i，是对唐五代微韵非组字读如鱼韵 [i] 的继承。

至于鱼韵为什么会形成 [i]、[u] 两读，罗常培先生在论证对音材料鱼韵字读音来源时说："从鱼韵变来的 i，u，照音理讲应该是中性的 [ɨ] 跟撮口的 [y]。因为 [io] 音读的开唇一点就容易变成 [i]，读的合唇一点就容易变成 [y]"；吐蕃人"拿他自己语言固有的 i、u 来勉强替代（[i]、[y]）"，"这种替代音不单鱼韵有，虞韵变来的 u 也许是 [y] 的替代"。[①] 按此，不但可以合理解释"飞肥费"合阳、商州、户县"入鱼"的 [i]、[y]、[ɿ] 韵的形成，以及三地差别的原因；同时也可以解释合阳话内部微韵非组字"入鱼"，跟其他声母字"入鱼"读音不同的所以然。

总之，今合阳"飞肥费"çi 及"尾"⁻i 是"入鱼"读法，并且这种将微韵非组字读 [i] 韵现象，在唐五代的西北方音中已见端倪。值得说明的是，罗先生指出的鱼韵从 [io] 到 [i] 的发展变化，是从 [i] 音值形成机制上来说的；而"支微入鱼"则是从音类的归并方面而言的，两者并不矛盾。

1.4 延川话"肥⁼sʅ、尾⁻zʅ"读音的形成

讨论了合阳话"飞肥费"çi 或"尾⁻i"韵读的历史渊源，就会明白延川"肥⁼sʅ、尾⁻zʅ"与合阳"肥尾"读音性质相同。因为延川把普通话中的 [i] 韵 [tç] 组声母字读 [ʅ] 韵 [ts] 组声母，例如"机起洗"延川读 ⁼tsʅ、⁼tsʻʅ、⁼sʅ。这样就造成了前述的《延川县方言志》中"尾⁻zʅ"跟止开三等的"椅义₍支₎夷姨₍脂₎医意₍之₎衣依₍微₎"等字的

[①] 罗常培：《唐五代西北方音》，中央研究院历史语言研究所 1933 年版，第 45 页。

zๅ 声、韵相同的现象。

按照上述,"肥尾"在合阳、延川两地读音存在以下关系:

合阳:"肥₌ɕi""尾ᶜi"→(舌尖化)延川:"肥₌sๅ""尾ᶜzๅ"

"肥₌sๅ、尾ᶜzๅ"在延川的"入鱼"读法并不是孤立的,延川也将止合三等中非组之外的其他声母字读如遇合三:例如精组的"嘴随髓_支醉穗_脂"及来、影、云母的垒泪_{脂·来}喂_{支·影}慰_{微·影}围苇纬_{微·云}白读〔·ɿ〕韵;知系字"吹睡_支追槌坠锥水_脂"白读〔·ɿ〕韵;与其文读的〔ei〕、〔uei〕韵形成文白异读。这表明非组之外的其他声母字在延川也有"入鱼"读法,并且字数较多。此外,延川把蟹摄合口三等的"岁_{祭·心}"也白读为〔sɿᶜ〕。①

值得关注的是,合阳等地的鱼韵见系个别字也仍保留有鱼韵读〔i〕的痕迹。合阳将鱼韵见系的"居_见渠_群虚_晓"等字一般读〔y〕韵,但"去_{(溪)来-}"却读tɕ·iᶜ;虞韵的"取娶"二字有ᶜtɕ·y/ᶜts·ๅ的异读②。而在远离合阳,地处关中西北部的旬邑,也将鱼韵的"去"读tɕ·iᶜ,将虞韵的"取娶"二字白读ᶜts·ๅ。(乔光明先生告知)延川话中的遇合三等见系字一般读〔ɿ〕韵,但鱼韵的"去_{(溪)来-}"却读ts·ๅᶜ,虞韵的"榆_{(以)~树;~钱}"读₌zๅ。"去_鱼取娶榆_虞"4字在合阳、旬邑或延川的特殊读音,大概与唐五代时期的鱼韵读〔i〕不无关系。在汉藏对音的《金刚经》里,"去"读k·i,是明显的鱼韵读〔i〕;对音《阿弥陀经》中"去"读k·e。(见表3)罗常培先生认为这个"去"k·e,"也许是鱼韵有时读〔ɪ〕的痕迹罢"。③今合阳、旬邑、延川在历史上完全有可能先将鱼韵的"去"等字读〔i〕韵,而虞韵的"取娶榆"与鱼韵字混同为〔i〕,从而形成今天的"取娶"ᶜts·ๅ或"榆"₌zๅ这种"例外"现象。"去"在三地都形成例外,大概不会是巧合。这既是鱼韵读〔i〕的历

---

① 张崇:《延川县方言志》,语文出版社1990年版,第52—53、41—42页。
② 邢向东、蔡文婷:《合阳方言调查研究》,中华书局2010年版,第123页。
③ 罗常培:《唐五代西北方音》,中央研究院历史语言研究所1933年版,第46页。

史见证，同时也为我们确认"肥尾"的合阳 ₌ɕi、⁼i 或延川 ⁼sʅ、⁼zʅ，其韵读来自鱼韵［i］提供了佐证。

另外，"肥"在延川南边的延长读 ₌ɕi，延川以北的清涧也读 ₌sʅ，绥德读 ₌ɕi（黑维强先生告知，微韵非组中也只此一字）。可见陕北沿着黄河一带的"肥"，曾经或现在跟合阳一样读［i］韵。合阳与延川两地方言还存在着其他一些共同点，这些共同点也都是对唐五代西北方音的直接继承（详见下文）。

1.5 商州、户县"尾 ⁼i"读音也当来自鱼韵［i］［i］

由表 1 可见，商州与"尾"同属微韵微母的"微味未"具有 vi/y 的文白异读，但"尾"的文白异读却是 ⁼vi/⁼i。

户县"微味未"有 vei/zʅ 异读，但"尾"既有 ⁼vei/⁼zʅei 的异读，还有旧读的 ⁼i。我们认为户县 ⁼i 是"尾"较早的白读，⁼zʅei 既是 ⁼i 的文读，又是 ⁼vei 的白读。为此，我们向孙立新先生请教，他完全认同这一看法，并且说户县"尾"的 ⁼zʅei 读法，可能是受邻近的周至终南镇一带方言的影响。周至终南将微韵非组的"痱₍非₎"白读 sʅei⁼，"味未"读 zʅei⁼，因而户县的"痱"本当跟"非飞"同读 sʅ，但读 sʅei⁼，形成例外；户县"尾"的 ⁼zʅei 音，也与终南镇的"味未"声韵相同。可见。户县"尾"本当跟"微味未"同读 zʅ，但却读作 ⁼i，亦显得特殊。

因此，商州、户县的"尾" ⁼i 是否跟合阳一样，也是来自鱼韵［i］，值得考虑。

除了陕西，"尾"在我国北方不少地方也读 ⁼i，如太原、哈尔滨、济南、洛阳、乌鲁木齐、西宁、银川等地。[①] 这些地方均为大城市，是否受外地读音的影响？为此，我们又向朱富林先生及其研究生请教，得知他们的家乡辽宁阜新、山西吕梁、晋城、长治、甘肃平凉、秦安、全

---

① 李荣：《现代汉语方言大词典》，江苏教育出版社 2002 年版，第 1943—1945 页。

县，这些中、小城市应该是当地的乡土读音，但这些地方的"尾"也都读作ᶜi。在普通话中，"尾"读ᶜuei，但也有ᶜi的念法。《现代汉语词典》指出"尾"读yi时"特指马尾巴上的毛"①。普通话"尾ᶜi"的来源，应该与上述陕西或我国北方一些地方一样，也当属"入鱼"读法。

贰 西安方言"飞肥"fi及"微味"vi等字的读音来源

从上文的讨论知道，"飞肥"在商州、合阳的文读音为fi；"微味"在商州文读vi，在合阳读vi（无异读）。西安方言中"飞肥"读fi、跟合阳、商州文读一样；西安"微味"读vi，跟商州文读音及合阳读音相同。那么，西安读法与合阳、商州读音是否有共同的来源？

2.1 共时看，"飞微"等字西安话读fi、vi，与合阳、商州文读音一致

王军虎先生编写的《西安话音档》同音字汇共收入读fi的"非飞妃肥匪痱废肺税费"10个字，以及读vi的"微维唯未味"5个字。②西安这15字中除"维唯_{止合三脂·以}""废肺_{蟹合三废·非组}""税_{蟹合三祭·书}"5字，其余10字全属微韵非组。那么，这些打破[f]、[v]不与[i]或[i-]韵相拼格局的读音是怎样形成的？

首先，我们将《西安话音档》同音字汇所收读fi的10个字和读vi的5个字全部拿来，与合阳、商州这些字的读音进行比较。（详见表4）合阳读音依《合阳方言调查研究》同音字汇；商州依《商县方言志》，

---

① 中国社会科学院语言研究所词典编辑室：《现代汉语词典》（增补本），商务印书馆2002年版，第1311、1489页。

② 王军虎：《西安话音档》，上海教育出版社1997年版，第88页。

但《商县方言志》同音字表未收西安读［fi］的"痱"字[①]。

表4 "非飞肥"及"微味"等字在西安、合阳、商州三地的读音

地点	例字及读音	
西安	非飞妃肥匪痱费废肺税 fi	微未味_{微韵非组}维唯_{脂韵以母} vi
合阳	飞肥费 fi/çi 非痱废肺 fi； 匪 fi/fi 妃税 fi	微未味维唯 vi
商州	非飞肥匪废肺费妃 fi/y 税 suei	微未味维唯 vi_文/y

从表4可以看出，西安统一读作 fi 的字，合阳为有文白异读的2种和没有异读的2种。邢向东、蔡文婷指出：止合三、蟹合三等中一些字的文读音与白读音存在"叠置"现象，"文读一（即 fi）文读二（即 fi）和白读音一般不体现在同一个字上"。[②] 例如"飞"fi/çi；"匪"fi/fi。这就意味着同一类字，有三种读音与两种文白异读，并且两种文白异读的"叠置"，"不体现在同一个字上"；其中 fi 既是 ti 的文读音，又做 fi 的白读音。

从合阳方言这类字文白异读的叠置情况看，现在无异读的"非痱废肺"fi 也应该有过像"飞肥费"fi/çi 一样的文白异读。这一方面说明今天没有异读的"非痱废肺"的 fi 来自过去的文读，也说明这些字的过去曾有跟现在的"飞肥"一样的白读音 çi。同样，现在没有异读

[①] 文献据邢向东、蔡文婷《合阳方言调查研究》，中华书局2010年版；张成材：《商县方言志》，语文出版社1990年版。

[②] 邢向东、蔡文婷：《合阳方言调查研究》，中华书局2010年版，第120页。

的"妃税"fi 二字,也应该跟"匪"一样具有 fi/çi 的文白异读。① 由此可见,"妃税"也曾经读 fi。如果用"叠置现象"再往上推,"妃税匪_老"三字的最初读音也会是 çi。

如此说来,西安读 fi 的 10 个字,在合阳的今天和往昔都有 fi 的念法。另外,合阳"非痱废肺"4 字只读 fi;而"飞肥费"3 字文读 fi,白读 çi,又说明这类字从有异读到无异读的 fi,是逐步实现的。而在现今无异读的"非痱废肺"fi 4 字中,不留一点 [ç] 声母的痕迹。这也正好跟西安"非匪痱废肺"fi 等字的读音情况一样。要说这 10 个字在合阳与西安两地读音的差异,那就是:合阳有些字具有 fi/çi 的文白异读,但西安没有。

如果我们再拿西安、合阳"非肺"fi 等字,与商州的"非飞肥匪废肺"fi/çy 进行比较,商州的文读音 fi 就是西安、合阳"非肺"的读音;如果拿西安、合阳的"微未味维唯"vi 与商州"微未味维唯"vi/y 进行比较,商州的文读音 vi 也正好是西安、合阳这些字的读音。这再次说明西安这类字,与合阳、商州在读音上具有高度的一致性。

2.2 历时看,"飞微"等字西安话中也曾经历过今商州的 çy、y 白读音

2.2.1 我们今天在西安城区很难发现像合阳那样"飞"读 ₌çi,或像商州那样"飞"读 ₌çy 的现象。但在西安城南的长安农村却有将"飞"读 ₌çy 的痕迹。据西安外国语大学长安校区的门卫康师傅说,他的母亲(若在世,今年 89 岁)生前一直把"飞"念 ₌çy,如说"雀儿_{麻雀} ᶜtç·iaur 飞 ₌çy 走咧"。她还将"飞机"叫 ₌çy·tçi。康师傅是长安区康杜村人。这里过去离西安城南门只有 16 公里,现在走西丰路将近

---

① 邢向东、蔡文婷《合阳方言调查研究》(2010)在论证文白异读叠置时,其中有一例就是"匪"fi/çi。大概是在书中因文读字下双线,白读音下用单线,遇到了"叠置"的麻烦,因此在同音字汇的 ᶜfi 音节中将"匪"处理为"匪_新",在 ᶜfi 中处理为"匪_老"。

20公里。其母亲的娘家在长安区五星街道办太元庄，距西安城30公里。现在长安一般也将微韵非组字读 fi、vi，跟西安一样。但以农村老年人的"飞 ₒçi"推断，无论长安区或西安城区，"飞肥"等字过去也曾经读 çy。今天西安城区没有这种读音，自然是和都市频繁的社会交流，语言接触影响程度较大有关。

另外，陕西旬邑籍乔光明老师说，他的母亲（若在世，现91岁）生前向来将"味道"念 y⁼·t'au，将"味气"（气味）读 y⁼□ tçʻi。

2.2.2 除上述，我们曾听说关中有的地方把"麻雀"叫"嘘嘘"，这个"嘘"是否为"飞"的"入鱼"读法 ₒçy，也值得考虑。为此我们曾向孙立新先生请教，现将孙先生告知的"麻雀"在关中及商洛一些地方的叫法列为表5：

表5 关中、商洛等地表示"麻雀"的"嘘嘘""咻子""嗖子""飞虫"等的分布

称谓	分布地区
嘘嘘	凤翔、岐山、扶风、麟游、千阳、宜君（嘘子）
飞虫	合阳、韩城
咻（=休）子	咻子：关中（渭南、白水）、商洛（商州、丹凤、洛南）
	咻咻儿：华州
	咻儿：潼关
	咻咻：大荔、澄城
嗖子	铜川、耀州、富平、蒲城

表5表示"麻雀"的"嘘嘘""嘘子"，其中的"嘘"是否就是"飞" ₒçy？邢向东、蔡文婷对合阳话"飞虫 [çi³¹ pfʰəŋ⁰]麻雀"一词的用字、标音和释义，已经做出了最好的诠释。①

有了"飞"念 ₒçy（嘘），"咻"音的来源就好理解。若将"飞"

---

① 邢向东、蔡文婷：《合阳方言调查研究》，中华书局2010年版，第163页。

₋ɕy的韵母圆唇度减弱，并在结尾带点圆唇色彩，便会成为₋ɕiᵘu。至于"嗖"，若将"㖄"₋ɕiəu声母读如精组，就会像心母字一样读₋səu；况且把"麻雀"叫"嗖子"的富平一带，tɕ组声母在齐齿韵前是分尖团的，这样它就会跟当地遇合一等的"苏素诉ₓ"声韵相同，同读 səu。

"飞"₋ɕy、"味"y˃或表示"麻雀"的"嘘嘘、㖄子、嗖字"等，在关中及商洛有大面积的分布。就东西而言，从关中东部的潼关起，一直到西部的凤翔、千阳；南北而论，从秦岭脚下的长安开始，一直向北到铜川市的宜君。如果将旬邑、长安、商州三点连成一线，又会看出从关中西北的旬邑始，经长安穿越秦岭，一直到东南的商州，都有"飞"₋ɕy 或"味"y˃的读音或表示"麻雀"的"㖄、嗖"等说法。

就现有材料看，这类字在关中多数地方读 ɕy；读 ɕi 的只在关中东北部的合阳、韩城及下文提到的澄城、宜川（属延安市）一带。这又恰好能够解释延川"肥"₋ʂʅ是来自₋ɕi。因为从合阳开始，沿着黄河上溯一直到陕北北部，这一区域方言有很多的共同点。例如合阳[1]和延川，都把古全浊声母仄声字白读送气音，如"罢ᵦₚpʰa˃、健ᵨtɕʰiã˃"；都把麻韵三等字白读 [a]、[ia] 韵，如"车₋tʂʰa、野˂ia"；都把宕摄字白读如阴声韵，如合阳"狼₋lo、黄₋xuo"，延川"狼₋lei、黄₋xu"（延川将果摄字读 [ei]、[uei] 韵，如"多₋tei、坐 tsʰuei˃"）；两地也都把梗摄开口字白读如阴声韵，如合阳"生₋sə、明₋miə"，延川"生₋sa、明₋mi"（梗摄少数字延川读 [ie] 韵，如"井 tɕie˃、醒 ɕie˃"）。合阳与延川这些共同的读音，也是罗常培先生考证出的唐五代西北方音的读法。[2]

如此说来，今西安的"飞肥"fi、"微味"vi 等字的读音，跟合阳或商州一样，也是这些字曾经的文读音。

---

[1] 邢向东、蔡文婷：《合阳方言调查研究》，中华书局 2010 年版，第 113—119 页。
[2] 罗常培：《唐五代西北方音》，中央研究院历史语言研究所 1933 年版，第 29、35、36—39 页。

2.3 西安"飞肥微味"读音来自对商州型的 çy、y 的声母文读

按前 1.3.2，唐五代的"非飞肥微味"[i] 韵唇齿音声母的读音，就有可能是今关中西安等地"飞 fi""微 vi"等字读音的肇始形式；但按 2.2 看，西安"飞 fi""微 vi"又应该来自过去对"飞味"等字 çy、y 的文读。从 80 多年前白涤洲先生对关中方言的调查情况来看，"废微"二字读 fi、vi 的有西安、合阳、商州、华县、富平等 19 个方言点。① 那么，西安等 19 地的 fi、vi 读法到底从何而来？

2.3.1 西安等 15 地 fi、vi 读音的比较

孙立新先生对关中方言进行过较为全面的调查。现将孙先生提供的微韵非组"飞肥匪费味未"6 字在关中、商州等 15 地的读音，列为表 6。

表 6　　　　微韵非组 6 字在关中及商洛等 15 地的读音

例字	西安	商州	丹凤	洛南	潼关	华阴	华州	大荔	朝邑	渭南	富平	澄城	合阳	韩城	宜川
飞	₌fi	çy			fi							₌ti			₌çi
肥	₌fi											çi	₌fei		
费	fiᵓ											fi	fi		
匪	ᶜfi														
味	viᵓ	yᵓ			vi							viᵓ	vei	vi	
未	viᵓ														

表 6 将微韵非组字读 çy、çi、fi 或 y、vi 的，主要分布在关中东部。从陕南的商洛地区始，向北到潼关、华阴，然后沿着黄河经大荔、合阳一直到延安市的宜川（再向北就是上文提到的与宜川北部接壤的延长"肥"读 ₌çi，延川、清涧"肥 ₌sʅ"，绥德"肥 ₌çi"）；从东部的潼关始，

---

① 白涤洲：《关中方音调查报告》，中国科学院 1954 年版，第 128、129 页。

经华洲向西一直到渭南、西安。从读音着眼，"飞肥匪费"及"味未"在商洛三地全读 çy、y；西安跟渭南、华阴、潼关等 8 地读 fi、vi；而关中东北部的澄城、合阳、韩城及延安市的宜川 4 地读音较为复杂。表 6"飞肥匪费"在这 4 地共有 3 种读音，加上前述合阳"匪"ᶜfɪ/ᶜfi，共 4 种读法；"味未"有 2 种。4 地这些复杂的读音，又恰好透露出的不同的历史层次：通过前文对合阳读音的讨论，可知合阳、澄城、韩城、宜川 4 地的"飞ₑçi"是最早读法；fi 是 çi 的文读，出现较晚；而合阳 fI 跟韩城、宜川的 fei，又都分别是对其 fi 韵母的文读（见前文合阳文白异读的叠置），出现当更晚。至于"味未"，韩城、宜川 vei 读法，无疑也是对其较早 vi 读法的文读。

从"入鱼"类型看，表 6 合阳、澄城、韩城、宜川 4 地是明显读入鱼韵 [i] 的见系声母，属合阳型；商州、丹凤、洛南 3 地是明显读入鱼韵 [u]（藏音 [u] 实际表示 [y]，见前）的精组、见系声母，属商州型。这两种类型文白异读分明，fi、vi 是明显的文读音。而剩余的西安及渭南、潼关等 8 地只有 fi、vi 读法，虽然难以认定其 fi、vi 读音到底是来自合阳型还是商州型"入鱼"的文读，甚或是对唐五代西北方音这类字的唇齿音声母 [i] 读法的直接继承。但是，凭借前 2.2 谈到的关中地区保留的"入鱼"初期读音的痕迹，仍可做出判断。例如前述的跟西安一样读 fi、vi 的长安，农村却有老年人将"飞"读 çy；再如将"麻雀"称作"咻"或"嗖"这些我们认为来自"飞ₑçy"的称谓，也可作为划分"入鱼"读音类型的依据。例如商州、丹凤、洛南把"麻雀"称"咻子"，这 3 地的"入鱼"应属商州型。事实上 3 地"飞肥费味"的白读音正是 çy、y；而表 6 的潼关、华洲、渭南、大荔（今大荔包括朝邑）、富平等地现在虽无 çy、y 读法，但大都有表示"麻雀"的"咻儿、咻咻、咻子"或"嗖子"，因此也可推知这些现在只将这类字读 fi、vi 的地方，过去也曾将"飞肥"读 çy，"微味"读 y。但在关中东北的合阳、韩城这些将"麻雀"叫"飞ₑçi 虫"的地方，

"飞肥费""入鱼"却读 çi，与有"咻"或"嗖"称谓的地方形成明显的区分①（"麻雀"称谓见表 5）。因此可以说，表 6 所列除合阳、澄城、韩城、宜川 4 地属合阳型"入鱼"读 [i] 韵，其余西安等 8 地的"入鱼"跟商洛 3 地一样，均属商州型。

至此，可以说今西安"飞微"的 ₋fi、₋vi 读法，是西安曾经的文读音。

2.3.2 西安"飞肥微味"读音来自对商州型 çy、y 的声母文读

前边谈到，无论户县、商州或合阳"入鱼"后声母、韵母都发生了变化，这种面目全非的读音自然会直接影响到对外交流，因此文读音便应运而生。表 1 所列户县"飞肥"fei/sʅ、"微味"vei/zʅ 的文读音，是明显将声、韵全都文读。但合阳的"飞肥"fi/çi，文读音只是声母的文读；而"匪新"fi/"匪老"fi 的"匪新"fi，才是对韵母的文读。正是声、韵分作两次文读，才造成了前述的合阳文白异读的叠置。另外从合阳对微母的"尾"vi/i 及"微未味"vi 的读音情况看，微母字"入鱼"文读，也只停留在对声母的文读上。因此合阳 fi、vi 这种文读音的韵母仍是"入鱼"之初的 [i]。

表 1 所列商州"飞肥"fi/çy 及"微味"vi/y 异读，文读音也是按照北方通行的读法，将声母文读为 [f]。但这种文读难以实现：因为 [f] 与 [y] 无法拼合。因此只能迫使 [y] 由圆唇变展唇，从而形成 [fi]。至于"微味"等字的 y，由于它要与非组的"非飞肥"等字的 fi 声母保持同部位的关系，自然会读作 [vi]。从商州音系看，微韵非组字的文读也只停留在 fi、vi 阶段，没有再出现对 [i] 韵进一步的文读。因为商州话没有 [fei]；虽然有 [vei]，但其中全是"威围委位"等字，没有微韵非组字。②

---

① 在合阳型读音区域中，只有澄城将"麻雀"叫"咻咻"，可能是受其周边称谓的影响。

② 张成材：《商县方言志》，语文出版社 1990 年版，第 43 页。

至于西安话的 fi、vi，既然西安"入鱼"属商州型，那么西安"飞肥"fi、"微味"vi 读法的形成就和商州一样。西安 fi、vi 这种曾经的文读音，其所以长期停留在声母文读的阶段，这大概与西安知系合口字读唇齿音声母有关，例如西安"追槌_脂睡蕊_支"读 ˬpfei、ˬpf'ei、fei ˀ、vei ˀ。由于知系合口字占据了 fei、vei，因此微韵非组的 fi、vi 便难以实现韵母 [i] 再文读为 [ei]，否则，两类字读音便无区分。

值得关注的一种现象是：关中将微韵非组字读 fi、vi 的地方，无论"入鱼"属合阳型或商州型，大都将知系合口字读唇齿音声母开口韵（[u] 韵除外），例如"水蕤"二字在西安、潼关、华阴、大荔、朝邑（商州型"入鱼"）及合阳、韩城（合阳型"入鱼"）均读 fei、vei。[1] 大凡知系合口字读唇齿音声母开口韵的地方，微韵非组字"入鱼"多读 fi、vi，少有 fei、vei 的读法。前述的合阳非组字读 fi 的字尽管出现文读的 fi，但 fi 中仅有"妃匪翡"三字属微韵非组。[2]《西安话音档》的同音字汇的 fei、vei 读音中只有"翡"一个字属微韵非组，其他均为知系合口字。这是否是微韵非组字在关中的西安、大荔、合阳等地长期保持 fi、vi，韵母不再文读为 [ei] 的原因？若果真这样，非组字的"入鱼"，要比知系合口字读唇音声母的时代要早。

除陕西，山西、山东等地也有微韵非组字的"入鱼"现象。有意思的是，这些非组字"入鱼"的地方也大都将知系合口字读唇齿音声母。例如山西万荣的"飞肥"有 fei/çi 的文白异读，"尾"读ˉvei/ˉi；而"抓橼书软"读 ˬpfa、ˬpf'æ、~、ˬfu、ˉvã。[3]"飞肥匪费"在山东的西区方言西齐片的阳谷、梁山、平阴、长清、肥城、泰安 6 处读 [i] 韵；在西区的西鲁片的枣庄、藤县、泗水、东平、菏泽等 23 县市"全

---

[1] 白涤洲：《关中方音调查报告》，中国科学院 1954 年版，第 187 页。
[2] 邢向东、蔡文婷：《合阳方言调查研究》，中华书局 2010 年版，第 34 页。
[3] 詹伯慧、张振兴主编：《汉语方言学大词典》（下册），广东教育出版社 2017 版，第 30 页。

读［i］韵；但梁山'飞'［⸰ɕy］例外"。而知系合口的"抓猪庄吹初窗"等字，在山东西鲁片的泗水、枣庄、藤县等地读［pf、pf·］声母，如"抓"［⸰pfa］，"吹"［⸰pf·ei］；知系合口的"刷树睡顺双"在西鲁片范县、郓城、菏泽、巨野、曹县、泗水、藤县、枣庄等17地读［f］声母，如"刷≒发"，"双≒方"等。① 梁山"飞"读⸰ɕy；我的一位山东东平籍朋友告知，他家乡有些人将"肥"读⸗ɕy，如说"裤子太肥⸗ɕy了"。从梁山、东平"飞肥"读ɕy看，山东大片区域微韵非组字的fi读法，也当是过去这类字"入鱼"ɕy的文读音。可见，微韵非组字"入鱼"在北方地区较为普遍，并且跟关中的西安等地一样：有非组字"入鱼"的地方，也多有知系合口字读唇齿音声母的现象。前边，我们推测关中西安等地非组字"入鱼"形成的fi、vi，其所以能够长期保留，没有再文读成fei、vei，是因为fei、vei已被知系合口字读音占据。看来，上述山东的情况也是这样。至于山西万荣的"飞肥"的文白异读fei/ɕi，ɕi与fei之间是否经历过fi，值得考虑。

此外，徐州方言老派也将"飞肥匪费废肺"等字读fi，将"微味未"及"维唯脂·以"读vi。② 可见，徐州也有微韵非组字的"入鱼"现象。

总之，不管西安、商州、合阳"飞微"的fi、vi读音，还是表6所列的华洲、华阴、潼关、大荔、韩城、宜川等地这类字的fi、vi读法，它们都是由"支微入鱼"而来。这跟王军虎先生指出的晋陕甘"穗止合三脂·邪"序遇合口三鱼·邪"同音，"苇止合三微·云""雨遇合三虞·云"同音；"穗"读［ɕy˭］，"苇"读［˭y］，是"支微入鱼"的现象相同。③ 差

---

① 钱曾怡、高文达、张志静：《山东方言的分区》，《方言》1985第4期。
② 詹伯慧、张振兴主编：《汉语方言学大词典》（下册），广东教育出版社2017版，第21页。
③ 王军虎：《晋陕甘方言的"支微入鱼"现象和唐五代西北方音》，《中国语文》2004年第3期。

别在于：王文所谈是止合三等非组之外的其声母字"入鱼"读［y］或［u］韵（或者今读舌尖化的［ʮ］、［ʯ］）；而本文所谈则是西安等地的微韵非组字及蟹合三等字的"入鱼"。

以上，讨论了微韵非组字在西安读［i］韵［f］、［v］声母的历史渊源，这就包括了《西安话音档》的"非飞妃肥匪痱费微未昧"10字。这样一来，表4所列西安读［i］韵唇齿声母的15个字中，只剩下"维唯废肺税"5个字了。

2.4 西安"维唯"₌vi、"废肺税"fi⁼亦为"入鱼"读法

2.4.1 "维唯₍脂·以₎"与其同声韵的"惟"，三字亦见于汉藏对音材料。它们在唐五代的西北方音中同读［yu］①。可见，yu 也是此三字彼时的"入鱼"读法。前边我们谈到，脂韵以母的"维惟"商州读₌zʮ，"维惟唯"户县读₌zʮ，"维惟唯"合阳读₌vi，"维唯"西安读₌vi。这些不同地方的二字或三字，其读音总是保持着与当地微韵微母的"微昧"同音关系。因此，如果说西安微韵微母的"微昧"读 vi 是"入鱼"读法，那么也可以认为"维唯"₌vi 同样。"维唯"读₌vi，仅是与微韵微母的"微昧未"等字声母合流而已。

说到这里，自然会想到与"维惟"同属脂韵以母平声的"遗"。"遗"在普通话中也有₌i、uei⁼两读。王力先生在谈到现代汉语韵母［i］的来源时，也指出"遗"读［i］属"例外"。②"维唯"在西安、合阳读₌vi，商州文读₌vi；但"遗"三地均读₌i。"维唯"与"遗"的差别仅在［v］声母的有无上。这跟前边谈到的合阳等地"微昧"读 vi，但"尾"读⁼i 的情况完全相同。"遗"如果像合阳或山西万荣的"尾"⁼i 一样读入鱼韵［i］，便会形成陕西或普通话的"遗"₌i。

---

① 罗常培：《唐五代西北方音》，中央研究院历史语言研究所 1933 年版，第 25 页。罗先生将其中的［y］当作声母处理，［u］作韵母。

② 王力：《汉语史稿》，中华书局 1980 版，第 162 页。

此外，王军虎先生阅读拙文初稿后，认为对"季_{脂·□见}"、"谁_{脂·禅}"二字开口韵读法来源，也值得探讨。"季"无论在普通话中读 tɕi⁵¹，在陕西读 tɕiᵊ，或太原读 tɕi⁴⁵、徐州读 tɕi⁵¹、扬州读 tɕi⁵⁵、福州读 kie²¹²，其韵读都属中古的开口韵；但在厦门却读 kui²¹。"谁"普通话读 ₂ʂei，济南读 ʂei⁴²、徐州读 se⁵⁵（或 se³⁵）、洛阳 sei³¹、西安 sei²⁴、西宁 fɿ²⁴、乌鲁木齐 sei⁵¹，均为开口韵；但在银川读 ʂuei⁵³、太原 sei¹¹ 或 suei¹¹、忻州 suei³¹、扬州 sui³⁵（口语不说），均读为合口韵。① 止合三等的"季""谁"本当读合口韵，但普通话或上举一些方言中却读作开口。此二字为什么在不同地域会形成开、合两读？本为合口的"谁""季"，今北京读开口的[ei]韵或[i]韵，这种情况完全同于前述的"肥"在不同地方的两种读音：北方地区多读[ei]韵，但合阳、西安却读[i]韵。因此，北京话"季"韵读也当来自鱼韵[i]。

2.4.2 至于西安将蟹摄合口三等的"废肺_{废·非组}"读 fi，那是因蟹摄字与止摄合流后造成的。王力先生在谈到现代汉语[ei]、[uei]韵来源时说："支脂微祭废属三等，齐属四等……但是，以韵摄而论，倒反应该说是蟹摄一部分字跑到了止摄里来"。他还列举出齐韵的"圭桂"与微韵的"归贵"在《中原音韵》中分别同音，说明这种合流"早在 14 世纪以前已经完成了"。② 王力先生对蟹摄字"跑到止摄"的断代，是依据《中原音韵》的成书年代推断的。若按西安"废肺"能够与微韵的"妃费"同时"入鱼"；或者"惠_{(姓)蟹合四齐·匣}"在西安或关中（再如富平等地）能够读 ɕiᵊ，"岁_{祭·心}"在延川能够读 sʮᵊ，这些"入鱼"读法都说明蟹摄字跑到止摄的时间至迟也会在五代结束，宋朝建立的公元 960 年之前。至少在陕西或西北地区是这样。因为语言的发展是有时间性的，"过了这个村，没有这个店"。绝对不会是微韵

---

① 李荣：《现代汉语方言大词典》，江苏教育出版社 2002 年版，第 2253、5535、5536 页。

② 王力：《汉语史稿》，中华书局 1980 版，第 160 页。

字先"入鱼",后来蟹合三、四等字与止摄合流,然后再跟进"入鱼"。可惜,罗常培先生也因"三等废韵在这四种藏音里都没有例子"而发感叹。但是,前边提到的对《开蒙要训》的汉字注音,罗先生从这本书的尾题"天成四年(公元929年)……敦煌郡学士郎张……"判断,认为注音"可以代表后唐明宗时代的敦煌方音那是无疑义的"。其中就有以"匪_{止合三微·非}"注"肺_{蟹合三废·敷}"的用例。可见后唐明宗时代(926—933)的敦煌地区,蟹摄合口三等字已经与止摄合口三等合流了。① 此外,我们在下文谈到的《辞海》在解释"塞卫"时,所用的例证为南宋岳珂(1183—1240)诗句。"卫"是蟹合三等祭韵字,能够读入鱼韵(详见下文),也说明蟹合三等字与止合三等合流的时间,起码在13世纪之前。

2.4.3 最后,只剩了西安读 fi 的一个"税_{蟹合三祭·书}"字。它在合阳读 fi,商州读 suei。商州读法排除在外,合阳读法前边谈过,以"匪_新"fi 可以推测出"税匪_老"读法是 fi。在蟹合三、四等字中,西安只有我们认定的"废肺""税"读 fiᵊ,及"惠_姓"读 çiᵊ 读入鱼韵的字。如果说"税"fiᵊ 不是"入鱼"读法,那它在西安就会跟"瑞睡_{支·禅}"同读feiᵊ:因为前边谈过,西安是将知系合口韵字读作唇齿音声母开口韵的(u 韵除外)。但是,合阳是有"水_{脂·书}睡_{支·禅}"的"入鱼"fu 读法的,并且合阳恰好也跟西安一样,将"猪除书如"读唇齿音声母。② 按此,如果说西安的"税"也读如鱼韵,那它应该和合阳"睡"一样读 fuᵊ,但实际却不然。因此只能认定,西安这个"税"的"入鱼",是走了与其同韵摄的"废肺"非组字读 [i] 的路子,从而形成了 fiᵊ 的读音。

---

① 罗常培:《唐五代西北方音》,中央研究院历史语言研究所1933年版,第13、49、75、124页。

② 邢向东、蔡文婷:《合阳方言调查研究》,中华书局2010年版,第25页。

叁　近代汉语作品中的"蹇卫、蹇味、蹇喂"之成因

3.1 近代汉语表示"蹇驴"的"蹇卫、蹇味、蹇喂、蹇畏"

元曲《黄粱梦》第一折中有"到的这店门首，将这蹇卫拴下"的描写。①《辞海》将"蹇卫"释为"驽弱的驴子。卫，驴的别称"并列举岳珂《祁门夜憩客邸壁间》诗中的"蹇卫冲风怯小寒"为例证。

白维国主编的《近代汉语词典》，其中既收"蹇卫、蹇味儿"，也收"蹇畏儿、蹇喂"等，并将"蹇卫"释为"瘸驴……卫，驴的别称"，并且在"蹇味儿、蹇畏儿、蹇喂"等词条中均指出"即蹇卫"，并在各条中列出了书证。如"蹇味儿"条列出明《金瓶梅词话》63回的"就和应花子一般，就是个不知趣的蹇味儿"；"蹇畏儿"条列出明王九思《水仙子带过折桂令·归兴》的"骑一个蹇畏儿南村北垅"；"蹇喂"条列出明王九思《曲江春》2折中的"备过蹇喂来，我骑上走一遭者"等。③

3.2 "卫、味、畏、喂"等字"入鱼"读音与"驴"谐音

3.2.1 那么，"驴"为什么会有"卫"或"味、畏、喂"等"别称"呢？"卫"是蟹合三等祭韵云母字，"喂"是止合三等支韵影母字，"味畏"属止合三等微韵微母、影母。"卫味喂"等字，均有"入鱼"读法："卫"在山西的闻喜方言中至今仍白读 y˞，如"卫村"当地人叫"卫 y˞ 村"；④"喂"在陕西不少地方白读为 y˞，如说"喂 y˞ 猪"、"喂 y˞ 狗"等。（"味"上文已谈，这里不赘。）因此，"蹇卫、蹇味、

---

① 臧晋叔：《元曲选》（重排版），中华书局1989年版，第777页。
② 辞海编辑委员会：《辞海》（缩印本），上海辞书出版社1979年版，第1034页。
③ 白维国：《近代汉语词典》，上海教育出版社2015年版，第910页。
④ 李仙娟、张丽娜：《山西闻喜地名的文化蕴涵》，《忻州师范学院学报》2013第1期。

塞喂"这些字面上写作的"卫味喂"等，均是因"入鱼"而读作 y˙，从而以 y˙音谐"驴"的。

3.2.2 至于"驴"字，今普通话或不少方言区读₌ly；但像如前述的合阳，却将遇合三等来母的"驴"及"吕旅滤ᵧ缕屡ᵥ"等字读 [∅] 的 [₌y]，以致与鱼韵的"语御ᵧ於ᵧ余舆预豫誉ᵧ"及虞韵的"愚虞娱遇寓ᵧ于孟雨宇禹羽芋ᵧ愉愈喻裕ᵧ"同读 y。此外，止合三等来母的"泪ᵧ"也有 lıˀ/yˀ 的文白异读①，其白读音 y˙也是明显的"入鱼"读法。按此推断，今合阳"累₍ᵧ₎积ᵧ" ₌lı、"累₍ᵧ₎连～" lıˀ 及"垒ᵧ" ₌lı 这些止合三等来母字，② 过去也曾经读＊y。上述合阳读 y 的字，今延川全都读 zʅ。前边谈过，普通话的 [i] 韵 [∅] 字，在延川均白读舌尖化的 zʅ。而普通话的 [y] 韵 [∅] 字，在延川也大都白读舌尖化的 zʅ。因此，鱼韵的"驴ᵧ"跟"余ᵧ"在延川读同音的₌zʅ，"吕旅ᵧ"跟"语ᵧ与ᵧ"同读₌zʅ，"虑滤ᵧ"跟"御ᵧ誉ᵧ"的白读音也都是 zʅˀ。此外，止合三等来母的"累连～₍ᵧ₎垒泪ᵧ"等字，在延川也有"入鱼"的 zʅ 读法；而鱼韵来母的"旅屡滤"跟止合三等"累连～₍ᵧ₎垒泪ᵧ"的文读音又同是 luei。这对于鱼韵的"旅虑滤"来说，文读音反倒是"鱼入支微"了。

今合阳、延川鱼韵来母字失去 [l] 声母，跟鱼韵的疑、影、以母读同音的现象，大概与唐五代以来鱼韵的来母字与见系字长期的韵读相同有关。上文提到，罗常培先生在分析对音材料中鱼韵读 [i]、[u] 时指出："在 k 组跟 l 母的后多数读作 u 韵"。我们在查检前表 2 所列鱼韵字读 [i]，读 [u] 的 4 种对音材料的所有 52 字时，发现一个有趣的现象：即鱼韵读 [i] 韵的字中没有来母字，而读 [u] 韵的没有泥母字。（泥母的"女"字读 [i] 韵见于两种对音材料，来母的"庐"

---

① 邢向东、蔡文婷：《合阳方言调查研究》，中华书局 2010 年版，第 26、27、34 页。
② 同上书，第 34 页。

读［u］韵见于《千字文》，见前。）出现这样的情况大概不会是巧合；若按此理解，就可以合理解释合阳、延川等地鱼韵来母字为什么会失去［l］声母：那是因为自唐五代以来，鱼韵来母的"驴吕旅虑滤"等字一直与见系字关系密切，以致后来完全跟见系的疑、影、以母字合流，这就使得今合阳、延川等地的来母字"驴吕旅虑滤"与见系的"余以语疑与以御疑誉以"分别同音。此外，与延川北部接壤的清涧县也将上述鱼韵来母字及疑、影、以母字同读舌尖化的 zʅ，子长县也将"驴"读 ⸌zʅ。可见，陕北过去大片区域将"驴"读作［∅］的［*⸌y］。而在清涧以北的绥德、米脂一带，"驴"虽然一般读作⸌ly，但在骂人语"那他驴儿⸌ur的""ＸＸ驴儿⸌ur的"中，"驴"却读作⸌u，亦为零声母。除陕西，甘肃东部的泾川、正宁等地，也都把"驴"读［∅］的［⸌y］。（朱富林老师告知）这说明"驴"的零声母读法，在西北地区分布的地域面较大。

3.2.3 如果"驴"读⸌y，则更容易与"卫云味微畏喂影"等字"入鱼"的 yʾ 形成谐音关系。有意思的是，在上举明代王九思同一人的笔下，既写"塞畏"又写"塞喂"，这种随意性也说明"卫、味、畏、喂"等只是表音字，它们都是以"入鱼"而来的 yʾ 谐"驴"音的。

3.2.4 上述"卫味畏喂"等字的读音情况，跟《现代汉语词典》所收的"蔚尉"读音①类似。普通话"蔚尉"既有 weiʾ 的读音，又有 yʾ 的读法。"蔚尉"是止合三微韵影母字，其 yʾ 音，无疑是将微韵字读入鱼韵。如果要说"卫味喂"等字与"蔚尉"的差异，那就是后者"入鱼"读法的 yʾ 进入了民族共同语；而前者的 yʾ，现在只是保留在一些方言中。

---

① 中国社会科学院语言研究所词典编辑室：《现代汉语词典》（增补本），商务印书馆2002年版，第1316、1543、1544页。

肆 结 语

正是因为"支微入鱼",微韵非组字在商州、合阳、户县"入鱼"时既受到当地音系的制约,更受到鱼韵没有非组字的限制。在迫不得已的情况下,户县选择了鱼韵知、章组及日母的声、韵读法,从而使"飞微"跟鱼韵"书如₀"同读 ₌ʂʅ、₌ʐʅ。商州选择了鱼韵精组、见系字的读法,因而商州"飞微"跟鱼韵的"虚鱼"同读 ₌ɕy、₌y。合阳"飞肥尾""入鱼"读 ₌ɕi、₌ɕi、⁼i,是因为鱼韵在唐五代西北方音中有[u](实际为[y])、[i]两读:商州、户县的"入鱼"是读了鱼韵的[u],而合阳则是读了鱼韵[i]。合阳"飞肥费尾"读[i]韵,跟止开三等见系的"寄奇支、器姨脂、喜意之、希衣微"等字读同韵的现象,也正跟唐五代西北方音的鱼韵"转入止摄"开口韵,鱼韵字跟支脂之微字互注的情况相同。唐五代的西北方音中不但有止合三等字读如鱼韵[u],同时有微韵非组字读如鱼韵[i]的例证。可见微韵非组字"入鱼"读[i]在唐五代西北方音中已见端倪。通过比较,说明陕北延川话"肥₌ʂʅ、尾⁼ʐʅ"二字的特殊读音,是将合阳型"肥尾"的 ₌ɕi、⁼i 舌尖化的结果。

"入鱼"使得微韵非组字在户县、商州、合阳三地的声、韵都起了变化,这种面目全非的读音直接影响到对外交流,因此文读音便应运而生。无论合阳的"飞 ₌ɕi、尾⁼i"或商州"飞 ₌ɕy、微 ₌y",其文读音都是 ₌fi、vi。这种文读音也正好跟西安这类字的 fi、vi 读音相同。通过调查长安等地微韵非组字"入鱼"早期读法的遗留痕迹,通过共时、历时的读音比较,说明西安话的"飞肥微"等字的"入鱼"属商州型读法。西安 fi、vi 跟商州文读音来源一样,是将商州型"飞 ₌ɕy""微 ₌y"声母文读为[f]、[v],从而迫使韵母[y]由圆唇变为展唇的[i],从而造成了[f]、[v]跟齐齿韵[i]相拼的特殊音节。

近代汉语作品"蹇驴"又叫"蹇卫、蹇味、蹇喂、蹇畏"等，则是因为蟹合三等"卫"字与止合三"味喂畏"等合流而"入鱼"后读作 y⁼，"卫"以其 y⁼音而谐"驴"音的。无论"卫"或"味、喂、畏"等，都是表音字。"驴"在合阳及甘肃的正宁等地读 [∅] 的 [₌y]，陕北延川等地的"驴"₌ʐɿ 读法，显然是来自过去时代 [∅] 的 [ˣ₌y]。若"驴"读 [₌y]，更容易与"入鱼"的"卫"y⁼音形成谐音关系。《汉语大词典》释"卫"作"驴的别名"，引罗愿《尔雅翼·释兽》："（驴）一名为卫，晋卫玠好乘之，故以为名"的说法为证。①此说值得商榷。

---

① 罗竹凤：《汉语大词典》，汉语大词典出版社 1989 版，第 1093 页。

传统诗文评中的文章"体制"论

党圣元

时间：2018.12.02

地点：E126 会议室

主讲人简介：党圣元，研究员，中国社会科学院外国文学研究所党委书记，中国社会科学院大学博士研究生导师，全国马列文论研究会会长。主要从事中国古代文学理论批评、文艺理论领域的研究工作。近期撰有《习近平文艺思想中的文化与文学经典观》《"举本统末"与王弼思想的再认识》《"气"与建安文学》《赋在当代：体性、语言与夸诞》《周易阴阳学说与"和合"美学观》等重要论文，主持国家社科基金重大项目"中国古代文体观念文献整理与研究"、中国社会科学院创新工程"中华文艺思想通史"等多个项目。

摘要：传统诗文评中的"体制"，指文学作品体式的基本规定性的总和。"文各有体"，每一种文体有每一种文体的"体制"。"体制"是传统文体观念中的一个极其重要的概念，传统文体学中的"辨体"批评、文体分类、"体式"论、"得体"说等，均建立在文章体制论的基础之上，因此传统诗文评中的"体制"论，实为我们进入传统文体观念堂庑的一个很好的门径。传统诗文评中的"体制"论，涉及了文辞存在的本真问题，其与"辨体""得体""体式""体性"等共同构成了传统文体观念的最为核心的问题场域，属于一个观念链条上的不同环节。"体制为先"是中国古代文体观念的逻辑起点，一个时代兴盛一定的文类或文体式样，而文类、文体之演兴盛衰，最终又从文章体制、体式的变化而来，从这一意义上说，一部中国文学发展史也是文类、文体繁衍发展的历史，文章体制、体式正变相续的历史。因此，考察分析一下传统文学批评中的文章"体制"论，对于我们深入把握传统文体观念的发展演变是不无意义的。

关键词：文体；体制；体制为先；立体；体有因革

基金项目：国家社科基金重大项目"中国古代文体观念文献整理与研究"（批准号：18ZDA236）阶段性研究成果。

本文同名发表于《云南师范大学学报》（哲学社会科学版）2019年第2期。

本文与已发表论文有细微区别。

我们准备从人们经常谈到的文学"一代有一代之所胜"这一话题来进入本文题目所涵括的问题之讨论。明代胡应麟在《诗薮·内编》中说："曰风、曰雅、曰颂，三代之音也。曰歌、曰行、曰吟、曰操、曰辞、曰曲、曰谣、曰谚，两汉之音也。曰律、曰排律、曰绝句，唐人之音。诗至于唐而格备，至于绝而体穷。故宋人不得不变而之词，元人不得不变而之曲。词胜而诗亡矣，曲胜而词亦亡矣。明不致工于作，而致于述；不求多于专门，而求多于具体，所以度越元、宋，苞综汉、唐也。"[①] 清代焦循《易馀籥录》卷十五云："夫一代有一代之所胜，舍其所胜以就其所不胜，皆寄人篱下者耳。余尝欲自楚骚以下至明八股撰为一集，汉则专取其赋，魏、晋、六朝至隋，则专录其五言诗，唐则专录其律诗，宋专录其词，元专录其曲，明专录其八股，一代还其一代之所胜。"[②] 上引这两段文字，即为传统文学批评史上最为典型的文学"一代有一代之所胜"之论。那么，在这里我们要问道，所谓的"一代之所胜"，指的是什么呢？系指文学的思想情感？抑或是指文类或文体式样呢？于此，我们认为主要是指文类或文体式样，而所谓"胜"，应作繁盛之意来理解，颇类似于今言之"野蛮生长"吧，意思就是在文学史上，每一个时代都有一种或几种文类或文体式样，以其新生之活力

---

① 胡应麟：《诗薮·内篇》卷一，中华书局1958年版，第1页。
② 焦循：《易馀籥录》卷十五，《新编丛书集成续编》第29册，新文丰出版公司1985年版，第369页。

强势生长蔓延，作家大都对此种文类或文体式样倍感兴趣，趋之若鹜般地运用该种文体式样进行书写，仿佛一种文体式样一旦兴起，便成为一个竞技场，文人雅士们都乐意在该种文体之竞技场上一展身手，文学史上便出现了在某一个历史时期，某种文体的写作特别繁盛的现象。而中国文体之生生不息，繁衍兴盛，瓜瓞绵延，旧者不去而新者照来，文体大国正由此而来。到了20世纪初，王国维撰《宋元戏曲史》，在该书之《序》中王国维亦倡说："凡一代有一代之文学：楚之骚，汉之赋，六代之骈语，唐之诗，宋之词，元之曲，皆所谓一代之文学，而后世莫能继焉者也。"[①] 王国维此言一出，引用者蜂拥而起，而胡、焦之言则几被遗忘。但是，王国维所言，差不多是对胡、焦之言的"照着说"，在思想观念上大体没有超过胡应麟、焦循多少，而且他将焦循的"一代有一代之所胜"改说为"一代有一代之文学"，平心而论反倒显得有些"隔"了，当然这里面也包含了王国维受西学影响而具有的建立在"进化论"基础上的现代文学史意识。我们认为，所谓"一代有一代之所胜"，主要应该是指某种文学样式也就是文类、文章体式的繁盛，纵观一部中国文学发展史，确实如胡应麟、焦循、王国维所言，一个时代兴盛一定的文类或文体式样，而文类、文体之演兴盛衰，最终又从文章体制、体式的变化而来，从这一意义上说，一部中国文学发展史也是文类、文体繁衍发展的历史，文章体制、体式正变相续的历史。因此，考察分析一下传统文学批评中的文章"体制"论，对于我们深入把握传统文体观念的发展演变是不无意义的。

一 文章以体制为先

"体制"是传统文体观念中的一个极其重要的概念，传统文体学中

[①] 王国维：《宋元戏曲史·序》，上海古籍出版社1998年版，第1页。

的"辨体"批评、文体分类、"体式"论、"得体"说等,均建立在文章体制论的基础之上,因此传统诗文评中的"体制"论,实为我们进入传统文体观念堂庑的一个很好的门径。我们知道,任何事物都是以一定的形态存在的,任何文辞也以一定的体制而存在,"体制"对文本内在结构与外貌呈现产生双重的形塑作用,为文本的"编码"方式提供了基本的规定性,故而古人有云:"文章以体制为先,精工次之。失其体制,虽浮声切响,抽黄对白,极其精工,不可谓之文矣。"① 历代诗文评中的许多言谈,都涉及文章的"体制"问题,兹列举而阐释之,以资对"文章以体制为先"这一命题有所说明。

宋代杨万里以宫室为喻来说明体制、体式之于作文的重要性。他说:"抑又有甚者,作文如宫室,其式有四:曰门、曰庑、曰堂、曰寝。缺其一,紊其二,崇庳之不伦,广狭之不类,非宫室之式也。"② 明代汤显祖《张元长嘘云轩文字序》云:"谁谓文无体耶?观物之动者,自龙至极微,莫不有体。文之大小类是。"③ 以天下大小精微莫不有体为言说的前提,文之为天下之物,当然也在其中,故"文之大小类是",也就是说,文和天下至大之物龙与极微之物一样,都是有体的。徐师曾《文体明辨序说》曰:"夫文章之有体裁,犹宫室之有制度,器皿之有法式也。为堂必敞,为室必奥,为台必四方而高,为楼必陕(与狭通,引者注)而修曲,为笃必圜,为筐必方,为簠必外方而内圜,为簋必外圜而内方,夫固各有当也。苟舍制度法式,而率意为之,其不见笑于识者鲜矣,况文章乎?"④ 明人顾尔行《刻文体明辨序》

---

① 宋倪思语,转引自(明)吴讷《文章辨体序说·诸儒总论作文法》,人民文学出版社1982年版,第14页。
② 杨万里:《答徐赓书》,《杨万里诗文集》卷六十六,江西人民出版社2006年版,第1052页。
③ 汤显祖:《张元长嘘云轩文字序》,《玉茗堂文》卷三十二,《汤显祖集全编》第3册,上海古籍出版社2016年版,第1534页。
④ 徐师曾:《文体明辨序说》卷首,人民文学出版社1982年版,第77页。

也说：“尝谓陶者尚型，冶者尚范，方者尚矩，圆者尚规。文章之有体也，此陶冶之型范，而方圆之规矩也。”明人沈君烈《文体》说：“文之有体，即犹人之有体也。”① 徐师曾《文体明辨序说·文章纲领·总论》中还引用明陈洪谟之言：“文莫先于辨体，体正而后意以经之，气以贯之，辞以饰之。体者，文之干也；意者，文之帅也；气者，文之翼也；辞者，文之华也。体弗慎则文庞，意弗立则文舛，气弗昌则文萎，辞弗修则文芜。四者，文之病也。是故四病去，而文斯工矣。”② 还说他自己学文"幸承师授"的真诠是：“谓文章必先体裁，而后可论工拙；苟失其体，吾何以观？亟称前书，尊为准则。曾退而玩索焉。久之，而知属体之要领在是也。”③ 值得注意的是，明清时论文论诗，多讲究体格声调，讲求法度，其中也有讲求体制、体式的因素在里边，叶燮《原诗·外篇上》说：“言乎体格：譬之于造器，体是其制，格是其形也。将造是器，得般倕运斤，公输挥削，器成而肖形合制，无毫发遗憾，体格则至美矣。”④ 胡应麟《诗薮·内编》也说：“凡诗诸体皆有绳墨。”⑤ 体在文章中的地位是"文之干也"，是文章之所以成为文章、成为某体文章的重要的制约因素，"体弗慎则文庞"，也就是说，如果文体不立或者在文体方面不慎重，文章就会庞杂滋蔓，不成样子。

民国时期的顾荩丞也在其所著的《文体论ABC》中说：“文章之有各种体制，决不能互相混乱，好比日月星辰各有他的位置，山川丘陵的各有形势，宫室台榭的各有他的奇观……文章的各种体别，各有他的妙用，各有他的意义，各有他的作法；我们应当格外认得清楚，辨得明

---

① 沈承：《沈君烈小品·文体》，见阿英编《晚明二十家小品》，河北人民出版社1989年版，第405页。
② 徐师曾：《文体明辨序说·文章纲领·总论》，人民文学出版社1982年版，第80页。
③ 徐师曾：《文体明辨序说》卷首，人民文学出版社1982年版，第78页。
④ 叶燮：《原诗》，人民文学出版社1979年版，第45页。
⑤ 胡应麟：《诗薮》，中华书局1958年版，第46页。

白,这才不致于执笔为文的时候,有'望洋兴叹'之感了!"① 上述诸家之言,所指大体都在文章之体裁、体制、体式、体格方面,而虽然我们不能将体裁、体制、体式、体格等概念完全等同起来,应该注意到它们之间存在的差别,尤其是古人在具体使用它们时对语境的考量,即语境的不同往往使古人选择使用其中的这个而不使用那个,但事实上这些概念,甚至还包括诸如体法、体性、体势、体韵等,都聚拢在"体""文体"这一更大的范畴之下,我们甚至可以说,正是由它们构成了传统文体学中关于文章体式的基本规定性,没有它们,所谓文类、文体便不复存在。

近现代以来,也有不少学者从语言的角度来论述文章必须以一定的"体"而存在,比如黄侃认为:"盖人有思心,即有言语;既有言语,即有文章。言语以表心思,文章以代言语。"② 言有体,故文章必须有体。徐复观则从另一角度来论述这一问题。他说:"构成文学的重要因素有三:一是作为其媒材的语言文字;一是作为其内容的思想感情;一是作为其艺术表现的形相性。……文学中的形相,在英国法国,一般称之为 Style,而在中国,则称之为文体。体即是形体,形相。文体虽然与语言及思想感情,并列为文学的三大要素之一;但语言和思想感情,必须表现而成为文体时,才能成为文学的作品。"③ 出版于1931年的薛凤昌的《文体论》还为此颇费了一点周折,他说:"天下不论做那种事情,成那种物件,都有一个体。就我们眼前所见到的物件:有大的、有小的、有方的、有圆的、有曲的、有直的。千形万态,却无一不有当然的式样。若是应当大的不大,方的不方,曲的不曲,这就是不合式样。没有一个不说是不好。任你做得如何精细,如何新巧,那式样不合,终是不适于用。如此说来,这式样岂非是一件最重要的事情!这就是我所

---

① 顾荩丞:《文体论 ABC》,世界书局1929年再版,第5—6页。
② 黄侃:《文心雕龙札记·原道第一》,武汉大学出版社2013年版,第3页。
③ 徐复观:《文心雕龙的文体论》,《中国文学论集》,台湾学生书局1982年版,第2页。

说的'体'。"① 为此他还以国体为例来予以说明,认为正如国家有国家的体制一样,文章也必须有文章的体制,没有体制便不成文章。当然,文章的体制是多样的、变化着馆,不变中有变,变中有不变,正变相续,立破互生,这种情形如果借用陆机《文赋》中的话来说,也许就叫作"体有万殊,物无一量"。对此,张少康按曰:"陆机在这里指出了文体的多变,乃是由于它所描写的客观事物本身千姿百态之故,文乃是物的反映,与序中的'意不称物',相互呼应。"② 陆机所言之"体",包含了"体裁"和"风格"两层意义,是中国古代文学理论中"体"的核心意义,而事实上正是文章体制之多样性和变异性,引发和导致了文类、文体、文学风格的多样性与变异性。古人云"文各有体",而文章之"有体",端赖于文章之"以体制为先"。

在文章书写中,体制是一种规范与形塑,体制构成了文章的外在形态,即所谓体貌文相。任何事物都以一定的外在形态存在,都有自己的体貌,文章也不能例外。在已有的文章体制中破茧而出者往往是新的文章体制之诞生。文章总是在一定的形态中表现出自己的文本存在,而这个形态就是文章的体制。郭英德以为,"体制,指文体外在的形态、面貌、构架"③,认为"体制"是指文章的外在形态的存在方式,这是对古人所用的"体"或者"体制"一词的一个非常简扼而精准的解释。中国人的思维往往有"远取诸物,近取诸身"之"象喻"的思维习惯,文体的"体"应当是跟身体的体有必然联系的。因此,"用于文学之'体'是一种'近取诸身'的比况,是将对人体构成的理解推衍到其它事物的一例"④。当然,"文体"的"体"不仅是事物存在的一种外在存在方式,更重要的是,它是文章存在的具有稳定性的一种存在方式和

---

① 薛凤昌:《文体论》,商务印书馆(万有文库初版本)1931年版,第1页。
② 张少康:《文赋集释》,人民文学出版社2002年版,第101页。
③ 郭英德:《中国古代文体学论稿》,北京大学出版社2005年版,第4页。
④ 涂光社:《说古代文论中的"体"》,《长江学术》2006年第2期。

存在形态,更是一种具有延续性和继承性的按照特定原则、规范组合的文本的编码方式,也是指一个作家较稳定的个人创作特色与规范。此外,中国古代的"体"还有体式、体貌、体格诸种别称,它们揭示着文体内涵的不同层面,从外而内,构成了文章的外在风貌和内在结构,同时也决定了文章的存在形态和整体风貌,而这一切又无不与"体制"有密切关联,或者说都是文章体制的文类、文体属性之不同层面的体现。因此,我们认为"文各有体"确实具有通过重视文章体制而强调文体规范、文类区分重要性的意旨,甚至可以说体制是文体规范之具体落实,而所谓"以有体为常""文体有常""文有常体"等,则重在说明任何文章都有客观的载体亦即文体的样态,也就是负载一定文章内容的存在形式。文成体立之后,文体作为文章风貌的载体,虽然"体有因革",即包含因袭和革新两个方面,但因与革之关系宜从辩证的角度来看,没有"革",新的文体便不能产生;没有"因",新文体产生之后,原先的文体便会被废弃而一去不返,而我们知道一部中国文体发展史并非无数个划过的火柴梗排列而成的一条直线。而且,"因"也是一种文体在体制方面保持稳定性、连续性的必要前提。中华文脉、文学的传承,其中非常重要的一点就是在通变、因革规律作用下的文体的传承与生生不息,巴赫金如是说:"文学体裁就其本质来说,反映着较为稳定的、'经久不衰'的文学发展倾向。一种体裁中,总是保留有已消亡的陈旧因素。……在文学发展过程中,体裁是创造性记忆的代表。正因如此,体裁才可能保证文学发展的统一性和连续性。"[1] 文体之延续性来自文章体制的规范与约束,文体及文章体制是文学风格凝聚的重要外在表现,是文学多样性的外在表征,其对于文学发展具有极其重要的意义。而且,文体演进本身就是文学发展的重要一维,故而中国文学史上

---

[1] [苏]巴赫金:《巴赫金全集》第五卷《诗学与访谈》,白春仁、顾亚玲译,河北教育出版社1998年版,第140页。

便有以文体因革结构文学史的传统。

体制作为构成一种文体的具体的体式方面的要求,是文章书写的规范性前提,其使书写者生产出来的是这种文类的文本而不是那种文类的文本,因此从这一意义上说,体制也是文学价值实现的一个基本依据,它构成了文本存在的具体形态。如此看来,古人所说的"文辞以体制为先"[1],以及"论诗当以文体为先,警策为后"[2]。由于"文学的特性,须通过文体的观念始易表达出来。所以文体论乃文学批评鉴赏之中心课题,亦系《文心雕龙》之中心课题"[3],所以我们认为,"体制"确实涉及文辞存在的本真问题,其与"辨体""得体""体式""体性"等共同构成了传统文体观念的最为核心的问题场域,属于一个观念链条上的不同环节。

二 合体得性与合体得用

在某种程度上,我们可以说"体制为先"是中国古代文体观念的逻辑起点。中国人很早就有强烈的文体意识,对"文体"的辨别贯穿了历朝历代。在中国人看来,写作、接受和欣赏都必须在文体形态的基础上进行和展开,是否遵守文章的体制,成为文章写作和衡量文章的首要标准。古人既重文之"用",又重文之"体",或者说因重文之"用"而重文之"体",不同之"用"需要不同之"体"来表之,因此传统文体学中诸如文类、体裁、体制、体式等方面的问题,如果从传统哲学体用的角度来阐释,或可对相关问题在逻辑层面和精神实质方面认

---

[1] 宋倪思语,转引自(明)吴讷《文章辨体序说·诸儒总论作文法》,人民文学出版社1982年版,第14页。

[2] 张戒:《岁寒堂诗话》卷上,载丁福保辑《历代诗话续编》,中华书局1983年版,第459页。

[3] 徐复观:《文心雕龙的文体论》,《中国文学论集》,台湾学生书局1982年版,第1页。

识得更通透一些。阮籍《乐论》有云:"夫乐者,天地之体,万物之性。合其体,得其性,则和;离其体,失其性,则乖。昔者圣人作乐,将以顺天地之性、成万物之性也。"① 这是在终极意义上来论说作乐的本义和要求,音乐应该合体得性,作文应该也是"文"这种物性的表现,也应该做到适性合体。《孟子·告子上》曰:"羿之教人射,必志于彀,学者亦必志于彀。大匠诲人必以规矩,学者亦必以规矩。"② 同样地,任何创造性活动都应有一定的规律和规范。体制就是文章的规矩之一,且属于必须首先遵守的规矩,只有这样才能作出适性得体的文章。

文体是文章之本,而文章体制则是文体的具体规定性,正因为如此,刘勰在《文心雕龙》中非常强调"体制"的重要性,他认为文章体制的辨别在创作中起着重要的作用,既规范着写作,又约束着文章鉴赏。所以,刘勰要求"夫才童(量)学文,宜正体制"(《文心雕龙·附会》)。这里说的"体制"也作"体式",包括体裁及其在情志、事义、辞采、宫商等方面的规格要求,也包括风格。刘勰还认为文章的写作应"务先大体"(《文心雕龙·总术》),"履端于始,则设情以位体"(《文心雕龙·镕裁》),而文章的鉴赏,亦首先应该做到"观位体"(《文心雕龙·知音》)。可见写作和鉴赏都应从文章体制开始。从写作的角度讲,刘勰认为各种体裁都有各自的规范,文章家必须在遵守规范的前提之下进行创作,施展自己的才华,也就是说,文章写作应该是在文体规范制约之下的创造性活动。"文体既立,其状自殊",任何一个作家既然要运用一定的体裁进行创作,不管他是自觉的还是不自觉的,总得尊重文体的基本规定性,遵循一定的体式。在刘勰看来,一开始学习写作,就须取法乎上,即所谓"童子雕琢,必先雅制"(《文心雕

---

① 阮籍著,陈伯君校注:《阮籍集校注》,中华书局1987年版,第78页。
② 孟子著,杨伯峻注:《孟子》,岳麓书社2000年版,第205页。

龙·体性》)。刘勰在《文心雕龙·序志》篇中所提出的"原始以表末，释名以章义，选文以定篇，敷理以举统"，在相当程度上也包含了对文章体制、体式的考量，正因为如此便为传统诗文评家的辨体批评提供了一个批评范式，从而对后世的诗文辨体产生了极为深刻的影响。刘勰还在《通变》篇中提出了其文体学的第一原则——"昭体"。所谓"昭体"，也就是"设文之体有常"，即各种体裁都有其固定的体制，有其大体的规定。因为从"诗赋"到"书记"，无论哪种体裁，都必然"名理相因""名理有常"，即不同体裁的名称和规则是世代相传的，历史形成的，是固定了的，此之谓"设文之体有常"（《文心雕龙·通变》）。只有详悉和遵守不同体裁的体制、规则，才能"昭体故意新而不乱，晓变故辞奇而不黩"（《文心雕龙·风骨》）。作文只有"洞晓情变，曲昭文体，然后能孚甲新意，雕画奇辞"（《文心雕龙·风骨》）意思是说命意修辞，皆有法式，合于法式者，以新为美，不合法式者，以新为病。根据"昭体"的原则，刘勰在《定势》篇中规定了不同体裁有与之相匹配的不同语体。这里所说的"语体""修辞"都包含在中国古代"体"的意义所指之内。周勋初《梁代文论三派述要》指出："刘勰就曾提出'曲昭文体'的要求，'昭体故意新而不乱'（《文心雕龙·风骨》）。本来哪一方面的题材适合于用哪种文体来表现，这是古人在长期的写作过程中积累下了无数的经验之后所取得的认识。借鉴于此，可以防止内容形式的失调：因有规范可循，易使文章得体。"[①]《文心雕龙·风骨》篇又云："赞曰：情与气偕，辞共体并。"王运熙解释说："'情与'二句意思说：在作品中，情思与意气，文辞与体制，都是密切相关的。"在《镕裁》篇中，刘勰又提出"三准"说："是以草创鸿笔，先标三准：履端于始，则设情以位体；举正于中，则酌事以取类；归馀于终，则撮辞以举要。然后舒华布实，献替节文，绳墨以外，

[①] 周勋初：《文史探微》，上海古籍出版社1987年版，第104页。

美材既斫,故能首尾圆合,条贯统序。"刘大杰主编的《中国文学批评史》说:"所谓'三准',首先是指根据所要表现的情志即思想内容来确定体制,其次是善于引证事类即典故成语来表达内容,再次是运用警策语句,突出重点。"[1] 也就是说,在创作前的准备阶段,首先要解决的问题是根据文情选择适当的文体,即"设情以位体"。同时要"曲昭文体",明确各类文体的基本特性,以使写作更加得体,以防止内容与形式的失调。在刘勰看来,弄清楚各种文章体裁的特点,通晓写作的变化是作文章的前提。"文辞以体制为先",古代文体理论家大多是从这一认识出发,无论是对于体类的划分、性质的说明、演变的探讨,还是范文的选定,其主要目的都是在揭示各体文章的体制及其写作方法,同时为正确判断和批评文章确立规范。

中国历代文体批评对此多有申说。刘勰《文心雕龙·明诗》篇在承认"思无定位"的同时,又特意强调了"诗有恒裁",即认为体裁一旦形成就具有相对的独立性和稳定性,就是"有常之体"。《文心雕龙·通变》篇曰:"夫设文之体有常,变文之数无方,何以明其然耶?凡诗赋书记,名理相因,此有常之体也;文辞气力,通变则久,此无方之数也。名理有常,体必资于故实;通变无方,数必酌于新声;故能骋无穷之路,饮不竭之源。"刘勰认为文章的文辞处于不断发展变化中,而它们的名称和规格体制则具有承传性,这种认识贯穿于刘勰从《明诗》《诠赋》直到《书记》对各种文体的论析之中。刘勰指出"体必资于故实",所谓"资",凭借,借鉴也;"故实",已有的实际和成法,指过去的创作经验,即写作所必须遵守的惯例,从创作的角度讲,文体的因袭主要是体制的因袭和继承,黄侃在《文心雕龙札记》里对此释曰:"文有可变革者,有不可变革者。可变革者,遣辞捶字,宅句安章,随手之变,人各不同。不可变革者,规矩法律是也,虽历千载,而

---

[1] 刘大杰主编:《中国文学批评史》上册,上海古籍出版社1979年版,第183页。

粲然如新，由之则成文，不由之而师心自用，苟作聪明，虽或要誉一时，徒党猥盛，曾不转瞬而为人唾弃矣。"① 意谓可变者可尽情而变，不可变者即使可以求变也是违背规律的。

《文心雕龙·附会》篇又云："夫才童（量）学文，宜正体制，必以情志为神明，事义为骨髓，辞采为肌肤，宫商为声气；然后品藻玄黄，摛振金玉，献可替否，以裁厥中。斯缀思之恒数也。"所谓"正体制"，即把握各种体裁的规范，使其合乎体制要求。《文心雕龙》的上篇备论各种文体，无不着眼于体制的特性。刘勰还用了大量的篇幅来论述文体，阐述了各种文体的发展源流，概括了它们的功用、体制特点，对每种体裁的文章有什么规格要求和风格要求，都有详尽的论述，同时指出各种文体的写作要顺自然之势，即按不同的内容、思想感情来确定文体，"因情立体，即体成势"（《文心雕龙·定势》），并按照文体的特征和表现形式形成独特的风格。尽管刘勰认为各种文体可以取长补短、相互渗透、融为一体，但每种文体必各有其"本采"，有主导的风格，即所谓"五色之锦，各以本采为地矣"。尽管刘勰在文章体制方面采取了灵活的态度，然而他还是认为，体制风格还是各种文章应该首先遵守的"本采"，亦即底色，文章所有的变化应该是在此底色上进行。

鉴于文体规范在写作中的重要意义，刘勰《文心雕龙》的文体论各篇都有一段"敷理以举统"的文字，来论述每一种文体应有的体制规范。此外，《文心雕龙》还在《镕裁》篇中专门论述了这一问题，认为作文应该"立本有体"，而"立本有体"的关键是"职在镕裁"。在刘勰看来，"规范本体谓之镕，剪截浮词谓之裁"，规范本体的结果是"镕则纲领昭畅"。一般认为，《镕裁》一篇属于文术论，侧重于修辞技巧和规范，但就在此篇中，刘勰还涉及了有关文体规范的问题，要求文术建立在"规范本体"之上。《镕裁》篇有云："履端于始，则设情以

---

① 黄侃：《文心雕龙札记·通变第二十九》，武汉大学出版社2013年版，第102页。

位体。"詹锳《文心雕龙义证》释曰:"'设情以位体'的'体',指体制,既指文章的体裁,也包括对这一体裁的风格要求。所谓'设情以位体'就是在思想感情的基础上安排用什么体裁来写,规矩要求和风格要求是什么。"①《文心雕龙·章句》有云:"设情有宅,置言有位,宅情曰章,位言曰句。……局言者联字以分疆,明情者总义以包体。"此外还要遵循"大体","大体"在《文心雕龙》中也作"大要""体要",都是指对某一文体的规格要求和风格要求。如"是以规略文统,宜宏大体"(《文心雕龙·通变》);"虽精义曲隐,无伤其正言;微辞婉晦,不害其体要"(《文心雕龙·征圣》);"是以立范运衡,宜明体要"(《文心雕龙·奏启》)。其中的"大体""体要"均指写好各体文章的规范或准则。任何一篇文章,总属于一定的体类,总有一定的形式结构要求,总会表现出一定的体貌特征,因而也必然具有特定的体制、体式方面的写作规范和要求,此之为"立本有体"。文体中的体制、体式是一种规范性的存在,其决定着文章的辞采、声调、序事、章句等,与作者的才情无关,作者的才情只在于控驭文体,以及对于体制、体式的娴熟运用,当然既曰创作,其中的博弈也是不可避免的。

三 立本有体与辞尚体要

在刘勰看来,"立本有体"之体即是指文体规范,而文体规范又最终落实为具体的体制要求和修辞手段,于是"体制"便成为文章"镕裁"的依据和标准,因此《文心雕龙》的文术论中也贯穿了"体制为先"的基本思想。《文心雕龙》两次征引《尚书·毕命》中"辞尚体要"②的说法,就是强调"体"在艺术形式中的纲领性地位和作用。为

---

① 詹锳:《文心雕龙义证·镕裁》(中册),上海古籍出版社1989年版,第1185页。
② 一次是在《征圣》篇中,一次是在《风骨》篇中。

此，刘勰采用历史考察和逻辑推演结合的方法，归纳出各类文体写作的体制特色和规格要求，为各种文体的写作提供了基本的写作范式，主要是体制规范和审美风格的要求。这种范式除了具体的文章体制要求之外，还有在社会历史发展过程中形成的所谓经典和经典所代表的审美规范。刘勰说："以模经为式者，自入典雅之懿；效骚命篇者，必归艳逸之华。……章表奏议，则准的乎典雅；赋颂歌诗，则羽仪乎清丽；符檄书移，则楷式于明断；史论序注，则师范于核要；箴铭碑诔，则体制于宏深；连珠七辞，则从事于巧艳：此循体而成势，随变而立功者也。"（《文心雕龙·定势》）可以说，刘勰在理论和实践上都贯穿了"体制为先"的理念和原则。

遍照金刚《文镜秘府论·南卷·论文意》说："凡文章体例，不解清浊规矩，造次不得制作。制作不依此法，纵令合理，所作千篇，不堪施用。"① 其《论体》还说："凡制作之士，祖述多门，人心不同，文体各异。……遵其所宜，防其所失，博雅、清典、绮艳、宏壮、要约、切至等，是所宜，缓、轻、淫、阑、诞、直等是所失。故能辞成炼霭，动合规矩。而近代作者，好尚互舛，苟见一涂，守而不易，至今摛章缀翰，罕有兼善。岂才思之不足，抑由体制之未该也。"② 这段文字的意思是说，各种文章均有体制、风格上的规定性，只有"遵其所宜，防其所失"，才能动静合体，举止得当。"故词人之作也，先看文之大体，随而用心"。如果文章不能写好，原因不是"才思之不足"，而是"体制之未该也"。"大体"一词，在《文心雕龙》中多次出现，詹锳《文心雕龙义证》解释说："大体，指某体文章规格的要求，或者对某体风格的要求。"③ 这样，这段话中的"大体"应该是指对文章体制和风格

---

① 弘法大师撰，王利器校注：《文镜秘府论校注》，中国社会科学出版社1983年版，第310页。

② 同上书，第331—334页。

③ 詹锳：《文心雕龙义证·诠赋》（上册），上海古籍出版社1989年版，第306页。

的要求了。詹锳在《文心雕龙义证》中还同时指出，刘勰所讲的"体要"亦即"大体"。王运熙、周锋《文心雕龙译注》中解释"提要"为"应该明白体制的要领"①。王运熙还认为《文心雕龙》"各篇中的敷理以举统部分，常常把各体文章基本的体制特色和规格要求，称为'体'、'大体'、'体制'、'要'、'大要'等等……所谓'大体'、'大要'中的'大'字，也就是纲领的意思，大体、大要等等，就是指各体文章基本的体制特色和规格要求"②。周振甫《文心雕龙译注》也认为"体要"有"应该明确体制"之意。③ 徐复观以为文体之概念由体裁（体制）、体要、体貌三个次元组成，"体要"为其中重要的一元，"体要，是通过法则以形成其形相"，而"刘勰将'体要'概念引入对不同体类文章的论述中，主要体现在'论文叙笔'框架的'敷理以举统'部分；而'敷理以举统'与'释名以章义'、'原始以表末'、'选文以定篇'部分互动发明方形成《文心雕龙》的体裁论，'体要'概念亦在此互动发明中转化为'体式'概念"④。"体要"和"体制""体式"的联系，具有重要的意义，它们共同说明了文章体制的重要性。

此外，严羽也说："作诗正须辨尽诸家体制，然后不为旁门所惑。今人作诗差入门户者，正以体制莫辩也。世之技艺，犹各有家数。市缣帛者，必分道地，然后知优劣，况文章乎？"⑤ 严羽《沧浪诗话》中论诗从"体制""格力""气象""兴趣""音节"五个方面着手，而将"体制"放在第一位，这说明他是十分注重诗的体制的。严羽所著《沧浪诗话》一书，对元明清三代的诗歌创作和理论批评的发展都产生过

---

① 王运熙、周锋译注：《文心雕龙译注·奏启》，上海古籍出版社1998年版，第213页。
② 王运熙：《文心雕龙的宗旨、结构和基本思想》，载甫之、涂光社编《〈文心雕龙〉研究论文选（1949—1982）》（上册），齐鲁书社1988年版，第241页。
③ 周振甫：《文心雕龙今译·奏启》，中华书局1986年版，第214—215页。
④ 杨东林：《〈文心雕龙〉"体要"释义》，《学术研究》2004年第7期。
⑤ 严羽：《答出继叔临安吴景仙书》，见《沧浪诗话》附，载何文焕辑《历代诗话》，中华书局1981年版，第707页。

传统诗文评中的文章"体制"论

广泛而深刻的影响。其中重要的影响便是重视"体制",明代人对"体格声调"的重视尤其深受严羽的影响。宋人吕本中《童蒙诗训》也说:"学文须熟看韩、柳、欧、苏,先见文字体式,然后更考古人用意下句处。学诗须熟看老杜、苏、黄,亦先见体式,然后遍考他诗,自然工夫度越过人。"[1] 同代人吕祖谦《古文关键》也有相近之论。以上这些认识,都把文章体制看作写作的先在规范,作诗作文应该符合诗文的体制,作词应该符合词的体制,这样方才是"本色"[2]、"家数"[3],方是"合体",方才是"得体",否则就是"失体",便是"失体成怪"。

刘勰把文章不符合或者偏离体裁规范的情况称为"乖体""讹体""谬体""异体""变体",把符合体裁规范的情况称之为"得体""达体""正体""正式""昭体""玉体"。对此刘勰列举了许多实例进行论证:《檄移》篇谓:"观隗嚣之檄亡新,布其三逆,文不雕饰,而意切事明,陇右文士,得檄之体矣!"《议对》篇曰:"若乃张敏之断轻侮,郭躬之议擅诛,程晓之驳校事,司马芝之议货钱;何曾蠲出女之科,秦秀定贾充之谥事实允当,可谓达议体矣。"《颂赞》篇云:"至于班傅之《北征》、《西征》,变为序引,岂不褒过而谬体哉!马融之《广成》、《上林》,雅而似赋,何弄文而失质乎!又崔瑗《文学》,蔡邕《樊渠》,并致美于序,而简约乎篇;挚虞品藻,颇为精核,至云杂以风雅,而不变旨趣,徒张虚论,有似黄白之伪说矣。及魏晋杂颂,鲜有出辙。陈思所缀,以《皇子》为标;陆机积篇,惟《功臣》最显;其

---

[1] 吕本中:《童蒙诗训》,见郭绍虞编《宋诗话辑佚·附辑》(下册),中华书局1987年版,第603页。
[2] 本色一语,在宋代诗话中已经出现,比如陈师道《后山诗话》中就说:"退之以文为诗,虽极天下之工,要非本色。"这句话的意思类似于倪思所言的"文章以体制为先,精工次之。失其体制,虽浮声切响,抽黄对白,极其精工,不可谓之文矣"。可见本色一语开始出现时指的是体裁的要求,指的是正体和非正体的区别。
[3] 严羽《沧浪诗话·诗法》说:"辨家数如辨苍白,方可言诗。"王运熙、顾易生主编的《中国文学批评通史》宋金元卷认为:"所谓'家数',也就是体制。严羽所说的'体制',不仅指作品的体裁,而且指体貌。"见于该书上海古籍出版社1996年版,第407页。

褒贬杂居，固末代之讹体也。"还有《定势》篇说："苟异者以失体成怪。"从中我们可以看出，刘勰时刻遵循和实践着他在《知音》篇中提出的"六观"方法，总是首先观"位体"，把是否符合文体形式和文体风格看作文章的基本要求。古人云"作文必先定体"，宋代苏洵以书札作议论，杜牧以记载为骚赋，即使精工，也由于不合体而失却了它的功用，后人贬斥其不得体，而不得体便成了文章写作的根本性毛病。甚至连跨文体写作，都被后世诟病。比如严羽就批评江西派"以文字为诗，以议论为诗，以才学为诗"是不知"夫诗有别材，非关书也；诗有别趣，非关理也"[1]。对于以诗为词和以词为诗等创作，后人多有辨析，"词与诗，意同而体异，诗宜悠远而有余味，词宜明白而不难知。以词为诗，诗斯劣矣；以诗为词，词斯乖矣"[2]。意谓体制不能相混，即使是相近的文学体制也不能相混，混同则"乖"矣。

又如宋揭傒斯（曼硕）《诗法正宗》认为诗文有法："学问有渊源，文章有法度。文有文法，诗有诗法，字有字法。凡世间一能一艺，无不有法。得之则成，失之则否。"[3] 这其中的"法"应该包括了体制、体式的法度和规则。元人潘昂霄《金石例》说得更为明确："学力既到，体制亦不可不知。如记、赞、铭、颂、序、跋，各有其体，不知其体，则喻人无容仪，虽有实行，识者几何人哉？体制既熟，一篇之中，起头结尾，缴换曲折，反复照应，关锁纲目血脉，其妙不可以言尽，要须自得于古人。"[4] 王若虚在《滹南遗老集·文辨》中驳斥"意不在似"论说："使文章无形体邪？则不必似；若其有之，不似则不是。谓其不主故常，不

---

[1] 严羽《诗辨》，《沧浪诗话》，载何文焕辑《历代诗话》，中华书局1981年版，第688页。

[2] 李开先：《西野春游词序》，《闲居集之六》，《李开先集》（上），中华书局1959年版，第334页。

[3] 揭傒斯：《诗法正宗》，载张健《元代诗法校考》，北京大学出版社2001年版，第315页。

[4] 潘昂霄：《金石例》卷九，景印文渊阁四库全书1482册（集部421册），台湾商务印书馆2008年版，第345页。

专蹈袭可矣；而云'意不在似'非梦中语乎？"① 他的意思是说，如果文学作品没有各种体裁之分，就不必尊重体裁的基本特点和表现规律。如果有各种体裁之分，不尊重体裁的基本特点和表现规律就是不对的。明代吴讷《文章辨体序说》也是十分强调文体的重要性，还专门引用"文章先体制而后文辞"② 以资论证。胡应麟《诗薮·内编》卷五曰："作诗大要，不过二端：体格声调，兴象风神而已。体格声调，有则可循，兴象风神，无方可执。故作者但求体正格高，声雄调鬯；积习之久，矜持尽化，形迹俱融，兴象风神，自尔超迈。譬则镜花水月，体格声调，水与镜也；兴象风神，月与花也。必水澄镜朗，然后花月宛然。讵容昏鉴浊流，求睹二者？故法所当先，而悟不容强也。"③ 在胡应麟看来，"体格"为作诗之"大要"，并认为"体格"是"有则可循"的，是可以把握的，是"法所当先"的，这是从作诗的角度，对诗歌"体制为先"的论述。《诗薮·内编》卷一还说："文章自有体裁，凡为某体，务须寻其本色。"④ 沈德潜《唐诗别裁集·凡例》也认为："诗不可无法，乱杂而无章，非诗也。"⑤ 他们的意见都是强调作家的创作必须尊重体裁的基本特点和艺术表现规律。可见，寻求文章体裁的本色，要求符合文章体制特定的规范与要求，也是中国文体批评的一个重要的衡裁尺度。

四 体有因革与文体的裂变和衍生

传统文体批评在强调"体制为先"之同时，也一直存在着对于诸

---

① 王若虚：《文辨》，《滹南遗老集》卷三十七，丛书集成初编本，中华书局1985年版，第236页。
② 吴讷：《古赋·唐》，《文章辨体序说》，人民文学出版社1982年版，第22页。
③ 胡应麟：《诗薮·内篇》卷五，中华书局1958年版，第97页。
④ 胡应麟：《诗薮·内篇》卷一，中华书局1958年版，第20页。
⑤ 沈德潜：《唐诗别裁集·凡例》，《唐诗别裁集》卷首，河北人民出版社1997年版，第2页。

如正体与变体、尊体与破体等涉及文体衍生和传承发展问题的讨论与争议，这些争论以及与其相伴生的创作实践，促进了传统文体的裂变与衍生，并且丰富了传统文体观念。我们知道，文学史上许多富有文体建树和创格价值的文章，由于其对一些现成文章体制的突破甚至破坏，而遭到其他人的诟病。如陈师道《后山诗话》即云："退之以文为诗，子瞻以诗为词，如教坊雷大使之舞，虽极天下之工，要非本色。"① 这是在批评韩愈、苏轼未严格遵守既有的诗词体制，在创作中破坏了原来的体制以逞弄才学，其中之"本色"乃是指对诗词原有的体制的遵守而形成的风格或风貌特征。就文体的繁衍而言，没有对既有体制的突破、没有对既有体式的变异，便没有新的文体的产生，但是在那些极端重视文章体制而容不得越雷池半步的批评者看来，这是不允许的，如执意违背之则就是"诗劣""词乖"。② 然而，文章体制作为文章的存在形态和规范，它一方面规范文章沿着已有的传统模式发展，从而延续了文脉，传承文体式样，但同时也往往会成为束缚和限制文家书写时自由兴发的桎梏，并最终阻碍文学的创作发展和文体的繁盛。因此，我们看到，当一种文体天长日久地延续数代之后，解构和颠覆该种文体体制之创作现象便会出现，新的文体由此孕育而生。王国维曾曰："盖文体通行既久，染指遂多，自成习套。豪杰之士，亦难于其中自出新意，故遁而作他体，以自解脱。一切文体所以始盛终衰者，皆由于此。"③ 在文体发展史上，"体有因革"是一种常态现象，只因袭而不变革就不会有新的文体产生，但是不惜毁裂文体而一味地追新逐异也不利于文体的繁盛，甚至导致文体大家族的凋敝，就文体衍生而言，更多情况下是新者虽来而旧者难弃、旧者不去，多样性、兼容性维护了文体发展的生态，因此

---

① 陈师道：《后山诗话》，何文焕辑《历代诗话》，中华书局1981年版，第309页。
② 李开先：《西野春游词序》，《闲居集之六》，《李开先集》（上），中华书局1959年版，第334页。
③ 王国维：《人间词话》，上海古籍出版社2005年版，第56页。

因与革之间是一种辩证关系。刘勰受"宗经"思想局限,对此不解,在《文心雕龙·定势》篇中对当时的文章体制裂变、衍生情况进行了严厉批评:"自近代辞人,率好诡巧,原其为体,讹势所变。厌黩旧式,故穿凿取新,察其讹意,似难而实无它术也,反正而已。"但是,六朝、唐宋文体发展、繁盛的事实,证明文体"超生"现象是常态现象,"体制"则往往约束管制不住这种"超生"。

因此,尽管"文辞以体制为先"是诗文评家关于文辞创造的基本认识,但历朝历代的诗人作家,也都在文体的必要框架下进行了勇敢的创新,在理论上亦多有探讨。比如宋代吕本中《夏均父集序》中提出:"学诗当识活法。所谓活法者,规矩具备,而能出于规律之外;变化不测,而亦不背于规矩也。是道也,盖有定法而无定法,无定法而有定法。"① 金代王若虚在其《文辨》中记录了一段有趣的问答:"或问文章有体乎?曰:无。又问文章无体乎?曰:有。然则果何如?曰:定体则无,大体须有。"在他看来,"惟史书、实录、制诰、王言,决不可失体","其他皆得自由"。他认为诗的创作关键在于皆出于自得,反对"苦无义理,徒费雕镌"之作。② 王若虚又在《滹南诗话》中云:"古之诗人,虽趣尚不同,体制不一,要皆出于自得。至其辞达理顺,皆足以名家,何尝有以句法绳人哉。鲁直开口论句法,此便是不及古人处。而门生亲党以衣钵相传,号称法嗣,岂诗之真理也哉?"③ 袁宏道更明确地说:"文章新奇,无定格式,只要发人所不能发,句法字法调法,一一从自己胸中流出,此真新奇也。"④ 清代孔尚任在《孔贞瑄聊园文

---

① 吕本中:《夏均父集序》,引自刘克庄《江西诗派小序》"吕紫微"条,载丁福保辑《历代诗话续编》,中华书局1997年版,第485页。
② 王若虚:《文辨》,《滹南遗老集》卷三十四,(丛书集成初编)中华书局1985年版,第214页。
③ 王若虚:《滹南诗话》卷三,载丁福保辑《历代诗话续编》,中华书局1997年版,第523页。
④ 袁宏道:《答李元善》,钱伯城:《袁宏道集笺校》卷二十二,上海古籍出版社1981年版,第786页。

集序》中说："诗不拘格,兴到格成;文不限体,情生体具。"① 这似乎与刘勰"因情立体"之说有一脉相承之处,但又没有刘勰辩证。又如叶燮,他把拘泥于旧体制,不肯创新的文人称为"三日新妇","动恐失体"②,认为传统和官定的东西会束缚作家的手脚,应该加以突破,而他认为的突破却主要集中在情理方面,对体制、体式则涉及的极少。还有人认为:"文章体制本天生,……摹宋规唐徒自苦。"③ 他们的论述虽然涉及了文章体制创新的问题,但却忽视了"文成体立"的历史过程,没有注意到诗文的发展是在继承的基础上创新的过程,所谓"体有因革"即是指此。从文学发展的历史来看,文体一旦形成,就具有独立性,因此其发展过程中的因袭要多于变革。当然也有变革剧烈的时代,比如明清时期出于对复古思想和文风的反对,也由于主体意识和情感的觉醒,许多作家和文论家认为只要是从胸臆中流出的真情实意,便可不遵矩度,其中重要的就是对文体的突破。这在中国文学史上是一个特殊阶段,因此形成了诸如小说、戏曲等新的文学体制。但事实上,中国文论史上占主导地位的思想还是遵守体制、体式,并强调在此基础上进行创新。程千帆云:"诸端随文发义,略可了然;神而明之,是在学者。惟体式之异,今古攸殊,而临文必先定体,则为不易之理。……考体式之辨,乃学文始基。"④ 这种认识不仅表现在创作的要求上,而且还是批评标准的重要组成部分。可见,"体制"是"体"的规范和传统,而"制"是体与体得以区别并独立成章的依托和依据,"体制""体式"在成文的过程中具有决定性的意义,所以应该"体制为先"了。

---

① 孔尚任:《孔贞瑄聊园文集序》,《孔尚任诗文集》卷六,中华书局1962年版,第489—490页。
② 叶燮著,霍松林校注:《原诗》,人民文学出版社1998年版,第25页。
③ 张问陶:《论诗十二绝句》,《船山诗草》卷十一《京朝集》,中华书局1986年版,第262页。
④ 程千帆:《文论十笺》,黑龙江人民出版社1983年版,第187页。

当然，每种体裁都有自己基本的特点和规律，作家运用一定的体裁形式进行创作，既要尊重体裁的基本特点，又要善于发挥自己的创作个性而有所变化，两者的关系如果处理得当，不仅不能束缚作家的创作个性，反而会有利于独特的创作个性的发挥。王世贞的《艺苑卮言》认为："诗有常体，工自体中。文无定规，巧运规外。"①"法合者，必穷力而自运；法离者，必凝神而并归。合而离，离而合，有悟存焉。"②清人徐增在他的《而庵诗话》中说："余三十年论诗，只识得一'法'字，近来方识得一'脱'字。诗盖有法，离他不得，却又即他不得；离则伤体，即则伤气。故作诗者先从法入，后从法出，能以无法为有法，斯之谓'脱'也。"③这些论述中包含了深刻的艺术辩证法：体裁的客观确定性，既约束着作家的主观任意性，又是他们发挥主观创造性的依凭。作家的创作既不能完全离开体裁的基本特点，又不能被体裁的特点所束缚，作家既要充分发挥个人的艺术风格的独创性，又要符合文体风格的基本特点；既顺应体裁的艺术表现的要求，又不拘泥于文体的模式而有所创造，他们的作品虽然处处显示着自己的独创精神，但又要合乎体裁的客观规范和要求。一个作家即使有多方面的才能，也要在"体制"的框范之中发挥自己的才能。元稹在《白氏长庆集序》中说过："大凡人之文，各有所长，乐天之长可以为多矣。夫以讽谕之诗长于激，闲适之诗长于遣，感伤之诗长于切，五言律诗百言而上长于赡，五言七言百言而下长于情，赋赞箴诫之类长于当，碑记叙事制诰长于实，启奏表状长于直，书檄词册剖判长于尽。"④白居易善于顺应体裁的客观要求使得他的才能得到发挥，从而兼善诸体。刘勰说："诗有恒裁，体无定位，随性适分，鲜能通圆。"优秀的作家往往在矩度之间自

---

① 王世贞撰，罗仲鼎校注：《艺苑卮言校注》，齐鲁书社1992年版，第40页。
② 同上书，第41页。
③ 徐增：《而庵诗话》，载丁福保辑《清诗话》，中华书局1963年版，第433页。
④ 元稹：《白氏长庆集序》，《元稹集》卷五十一，中华书局2000年版，第555页。

由发挥,戴着脚镣自由舞蹈,最终创造出了优秀的文学作品。刘勰《文心雕龙·定势》篇云:"旧练之才,则执正以驭奇;新学之锐,则逐奇以失正。"优秀的作家往往能在奇正之间找到平衡。

从传播学的角度讲,文学创作是一种符号编码活动,而编码必须要有特定的模式,才能进行传播。"文"要完成其载道的大任,要实现传播的使命,其核心和关键就在于"以体制为先",要形成"体"或者"体制"。为此文必须找到一个表意的特定形式——体,不然就无法存在和传播。文学或者文章往往是通过语言的模式和文体的模式作为其传播的恒定编码的,因此文只有入体才能实现"载道"的传播目的,而要入体就要讲"体制""体要","体"一旦符合了"制"和"要"的规范与传统,则成为一种"式",我们称之为"体式",亦即文体或者文化形式,体裁作为专指文化艺术作品存在形式的概念,应该包含在"体式"之中。所以,"体""体制""体裁"一直被视作文章学和文学艺术中的核心概念,也是最基本的概念。所以,"文辞以体制为先"应该是文学创作和批评的根本规律之一。

孙作云抗战时期神话研究的心路探寻

苏永前

时间：2018. 12. 23

地点：E126 会议室

主讲人简介：苏永前，男，甘肃庄浪人。2013 年 6 月毕业于中国社会科学院研究生院，获文学博士学位。现为西安外国语大学中国语言文学学院副教授、文学人类学研究中心主任，硕士研究生导师，西北大学博士后。2016 年 7 月，入选陕西省第八批"百人计划"青年项目。2016 年 12 月，入选西安外国语大学学术带头人。先后为中文学院本科生、研究生开设中国现代文学、比较文学、民间文学、比较文学专题等课程。主要研究领域为文学人类学、神话学。

摘要：自晚清以降，随着华夏国族建构的自觉，愈来愈多的学人有意将黄帝追溯为中华民族的共祖，而将蚩尤视为西南边地民族的祖先。与此相异的是，抗战开始后身处北平沦陷区的孙作云，在一系列神话学论文中一再将华夏民族的始祖上溯至蚩尤，又进一步将蚩尤追溯为"中国第一位战神"。如果考虑到这些论文写作的历史背景与作者的处境，有理由认为孙作云上述写作别有寄托：通过对华夏源头的重新追溯，来曲折地表达救亡图强这一时代主题。

关键词：孙作云；神话研究；蚩尤；抗战时期；北平沦陷区

本文同名发表于《民族文学研究》2017 年第 5 期。

本文与已发表论文有细微区别。

考察抗战时期北平沦陷区知识人的心理世界，是一件颇有意味的事情，它可以让我们看到特殊历史境遇中人物内心的矛盾与寄托。在其博士学位论文《北平沦陷时期读书人的伦理境遇与修辞策略》中，袁一丹重点考察了周作人、陈垣、俞平伯、瞿兑之、傅增湘等抗战时期北平沦陷区知识人的内心世界,提出了"隐微修辞"这一观照视角:通过诗文典故系统或史家春秋笔法的运用,这些知识人或者为自己的选择进行辩护,或者从中寄托家国之思与黍离之悲。① 笔者想补充的是,除文学书写与历史叙述外,学术研究也是此一时期北平沦陷区知识人安身立命的一种重要方式。一方面,与出任伪职等政治活动相比,学术研究起码从表面看来更远离政治,更能从时代旋涡中暂时脱身而出;另一方面,作为良知尚未泯灭的知识人,通过学术研究中一些不易为人察觉的"弦外之音",可以寄托自己对时局的思考与关怀。本文所要考察的,是中国现代神话学家孙作云抗战时期的神话研究,试图通过其表层的学术表述,发掘其掩藏在纸背的别样情怀。

一 国难时期的孙作云

抗战爆发后,随着华北的沦陷,北平学界经历了剧烈动荡:北大、清华与南开一道南下,在长沙作短暂停留后,最终迁徙至云南昆明,组建了在中国教育史上影响深远的西南联合大学;北平大学、北平师范大学、北洋工学院等高校则远赴西北,在陕南山区组建了西北联合大学;燕京大学等有着英美背景的教会大学,也在太平洋战争爆发后或解散或南迁。与此同时,在沦陷区北平,日军加强了文化与思想控制,在原北京大学的基础上,拉拢汤尔和、周作人等落水文人组建伪北京大学。另一方面,日军还组织各种学术机构,创办文学、学术刊物,试图对沦陷区进行思想渗透。

对于身处这一历史境遇中的北平知识分子来说,面对山河沦陷、国

---

① 袁一丹:《北平沦陷时期读书人的伦理境遇与修辞策略》,北京大学博士学位论文,2013年。

破家亡的局面，无疑需要作出十分严肃的抉择。许多人从家国大义出发，纷纷随北大、清华等高校南下，或继续在大学执教，为国家培养"读书种子"；或辗转国内各地，积极从事抗日救亡工作。也有一部分知识人，因为种种原因，最终选择留在北平。时在清华大学读书的孙作云便是其中之一。

受资料所限，我们对孙作云抗战时期的具体行止所知较为有限，目前对其生平记述最为详尽的，是《孙作云文集》的编者、孙作云之子孙心一。据其记述：1936年，孙作云从清华大学毕业，获文学学士学位后，又于此年秋天考入清华大学研究院文科研究所，投身闻一多门下，致力于《楚辞》研究。"七七"事变爆发时，孙作云尚未从清华大学研究院毕业。面对这场突如其来的大变故，他先是返回故里数月，1938年7月又回到沦陷后的北平，在"东方文化事业委员会"任编辑，从事续修《四库全书总目提要》的工作。1941年秋，孙作云开始在（伪）北京大学文学院任教，讲授中国古代神话研究、民俗学、《楚辞》、中国古代史等课程。其间还在中国留日同学会出版的杂志社任编辑，在中学兼教国文课聊补生活的困窘。直至抗战结束后的第二年，孙作云转赴东北任教。[①]

从上述可以看出，孙作云在北平度过了八个年头，与整个抗战相始终，见证了这座故都的沦陷与光复。实际上，作为来自白山黑水的知识人，孙作云的离乡背井早在抗战前已经开始。根据孙心一记述，孙作云出生于辽宁复县（今瓦房店市），从东北大学附中毕业不久便遭逢"九一八"事变，目睹了家园的沦陷。[②] 因为这段经历，在孙作云清华时期所发表的诗歌作品中，时时流露出深沉的身世之感与家国之思。

不过，历史的发展往往呈现出另一番情形。与清华时期对国仇家恨

[①] 孙心一：《殚精竭虑，求索楚风——孙作云先生传略》，《孙作云文集》（第1卷），河南大学出版社2003年版，第5—7页。引文中"伪"字为本文作者所加。

[②] 同上书，第5页。

的书写相对照，在抗战初期，当许多知识分子纷纷南下时，孙作云却选择留在日军控制下的北平。毋庸讳言，同当时滞留北平的多数知识人一样，这一时期的孙作云与日本人操控下的文化机构有着复杂的联系。前文所提及的"东方文化事业委员会"成立于1925年，系日本政府用庚子赔款所建，抗战时期实质上成为日军操控下对中国进行文化侵略的组织之一。沦陷时期的"北京大学"，自然已非新文化运动的发源地，而是沦为日军思想渗透的一个教育机构。所谓"中国留日同学会"，亦属抗战时期日伪所属的文化组织之一。该组织成立于1938年3月，会长是王揖唐，理事长为苏体仁，"文化部"部长为钱稻孙。上述人物，均在抗战结束后因失节罪受到国民政府的审判或通缉。该组织所办机关刊物为《中国留日同学会季刊》，由钱稻孙主持，孙作云任编辑；虽然钱氏声称编辑方针为"报报会况，谈谈学问，以联络情谊，交换知识"[1]，但刊物中不时出现的"大东亚战争""东亚共荣圈"等字眼[2]，昭示出其背后的野心。

　　此外，这一时期孙作云撰写的学术论文，大多发表于具有日伪背景的刊物。据笔者统计，抗战期间孙作云共发表论文25篇（次），其中7篇（次）见于《中国留日同学会季刊》，5篇（次）见于《中和月刊》，其他文章散见于《国立华北编译馆馆刊》《新民报半月刊》《中国学报》等刊物。《中国留日同学会季刊》前文已述及；《中和月刊》创办于1939年12月，瞿兑之任总编辑，虽然刊物名称有着浓厚的中国传统文化特色，但办刊宗旨（所谓"发扬东方文化，树立民众信念"[3]）与经费来源（由具有日伪背景的出版机构"新民印书馆"提供），无不透

---

[1]　见1944年元旦钱稻孙为《中国留日同学会季刊》所撰写"卷头语"。
[2]　如刊于1943年第3期的"本会会务事业进行概况"，在有关"青岛分会"的介绍中，便有下面的表述："值兹大东亚战争勃发，友军节节胜利，东亚共荣圈已届完成之际。"类似的表述在各期会务介绍中一再出现。
[3]　见《中和月刊》每期刊出的"征稿简章"。

露出这份刊物的日伪色彩。

当然，上述所言并非有意对孙作云的民族节操提出苛责。实际上，正如部分研究者所指出的，抗战时期滞留北平的文化人，多数有着生计方面的原因："'北京大学'的中国教员中，有甘心附逆者，但大多数教员为生活所迫，到伪校教书属于无奈之举。"① 在笔者看来，孙作云亦属后者之列，其滞留北平多半也是出于生计方面的考虑，尽管也在日伪控制下的机构从事文化研究，但与王揖唐、汤尔和、钱稻孙等出任伪职的甘心附逆者不可同日而语。即以参与编辑日伪刊物而言，大抵也是不得已而为之。在《中国留日同学会季刊》1943 年第 2 期"编后记"中，孙作云写道："我在第一期季刊的补白里选出志摩大师的《萨扬娜拉》，本想借此隐退的，想不到这笔债落到我的肩上。"② 我们可以推断：大好河山的沦陷，恩师闻一多的熏陶，在孙作云身上既激起强烈的国破家亡之恨，又有着不得不暂时寄人篱下的屈辱。这种微妙的历史境遇，当事人往往通过各种途径，借助"曲笔"形诸文字。从前述袁一丹的博士学位论文可以看到，抗战时期文学书写与历史叙述中的"隐微修辞"，成为滞留北平的文化人共同的表述策略。笔者想要追问的是，此一时期的孙作云，如何通过学术写作来表达类似诉求。

二　神话研究：追寻中华民族的根脉

初入清华园，孙作云在诗歌创作之余，跟随闻一多从事《楚辞》研究。因《楚辞》一书保留了大量中国上古神话，闻一多本人也是中国现代神话学史上开宗立派的重要人物，孙作云也因此转向古代神话研究。其第一篇神话学论文《〈九歌〉山鬼考》，便是在闻一多的悉心指

---

① 曹豆豆：《日伪时期的"北京大学"》，《文史精华》2005 年第 3 期。
② 见《中国留日同学会季刊》1943 年第 2 期"编后记"。

导下完成，又经闻一多推荐发表于《清华学报》1936年第11卷第4期。

进入抗战时期，孙作云神话研究步入新阶段，其显著特点，是从《楚辞》神话转向华夏文明起源期神话的研究，相继发表《蚩尤考》《黄帝与尧之传说及其地望》《饕餮考——中国铜器花纹中图腾遗痕之研究》《说鸱尾——中国建筑装饰上图腾遗痕之研究》等论文。综观这些文章，在孙作云看来，无论青铜彝器上的饕餮纹，还是中国古代建筑装饰上的鸱尾纹，其原型皆为蚩尤，因而《蚩尤考》便有了总纲的性质，在其神话学体系中尤显重要。本文对于孙作云抗战时期神话研究的分析，便着重围绕这篇论文展开。

《蚩尤考》分上、中、下三篇，连载于《中和月刊》1941年第2卷第4、5两期。主标题之下，还有副标题"中国古代蛇氏族之研究·夏史新探"，可以看出，作者在此文中所要探讨的是华夏民族的起源问题。

上篇"论蚩尤与黄帝之战为蛇图腾与熊图腾之战"，孙作云从当时尚显时兴的图腾理论出发，在古书中旁征博引，又"以纸上材料，参以古物实证，益以民间传说"[1]，提出一系列令人耳目一新的观点。作者首先运用文字学知识，援引《说文·虫部》："蚩，虫也，从虫之声"[2]，说明"蚩"字本义为蛇，进而推导出蚩尤为图腾社会的族徽。此外，《山海经》所载窫窳、旬始，孙作云均援引图腾理论进行观照，认为其实讲的都是蚩尤，也即蛇。又由于在孙作云眼中，龙实为蛇的变体，因而蚩尤所属部族，便以龙为图腾。与之相对，孙作云另从古籍中所载黄帝"居有熊"[3]、黄帝"号有熊"[4]、"黄帝为有熊"[5] 等材料出

---

[1] 孙作云：《蚩尤考》，《中和月刊》1941年第2卷第4期。
[2] 许慎、段玉裁：《说文解字注》，上海古籍出版社1988年，第667页。
[3] 王国维：《今本竹书纪年疏证》，《王国维全集》（第5卷），浙江教育出版社2009年版，第202页。
[4] 刘晓东等点校：《二十五别史·世本》，齐鲁书社2000年版，第1页。
[5] 司马迁：《史记·五帝本纪》，中华书局1959年版，第45页。

发，认为黄帝部族乃以熊为图腾。如此一来，中国上古史中有关黄帝、蚩尤的大战，孙作云有了另一番颇具戏剧色彩的解释：

> 黄帝使熊罴貔貅貙虎及应龙攻蚩尤，果为何物乎？愚以为此种动物皆古代氏族社会之图腾，乃取象于自然界之动物以为族徽者也。换言之，熊即熊图腾部落，应龙为龙图腾部落，熊、罴、貔、貅、貙、虎六者，皆以陆上动物为图腾，彼此皆为近亲氏族，其应龙乃水虫部落，与野兽部落原不相通，盖为陆兽部落之内应。黄帝有熊氏，即熊部落，其所伐之蚩尤为蛇部落，因屡战不胜，乃合全族之众以伐之，又得蛇族之应龙为内应，故乃战胜蚩尤。然则黄帝与蚩尤之战乃熊部落与蛇部落之战争，即中国历史上一幕"龙虎斗"，乃熊部落与蛇部落决定民族命运之战争也。①

处于华夏历史开端部分的另一则传说"鲧禹治水"，孙作云解释为："蛇部落灭亡之后，其人民沦为奴隶，其投降之'应龙'族职司水土之工役，其后人竟以治水之功得以恢复天下，是即为三代之夏。"② 换言之，夏禹即为蚩尤的子孙。

近代以来，关于中国历史的叙述，虽有"上下五千年"之说，但真正的中华文明史，学界多认为始于夏代（关于夏代是否为信史的争论，则是更为晚近的事情）。另外，就地望来说，孙作云认为最初黄帝族居于西方，蚩尤族则据有中原（具体为今河南鲁县一带）。由上述两方面综合观之，在孙作云的叙述中，中国历史与其说始于黄帝，不如说始于蚩尤。

值得注意的是，受黄帝、蚩尤大战历史记忆的支配，在后人的印象

---

① 孙作云：《蚩尤考》，《中和月刊》1941 年第 2 卷第 4 期。
② 同上。

中，蚩尤往往定格成一位不光彩的战败者形象，不过在孙作云看来，蚩尤的真正身份，不仅是夏禹的祖先（亦即华夏的祖先），而且是华夏历史上"第一位战神"。《蚩尤考》中篇"论蚩尤为战神"，正是对这一问题的考证。

在今天许多人的心目中，黄帝不仅是华夏民族的"共祖"，而且是成就卓著的"文化英雄"，诸如衣冠、舟车、音律、医术等，悉由黄帝最先创制。相形之下，蚩尤作为西南边地族群的共祖，则被贴上不开化、野蛮、好战等负面标签。不过在孙作云看来，黄帝、蚩尤二者的文明程度恰恰相反：

> 蚩尤为蛇族，乃南方图腾部落，先据中原；黄帝为熊族，乃西方图腾部落。黄帝与蚩尤之战即古代图腾社会之战争。蚩尤之族，十分强大，相传武器为其所发明。此事虽不敢确定，但传说必有所本，足见其文化已有相当进步。黄帝伐蚩尤，屡战不胜，后乃合全族之师以伐之，又得应龙为内应，始败蚩尤。论其文化，或较蛇族为低。①

与前文有关蚩尤族属问题的论述类似，孙作云在中篇也发挥其考据学优势，罗列《尚书·吕刑》《太平御览》《管子》等一系列文献，来证实蚩尤作为"华夏第一位战神"的身份："蚩尤之族虽为熊族所灭，然其余威，犹令人谈而色变，因蚩尤善战，又传为兵器之发明者，故蚩尤后变为中国之战神。"②

下篇"论蚩尤之苗裔"，其实是对上篇所涉及问题的进一步充实、拓展。作者运用甲骨文、金文知识，先从"禹"的早期字形出发，认

---

① 孙作云：《蚩尤考》，《中和月刊》1941 年第 2 卷第 4 期。
② 同上。

为"禹"字"无论从形从声,皆为虫蛇之属,则夏王之禹即虫蛇,其物殆为种族之图腾,亦人王之圣名。"① 接着又以同样的方法分析"鲧"字,得出"鲧"为水族动物的结论。如此一来,"鲧""禹"恰为同类,父子均以水族动物为图腾。嗣后又从鲧、禹的相关传说与典故、禹的居地、夏民族的族属等方面层层推进,以论证鲧禹父子为蚩尤之后裔、蚩尤实为夏民族之祖先。

总体来看,孙作云在《蚩尤考》一文中综合运用文化人类学、文字学、古典文献学知识,旁征博引,其论证之繁复令人眼花缭乱、目不暇接。作者的核心观点可概括为:蚩尤族最早居于中原一带,其图腾为龙蛇;鲧禹为蚩尤的后代,蚩尤也即夏民族祖先;蚩尤不仅勇武强悍,而且创制过多种兵器,因而也是中国历史上第一位战神。

不过,尽管作者的论证层层入扣,但在材料的取舍与具体分析上,却有许多值得商榷的地方。比如在中篇部分,作者在论证蚩尤的"战神"身份时,显然有意忽略了"九黎之君,号曰蚩尤"② 的文献记载,而是着意强调其"天下共主""孔武有力"的一面。这种"选择性"的记忆与失忆,不能不令人对其学术研究背后的深层诉求产生探究的兴趣。

三 学术研究中的别样寄托

在孙作云抗战时期的神话学论文中,两个关键词尤其引人注意——"图腾"与"蚩尤"。前者是作者用来解读神话文本的理论依据,后者则是对中国文化的追根溯源。关于图腾学说的得与失,当下学界已有诸多反思性评述,此处不再赘述。引起笔者注意的,是作者围绕后一关键

---

① 孙作云:《蚩尤考》,《中和月刊》1941 年第 2 卷第 4 期。
② 李学勤主编:《十三经注疏·尚书正义》,北京大学出版社 1999 年版,第 535 页。

词所进行的论述。

毋庸讳言，无论从图腾理论的运用，还是从资料的选择、论证的逻辑来看，孙作云上述论文中有许多过度阐释、难以自圆其说之处。除前文所举文献使用中的"选择性"记忆与失忆外，又如在《饕餮考——中国铜器花纹中图腾遗痕之研究》一文"何谓缙云氏之不才子"一节中，孙作云首先从"缙""云"二字的字音、字义分析入手，证明"缙云氏"得名于黄帝灭蚩尤之事，"缙云氏"即黄帝；接着又以十分肯定的语气断言："缙云氏之不才子饕餮必为蚩尤无疑"，其依据是"不才子"在这里意指"乱臣贼子"。① 这种训释显然有很大的随意性，在"不才子"和"乱臣贼子"之间，还存在明显的逻辑缺环。又如，为引出"黄帝得云瑞之传说，盖起于翦灭蚩尤之事"②，孙作云找出旬始星之"旬"字的甲骨文字形，又援引孙诒让、刘鹗、王国维、唐兰等的解释，得出"蚩尤为旬始，实亦即云"③的结论。但在此前发表的《蚩尤考》一图中，孙作云却认为"旬始为蚩尤，旬始亦为蛇"④。

此外，孙作云认为远古时代中国东部沿海地区诸部族以鸟、日、月等自然现象为图腾，只有黄河中游地区的各个部族以两栖动物及水中动物为图腾。不过后来的考古发掘表明，饕餮纹在距今五千年前的良渚文化玉器上已经出现。依照孙作云的观点，饕餮便是蚩尤，蚩尤部族又以蛇为图腾，这是否意味着当时东部沿海地区也存在蛇图腾信仰？如果答案是肯定的，则与作者有关中国古代图腾社会的假说相冲突；如果答案为否定，又何以解释饕餮纹（亦即蚩尤纹、蛇纹）出现在以鸟、日、月为图腾的部族器物上？对于这一问题，孙作云恐怕难以作出圆满的回

---

① 孙作云：《饕餮考——中国铜器花纹中图腾遗痕之研究》，《中和月刊》1944年第5卷第1期。
② 同上。
③ 同上。
④ 孙作云：《蚩尤考》，《中和月刊》1941年第2卷第4期。

答。在笔者看来，孙作云上述文章的命意很可能别有寄托。

如果对中国现代神话学史有所了解，便不难发现，孙作云关于华夏民族始祖的叙述，与晚清以来知识界的"共识"有相当大的分野。沈松侨《我以我血荐轩辕——黄帝神话与晚清的国族建构》、孙隆基《清季民族主义与黄帝崇拜之发明》等论文，详细追溯了近代以来国内学界的"黄帝认同"及其思想根源。出于国族建构与民族认同的需要，许多晚清知识分子将汉民族的始祖追溯到黄帝，因此黄帝成为华夏民族的共祖。[①] 作为对沈松侨论文的回应，王明珂在《论攀附：近代炎黄子孙国族建构的古代基础》一文中提出另一观点：近代以黄帝为共同祖源想象的中国国族建构，是一种延续性历史过程的最新阶段，其开端可以上溯至战国晚期，此时的华夏认同中，已将黄帝视为共同的祖源。[②] 如果将沈松侨、孙隆基等学者的立场概括为国族符号的"近代建构论"，则王明珂的立场可概括为"历史延续论"。值得注意的是，二者的立论虽有很大差异，但共同点也显而易见：以黄帝作为华夏始祖，无论出于历史延续还是近代建构，这一集体记忆起码在晚清以来已不断扩散、深入人心。

此外值得一提的是，围绕黄帝的起源地，在近代中国曾有另一种叙述。早在19世纪末期，法国学者拉克伯里（Terrien de Lacouperie）首倡"华夏人种西来说"，认为黄帝来自中亚，后来迁徙到黄河流域，战败了中原地区以蚩尤为首的土著族群，从而入主中原。由于这种学说塑造了一个作为"殖民者"的黄帝形象，给饱受外敌欺凌的近代国人注射了一针"强心剂"，因而传播到日本后，经由留学日本的革命派知识

[①] 参见沈松侨《我以我血荐轩辕——黄帝神话与晚清的国族建构》，《台湾社会研究季刊》1997年第28期；孙隆基：《清季民族主义与黄帝崇拜之发明》，《历史研究》2000年第3期。

[②] 王明珂：《论攀附：近代炎黄子孙国族建构的古代基础》，《"中央研究院"历史语言研究所集刊》2002年第73期。

分子章太炎、刘师培等的进一步阐发,在近代中国产生了十分深远的影响。在这种论述中,虽然出现"黄帝族—蚩尤族""殖民者—原住民"等多重对立,但在视黄帝为华夏始祖这一问题上,依然与前述知识分子持同一立场。

可以看出,自晚清以降,随着民族国家观念的自觉,将华夏的始祖追溯至黄帝,已成为国内各界普遍接受的历史共识。从晚清革命派知识分子在日本所办刊物《黄帝魂》、晚清知识界对"黄帝纪年"的倡导,以及各类中华民族史性质的著作对黄帝浓墨重彩的书写,直至全面抗战前夕,南京国民党政府与中央苏区政府不约而同地参拜位于陕西桥山的黄帝陵,均可视作近代以来此一历史共识的延续。由此返观,孙作云在抗战时期的神话研究中另立异说,一再将华夏源头上溯至蚩尤,其隐藏于纸背的别样情怀值得探究。

与作为华夏共祖的黄帝形象相对,自近代以来,蚩尤通常被学术界视为西南民族的始祖,虽然这种追溯本质上也是基于族群认同的历史建构。[①] 在中原中心主义者的眼中,由于历代典籍中对于黄帝与蚩尤大战的载述,蚩尤通常成为野蛮、好战、失败者的符号化身。不过在孙作云笔下,蚩尤却呈现出另一种形象。尽管曾因凶暴而被北方的黄帝联合其他部落打败,但其身份依然十分显赫:他不仅是夏民族的始祖,而且也是一位战神。作为前者,尽管后来被商、周等后起民族所取代,但毕竟是夏禹的祖先,也即整个华夏民族的根脉所在——这种文化记忆至今沉淀在"华夏"这一表述中。作为后者,在命途多舛的近现代中国,更是有着非同寻常的意义。在笔者看来,写作上述文章时的孙作云,与晚清时期积极响应"华夏人种西来说"的章太炎等知识人有着相似的心理诉求。如果说后者通过塑造黄帝这样一位外来殖民者的祖先形象,从

---

① 参见吴晓东《蝴蝶与蚩尤——苗族神话的新构建及反思》,载陈器文主编《新世纪神话研究之反思——第八届通俗文学与雅正文学国际学术研讨会论文集》,中兴大学中国文学系2010年版。

而将华夏与近代西方列强攀附上关系,以证明华夏也曾有着辉煌的过去的话,那么孙作云对蚩尤的追溯,则是重新塑造了一位作为华夏共祖的战神形象。作者的深层心理不难推断:尽管华夏眼下饱受日军蹂躏,但毕竟我们是战神的子孙,留着战神的血液,因而假以时日必将获胜。在前述《饕餮考——中国铜器花纹中图腾遗痕之研究》一文末尾,孙作云写道:"吾人拥有如此悠久神圣之文化传统,诚可谓得天独厚,虽运值蹇屯,终必有否极泰来之一日,言念及此,能不奋然兴起者乎?"[①]行文至此,作者寄托于"纸背"的心情已溢于言表。

四 结语

笔者写作此文,并非有意对孙作云的学术研究提出苛责。陈平原在《学者的人间情怀》一文中谈道:"人文学科无时无刻不受社会人生的刺激与诱惑,学者的社会经验、人生阅历乃至政治倾向,都直接影响其研究的方向与策略。"[②] 说到底,在一个国破家亡、山河沦落的时代,知识分子借学术研究寄托自己的家国之思,很能引起后来者的"理解之同情"。笔者想提醒的是,在我们考察孙作云的学术研究时,应避免纯粹就学术而论学术的取向,尤其当我们的考察对象是一位处于特殊历史时期的知识人时。对于这些知识人,在梳理其学术理路的同时,还应深入其内心世界,把握其学术表述中的"隐微修辞"。如此一来,我们对考察对象的心理脉络会有更为深入的把握;对其学术研究的评判才有可能返回历史现场,得出更加客观公允的结论。

---

① 孙作云:《饕餮考——中国铜器花纹中图腾遗痕之研究》,《中和月刊》1944 年第 5 卷第 2 期。
② 陈平原:《学者的人间情怀》,《读书》1993 年第 5 期。

"度日"与"做人":《伤逝》的兄弟隐喻与人生观分歧

张洁宇

时间：2019.01.08

地点：E126 会议室

主讲人简介：张洁宇，女，1972 年生于北京。1991 年起就读于北京大学中文系，2002 年获文学博士学位。现为中国人民大学文学院教授，博士研究生导师。中国鲁迅研究会理事，中华文学史料学会常务理事，《人大复印资料·中国现代、当代文学卷》执行编委，北京大学新诗研究所特聘研究员。主要研究方向：鲁迅研究、中国新诗研究。出版有《荒原上的丁香——1930 年代北平"前线诗人"诗歌研究》《图本郁达夫传》《独醒者与他的灯——鲁迅〈野草〉细读与研究》等专著，在《文艺研究》《中国现代文学研究丛刊》《学术月刊》《鲁迅研究月刊》等刊物上发表论文多篇。

摘要：鲁迅与周作人的道路，几乎可以代表现代中国知识分子的两种选择；他们的歧途，也折射出 1920 年代那样一个"大时代"的历史。在那样的"大时代"中，个人的选择和承担不仅关乎"新的生路"，也关系着自我生命的最终完成。作为经典文本的《伤逝》是多解的。以往研究对其女性解放主题及其哲学层面上"空虚""真实"等问题的探讨都已颇具深度。本文借由周作人所谓"借假了男女的死亡来哀悼兄弟恩情的断绝"的解释入手，分析《伤逝》中的兄弟隐喻，目的并非落实周作人的猜想，也无意将小说人物对应于兄弟关系，而是希望通过这一隐喻讨论周氏兄弟的思想差异和人生观分歧。

关键词：鲁迅；周作人；《伤逝》；知识分子道路

本文同名发表于《学术月刊》2018 年第 11 期。

本文与已发表论文有细微区别。

鲁迅与周作人的道路,几乎可以代表现代中国知识分子的两种选择;他们的歧途,也折射出 1920 年代那样一个"大时代"的历史。在那样的"大时代"中,个人的选择和承担不仅关乎"新的生路",也关系着自我生命的最终完成。就像鲁迅在 1927 年所感叹的:在我自己,觉得中国现在是一个进向大时代的时代。

作为经典文本的《伤逝》是多解的。以往研究对其女性解放主题及其哲学层面上"空虚""真实"等问题的探讨都已颇具深度。本文借由周作人所谓"借假了男女的死亡来哀悼兄弟恩情的断绝"的解释入手,分析《伤逝》中的兄弟隐喻,目的并非落实周作人的猜想,也无意将小说人物对应于兄弟关系,而是希望通过这一隐喻讨论周氏兄弟的思想差异和人生观分歧。鲁迅在《伤逝》中通过小说的人物和情节反思了新人物的旧观念和"新的生路"问题,重提"思想革命"和斗争实践的必要性。可以说,《伤逝》的兄弟隐喻已经指向了 1920 年代知识分子的两种不同道路和选择。

鲁迅的短篇小说《伤逝》写于 1925 年 10 月,1926 年 8 月收入《彷徨》,之前并未单独发表。对于这篇作品,鲁迅本人并无专门的议论,只是在谈到《彷徨》时曾经说道:"技术虽然比先前好一些,思路也似乎较无拘束,而战斗的意气却冷得不少。"[①] 然而,与作者本人的不置一词相反,评论家们对于《伤逝》却似乎情有独钟,多年来对它的阐释与讨论始终是鲁迅小说研究中的重点和热点。大体上说,对《伤逝》主题的解读主要集中在两个方面。首先是对其爱情与女性主题的理解。比如李长之 1935 年在《鲁迅批判》中就称《伤逝》为"鲁迅最成功的一篇恋爱小说","是他的最完整的艺术品之一"。[②] 此类分析不仅肯定小说对恋爱悲剧和女性形象的深刻表现,更看重其通过爱情悲

---

① 鲁迅:《〈自选集〉自序》,《鲁迅全集》4,人民文学出版社 2005 年版,第 469 页。
② 李长之:《鲁迅批判》,北京出版社 2003 年版,第 83—90 页。

欢所表现出来的对女性解放、婚姻自由等重大现实问题的思考。另一方面，由于"涓生的手记"这一叙事角度的采用，小说的主题与情绪似乎变得更与作者本人有关，于是也有不少研究者借由涓生的"悔恨""空虚""遗忘""说谎"等情绪和体验，将作品主题与知识分子的个性觉醒及自我反思，以及思想启蒙的方式与局限等问题相勾连，剖析鲁迅本人的思想与心态，并将之视为隐于小说的虚构与叙事之外的一条真实的情感线索。

一个不得不面对的挑战是，周作人多年之后站出来说："《伤逝》不是普通恋爱小说，乃是借假了男女的死亡来哀悼兄弟恩情的断绝。我这样说，或者世人都要以我为妄吧，但我有我的感觉，深信这是不大会错的。"[①] 这是个必须严肃对待的问题。周作人的"感觉"或不失据，但涓生的"悔恨""愧疚"并不能简单等同于鲁迅对待兄弟失和的态度。如何根据周作人的解释去理解《伤逝》，这是一个问题；而更重要的问题是，如果《伤逝》中潜藏着一个有关兄弟的隐喻，那么鲁迅通过这个隐喻究竟想要表达什么？

在我看来，《伤逝》在爱情婚姻和女性解放的话题之外，的确存在一条与周作人有关的隐线。鲁迅通过小说的人物与故事情节，反思的是新人物的旧观念以及"新的生路"的问题，他由此重提"思想革命"与斗争实践的必要性，并通过兄弟隐喻提出了关于1920年代知识分子两种不同道路和选择的重大问题。

一 "伤逝"的兄弟隐喻

周作人说《伤逝》与"兄弟恩情的断绝"有关，这个说法有一定的可信度，其原因要从《伤逝》写作之前的几个月说起。

[①] 周作人：《知堂回想录》（下），河北教育出版社2002年版，第485—486页。

1925年7月20日,《语丝》第36期发表了鲁迅的散文诗《死后》,这是"野草"系列的第18篇,也是《野草》中"我梦见"系列的最后一篇。这篇散文诗以"我梦见自己死在道路上"开篇,以一个荒诞梦境的想象写出一种奇特的"只是运动神经的废灭,而知觉还在"的"死后"状态。死在路上的"我"经历了路人的围观、苍蝇的烦扰、巡警的清除,直到入棺即将"六面碰壁"的时候还被兜售古籍的书铺伙计骚扰,鲁迅以一贯的幽默尖锐地讽刺了看客(路人)、"正人君子"(苍蝇)、军阀(巡警),尤以漫画的方式批判了推行读经复古的小丑式文人。《死后》以对"死"的想象继续了对"生"的追问和对现实的批判,看似荒诞不经实则合理完整,堪称是一篇内容丰富、构思巧妙的佳作。

有意思的是,就在《死后》发表后不久,周作人翻译了一首希腊小诗,题为《伤逝》,发表在1925年10月12日的《京报副刊》上,译者署名丙丁。原诗如下:

> 我走尽迢递的长途,
> 渡过苍茫的大海,
> 兄弟呵,我来到你的墓前,
> 献给你一些祭品,
> 作最后的供献,
> 对你沉默的灰土,
> 作徒然的话别,
> 因为她那运命的女神,
> 忽而给予又忽而收回,
> 已经把你带走了。
> 我照了古旧的遗风,
> 将这些悲哀的祭品,

"度日"与"做人":《伤逝》的兄弟隐喻与人生观分歧

来陈列在你的墓上:
兄弟,你收了这些东西吧,
都沁透了我的眼泪;
从此永隔冥明,兄弟,
只嘱咐你一声"珍重"!①

对于这首译诗,周作人有个注释:"这是罗马诗人'喀都路死'的第百一首诗,……据说这是诗人哀悼其兄之作,所以添写了这样一个题目。"② 这个注释中对诗人姓名的古怪译法令人不禁生疑,将 Catullus 译为"喀都路死",在用字上明显不合惯例。这个情况应该也引起了编辑孙伏园的注意,孙伏园在"记者后记"中就将其改译为"卡图路斯"。而周作人本人在半年后翻译《茶话女》再次遇到这位希腊女诗人时,则改用了"加都卢斯"。对于这个"路死"的特殊译法是否即与鲁迅的《死后》有关,不能妄下断言,但结合周作人译诗的内容和题目来看,却实在让人产生相关的联想与怀疑。

此外,诗中第六、第七行——"对你沉默的灰土/作徒然的话别"——令人不禁联想到鲁迅发表于数月前的《求乞者》。在篇幅很短的《求乞者》中,"灰土"出现达八次之多,文末一句"我将用无所为和沉默求乞……"的长叹,以及继而四起的"灰土,灰土……"③ 都正是鲁迅针对兄弟失和所发出的歌哭,表达了他对"装可怜"式的虚伪"求乞"的憎恶。而周作人在翻译中明显化用《求乞者》中这两个关键词,也很难说是巧合。

最有意味的是,诗题"伤逝"出自译者周作人之手,据他说是因为"这是诗人哀悼其兄之作"。"伤逝"之典出自《世说新语》卷五"伤逝

---

① 参见《京报副刊》1925 年 10 月 12 日。
② 同上。
③ 鲁迅:《野草·求乞者》,《鲁迅全集》2,人民文学出版社 2006 年版,第 171 页。

第十七",全部是有关悼亡的故事,其中更不乏兄弟之丧,尤以王子猷王子敬兄弟之殇最为动人。周作人以"伤逝"为题译诗,多半典从此出,而鲁迅对此亦不会不懂。于是,鲁迅在周作人的译诗发表后第9天的10月21日,也以《伤逝》为题写了一篇小说,以同题相呼应,这绝非巧合。《伤逝》虽然在收集之前未曾单独发表,但1926年8月《彷徨》出版,周作人必然读到,后来所谓"《伤逝》不是普通恋爱小说,乃是借假了男女的死亡来哀悼兄弟恩情的断绝"之类的话,就是他做出的回应。周作人说:"因为我以不知为不知,声明自己不懂文学,不敢插嘴来批评,但对于鲁迅写作这些小说的动机,却是能够懂得。我也痛惜这种断绝,可是有什么办法呢,人总有人的力量。"① 周氏兄弟的表达都很隐晦,但"伤逝"这个典故在他们私人语境中的深意却已相当明显。而且显然,这个典故指向了兄弟之丧,而不是小说中"男女的死亡"。

鲁迅对《伤逝》的写作没有做过任何说明,以他的性格,用同题作品来回应周作人是可能的,但他回应的方式必定十分隐晦。他本来就特别警惕文学批评中的"对号入座",甚至曾说:"因为我是长男,下有两个兄弟,为预防谣言家的毒舌起见,我的作品的坏脚色,是没有一个不是老大,或老四老五的。"② 所以,《伤逝》中两个主人公的情侣关系,应是鲁迅有意采取的障眼法。当然,这也不单是障眼法,因为在小说文本的层面上,人物关系与故事逻辑有其自身的合理性与完整性,很好地服务于小说有关爱情婚姻与女性解放的主题。在我看来,《伤逝》中存在着两个文本:一个显在的爱情故事,一个潜藏的兄弟隐喻。两个文本既彼此相关又彼此独立,构成了一种既可相互呼应又可互不相扰的奇特效果。

基于此,本文虽由周作人的解读出发,却并不打算以考证和索隐的

---

① 周作人:《知堂回想录》(下),河北教育出版社2002年版,第485—486页。
② 鲁迅:《答〈戏〉周刊编者信》,《鲁迅全集》6,人民文学出版社2005年版,第149页。

方式去解释这篇小说,更无意推翻或覆盖现有的合理阐释。本文的目的在于,通过《伤逝》中的兄弟隐喻讨论鲁迅与周作人在思想观念上的差异,并由此分析鲁迅在对这种差异的深刻反思中,如何突破日常生活与私人关系的层面,抵达对于大时代中知识分子前途与道路选择的思考。

二 新人物与旧观念

不得不说,周作人看到了《伤逝》中的兄弟隐喻,却错误理解了鲁迅的用意。鲁迅的"痛惜"是对兄弟殊途的痛惜,也是对知识分子阵营走向分歧的痛惜,而绝非周作人所想象的那种私人语境中的感性表达。之所以这样说,是因为《伤逝》的主题已明确触及新人物、旧思想以及"新的生路"的问题。

作为一部爱情小说,《伤逝》的成功不仅限于完满的艺术和动人的抒情,更在于它所深蕴的思想意义,即女性解放与婚姻自由的大问题。这个问题是"五四"时期的热点话题,也是"人的文学"关注与反映的重要题材。鲁迅早在1918年就在《我之节烈观》中讨论男女平等与"正当的幸福"的问题。1923年,他又在题为"娜拉走后怎样"的讲演中专门探讨了女性获取平等独立的现实途径——争取经济权——的问题,他的思考从不是口号式或浪漫化的,而是切实落于具体问题之中。他说:"从事理上推想起来,娜拉或者也实在只有两条路:不是堕落,就是回来。"他提醒那些为娜拉出走欢呼的人们:"她除了觉醒的心以外,还带了什么去?倘只有一条像诸君一样的紫红的绒绳的围巾,那可是无论宽到二尺或三尺,也完全是不中用。她还须更富有,提包里有准备,直白地说,就是要有钱。"[1] 鲁迅清醒地认识到,女性要真正获得解放就必须争取与男性平等的经济权,争取自食其力的可能性。这个观

---

[1] 鲁迅:《娜拉走后怎样》,《鲁迅全集》1,人民文学出版社2005年版,第167页。

点,后来在《伤逝》中仍有某种延续,他所谓"人必生活着,爱才有所附丽",也包含了这一层意思。在鲁迅看来,空有觉醒之心与自由之梦,不以实际行动去争取现实的保障,则终将走向"梦醒之后无路可以走"的悲剧,而在这个意义上说,子君正是他有意塑造的一个"回来"的娜拉,是他以人物形象与故事情节为依托对伦理与社会问题做出的进一步思考。

虽然鲁迅一向关注女性问题,但激发他写出《伤逝》却可能还另有原因。在我看来,一个重要动因就是"女师大风潮"。1924—1925年间,身为教师的鲁迅在"女师大风潮"中始终站在学生一边,他支持学生不仅因为校长杨荫榆治校粗暴专制,更因为她配合当时"尊孔复古"的逆流,推行文言,反对新文学。风潮期间,鲁迅在《忽然想到·七》《"碰壁"之后》《流言和谎话》《女校长的男女的梦》《碎话》《"公理"的把戏》《这回是"多数"的把戏》等多篇文章中,揭露事实、声援学生,甘冒被教育部免职之险,支持被解散的女师大,直至最终光复学校。正如许广平后来在回忆中说的:"女师大事件,就是当时北京的革命知识分子、青年学生,和卖国的军阀政府之间斗争的一个环节。"[①] 鲁迅从始至终介入其中,并为之奔走呼号,也正是看到这个事件背后的意义,而并非仅为个人荣辱和学生的具体要求。因此,与章士钊、杨荫榆等"正人君子"之间的论战,虽为具体事件和话题引发,但其牵涉的问题和造成的影响都是超出具体事实的。许广平认为:"这个斗争,是中国知识分子在五四运动之后,走向分化的具体反映。鲁迅当时反对以胡适为首的现代评论派,有些问题常常隐蔽在个别的,甚至私人的问题之下,然而这种斗争,在原则上的意义,随着历史的向前发展,却越来越明显了。"[②] 至于瞿秋白后来所言"不但'陈西滢',

---

① 许广平:《女师大风潮与"三一八"惨案》,《许广平文集》2,江苏文艺出版社1998年版,第210页。

② 同上书,第215页。

就是'章士钊'等类的姓名,在鲁迅的杂感里,简直可以当作普通名词读,就是认作社会上的某种典型"①,说的也是这个意思。

在"女师大风潮"期间,鲁迅的各类写作都多少与之相关。除大量犀利尖锐的杂文之外,还包括《野草》中《狗的驳诘》《失掉的好地狱》《死后》《这样的战士》等一系列或明或暗涉及此事的篇章。同样地,他在此期间先后完成的《高老夫子》《伤逝》《离婚》等短篇小说,也都反映出此事的侧影。如果说《高老夫子》还只是拘于女校某些现实经验,重在讽刺校长和教师的观念之酸卑朽腐,那么,《伤逝》和《离婚》则是借城市与乡村的女性和婚姻问题重提女性解放、婚姻自主的话题,特别是表现了对女性问题背后的观念问题的深刻反思。而且,由于鲁迅的小说艺术已臻炉火纯青,所以这两篇以女性话题为主线的小说又都各自包含了更为深广的思想和内容。换句话说,由于新的斗争形式、新文化阵营的分裂,以及新的黑暗势力的形成,促使鲁迅在原有有关女性问题思考的基础上,又有了新的忧患和新的思索。

因此,与"五四"初期的《终身大事》等"出走"叙述不同,《伤逝》的重心已不在觉醒与"出走"本身,而在"梦醒之后"和"走后怎样"。并且,"娜拉"式的新女性子君追求自我解放的阻力与困境也不再如《终身大事》中的田亚梅一样来自封建父权与旧家庭,而是来自新式婚姻家庭的内部。这是《伤逝》最深刻也最独特的地方,既是鲁迅在性别维度上对"五四"女性解放问题的深化,也是他对新形势与新问题的某种思考和回应。换句话说,在深入观察和反思新文化阵营内部的思想分歧的基础上,鲁迅当时最重视的就是新人——尤其是新女性——在新的文化环境中对自身道路的认识和设想。他在保留了"五四"式的社会批判与文化批判的基础上,大大增强了对新女性自身

---

① 何凝:《鲁迅杂感选集序言》,钱理群编《鲁迅杂感选集》,贵州教育出版社2001年版,第108页。

的反思,子君作为拥有某种新身份新特质的知识女性,其在新型婚姻关系中的遭遇,反过来引发了一次对新女性观念内部的拷问和反省。

子君看上去是一个勇敢的、现代的新女性。在她所发出的极少的声音中,给人印象最深的就是那句"我是我自己的,他们谁也没有干涉我的权力"。然而,这究竟是子君自己的觉悟,还是她对于涓生多日教导的一种"回声"?这句话看上去是子君觉醒的宣言,甚至震动了她的启蒙者涓生的灵魂,令他"此后许多天还在耳中发响,而且说不出的狂喜,知道中国女性,并不如厌世家所说的那样无法可施,在不远的将来,便要看见辉煌的曙色的"[①]。但深思其意,会发现涓生不无夸张的狂喜不仅来自宣言式激情的感染,同时更带有对自己教导有方的欣慰与自得。这或许也恰好说明了子君这句话的"回声"性质:它高调、抽象而空洞,它是一句完美的宣言,却似乎并不发自子君的血肉之躯。

随后,子君不断表现出"觉醒"后的无畏与骄傲,无论是对于窥视的"小东西的脸",还是对待租房途中各种"探索,讥笑,猥亵和轻蔑的眼光"。与涓生的瑟缩相比,子君"确是大无畏的",然而,这"大无畏"真的体现了子君的觉醒吗?作者在后面的故事中很快作出了回答。随着涓生失业带来的困窘与平淡重复的日常生活带来的无聊,子君的无畏和骄傲渐渐消失了。在涓生的眼里,"那么一个无畏的子君也变了色,尤其使我痛心;她近来似乎也较为怯弱了"。甚而后来他说:"我真不料这样微细的小事情,竟会给坚决的,无畏的子君以这么显著的变化。她近来实在变得很怯弱了,但也并不是今夜才开始的。我的心因此更缭乱。"[②] 问题可能在于,是子君真的在"变化"吗?还是她原来的"大无畏"就是个幻象?一个真正觉醒的新女性真的会在生活的压力下发生如此"显著的变化"吗?透过涓生的眼睛,作者鲁迅在观

---

① 鲁迅:《伤逝》,《鲁迅全集》2,人民文学出版社2005年版,第115页。
② 同上书,第120页。

察和思考，他最终通过涓生之口，说出了一段看似无情但其实有理的话：

> 我以为将真实说给子君，她便可以毫无顾虑，坚决地毅然前行，一如我们将要同居时那样。但这恐怕是我错了。她当时的勇敢和无畏是因为爱。①

的确，子君一开始的勇敢和无畏并不是因为觉醒，而是因为"爱"，而这份"爱"本身又多少带有一些盲目和依附的成分。鲁迅在这里固然对子君满怀同情，但同时更有清醒的分析和反省。他看到的是，"五四"以来，在各种新思潮的启蒙和感召下，很多人——而不仅是女性——似乎是觉醒了，发出了觉醒的呼声，但那觉醒却可能并不真实，更不彻底，甚而只是一种被感染、被引导后的冲动或效仿。当现实的考验和困境到来的时候，盲目而依附的"爱"变得不堪一击，没有真正的"觉醒"作为基础，所谓的"爱"就可能只是一种新的幻梦，并不带来理性独立的自我的生成。

事实上，在子君这个看似受到新思想启蒙的新女性的头脑中，旧道德旧思想的残余还是相当严重的，小说中有几处细节对此有明确的体现。比如涓生说："壁上就钉着一张铜板的雪莱半身像，是从杂志上裁下来的，是他的最美的一张像。当我指给她看时，她却只草草一看，便低了头，似乎不好意思了。这些地方，子君就大概还未脱尽旧思想的束缚……"② 这里的子君虽不无少女羞涩可爱的成分，但更多的还是潜意识的暴露，可以说，对于异性、对于爱情，她的认识还是相当陈旧保守的。再比如到了吉兆胡同同居之后，子君给买回的巴儿狗改名"阿

---

① 鲁迅：《伤逝》，《鲁迅全集》2，人民文学出版社2005年版，第130页。
② 同上书，第114页。

随",阿随渐渐取代涓生成为子君最重要的陪伴和感情寄托。涓生"不喜欢这名字",很明显也是不喜欢这样一种跟随、顺从的关系?这不仅是主人与宠物的关系,其实也是男女主人公之间关系的隐喻。如果说娜拉的觉悟是终于明白并试图反抗作为丈夫饲养的笼中雀的命运,那么不得不说,子君连这一份觉悟都还没有。在她的内心中,仍然残留着根深蒂固的"嫁鸡随鸡嫁狗随狗"的旧观念。

正是通过这些细节,鲁迅观察和反思了子君的内心和思想意识。在涓生与子君的爱情悲剧中,涓生的无能和懦弱固然需要批判,但子君本人也同样值得反省。她对"爱"的投靠和依附,最终只是让她离开父权的旧家来到夫权的新家,在"爱"的"梦醒之后",依然是幻灭的、"无路可以走"的结果。可以说,鲁迅在《伤逝》中对于新女性"走后怎样"的追问已大大加深了一步。比1923年呼吁争取经济权更深刻的是,他深入到精神意识的深层,逼问出新女性精神觉醒的程度问题。在他看来,除了有爱、有钱,更重要的还是有自立和行动的意愿与能力。子君自以为有爱,出走的时候也确乎带了些钱,并以之"入股"了自己的新生活,但她最终还是没能逃脱沦亡的结局,其原因,就在精神意识的深层。

鲁迅算不上女性主义者,《伤逝》也并非"问题小说",但在女性问题的探讨中,《伤逝》确乎成为一个独特的经典。正是在"女师大风潮"的刺激之下,他反省了新文化运动之后的某些新状况和新问题,更深地意识到新文化阵营中同样残存着旧文化的遗毒,因而,他以独特的角度深入讨论了某些看似崭新迷人的新观念和新人物的精神世界,将新文化中的旧问题再次揭露了出来。

三 "度日"与"做人"的歧途

《伤逝》爱情悲剧的真正根源在于涓生与子君在思想上的"真的隔

膜",按照故事自身的逻辑,他们最终走向歧途恐怕也是必然。而这个歧途,正是兄弟隐喻得以成立的关键和基础。换句话说,小说情节与兄弟隐喻的关联正在于对某种精神隔膜与思想差异的认识与反省,以及对这种人生歧途的痛苦呈现。

周氏兄弟在思想观念上的差异,首先是生命哲学上的分歧。爱好平安凝静式人生的周作人恐怕始终也无法理解一生追求实践行动美学的鲁迅。正如钱理群先生所讲过的:

> 就像周作人所说的那样,鲁迅的选择是一个强者的选择,是大多数人很难做到的。而周作人的选择是凡人的选择,是大多数人的选择。如果说鲁迅的选择是非常人生,那么周作人的选择是寻常人生。[1]
>
> 正像把斗争、矛盾、反抗、破坏推到极端会带来弊病一样,反过来说,把安宁、和谐、稳定推到极端,也是很危险的。也就是说,失去了破坏和创造的欲望,可能会导致人的生命的保守、平庸、猥琐。排斥反抗、破坏、单纯追求安宁、和谐、稳定,它是保守的。普通人这样做是很危险的。……"翅膀飞不起来了",这是周作人的选择可能要导致的危机。……特别是把周作人的这种选择放在大动乱的、大动荡的现代社会来看,其弊端就更加明显。鲁迅在这一点上是一再批评周作人的。[2]

在《伤逝》中,子君就典型地代表着一种追求安宁凝固的凡人选择,涓生曾经不无讥讽地代她感叹道:"安宁和幸福是要凝固的,永久是这样的安宁和幸福。"子君深陷在日复一日的家务之中,每天"川流不息地吃饭","管了家务便连谈天的工夫也没有,何况读书和散步"。[3] 不能说她对爱情已丧失了追求,但她确是已

---

[1] 钱理群:《话说周氏兄弟》,山东画报出版社1999年版,第290页。
[2] 同上书,第295页。
[3] 鲁迅:《伤逝》,《鲁迅全集》2,人民文学出版社2005年版,第118页。

把爱情与生活完全凝定在了某种状态之中。这也是为什么她要对涓生求婚的那个瞬间极度迷恋并不断温习的缘故，因为在她看来，那个时刻是她爱情的巅峰时刻，即便时光无法永驻，她也要通过与涓生一起温习的方式不断让自己回到那个瞬间。在子君眼里，那个幸福的时刻就像一个美丽的标本，即便是静态而空洞的，也足以令她沉迷。

而涓生在这一点上显然有所不同。他不喜欢温习那个瞬间，不仅是因为尴尬，更大的可能是因为他对爱情有着不同的理解。在他看来，"爱情必须时时更新，生长，创造"①。这或许并不是出于男性的喜新厌旧，而是他内心对于爱情、婚姻，乃至生活的一种基本态度。涓生在"手记"中不断写到的那种"空虚"感，正是来自没有目标、没有活力、没有行动力的凝固的生存状态。这种状态常常变幻形式出现在鲁迅其他的作品中，比如《过客》中老人与女孩的"平安"，或者《死火》的冰谷中既不冻灭也不烧完的凝固的火焰……在涓生的生命里，对于空虚的反抗和对于"新的生路"的追求是一直存在的。最早他"仗着子君走出这空虚"，是因为子君带来了新的生活和希望，但是后来，当新生活成为新的桎梏和新的空虚的来源，他只能在矛盾纠结中选择独自离开。从恋爱关系上说，涓生的孤身前行并不可取，但从观念的角度上看，他的选择自有其合理性。这也正是鲁迅在小说中并没有对涓生形象大加批判的原因，这里所反映出来的，其实不是鲁迅的性别立场，而是他的人生观。

在涓生看来，子君"早已什么书都不看，已不知道人的生活的第一着是求生，向着这求生的道路，是必须携手同行，或奋身孤往的了，倘使只知道捶着一个人的衣角，那便是虽战士也难于战

---

① 鲁迅：《伤逝》，《鲁迅全集》2，人民文学出版社 2005 年版，第 118 页。

斗，只得一同灭亡"①。这话看似小题大做，但细想起来却符合逻辑。这里所说的"求生"，并不是简单懵懂地生存和苟活，而是行动意义上的"生"，是创造、变动和行动，甚至是"战斗"。在这个意义上，再来重新审视涓生那段一直被人指责为"负心"的言论，或许可以得出新的解释。他说："回忆从前，这才觉得大半年来，只为了爱，——盲目的爱，——而将别的人生的要义全盘疏忽了。第一，便是生活。人必生活着，爱才有所附丽。世界上并非没有为了奋斗者而开的活路；我也还未忘却翅子的扇动，虽然比先前已经颓唐得多……"②

作为人生第一要义的"生活"，不是温饱，而是奋斗和飞翔。只有理解了这一点，才能明白涓生其实并不全是不体谅子君为求温饱生活而付出的辛苦，更重要的是他无法忍受两人在人生态度上的差异。也正因如此，涓生在婚姻一开始就预感到"我的路也铸定了"，这对他来说是难以接受的。反倒是刚刚得知失业的那些天，两人因生活所迫而一度挣脱了琐碎而停滞的日常生活状态，感到"外来的打击其实倒是振作了我们的新精神"。当涓生意识到"忘却翅子的扇动"的危险，他开始不断地对自己说："然而只要能远走高飞，生路还宽广得很。"这看似一个喜新厌旧的男人对家庭和责任的逃避，但其实也可能正是一个行动者的基本人生追求，虽然他并不知道如何"向着新的生路跨进第一步去"，但是他知道，"我活着，我总得向新的生路跨出去"。反过来说，不跨出这一步，不寻找"新的生路"，就连"我活着"的问题都难以证实。这也是涓生所谓"人必生活着，爱才有所附丽"的真实含义。并不是说只有在保证了基本物质生活条件的情

---

① 鲁迅：《伤逝》，《鲁迅全集》2，人民文学出版社 2005 年版，第 126 页。
② 同上书，第 124 页。

况下才能奢谈精神层面的爱情，而是说，没有行动的人生观，没有不断前行的哲学，所谓的"爱"终将是盲目空洞且终将走向悲剧结局。

在涓生和子君的悲剧中，最大的分歧就是这种一个要静一个要动、一个要停一个偏要走的分歧，而这，大概也正是周氏兄弟之间的一个根本性的分歧。这样说并不是又要把涓生和子君的形象分别与周氏兄弟对应起来，而是说，这种分歧是真正存在于兄弟二人的思想与现实人生之中的，这是两种生活哲学的对垒，对此他们一定相互深知甚至有过争论，或许，这也是鲁迅希望周作人通过《伤逝》去领会的东西。

在"平安"甚至平庸的时代，喜静还是好动、追求安适或是不断斗争，也许是可以相安无事、各遂所愿的。但是，在如1920年代那样的"大时代"中，这种差异就不仅是个人生活方式的选择，而是指向了人生道途的分歧。对周氏兄弟而言，从1923年的失和到1925年的《伤逝》，时间过去越久，那些导致矛盾的具体原因和细节或许可以渐渐淡化，生活方式上的差异或许也因分居而变得不再重要，但是，两人思想深处的分歧却一定会更多地暴露出来，而且，这种分歧的意义和对未来道路的影响，也越来越显现出其重要性和典型性。甚至可以说，周氏兄弟的失和问题已渐渐突破私人生活的层面，成为现代中国知识分子两条道路与两种选择的代表。

正如《伤逝》中所写到的，当子君"只为着阿随悲愤，为着做饭出神"的时候，涓生在通俗图书馆里"瞥见一闪的光明"，看到了"新的生路横在前面"：

> 我看见怒涛中的渔夫，战壕中的兵士，摩托车中的贵人，洋场上的投机家，深山密林中的豪杰，讲台上的教授，昏夜的

> 运动者和深夜的偷儿……①
>   …………
>   上有蔚蓝的天，下是深山大海，广厦高楼，战场，摩托车，洋场，公馆，晴明的闹市，黑暗的夜……②

这个想象看似空泛不切实际，但其面朝"无穷的远方，无数的人们"的指向却可能大有深意存焉。涓生的"新的生路"并不是一个男人的另求新欢，而是对生活道路的一种全新选择。更确切地说，这不再是从会馆搬入吉兆胡同式的改变，而是一个完全脱离旧轨、重新在大时代与新世界中确定自身位置的自觉。事实上，也正是在1925年的这个时刻，周氏兄弟也分别作出了不同的选择：鲁迅决意"出了象牙之塔"，而周作人说，"别人离了象牙的塔走往十字街头，我却在十字街头造起塔来住"③。两个人的殊途，已不再是两年前分家时的"家务事"性质，而变成了——甚至代表着——两种全然不同的人生抉择。

早在1919年，鲁迅在《我们现在怎样做父亲》中曾以十个字概括出他对于社会与人生的最高理想，那就是："幸福的度日，合理的做人。""度日"与"做人"分别侧重物质层面的生活与精神层面的追求，两者在鲁迅眼中缺一不可。或许在当时，他对"度日"与"做人"的关系并没有特别深入明确的思考，但在后来的实际生活与斗争经验中，他对这两个词所代表的含义一定有了越来越深切的认识。并且，这个"人"的概念也渐渐从"五四"时期的"个人"深化为更具革命意识和斗争精神的"新人"。1925年，鲁迅两次谈到人生的要务与目标：

---

① 鲁迅：《伤逝》，《鲁迅全集》2，人民文学出版社2005年版，第124页。
② 同上书，第127页。
③ 开明：《十字街头的塔》，《语丝》第15期，1925年2月23日。

"我们目下的当务之急,是:一要生存,二要温饱,三要发展。"① "倘若一定要问我青年应当向怎样的目标,那么,我只可以说出我为别人设计的话,就是:一要生存,二要温饱,三要发展。有敢来阻碍这三事者,无论是谁,我们都反抗他,扑灭他!"② 在鲁迅那里,"度日"法则固然重要,但更高的追求——"发展",也就是"做人"——更为他所强调,这与他早年在《文化偏至论》中就已提出的"掊物质而张灵明"也是完全一致的。

周氏兄弟的人生观分歧或许正可用"度日"与"做人"的差异来概括。兄弟失和之后,鲁迅愈加强调"做人",而周作人却愈加看重"生活之艺术"。早年鲁迅就曾当着家人的面指出"启孟真昏";失和之后仍在"小品文"与"小摆设"的问题上对周作人有间接的提醒;及至1930年代"京海之争",鲁迅对周作人所代表的"真正老京派"的退隐姿态提出过严厉的批评;国难将临之际,他还曾通过周建人发出提醒:"关于救国宣言这一类的事情,……遇到此等重大题目时,亦不可过于退后云云。"③ 事实上,越到是非关头,两人在人生观上的差异就表现得越发明显。周作人最终附逆,得意于事敌之后的安稳和虚荣,更暴露了其思想境界与生活哲学中最薄弱庸俗的一面。正如后人所慨叹的:"这是周作人最悲剧的地方,为了啖饭,为了求生,不惜牺牲掉自己过去所相信的主义。"④

《伤逝》写作的时期,正是周氏兄弟失和之后在思想上渐行渐远的时期。两人都自1924年11月起开始为《语丝》撰稿,但到1925年春,态度已经出现了变化。鲁迅曾对荆有麟、许广平等人谈道:"《语丝》

---

① 鲁迅:《忽然想到·六》,《鲁迅全集》3,人民文学出版社2005年版,第47页。
② 鲁迅:《北京通信》,《鲁迅全集》3,人民文学出版社2005年版,第54页。
③ 转引自钱理群《周作人传》,北京十月文艺出版社1990年版,第414页。
④ 孙郁:《鲁迅与周作人》,现代出版社2013年版,第230页。

态度还太暗。不能满足青年人要求"①,"虽总想有反抗精神,而时时有疲劳的颜色"。② 高长虹也说过:"最先对于当时的刊物提出抗议的人却仍然是狂飙社的人物,我们攻击胡适,攻击周作人,而漠视《现代评论》与《猛进》。我们同鲁迅谈话时常说《语丝》不好,周作人无聊,钱玄同没有思想,非攻击不可。鲁迅是赞成我们的意见的。"③ 可以说,鲁迅不满于《语丝》的"无聊""态度太暗""时时有疲劳的颜色",其实就是不满于那个群体日益显露的消极退隐姿态。

"正是在看到了《语丝》之不可为后,《莽原》的创办就成了思想革命'转移阵地'的一个必然步骤,'鲁迅想在文艺上创立一个新派别出来'。"④ 正如高长虹所说:

> 那时候最前进的青年作家们,对于《语丝》是不很满意的。首先是因为《语丝》缺乏正面战斗的态度。而在这一点上,也正是大家对于鲁迅所感到的一种缺点。他自己当然把这个知道得很清楚。所以鲁迅与狂飙的会合就创刊了《莽原》,这有十分充足的理由。《莽原》在当时的莽原同人看来,是唯一的战斗的刊物。⑤

疏远《语丝》,另办《莽原》,鲁迅当然明白这是他与周作人之间的又一次分道扬镳。对此,他的态度是很明确的,他说:"我想,现在的办法,首先还得用那几年以前《新青年》上已经说过的'思想革命'。还是这一句话,虽然未免可悲,但我以为除此没有别的法。……

---

① 荆有麟:《〈莽原〉时代》,《鲁迅回忆录》上,北京出版社2000年版,第200页。
② 鲁迅:《致许广平(1925年3月31日)》,王世家、止庵编《鲁迅著译编年全集》6,人民出版社2009年版,第146页。
③ 高长虹:《1925,北京出版界形势指掌图》,上海《狂飙》周刊第5期,1926年11月7日。
④ 邱焕星:《国民革命时期的鲁迅》,南京大学中文系博士论文,2011年。
⑤ 高长虹:《一点回忆——关于鲁迅和我》,《高长虹全集》4,中央编译出版社2010年版,第358页。

我这种迂远而且渺茫的意见，自己也觉得是可叹的，但我希望于《猛进》的，也终于还是'思想革命'"；"我早就很希望中国的青年站出来，对于中国的社会，文明，都毫无忌惮地加以批评，因此曾编印《莽原》周刊，作为发言之地"。①

对于鲁迅本人来说，《莽原》"思想革命"的方向或许正代表着某种"新的生路"。虽然他也反省自己其实"没有法子"，只是"乱闯"，但面对"穷途"，"却也像歧路上的办法一样，还是跨过去，在刺丛里姑且走走"。他的信念是，"我也并未遇到全是荆棘毫无可走的地方过"②，所以"不如寻朋友，联合起来，同向着似乎可以生存的方向走"③。

正如有研究者所指出的那样，"《莽原》的创刊表明了鲁迅'思想革命'运动的正式展开，他开始以新的阵地和同盟者，以及'战斗的姿态'出现于思想文化界"；"尽管有这样那样的问题，但重启'思想革命'对鲁迅来说仍有极为重要的意义。这其实也是鲁迅寻求自我和延续五四的巨大努力，他此时已经'死火重温'，走出了心灵的彷徨，同时自认为找到了社会问题的根源，试图以重启'思想革命'的方式来解决这些问题，并为之注入了新的理念，在坚持'文明批评和社会批评'的基础上，以更激烈的方式开启了对知识阶级自身的批判。另一方面，鲁迅试图和更年轻的一代建立联系，逐渐将自己从一个文学家变成了'青年叛徒的领袖'，在多数新文化人物落伍之后，反而立于时代的潮头"。④

鲁迅与周作人的道路，几乎可以代表现代中国知识分子的两种选择；他们的歧途，也折射出1920年代那样一个"大时代"的历史。在

---

① 鲁迅：《〈华盖集〉题记》，《莽原》第2期，1926年1月25日。
② 鲁迅：《致许广平（1925年3月11日）》，王世家、止庵编《鲁迅著译编年全集》6，第121页。
③ 鲁迅：《编完写起》，《莽原》周刊第4期，1925年5月15日。
④ 邱焕星：《国民革命时期的鲁迅》，南京大学中文系博士论文，2011年。

那样的"大时代"中,个人的选择和承担不仅关乎"新的生路",也关系着自我生命的最终完成。就像鲁迅在 1927 年所感叹的:"在我自己,觉得中国现在是一个进向大时代的时代。但这所谓大,并不一定指可以由此得生,而也可以由此得死。……不是死,就是生,这才是大时代。"①

---

① 鲁迅:《〈尘影〉题辞》,《鲁迅全集》3,人民文学出版社 2005 年版,第 571 页。